AF397259

Livia Grey ist das Pseudonym der Autorin Sarah Lemme, die als früher Vogel meist bei Sonnenaufgang wach ist, um neue, romantische Geschichten zu schreiben. Die studierte Psychologin versinkt gern tief in der Gedankenwelt ihrer Protagonisten und findet, dass auch die moralisch grauste Geschichte ein Happy End verdient hat. Sie lebt mit ihrer Familie in Osnabrück, reist gern und betreibt in ihrer Freizeit Triathlon als Sport.

LIVIA GREY

Erstausgabe September 2024

Dark Entanglement

ISBN 978-3-98998-581-0
E-Book-ISBN 978-3-98778-804-8

Covergestaltung: D-Design Cover Art
Umschlaggestaltung: ARTC.ore Design
Unter Verwendung von Abbildungen von
stock.adobe.com: © Andrey Kiselev
Lektorat: Katrin Gönnewig
Satz: dp DIGITAL PUBLISHERS GmbH
Druck und Bindung: Books on Demand GmbH, Norderstedt

Prolog

Ich beobachte sie. Heute, gestern, seit Jahren. Es ist zu einem Spiel geworden, das mir täglich mehr Freude bereitet. Ich war schon immer ein Zocker. Wie damals als Kind, während wir gemeinsam Verstecken gespielt haben. Wie wir uns suchten und auf kindliche Weise einen Ringelpiez ohne Anfassen veranstaltet haben. Okay, meistens ohne Anfassen. Ich grinse in mich hinein, denn die Erinnerung löst ein Pulsieren in meinen Leisten aus. Damals war alles leichter, doch heute sieht die Welt anders aus. Ich spiele weiterhin, nur zu gern mit gezinkten Karten. Sie kennt mich und gleichwohl kennt sie mich nicht. Sie sieht mich und trotzdem sieht sie mich nicht. Aber ich, ich sehe sie. Immer.

Wie sie dasteht in ihrem kurzen Fummel, der kaum Spielraum für Interpretationen lässt. Ein Stück Stoff, das so viel mehr aussagt, als ihr vermutlich bewusst ist. Ob es ihr Lieblingskleid ist, vermag ich nicht zu sagen, allerdings macht sie längst keine Schlagzeilen mehr damit, wenn sie ihre Kleider wiederholt auf Galas oder Partys trägt. Umweltbewusstsein und Nachhaltigkeit sind die Stichwörter, die seit geraumer Zeit auch in der High Society Einzug gehalten haben. Wobei ich es vorziehen würde, wenn sie einfach nackt wäre. Als wir Kinder waren, war es völlig normal, in Badehose oder Badeanzug durch den Garten zu laufen. Doch heute?

Wir sind die Upperclass. Natürlich ist sie stets gut gekleidet und würde niemals zulassen, dass ein Bild von ihr im Bikini in der Klatschpresse landet.

Sie steht da und ich kann nicht anders, als meinen Blick über ihren Körper gleiten zu lassen. Jeder Zentimeter ist perfekt, ihre schlanken Beine, ihre wohlgeformten Möpse, ihr zierlicher Hals und ihre glatte Haut. Nur Äußerlichkeiten und doch nicht unwichtig.

Ich stelle mein Glas auf das Tablett eines vorbeilaufenden Kellners und stecke die Hände in die Taschen meiner Anzughose. Ich könnte ihr stundenlang zusehen, sie mit meinen Blicken gierig aus diesem Kleid schälen, mir vorstellen, was ich anschließend mit ihr tun würde.

Ich beobachte sie bei jedem Schritt, bei jeder Bewegung, bei jedem Lachen. Ich betrachte sie, wenn sie auf der Bühne steht und wenn sie Interviews gibt. In einem Dossier habe ich alles über sie, jedes Detail, jede Information. Ich kenne ihre Vorlieben, ihre Abneigungen und ihre Schwächen, weiß um ihre Freunde und ihre Feinde. Und ich passe auf sie auf.

Sie ist nervös. Nein, nicht nervös, sondern erregt. Das zeigen ihre leicht erhitzten Wangen und die kaum sichtbaren Vibrationen um ihren Mund. Ich befeuchte meine Lippen und wünsche mir einen Kellner mit einem Glas Scotch herbei. Ich brauche einen klaren Kopf, doch ihre Erregung gepaart mit ihrem Kleid ergibt eine ganz klare Fick-mich-Aufforderung. Ich schlucke und die Finger in meinen Hosentaschen beginnen sanft auf- und abzustreichen. Ja, Baby, zu gern. Ich besorge es dir hier und jetzt. Sag nur ein Wort und ich erlöse dich. Doch natürlich tut sie das nicht.

Mein Blick wandert ihre Beine entlang, während ich hart werde. Ich liebkose jeden Zentimeter von ihr mit meinen Augen, streichle sie in Gedanken. Ermutige sie stumm, sich mir zuzuwenden. Sie ist grazil, treibt Sport. Natürlich treibt sie Sport. Schließlich stehe ich jeden Mittwoch um fünf Uhr auf und gehe eine Runde durch den Memorial Park spazieren. Wie der Zufall es will, kommt sie mir arglos jede Woche in Sportkleidung und mit Kopfhörern in den Ohren entgegengelaufen. Schnell und fokussiert. Natürlich bemerkt sie mich nie. Soll sie auch nicht. Noch nicht. Irgendwann werde ich aus meiner Deckung hervorkommen, doch bis dahin muss ich mich gedulden, schweigen und beobachten. Denn Beobachtung ist der Schlüssel zum Erfolg. Ich bekomme am Ende stets das, was ich haben will. Immer. Bei ihr wird es nicht anders sein. Es gibt keinen Plan B.

Mein Blick wandert weiter an ihr hinauf, bleibt an der Sektflöte in ihrer Hand hängen. Wenn doch nur mein Schwanz damit tauschen dürfte. Ganz nah bei ihr sein, meine Nase zwischen ihren Möpsen versenken, ihren Duft einsaugen, sie schmecken. Ich bin inzwischen hart und schüttle kaum merklich den Kopf. Ich brauche ihr nicht nahe zu sein, um zu wissen, wie sie riecht. Ich würde sie jederzeit mit verbundenen Augen erkennen. Oh ja, sie riechen, probieren und anfassen – und ficken. Schnell oder langsam, ganz wie es mir beliebt. Ich schlucke erneut. Nein, noch ist es nicht so weit. Die Zeit wird kommen, aber bis dahin muss ich mich zurückhalten, denn Geduld ist eine Tugend, die ich in Perfektion beherrsche. Erst muss die Hochzeit stattfinden, damit ihr Fall umso tiefer wird.

Ich schmunzle und passend dazu lacht sie auf. Glockenhell und wunderschön. Ihre Stimme ist Musik in meinen Ohren, die meine Fassade für einen winzigen Moment bröckeln lässt. Doch rasch habe ich mich wieder unter Kontrolle. Ja, lach du nur. Bald wirst du ausschließlich für mich lachen. Du gehörst mir, bist meine Muse und mein Spielzeug. Schon immer, jetzt und in alle Ewigkeit. Du weißt es nur noch nicht. Du kennst mich nicht – nicht wirklich – aber ich, ich kenne meine Feinde. Deshalb bist du Mein. Jeder Zentimeter von dir ist an mich gebunden. Du wirst alles zu meiner Zufriedenheit tun, willst mich rundum glücklich machen, egal, was es dich kostet. Du wirst meinen Schwanz lutschen und darum betteln, dass ich dir den süßen Hintern versohle. Du wirst Dinge tun, die du dir in deinen kühnsten Träumen nicht vorstellen magst, und du wirst dabei stets ein Lächeln auf deinen Lippen tragen. Dinge werden sich ändern und deine scheinheilige Welt wird zu deinem größten Albtraum. Denn ich nehme dir alles: dein Geld, deine Familie, deinen Stolz. Und du wirst es mir bereitwillig geben, nur um dein Ansehen nicht zu verlieren. Ich weiß, du verstehst es nicht. Noch nicht. Aber der Tag naht, an dem die Erkenntnis in deinen hübschen Augen aufblitzen wird, während ich in dir komme.

Kapitel 1

Sophia

Sanft zirkelt Ethan mit seinem Finger in meinem Nacken. Seit Minuten praktiziert er dieses Spiel, obwohl er genau weiß, dass er mich damit in den Wahnsinn treibt. Kreis um Kreis malt er auf meine Haut. Das Kribbeln zieht von dort bis in meine Zehen und jede Haarspitze. Runde um Runde und mit jeder facht er das Feuer in mir weiter an. Was mit einem winzigen Funken begonnen hat, ist zu einem Flammenmeer geworden. Mit jedem Schlag meines Herzens lodert das Adrenalin ein Stück weiter in meine Körpermitte. Es vibriert in mir und ich beiße mir auf die Zunge, ohne mit der Wimper zu zucken. Auffallen verboten, egal, wie sehr er mein Verlangen in die Höhe schraubt. Stocksteif stehe ich da, den Blick geradeaus gerichtet. Würde ich ihn aktuell ansehen ... Ich tue es nicht, darf es nicht. Nicht in diesem Augenblick und nicht an diesem Ort. Nur mühsam halte ich meinen Atem unter Kontrolle, verstecke meine zitternden Hände, indem ich mich an der Sektflöte mit dem längst lauwarm gewordenen und kaum noch spritzigen Champagner festhalte. Es ist seine Passion, die ich nur zu gern teile.

Vorne auf der kompakten Bühne, die dieser Veranstaltung nicht würdig ist, wird ein neues Charity-Projekt vorgestellt, das sich für den Schutz des Regenwaldes einsetzen will. Eines von vielen. Viel lieber würde ich den örtlichen Naturschutz unterstützen.

Plötzlich wird es frisch an meinem Nacken, die Härchen stellen sich auf und das süße Kribbeln auf meiner Haut lässt nach – jedoch nicht das pulsierende Verlangen in mir. Verwundert wende ich mich Ethan zu, in dessen Miene nicht zu erahnen ist, wie sehr er sich an einen anderen Ort wünscht. Mister Pokerface. Seine Beherrschung hätte ich gern, obwohl ich darin ebenfalls verdammt gut bin. Im letzten Moment kann ich ein tiefes Seufzen unterdrücken. Mit ihm ist alles so einfach. Da steht er, der Mann, den ich bald heiraten werde und mit dem mich seit Jahren eine feste Freundschaft verbindet. Ich darf mich wohl glücklich schätzen, ihn an meiner Seite zu haben, auch wenn er Veranstaltungen wie diese meidet wie der Teufel das Weihwasser. Aber er ist hier und das rechne ich ihm hoch an.

Da fällt mein Blick auf einen Mann, der sich uns langsam nähert. Das zuvor unterdrückte Seufzen will sich nun doch einen Weg in Form eines Stöhnens bahnen. Der hat mir gerade noch gefehlt. Lässig die Hand in der Hosentasche seines maßgeschneiderten Anzugs vergraben, ist sein Mund zu einem süffisanten Grinsen verzogen.

»Na, sieh mal einer an. Sophia Gold ist auch hier. Hätte ich mir ja denken können, dass du keine Gelegenheit auslässt, um wieder etwas Geld deines Vaters an nichtsnutzige Organisationen zu verschwenden.« In gespieltem Tadel schüttelt er seinen Kopf. Das kurze braune Haar gegelt, einen silberfarbenen Ohrstecker im Ohr und ein Tattoo, das aus seinem Ärmel auf die Hand hinausragt, erwecken erst beim zweiten Hinsehen den Eindruck eines Bad Boys hinter der stilvollen Kulisse. Doch mich catcht er damit nicht, obwohl er durchaus gut aussieht. Vielleicht auch ein bisschen besser als gut. Auf seine Spielchen werde ich mich deshalb noch lange nicht einlassen.

»Gideon Maxwell. Noch immer so charmant wie eh und je.« Ich stelle mein Glas auf den Stehtisch vor mir und lasse mir von einem Kellner ein frisches reichen. Ohne zu überlegen, stürze ich den Inhalt hinunter, was mein neues Gegenüber mit einer hochgezogenen Augenbraue quittiert. Das konnte er schon damals, doch dieser hochnäsige Gesichtsausdruck beeindruckt mich nicht.

»Was willst du?«, zischt Ethan neben mir und zieht mich näher an sich, sodass sein vom alkoholfreien Bier geschwängerter Atem meine Wange streift. Seine Körperwärme dringt durch den dünnen Stoff meines Kleides, allerdings ist das süße Verlangen längst auf ein Minimum geschrumpft. Wo ich ihn zuvor auf der Stelle in die nächste Besenkammer gedrückt hätte, ist nichts mehr. Aber aufgeschoben ist schließlich nicht aufgehoben. Sanft und möglichst unauffällig boxe ich ihm mit dem Ellenbogen in die Seite. Warum kann er nicht einfach die Klappe halten?

»Nur charmant kann man die Gunst der Damen erlangen«, antwortet Gideon gestelzt, sodass ich einen Würgereiz unterdrücke. Dass er damit reihenweise die unbedarften Frauen bezirzt, die sich in der Upperclass einschleichen wollen, kann man sich kaum vorstellen, doch wird er heute garantiert nicht allein nach Hause gehen. Dazu kenne ich ihn zu lange. Ich bin lediglich froh, dass er noch nie aktiv versucht hat, mich ins Bett zu bekommen. Würde er zwar so oder so nicht, doch aus irgendeinem Grund muckt eine hintere Ecke meines Unterbewusstseins auf. *Du bist zu unattraktiv, zu burschikos und zu stolz. Das schreckt bis auf Ethan jeden ab. Du bist es ihm halt einfach nicht wert.* Ich schüttle kurz den Kopf, auf der Suche nach einer Antwort für Gideon, ohne mir etwas über meinen inneren Kampf anmerken zu lassen. Denn eines weiß ich trotzdem: Mein Unterbewusstsein liegt falsch. Ich bin hübsch, energiegeladen, steinreich und ja, auch stolz auf das, was ich bisher in meinem Leben erreicht habe. Ich bin eine Frau, die durchaus mit anpacken kann. Das ist nichts Verwerfliches.

»Hast du keine andere gefunden, die du umgarnen kannst?« Obwohl Ethan genau weiß, dass Gideon ihn niemals auch nur ansehen würde, kann er seine Sprüche nicht lassen. Beinahe ist es süß, wie er den Beschützer spielt, doch das hier ist weder der richtige Ort noch der passende Zeitpunkt dafür. Wenn ich nicht interveniere, wird aus dem Wortgefecht ein ausgewachsener Gockelkampf, den Ethan postwendend verlieren wird. Allerdings braucht es schon einiges mehr, damit Gideon Ethan überhaupt beachtet. Er nimmt ihn sehr wohl wahr, was an dem minimalen Zucken seiner Pupillen wahrscheinlich nur für mich sichtbar ist.

»Sag deinem Anhängsel, dass er einen Gang zurückfahren soll.« Oder er reagiert doch offensichtlicher als gedacht. Der drohende Unterton in Gideons Stimme ist nicht zu überhören. Ich schlucke. Also ist alles wie immer. Und trotzdem muss ich endlich etwas sagen. Ich bin doch sonst nicht derart auf den Mund gefallen. Mein Blick wandert umher. Zum Glück sind alle beschäftigt oder lauschen weiterhin dem Vortrag auf der Bühne. Undenkbar, wenn die anwesende Presse auf uns aufmerksam werden würde. Negative Schlagzeilen kann ich mir momentan nicht erlauben.

Ich räuspere mich und endlich habe ich eine Antwort parat. »Gideon, es ist gerade unpassend. Wir müssen uns leider verabschieden. Bist du kommende Woche bei der Gartenparty der Hamiltons zu Gast?«, frage ich, um aus der Situation herauszukommen. Eigentlich hatte ich nicht vor, bereits jetzt die Veranstaltung zu verlassen, doch manchmal ist Flucht die beste Option. Zumindest würde Ethan den Rest des Abends unausstehlich sein. Wie mir das aufgeplusterte Verhalten dieser beiden Männer auf die Nerven geht! Aber was will ich machen? Der eine ist mein Verlobter und Gideon zählt wie ich zur Upperclass, sodass wir uns bei nahezu jedem Event in der Stadt zwangsläufig begegnen. Zu meinem Leidwesen bejaht Letzterer. Ich lächle ihn dennoch weiterhin freundlich an, wobei das Lachen meine Augen sicher nicht erreicht. Aber so ist die High Society. Mehr Schein als Sein. »Wunderbar, dann nehme ich mir gern Zeit, um mit dir über dein Anliegen zu sprechen.« Gestelzt antworten kann ich schließlich ebenso wie er.

»Sehr erfreut. Ich wünsche dir einen schönen Abend.« Und damit dreht er sich etwas steif, aber erhobenen Hauptes, um und geht in Richtung der Toiletten.

Puh. Ich blicke ihm länger als notwendig hinterher, bis mein Blick an seinem Po hängen bleibt. Knackig ist er und definitiv trainiert er mehr als einmal in der Woche.

»Wann lernt dieser Playboy endlich, dass du nicht für ihn zur Verfügung stehst?«, zischt Ethan mir ins Ohr und reißt mich damit aus meinen Gedanken.

Wie komme ich nur auf die Idee, über den Fitnesszustand von Gideon Maxwell nachzudenken? Als hätte das irgendeine Relevanz für mich. Er ist die Konkurrenz und nur weil wir vor Urzeiten zwei- oder dreimal gemeinsam im Sandkasten gesessen haben, heißt das noch lange nicht, dass wir mehr als höfliche Kommunikation miteinander austauschen müssen.

Ich atme tief durch, wobei mich Gideons Aftershave noch immer in der Nase kitzelt. Ein schmeichelnder Geruch. Doch an Ethan wird er niemals heranreichen. Dazu ist Gideon zu aufgeplustert und zu sehr von sich selbst überzeugt.

Mit Ethan hingegen verbinde ich mein halbes Leben, auch wenn die Bekanntgabe unserer Verlobung die Schlagzeilen beherrscht hat – allerdings nicht im positiven Sinne.

It-Girl Sophia und der Handwerker war dabei noch die netteste Schlagzeile. Nun, familiäre Herkunft, Geld, Ansehen und Job sollten bei der Partnerwahl weniger zählen als die wahre Liebe. Doch ebenso wie für Gideon ist Ethan auch für die Houstoner Klatschpresse ein Niemand, der völlig unter meinem Stand ist.

Ich schüttle den Gedanken ab und wende mich meinem Verlobten zu. »Ignoriere ihn. Du weißt doch, wie er ist.« Himmel, was ist das wieder für ein Standardgefasel von mir. Aber es ist die Wahrheit. Ethan täte gut daran, sich genauso wie Gideon zu verhalten: einfach den anderen nicht beachten. Das würde mir das Leben zumindest sehr erleichtern und beinahe bin ich froh, dass Ethan mich nur sporadisch auf die Galas begleitet. Gleichzeitig bin ich glücklich über jede Minute, die er an meiner Seite verbringt. Eine Zwickmühle, doch wenn er nicht hin und wieder öffentlich an meiner Seite auftritt, kommt die Klatschpresse zu schnell auf die Idee, dass wir uns getrennt haben könnten. Und darauf kann ich definitiv verzichten.

Ethan brummelt etwas Unverständliches und streicht mir dann eine Haarsträhne aus dem Gesicht, wie er es so oft tut. »Sweety, meintest du das ernst, dass wir diese langweilige Gala verlassen dürfen?« Seine Stimme ist leise, beinahe flehend. Ich schließe kurz die Augen und genieße die flüchtige Berührung, lehne mich etwas weiter hinein. Sofort züngelt ein neues Flämmchen in mir, das ich zu gern zu einem Waldbrand beschwören würde. Ich will ihn und er mich ebenfalls.

Mein Mundwinkel zuckt und ich fasse ihn am Arm, spüre seine festen Muskeln unter dem Anzug. »Gib mir fünf Minuten, dann bin ich am Ausgang.« Immerhin kann ich mich nicht verdrücken, ohne mich zu verabschieden. Das gehört sich so, wenn ich weiterhin Einladungen zu den angesagtesten Events der Stadt erhalten möchte, um unsere Firma zu repräsentieren. So läuft das. Sehen und gesehen werden. Präsent sein, um den Status zu demonstrieren. Geld spenden, um zu zeigen, dass man sich sozial engagiert. Zeigen, dass die Firma zu den Top-Unternehmen der Stadt gehört.

Ethan nickt und ich hauche ihm einen Kuss auf die glatt rasierte Wange. Wie gern würde ich ihm über die Lippen streichen, ihn weiterküssen, die zarte Haut an seinem Hals liebkosen. Ich fächere mir mit der Hand Luft zu. Wir müssen definitiv schnellstmöglich von hier verschwinden und ich bin mir nicht sicher, ob ich es bis nach Hause aushalte.

Suchend schaue ich mich um. Dort hinten am Tisch steht die Gastgeberin. Ich bahne mir den Weg durch die vielen Menschen in Abendgarderobe. Teure Düfte beherrschen die Luft, Gold- und Silberaccessoires mit Edelsteinen blitzen im Licht der Kronleuchter auf, sobald sich die betreffende Person bewegt. Einerseits liebe ich diese Events, andererseits ist es eine lästige Pflicht. Früher haben meine Eltern gemeinsam diesen Part übernommen. Natürlich war meine Mutter eine standesgemäße Partnerin und die beiden haben ganz sicher nicht aus Liebe geheiratet. Doch heute ist es anders und ich werde meinen Kopf immer durchsetzen – nur nicht, wenn es um diese Veranstaltungen geht. Hier muss ich mich fügen und die Familie sowie die Firma bestmöglich vertreten. Das bin ich meinem Vater schuldig.

Den Abschied halte ich kurz und nach wenigen schmeichelnden Worten und Entschuldigungen gehe ich hinter Ethan her. Soll der Rest denken, was er will. Wir sind hier gewesen und damit habe ich meine Pflicht erfüllt. Nun habe ich Wichtigeres zu tun, nämlich das fortführen, was Ethan vorhin begonnen hat.

Der hat längst vom Pagen unser Auto vorfahren lassen, obwohl es unkomplizierter wäre, uns von Jacques chauffieren zu lassen. Die Annehmlichkeiten meines Lebensstils schätzt Ethan jedoch eher weniger. Für ihn wäre es vollkommen okay, in einer einfacheren Wohnung zu leben. Personal, ein Penthouse und Luxusautos stehen für ihn hingegen nicht unbedingt an erster Stelle.

Dennoch liebt er den dunkelblauen Audi e-tron und spielt bereits mit dem Gaspedal, als ich am Ausgang ankomme und mir meine Jacke reichen lasse. Ich schmunzle. Trotz seiner offensichtlichen Ungeduld schreite ich ohne Hast die Treppe hinunter und sinke grazil auf den Beifahrersitz. Jetzt bloß nicht noch einen Höschenblitzer riskieren.

»Ich hätte es keine Minute länger ausgehalten.« Ethan schaut mich nicht an, sondern tritt, sobald ich die Tür geschlossen habe, so schwungvoll auf das Gaspedal, dass die Kiessteinchen gegen den Lack der Karosserie spritzen. Vorwurfsvoll schaue ich ihn an, doch sein Blick ist weiterhin stur geradeaus gerichtet.

»Die Gala war fürchterlich.« Er zerrt an seiner Krawatte und öffnet mit einer Hand den obersten Knopf des Hemdes.

Ich seufze innerlich auf. »Du findest jede Veranstaltung langweilig.« Es ist jedoch unerlässlich, dass ich präsent bin. Wer nicht gesehen wird, verschwindet irgendwann in der Versenkung und das dürfen wir uns in dieser wichtigen Phase nicht leisten. Texas-Solar-Gold-Energy ist das Familienbaby. Ich werde mich hüten, mein Erbe vor die Wand zu fahren. Im Gegenteil:

Ich habe Pläne. Große Pläne, wie ich die Marktführer-schaft ausbauen kann. Immerhin schläft die Konkur-renz – beispielsweise Gideon Maxwell und sein Vater – nicht.

»Das meine ich nicht und das weißt du.«

»Es zwingt dich niemand, dort mit hinzugehen.« Das tue ich wirklich nicht, auch wenn die Veranstaltungen einer der Punkte sind, deretwegen wir uns öfter strei-ten.

»Doch. Wenn ich 'nen Abend mit dir verbringen will, habe ich keine Wahl.«

Ich ziehe die Augenbrauen hoch, sage jedoch nichts. Diese Diskussion haben wir bereits bis zum Erbrechen geführt und jedes Mal endet sie damit, dass wir entwe-der in getrennten Zimmern schlafen oder vor lauter Diskutieren eine schlaflose Nacht verbringen.

Die Dunkelheit fliegt an uns vorbei, die Villen hinter hohen Hecken verborgen, während Ethan den Sport-wagen zügig und trotzdem kontrolliert durch die Stra-ßen lenkt. Was wohl in seinem Kopf vor sich geht? Ob er bereits bei seiner kleinen Firma ist? Wenn er mich doch nur investieren lassen würde. Aber es ist sein Un-ternehmen. Da besteht er auf strikte Trennung und ist stur wie ein Esel. Ein süßer Esel, den man manchmal aber auch zum Mond schießen möchte.

Wir biegen in die Straße ein, die zu dem modernen Wohnhaus führt, in dem ich das Penthouse in der obersten Etage besitze. Eines der wenigen größeren Ge-bäude mit sechs Stockwerken, denn rundherum befin-den sich lediglich die Villen der anderen Reichen.

Ich mustere das Gebäude kurz, während Ethan den Sender für die Einfahrt der Tiefgarage betätigt. Das

Rolltor ruckelt hoch und meine Gedanken driften ab. Wie es wohl wäre, weniger Geld zu besitzen? Würde es etwas ändern?

Zum Glück parkt Ethan in diesem Moment auf meinem Stellplatz und sieht mich zufrieden an.

»Sweety, du weißt, dass ich für dich auch Frösche essen würde, wenn es dich glücklich macht, oder?« Dabei schaut er so süß und unschuldig drein, dass ich lospruste. Egal, was andere von ihm halten, für seine Situationskomik muss man ihn einfach lieben.

Als Antwort ziehe ich ihn zu mir heran und verschließe seinen Mund mit einem Kuss. »Hör auf zu reden und mach da weiter, wo du vorhin aufgehört hast«, murmle ich, als ich zwischen den Küssen Luft hole. Sofort gehen seine Finger auf Wanderschaft und zirkeln Linien aus purem Feuer auf meine Haut. Nur der Stoff dazwischen stört und so löse ich mich schwer atmend von ihm. Es braucht kein weiteres Wort, damit er versteht.

Kapitel 2

Sophia

Ethan drückt sich aus dem Fahrersitz hoch, umrundet das Auto und hält mir die Tür auf. Kaum dass ich aufgestanden bin, zieht er mich zu sich ran, lässt seine Hand unter meinen dünnen Mantel wandern. Wüsste ich nicht, dass die Tiefgarage videoüberwacht ist, wäre es um meine Beherrschung wahrscheinlich spätestens jetzt vorbei. Aber ein Quickie würde mir definitiv peinliche Momente bescheren, wenn ich das nächste Mal am Portier in der Eingangshalle vorbeigehe. Nein, diese Option ist undenkbar. Daher dirigiere ich Ethan mit Nachdruck in Richtung des Fahrstuhls, der um diese Uhrzeit sofort zur Verfügung steht, stecke meine Karte in den Schlitz und drücke auf den obersten Knopf. Die sanfte Musik lässt mich die Augen verdrehen. Und auch wenn der Fahrstuhl nicht anhält, dauert die Fahrt viel zu lange. Ich keuche auf, als Ethan mir sanft in mein Ohrläppchen zwickt. Schon hat sein Finger wieder den Weg in meinen Nacken gefunden und zieht dort seine Kreise. Nicht so intensiv wie zuvor und doch richtet sich elektrisiert jedes Härchen auf. Vielleicht ist es auch genau dieser geringe Druck gepaart mit der

Fahrt im Fahrstuhl, der mir kleine schwarze Punkte vor die verschwommene Sicht treibt.

Ethan steht so nah bei mir, dass ich seine Erregung deutlich spüre. Seine Härte an meiner Hüfte, seinen abgehackten Atem in meinem Ohr, der noch immer leicht nach alkoholfreiem Bier riecht. Er will mich und ich will ihn. Ich drücke mich für einen Moment von seinem Körper ab und schaue in seine Augen. Die braunen Sprenkel in den grünen Iriden funkeln lüstern, während ich für eine winzige Sekunde darin versinke, als wären sie die Ewigkeit.

»Was ist?«, fragt Ethan und mustert mich ebenfalls.

»Ich habe gerade darüber nachgedacht, wie es wohl wäre, wenn wir es jetzt und hier tun würden«, höre ich mich sagen, bevor ich die Worte überdacht habe. Ich ziehe die Unterlippe zwischen die Zähne und lehne meinen Kopf an seine Schulter.

»Es?«, haucht er in mein Ohr. Prompt zieht sich eine Gänsehaut meinen Rücken entlang. So wie er es sagt, klingt es völlig verrucht. Ich bin sicher nicht prüde, aber gleichzeitig auch ein Gewohnheitstier. Oder eher normal. Ja, ich bin einfach normal. *Netter Versuch*, flüstert mein Unterbewusstsein.

»Na, du weißt schon«, erwidere ich mit rauer Stimme, die plötzlich kaum mehr wie meine eigene klingt.

»Was weiß ich?«

Ich unterdrücke ein Stöhnen. Natürlich weiß er genau, was ich meine. Er spielt mit mir. Ein Spiel, das wir so noch nicht gespielt haben. Aber ich lasse mich gern drauf ein.

Immer noch ist sein Mund nah an meinem Ohr und seine Hüfte an meiner. Plötzlich drückt er mich gegen die Fahrstuhlwand. Seine Erektion presst gegen meinen Bauch, pinnt mich beinahe fest. Ich stoße die Luft aus, verharre mit den Händen an seinen Oberarmen und warte, was als Nächstes geschieht. Mein Herz wummert gegen meine Rippen, hallt wider und schreit nach mehr. Ich schlucke, wage nicht, mich zu bewegen. Alles in mir droht zu zerbersten, obwohl uns mehrere Lagen Stoff trennen.

»Das hier?« Es ist eine rhetorische Frage, auf die er keine Antwort erwartet, oder? Ich beiße mir erneut auf die Unterlippe.

Doch ehe ich auch nur einen klaren Gedanken fassen kann, stößt er sich von mir weg. Es bleibt Kälte, wo eben noch sein Körper den meinen berührt hat. Leere, wo er mich innerlich angefasst hat. Der Wunsch, dass er sofort weitermacht. Aber ich bleibe stumm, mustere ihn. Er ist heiß und verwegen. Und plötzlich keimt ein Wunsch in mir auf. Ich will etwas Verrücktes tun. Etwas, was ich noch nie zuvor getan habe. Ausbrechen aus dem ewig gleichen Trott von Arbeit, schön aussehen und lächeln. Ich will mich vergnügen, Grenzen überschreiten und mich treiben lassen. Genießen und spüren. Schmecken und zuhören.

Aber ich rühre mich nicht. Im Gegenteil: Ich rücke mein Kleid zurecht und starre auf den Boden. Unbehagen steigt in mir auf und gleichzeitig pocht das Verlangen in meiner Mitte unbarmherzig auf Erlösung.

Endlich, nach zu langen und quälenden Sekunden – wobei es keine zehn waren –, ertönt das vertraute Ping und der Fahrstuhl öffnet seine Türen. Ethan greift nach meiner Hand und zieht mich in den kargen Vorraum mit der Sicherheitsanlage sowie den sauteuren Bildern eines unbedeutenden Künstlers. Eigentlich war hier einst der Flur, doch mein Vater hat auf diese zusätzliche Sicherheitsmaßnahme bestanden und die Gemälde gesponsert.

Ich gehe mit wackeligen Knien zum Hightech-Display und deaktiviere die Alarmanlage.

Als ich mich wieder umdrehen will, erstarre ich. Jemand tritt von hinten an mich heran und verdeckt mir mit den Händen die Augen. Mein Herz pocht erneut dumpf und voller Ekstase gegen meine Brust, will Alarm schlagen, doch allein Ethans Geruch sorgt dafür, dass ich mich entspanne. Wer sollte auch sonst in der Wohnung sein?

»Schließe die Augen und sag nichts. Vertrau mir.« Seine Stimme ist rau.

Ich nicke stumm und schlucke. Was hat er vor? Hat er meine Gedanken erraten? Wünscht er sich ebenso wie ich Abwechslung? Meine Finger kribbeln, als ich mich von ihm durch die Wohnung leiten lasse. Natürlich weiß ich, welchen Raum er ansteuert. Stumm dirigiert er mich. Jedes unserer Geräusche dröhnt in meinen Ohren und der Geruch nach Kaffee hängt noch immer in der Luft. Zuhause.

Als er mich um meine eigene Achse dreht und meine Waden gegen das Bett drücken, folge ich meinem Instinkt, setze mich und Ethan quittiert es mit einem leisen, bestätigenden Grummeln. Vorfreude kribbelt in meinen Fingern und ich muss mich zurückhalten, sie nicht auf Wanderschaft zu schicken. Was wird er als Nächstes tun? Er ist da. Ich höre seinen Atem. Spüre die flüchtigen Luftbewegungen an meinem Gesicht und registriere das Rascheln, das seine Kleidung erzeugt, sobald er sich bewegt. Doch ansonsten geschieht nichts.

Zumindest nicht äußerlich, denn ich vibriere. Mein Herzschlag pocht drängend, mein Bauch grummelt und eines meiner Augenlider flattert.

»Schhht!«, macht Ethan mit Nachdruck und kommt näher. Ich weiß es, obwohl ich es nicht sehe. »Lass die Augen geschlossen.« Ist ihm bewusst, dass er damit den Kloß in meinem Hals größer werden lässt?

Ich nicke erneut stumm, doch gegen das Zucken meines Auges vermag ich nichts auszurichten. Bevor ich dorthin fassen kann, spüre ich Ethans Anwesenheit kurz nicht mehr. Im nächsten Moment ist er jedoch näher als zuvor. So nah, dass ich seine Körperwärme in mich aufsauge. Ich will ihn berühren und meine Finger treten ihre Reise nun doch von allein an. Aber er drückt meine Hände mit sanftem Nachdruck zurück in meinen Schoß. Stoff berührt meine Stirn. Kalt, samtig und durchaus angenehm. Ist das meine Schlafmaske? Ich schlucke.

»Besser.« Mehr sagt er nicht. Im Gegenteil, erneut schweigen wir uns an. Das Kribbeln in mir breitet sich weiter aus, erfüllt jeden Zentimeter meines Körpers. Ich verzehre mich nach ihm. Kann er endlich weitermachen? Mich berühren? Egal wo, Hauptsache, er lässt mich nicht mehr warten. Ich bin nicht ungeduldig, aber auf die Folter spannen muss man mich nicht.

»Und jetzt?«, flüstere ich, weiter abwartend, was passiert. Das ist neu, aufregend!

»Zieh dich aus.« Seine Stimme ist eisig, nüchtern und fordernd. Ich zucke zusammen. Wo ist die Wärme hin, die vorhin mitschwang? Ist das noch sein Spiel? Trotzdem tue ich, was Ethan verlangt, ist doch jedes Wort und jede meiner Bewegungen von weiterem Prickeln begleitet. In meiner eigenen Dunkelheit beuge ich mich vor und ziehe langsam den rechten Hacken aus meinem Louboutin, dann verfahre ich mit dem linken ebenso und stelle die Pumps vor mir ab. Natürlich beobachtet Ethan mich. Ich spüre seinen Blick auf meinem Körper, auch wenn ich ihn nicht sehe.

Langsam, beinahe in Zeitlupe, stehe ich auf und hoffe, dass ich dabei einigermaßen elegant wirke. Dann drehe ich mich mit dem Rücken zu ihm, öffne den Reißverschluss meines Kleides und kurz darauf liegt das Stück Stoff auf dem Boden. Zurück bleibe ganz allein ich. Mein Körper. Meine Seele.

Ich verharre einen Moment, warte auf seine Reaktion, doch da ist nichts, außer seinem Atem. Ohne es zu wollen, schlinge ich die Arme um meinen Körper, ziehe die Schultern nach vorn.

»Mach weiter, Baby.« Er ist näher als gedacht. Sein Atem streift mich und ich löse meine Arme. Ethan ist da, bei mir und er will, dass ich mich weiter ausziehe. Langsam beuge ich mich runter, ziehe meine Strumpfhose aus und zucke zusammen, als er seine kalten Hände an meine Hüften legt. Stromstöße jagen über meine Haut. Elektrisiert halte ich erneut inne, spüre seinen Fingern nach, die meinen Körper mit Nachdruck wieder zurückdrehen, sodass mein Gesicht abermals Ethan zugewandt ist.

»Ach, was soll's! Dieser Idiot! Fuck. Du bist so schön!«
Ehe ich verstehe, was er mit seinem Ausruf meint, stößt er mich um und ich finde mich auf dem Rücken

liegend in meinem Bett vor. Sofort ist er über mir, zieht mir den Slip runter und dringt hart in mich ein.

Ich schnappe nach Luft. Obwohl ich feucht bin, war ich darauf nicht vorbereitet. Wann hat er seine Hose ausgezogen? Und was wird das jetzt?

Ich bin starr, versuche, mich seinem Rhythmus anzupassen, doch der Wunsch gerät auf dem Weg zwischen meinem Gehirn und dem Rest meines Körpers verloren. Alles zuvor vorhandene Verlangen scheint davongespült zu sein, als hätte sich ein eiskalter Wasserschwall über mich ergossen. Seine Stöße werden härter, während er mich stöhnend reitet, und ich empfinde nichts. Nicht genug. Wo bleibt das vertraute Kribbeln in meiner Mitte, die Welle, die gleich über mir zusammenbrechen wird? Doch da ist nur Leere. Zwei, drei Stöße später seufzt Ethan auf und sackt über mir zusammen. Sein Penis zuckt in mir, dann wird es still – jedoch nicht in meinem Körper.

Ethan rollt sich von mir herunter und greift nach seiner Decke. Ein leises Brummeln, doch anschließend bin ich endgültig mit meinen Gedanken allein. Allein und unbefriedigt.

Ich schiebe die Schlafmaske von meinen Augen, ziehe die Bettdecke zu mir und verharre. Unschlüssig, was ich tun soll.

»Was habe ich dir getan?«, flüstere ich und schaue ihn an. Doch mein Verlobter schläft bereits seelenruhig und wie ich ihn kenne, wird er vor acht Uhr nicht wach werden.

Ich schiebe meine Hand ebenfalls unter die Bettdecke und berühre mich, so wie ich es mir kurz zuvor von Ethan gewünscht hätte. Was war los mit ihm? Sonst achtet er immer sehr auf mich und meine Bedürfnisse. Ich kreise um meine Klit, schiebe die Vulvalippen auseinander und reibe. Doch egal, was ich versuche, ich komme dem Höhepunkt kein Stück näher. Frustriert seufze ich auf. An seine etwas ruppigere Art könnte ich mich durchaus gewöhnen, nur nicht so.

Und nun? Fröstelnd ziehe ich die Decke höher. Mir ist nicht im eigentlichen Sinne kühl, eher fühle ich mich ... Ja, was? Unbefriedigt. Gleichzeitig rotiert alles in mir. Was zur Hölle sollte das? Normalerweise ist Ethan zärtlich, hört genau hin, lässt mir den Vortritt. Doch heute? Wurde ihm der Blümchensex zu langweilig? Lag es an dem Aufeinandertreffen mit Gideon? Und werde ich irgendwann Antworten auf diese Fragen bekommen oder ist morgen wieder alles wie zuvor?

Aber eines weiß ich sicher: Auf eine gewisse Art hat es mir gefallen. Zumindest der Anfang.

Ich starre an die Decke, während meine Zehen zucken. Da ist noch immer Energie in mir. Entschlossen schlage ich die Decke zurück. So kann ich nicht einschlafen und wenn ich ehrlich bin, will ich keine Sekunde länger in diesem Bett verbringen. Ethans sanftes Schnorcheln beruhigt mich nicht. Nicht heute. Wo ich sonst in seiner Gegenwart wie ein Baby schlafe, peitscht es jetzt meine Energiekurve weiter nach oben. Nein. Ich muss hier weg.

Auf wackeligen Füßen tapse ich ins angrenzende Badezimmer, gehe auf die Toilette und schminke mich ab. Danach betrete ich meinen begehbaren Kleiderschrank. Schuhe, Hosen, Kleider, Blusen, Hüte, Accessoires. Viel zu viel davon. Ich schnappe mir ein Business-Kostüm und meine Laufklamotten.

Später habe ich einen ganztägigen Termin bei einem unserer neuen Lieferanten, einer kleinen Firma in Liberty, die nanostrukturierte Oberflächen herstellt und die extra für uns ein neuartiges Verfahren testet. Wenn alles funktioniert, werden die Solarpaneele von Texas-SolarGold-Energy ihre Marktführerschaft weiter ausbauen. Wenn nicht, verzögert sich der Prozess ein wenig, doch der Erfolg wird uns nicht zu nehmen sein. Ich weiß es schlichtweg. Oder besser gesagt, ich hoffe, dass der Termin zufriedenstellende Ergebnisse liefern wird, damit ich mehr Energie in die bevorstehende Hochzeit stecken kann. Wobei wir wieder beim Thema Ethan wären. Ich seufze. Was auch immer heute Nacht los war, hoffentlich ist er morgen wieder besser drauf, wenn ich zurückkomme. Rasch packe ich alle Sachen in meine Tasche, schreibe Ethan einen Zettel und lege diesen auf den Tresen in der Küche. Wenn er aufwacht, wird er mich nicht vermissen. Außerdem ist es nicht ungewöhnlich, dass ich bereits frühmorgens unterwegs bin. Mit dem Unterschied, dass ich diesmal ohne Fahrer auskommen muss. Jacques würde zwar jederzeit für mich aufstehen – schließlich wird er dafür bezahlt –, doch ich brauche Zeit für mich.

Leise schließe ich die Tür hinter mir und brause kurz darauf mit meinem e-tron über die Interstate 10 in Richtung Osten, der bald aufgehenden Sonne entgegen. Zum Glück ist der Weg nicht weit, sodass vor dem Termin noch Zeit für eine Laufeinheit bleibt.

Kapitel 3

Sophia

Meine Laufschuhe berühren den Boden höchstens für Millisekunden. Tack, tack, tack, tack, tack. Ein monotoner Rhythmus, nur unterbrochen, wenn ich herabhängenden Ästen oder aus dem Boden ragenden Wurzeln ausweiche. Zum Glück ist um diese Uhrzeit – nahezu noch immer mitten in der Nacht – sowieso kaum eine Menschenseele unterwegs. Vater würde toben, wenn er wüsste, wo ich bin. Nein, korrigiere ich mich sofort. Es ist nicht die Tatsache, dass ich um diese Uhrzeit hier bin, sondern dass ich allein hier bin. Ohne Sicherheitsleute, Jacques oder Ethan. Dabei muss ich nicht so beschützt werden, wie alle immer denken. Ich wohne in River Oaks, das bekanntermaßen als eines der sichersten Stadtviertel Houstons gilt. Und in Liberty ist sowieso der Hund begraben. Nein, ich fühle mich sicher. Außerdem wird sich kaum einer der Möchtegern-Gangster um diese Zeit hierher verirren. Was sollte er in dieser verlassenen Gegend wollen? Eulen beobachten? Angeln gehen? Ich schmunzle und konzentriere mich rasch wieder auf den Weg, der stockfinster vor mir liegt. Tack, tack, tack, tack, tack. Monoton renne ich weiter, atme regelmäßig durch die Nase ein und durch den Mund aus. Immer im Rhythmus der Schritte. Niemand stört mich auf meiner Runde. Niemand, der Fragen hat oder mich an das nächste Meeting erinnert. Niemand, der seinen Spaß hat und sein Gegenüber dabei vergisst. Niemand, der mich unbefriedigt zurücklässt.

»Fuu…« Ich besinne mich gerade noch rechtzeitig und spreche das Wort nicht aus. Warum kehren meine Gedanken immer wieder dorthin zurück? Warum musste Ethan einschlafen? Ob wir heute Abend dort weitermachen, wo wir aufgehört haben? Wahrscheinlich erinnert er sich nicht einmal mehr daran, dass er mich völlig vergessen hat. Ich seufze abermals. Aber hätte, wäre, wenn … Ich bin zu sehr im Business, um mir durch solche Details den Rest vom Tag vermiesen zu lassen. Die Gala war ansprechend, Gideon Maxwell habe ich bis zur Gartenparty der Hamiltons vertröstet und hoffentlich wird es nicht mehr allzu lange dauern, bis Vater mir die Firma überschreibt. Vielleicht noch ein oder zwei Jahre. Dann werde ich vom COO zum CEO. Alles läuft nach Plan und wenn ich durchhalte, werde ich am Ende belohnt. Ich untermauere meinen Status und niemand wird mehr über Ethan als den Handwerker sprechen, wenn er erst mal mein Mann ist. Alles wird gut und vielleicht verspreche ich dann auch irgendwann, nicht mehr ohne Begleitung frühmorgens joggen zu gehen. Vielleicht.

Ich werfe einen Blick auf meine Uhr. Puls 135. Zu wenig. So werde ich meine innere Anspannung sicher nicht los. Ich biege den nächsten Weg links ab und lege einen Sprint ein. Fünfmal vierhundert Meter haben noch immer geholfen, wenn mein Kopf mal wieder nicht so wollte wie ich. Fünfmal bis zur Kotzgrenze, wie ich zu sagen pflege. Mein Atem wird schneller, genauso wie meine Fußballen den Boden lediglich noch sanft streicheln, bevor ich mich wieder abdrücke. Ich fliege dahin, vergesse alles. Zwischen den einzelnen Sprints laufe ich locker voran, atme die halbwegs abgekühlte Luft. Ein weiterer guter Grund, warum ich am liebsten in den Morgenstunden laufe. Immerhin sind die Temperaturen in Texas tagsüber nicht sonderlich sportfreundlich, wenn man etwas anderes als Golfen möchte.

Puls 168. Nicht mein Maximalpuls, aber den will ich nicht erreichen. Nichtsdestoweniger haben die Sprints für Ablenkung gesorgt. Ich bin wieder gefasster, ausgeglichener. Jogge locker weiter und dennoch in einem Tempo, bei dem viele längst Schnappatmung hätten.

Der erste Schimmer des neuen Tages ist am Horizont zu erkennen. Bestimmt ist der Sonnenaufgang fantastisch, sofern man ihn vom richtigen Fleck aus beobachtet.

Ich checke kurz das Handy mit der Navigations-App und biege an der nächsten Gabelung rechts ab. Der Parkplatz ist nicht mehr fern. Durch die Bäume funkelt der Trinity River. Am Flussufer entlang, über die Brücke und mein Auto auf dem hoffentlich noch immer verlassenen Parkplatz des Diners abholen. Danach ein Hotel ausfindig machen, dort kurz duschen und frühstücken. Das klingt nach einem Plan, denn nach Hause oder ins Büro zurückfahren, ist zeitlich nicht machbar.

Der Weg führt um eine Kurve und weiter auf den Fluss zu. Herrlich, wenn man bedenkt, dass Texas eigentlich ein echt trockenes Stückchen unseres Landes ist. Eine Natur, die es zu schützen gilt. Nicht umsonst bin ich stolz, dass wir kein Ölunternehmen besitzen, sondern es geschafft haben, mit erneuerbaren Energien Marktführer zu werden. Allem voran die Solarenergie, denn Sonne haben wir hier eindeutig genug. Jetzt braucht es nur noch leistungsstärkere Paneele, bei denen das einfallende Licht entsprechend effektiv eingefangen und reflektiert wird, um mehr Energie zu speichern. Aber daran wird längst gearbeitet.

Der Himmel im Osten ist bereits rötlich verfärbt und die Vögel rings um mich herum haben ihren Tag begonnen. Überall zwitschert und tiriliert es, sodass ich am liebsten einfach für eine Weile verharren würde. Ich atme tief ein, schließe für zwei Schritte die Augen und genieße. Wer früh aufsteht – oder gar nicht erst ins Bett geht – bekommt den Zauber des ersten Sonnenstrahls des Tages geschenkt. Ein Stück Frieden, der durch nichts zu ersetzen ist. Denn letztendlich ist es ein Wunder, dass die Sonne jeden Tag erneut aufgeht und die Welt sich immerfort dreht.

Der Trinity schlängelt sich rechts von mir entlang und einem inneren Drängen folgend, biege ich in einen kaum sichtbaren Trampelpfad ab. Der Ausblick, der sich mir offenbart, übertrifft alles. Zwar sind im Hintergrund die ersten Firmen von Liberty sichtbar, doch das Flussbett liegt malerisch vor mir. Der zartrote Himmel spiegelt sich in den Milliarden Wassertropfen des Flusses, bringt ihn zum Funkeln wie eine natürliche

Diskokugel. Sanft treiben Zweige auf den Wellen, drehen sich in den ufernahen Strudeln und sausen anschließend weiter. Auch eine Ente mit ihren fünf Küken ist emsig auf Nahrungssuche und taucht immer wieder den Kopf unter Wasser. Einfach idyllisch.

Rasch zücke ich mein Handy und halte den Moment fest. Dann noch ein Panoramabild, denn wer weiß, wann ich wieder in den Genuss eines solchen Ausblickes komme. Anschließend wechsle ich in die Foto-App und schaue mir das Ergebnis an. Wahnsinn! Trotzdem kann das Bild nicht ansatzweise die Stimmung beschreiben, in der ich mich befinde. Euphorisch durchs Laufen, müde von der Nacht und gedanklich auf romantischer Sinnfindung. Vielleicht braucht es besseres Equipment, möglicherweise aber auch lediglich den richtigen Fotografen. Für mich jedenfalls reicht es. Dann bleibt mein Blick an einem Detail des Bildes hängen. Ich zoome weiter in das Foto hinein. Offensichtlich bin ich doch nicht allein am Fluss, denn rund fünfhundert Meter von mir entfernt stehen zwei Menschen, die ich mit bloßem Auge wahrscheinlich nie entdeckt hätte. Angler? Ihre dunkelgrünen Jacken verschmelzen mit der Umgebung. Doch das ist nicht das, was meine Aufmerksamkeit festhält. Was zur Hölle machen die beiden dort?

Hastig ziehe ich mich hinter einen Baum zurück und begutachte das Foto erneut. Zwischen ihnen steht ein Fass. Alle Alarmglocken in mir schrillen. Ich schaue wieder zum Flussufer und zu den Männern. Sie haben ein zweites und ein drittes Fass von der Ladefläche ihres Pick-ups abgeladen. Ich schlage mir die Hand vor den Mund, als sie das eine Fass kippen und einen Hebel öffnen. Sehr deutlich fließt eine Flüssigkeit heraus und ich bin mir sicher, dass das kein Wasser ist. Was auch immer die Männer dort entsorgen, es gehört definitiv nicht in den Trinity. So viel ist sicher. Meine Gedanken rasen und mein umweltbewusstes Herz sticht drängend, als wenn es mich zum Handeln antreiben will. Das ist nicht gut. Falls es Chemikalien sind, müssen diese fachgerecht entsorgt und dürfen sicher nicht einfach in den Fluss gekippt werden, an dem die Trinkwasserversorgung von Houston hängt.

»Scheiße, wir werden beobachtet!«, erschallt in diesem Moment eine Stimme. Ich zucke zusammen. Ein dritter Mann kommt auf mich zu, während im Hintergrund ein weiteres Fass als Ganzes in den Fluss geschubst wird.

Nein! Doch ich bin wie erstarrt. Was hat das zu bedeuten? Und egal, was in diesen Fässern ist, ich hätte niemals sehen dürfen, was hier passiert.

Erst Sekunden später realisiere ich, dass ich noch immer an derselben Stelle verharre, der Mann aber etliche Meter zu mir überwunden hat. Meine Gedanken rasen. Ich muss hier weg. Niemals dürfen diese Männer mich in die Finger bekommen. Niemals dürfen sie wissen, wer ich bin oder dass ich ein Foto von ihrer Tat habe.

Ich mache auf dem Absatz kehrt und renne den Trampelpfad zur Straße zurück.

»Bleib stehen! Ich kenne dich!«, brüllt der Mann hinter mir abgehackt, keucht aber bereits bedenklich.

Kann das stimmen? Erkennt er mich? Ich meine, es dämmert gerade erst. Ja, ich ziere etliche Cover bekannter Zeitschriften und bin sicher keine Unbekannte.

Möglich ist es in jedem Fall. Aber er war einige Meter weg und ich habe Sportklamotten an.

»Sophia. Gold. Bleib stehen! Sophia Gold!«

Es läuft mir eiskalt den Rücken hinunter. Verflucht. Der Kerl hat mich wirklich erkannt. Gleichzeitig weiß ich, dass ich weder reagieren noch mich umdrehen darf. Also renne ich. Mein einziger Vorteil, den ich gegenüber den meisten anderen habe: Ich bin trainiert.

Doch ich komme nicht weit. Gerade als ich den Highway erreiche, der mich über die Brücke des Trinity und somit zu meinem Auto bringt, stellt sich mir ein Auto quer in den Weg. Panisch weiche ich aus.

»Stopp.« Die Stimme ist sanft und doch bestimmt, als er aus dem Sportwagen aussteigt. »Wo willst du hin?« Vor allem ist die Stimme vertraut. Viel zu vertraut.

Ich verharre, setze zu einer Antwort an. Schüttle den Kopf. Atme hektisch. Wische mir den Schweiß aus den Augen, während er auf mich zukommt. Ich kenne ihn. Aber das kann nicht sein. Was macht er hier?

»Bleib stehen!« Die befehlende Stimme ist hinter mir. Mein Kopf schnellt herum. Der Verfolger hat aufgeholt, ist vielleicht noch fünfzig Meter entfernt. Verflucht! Ich verliere zu viel Zeit.

Also schlage ich die nach mir greifenden Hände des vor mir stehenden Mannes fort. Das hier ist ein Albtraum. Ich will weg. Ich muss weg. Mein e-tron ist nicht weit. Ein fester Griff am Oberarm hält mich jedoch zurück, sodass ich beinahe strauchle. Nein! Sie dürfen mich nicht in die Finger bekommen. Weder er noch mein Verfolger.

»Jetzt beruhige dich!«

Woher kenne ich diese Stimme?

Und dann verstehe ich endlich, wer vor mir steht. Gideon Maxwell in Chinos und weißem Hemd. Kaffeeduft streift meine Nase und wenn ich es nicht besser wüsste, würde ich behaupten, dass er die Nacht nicht auf einer Party verbracht, sondern entspannt in seinem Bett geschlafen hat. Da steht er, riecht frisch nach herbem Duschgel und hält weiterhin meinen Arm fest.

»Was machst du hier?« Ich atme abgehackt. Was fasele ich da? Small Talk ist nicht das, was mir weiterhilft. »Ich muss hier weg!«, sage ich ergänzend, entreiße ihm meinen Arm und öffne kurz entschlossen die Beifahrertür seines Wagens.

Ein Blick nach hinten zeigt, dass der Verfolger nur noch wenige Meter entfernt ist. Zu meinem Glück fragt Maxwell nicht weiter nach, sondern steigt ebenfalls ins Auto.

»Wohin?« Er schaut mich fragend an, fährt jedoch bereits mit durchdrehenden Rädern an. Die Reifen quietschen, es riecht kurz nach Gummi, der Motor heult auf und ich werde in den Sitz gepresst. Natürlich besitzt er einen Wagen mit zu viel PS.

»Egal.« Mein Herz rast und ich wische mir den Schweiß von der Stirn. Fuck. Ein weiterer Blick zurück macht deutlich, dass wir den Verfolger vorerst abgehängt haben. Aber er kennt meinen Namen und hat sicher Maxwells Kennzeichen gesehen. Fuck. Ich bin geliefert.

Kapitel 4

Gideon

Sophia Gold. Was zur Hölle macht sie hier? Ich meine, vor ein paar Stunden hat sie mich eiskalt stehen gelassen und ist mit ihrem Nichtsnutz von Handwerker davongedüst, als wäre ich der Teufel persönlich. Und nun hüpft sie in mein Auto und lässt sich von mir irgendwohin bringen? Das ist unerwartet.

Ich werfe ihr einen Seitenblick zu, fokussiere mich danach erneut auf die Straße Richtung Liberty. Die Brücke über den Trinity River liegt bereits hinter uns, als Sophia wild zu gestikulieren beginnt.

»Dort!«, ruft sie und deutet auf ein Diner links von uns.

»Was ist dort?«, frage ich ruhig, reduziere das Tempo jedoch nicht.

»Mein Auto!« Sie dreht sich halb auf dem Sitz um und tippt mir hektisch auf die Schulter. »Maxwell, du musst sofort anhalten.« Ihre Berührungen jagen wie Stromschläge durch meine Haut. So lange habe ich mich danach gesehnt. So lange will ich, dass sie mich beachtet. Und nun sitzt sie völlig ungeplant in meinem Auto.

Anhalten. Meint sie das ernst?

Kurz wäge ich ab. Erst letzte Nacht schien dieser Augenblick noch so fern wie die Sonne von der Erde, doch was auch immer das Blatt zu meinen Gunsten gewendet hat, ich kann sie nicht gehen lassen. Wieso musste sie ausgerechnet heute hier in dieser gottverlassenen Gegend joggen? Dieses Kaff schläft um diese Uhrzeit. Immer. Doch ausgerechnet Sophia muss in aller Frühe den Trinity bewundern. Zugegeben, es ist schön hier. Aber sicher nicht, wenn ich in der Nähe bin. Das konnte sie allerdings nicht wissen. Sie ist vollkommen unschuldig und hat keine Ahnung.

»Nein«, sage ich bestimmt und trete fester aufs Gas. Erst muss ich mir sicher sein. Muss wissen, was sie gesehen hat.

»Maxwell, verflucht! Lass mich raus und zu meinem Auto!« Ihre Stimme ist schrill und von einem Hauch Panik getränkt. *Baby, entspann dich doch.* Aber an ihrer Stelle würde ich das wahrscheinlich auch nicht tun.

Die Sonne schiebt sich weit vor uns über den Horizont und ich klappe die Sonnenblende herunter. Dann verzögere ich, schnipple die Kurve und biege auf den Highway 146 ab.

»Wo willst du hin?«

Ich wehre ihre Hand ab, als sie versucht, mir ins Lenkrad zu greifen. Verflucht! Ist sie wirklich so dumm?

»Hör auf, sonst bringst du uns noch um.« Ich bin weder laut noch leise. Nur eindringlich und dominant. Wie ein Tiger. Ein Jäger auf Beutefang. Ich weiß, was ich kann, und kenne meine Grenzen. »Du bist in mein Auto gesprungen und hast gesagt, ich soll dich egal wohin fahren. Jetzt meckere nicht, weil ich exakt das tue.«

Ich mache eine kurze Pause und streiche mir über die Haare.

Sophia bleibt wie erwartet still. So ist es immer. Die Frauen kuschen, sobald ich das Raubtier in mir rauslasse. Zumindest hat sie einen Vorgeschmack bekommen.

»Erzähle mir, was du dort am Fluss gemacht hast und warum du wie von der Tarantel gestochen vor dem Mann weggelaufen bist. Dann überlege ich, ob ich dich zu deinem Auto oder besser woanders hinbringe.« Ein kurzer Seitenblick offenbart mir, dass es in ihrem Gehirn arbeitet. Sie ist es nicht gewohnt, dass ihr jemand klare Anweisungen gibt.

Zwar weiß ich höchstwahrscheinlich, was sie gesehen hat, und der Mann, vor dem sie geflüchtet ist, ist kein Fremder für mich, aber ich muss es aus ihrem Mund hören. Nur dann kann ich mir sicher sein. Denn ja, auch ich war nicht zufällig am Fluss. Und wenn Wege sich zweimal am Tag in so kurzer Zeit an unterschiedlichen Orten kreuzen, ist dies ein Zeichen. Ein Zeichen, dass wir uns unterhalten müssen und nicht bis zur Gartenparty der Hamiltons warten können.

»Was meinst du mit woanders.«

In mein Schlafzimmer, du süße Katze mit den spitzen Krallen. Das spreche ich natürlich nicht aus, nehme jedoch ein wenig den Fuß vom Gaspedal. Sie ist arrogant und distanziert wie eh und je. Aber ich weiß, dass sie sich mir anvertrauen wird. Es braucht Zeit. Eigentlich hätten wir noch nicht an diesem Punkt sein sollen. Schließlich bin ich geduldig. Es hätte einen besseren Zeitpunkt gegeben, doch nun muss ich improvisieren.

»Beantworte meine Frage.« Ich widerstehe dem Drang,

meine Hand nach ihr auszustrecken und sie am Oberschenkel zu berühren. Die nackte Haut unter ihren Lauf-Shorts ... Allein der Gedanke, dass sie mein Auto berührt, darin sitzt, die gleiche Luft atmet wie ich, lässt meinen Schwanz erneut willig erschaudern. Oh nein! Ich kann mich beherrschen. Ich muss mich beherrschen, denn ich habe Zeit. Ich brauche nichts zu überstürzen.

Schweißperlen rinnen ihr über das Gesicht, dann sieht sie mir direkt in die Augen. Betörend nimmt sie mich gefangen und beinahe hätte ich vergessen, dass ich ein Auto lenke. Das Ruckeln im Lenkrad erinnert mich unsanft, dass ich die Spur verloren habe. Ein kurzer Blick nach vorn und ich korrigiere die Richtung. Dann schaue ich sie erneut an.

»Nur wenn du geradeaus schaust und dich aufs Fahren konzentrierst.«

War sie schon immer so kratzbürstig? Einzig die Vehemenz, mit der sie jegliches Näherkommen von mir in den letzten Jahren unterbunden hat, ist von einer ähnlichen Dimension. Immer war nur ihr Handwerker Thema. Aber der wird bald Geschichte sein. Vielleicht sogar schneller als geplant. Weiterhin hängt alles von ihrer Antwort ab.

»Also gut. Schieß los.« Ich starre nach vorn, obwohl es mir mehr als schwerfällt, sie nicht weiter mit den Augen auszuziehen. Ihr Körper verströmt Hormone, die mich so geil machen, dass ich mir wie ein liebestoller Esel vorkomme. Jedes Mal, wenn ich sie sehe, ist es dasselbe. Damals, heute und sicher auch morgen. Langsam habe ich keine Lust mehr, mich zu zügeln. Ich hatte andere, ja. Aber keine ist so wie sie. Keine erweckt durch ihre bloße Anwesenheit in meiner Nähe dieses Gefühl in mir. Ja, sie lockt das Biest in mir hervor und gleichzeitig weiß ich, dass sie genau das will, was ich ihr bieten könnte. Doch dafür müsste sie es verstehen und so weit sind wir längst nicht. Also werde ich mich gedulden. Wenn nicht heute der Tag ist, dann kommt er irgendwann. Ich bin ein Jäger, der gern spielt – und sie bestimmt, ob das Spiel jetzt in die entscheidende Phase wechselt. Außerdem gibt es das höhere Ziel und das will sorgfältig vorbereitet werden.

»Ich habe noch einen Termin mit einem Kunden und da ich offensichtlich joggen war, müsste ich bitte zu meinem Auto, damit ich mein Ziel rechtzeitig erreiche.«

Ich widerstehe dem Drang, sie anzusehen. »Ich kann dich zu deinem Termin bringen.«

Sie stöhnt auf. »Maxwell, ich bin in Sportklamotten.«

»Das sehe ich.« Ich kann nicht verhindern, dass meine Mundwinkel in die Höhe wandern. Hält sie mich für töricht?

»Ich brauche frische Kleidung«, erklärt sie weiter das Offensichtliche.

»Und die ist in deinem Auto.« Wo auch sonst? Schließlich fährt sie zum Joggen nie so weit von ihrem Penthouse weg.

»Korrekt. Bringst du mich also bitte zurück?« Ihre Stimme ist genervt, obwohl sie krampfhaft bemüht ist, freundlich zu bleiben.

»Du hast meine Frage nicht beantwortet.« Auch das ist eine nüchterne Feststellung, die ich mit einem Schulterzucken untermauere.

»Ich habe dir sehr wohl beantwortet, was ich am Trinity gemacht habe.«

»Das schon, aber ich will noch immer wissen, wovor du weggerannt bist. Da war ein Mann hinter dir.« Wenn ich ehrlich bin, ist es pure Freude, dass sie abblockt. So fahre ich seelenruhig weiter raus aus der Stadt und die Zeit, die ich neben ihr sitzen darf, wird länger und länger.

»Ich kann mir auch ein Uber rufen.« Sie wedelt mit ihrem Handy vor mir herum.

»Könntest du«, antworte ich. »Wirst du aber nicht.«

»Nein?«

Im Augenwinkel sehe ich, wie sie ihr Smartphone entsperrt und eine App öffnet. »Nein, wirst du nicht. Die wären so schnell nicht hier und ich werde den Teufel tun und dich in der Pampa stehen lassen.«

Sie seufzt genervt auf. »Was willst du hören? Dass ich verfolgt wurde? War wohl offensichtlich, oder? Der Mann hat mich erkannt und ich bin weggelaufen. Keine Ahnung, ob er mich vergewaltigen oder nur ein Foto machen wollte. Ich wollte es jedenfalls nicht. Für euch Männer ist die High Society ein Spielfeld, für mich dagegen ein Drahtseilakt. Ich kann nicht mal eben irgendwo hin. Man kennt und erkennt mich. Ich wollte nur meine Ruhe haben. Und das will ich noch immer. Also bring mich zu meinem Auto.«

Ich weiß, dass das nicht die vollständige Wahrheit ist. »Hat er dich denn belästigt?«

»Wie kommst du darauf?«

Nun schaue ich doch wieder zu ihr. »Wie kommst du sonst auf die Idee, dass er dich vergewaltigen wollte?«

»Maxwell, ich hab alles gesagt und möchte zu meinem Auto. Das war der Deal.«

»Okay.« Mehr sage ich nicht. Trotzdem beschleunige ich und fahre ein Stück, nur um mit quietschenden Reifen auf den Parkplatz eines Firmengeländes abzubiegen und dort eine Einhundertachtzig-Grad-Wendung hinzulegen.

Als mein Sportwagen steht, drehe ich mich zu ihr um. Leicht grün um die Nase versucht sie sichtlich, Fassung zu wahren und mich nicht erneut anzugehen.

»Du ...« Sie verstummt, als ich die Hand hebe.

»Du bleibst sitzen. Ich muss kurz telefonieren. Danach bringe ich dich zu deinem Auto zurück. Okay?«

Sophia nickt und ich steige aus. Als die Tür hinter mir zufällt, ich drei Schritte gehe und der lauwarme Wind meine Haut umschmeichelt, muss ich mich beherrschen, mich nicht umzudrehen. Zu gern würde ich sie ansehen, jede ihrer Regungen analysieren und herausfinden, was sie wirklich gesehen hat. Aber dafür gibt es auch einen einfacheren Weg, denn sie wird nichts sagen. Sie vertraut mir nicht. Daher muss ich sie dazu bringen. Okay, ihr wurde quasi von klein auf eingetrichtert, dass wir Konkurrenten sind. Wieso sollte sie anders reagieren? Und dennoch ist sie in mein Auto eingestiegen.

Ich ziehe das Handy aus meiner Hosentasche und wähle die Kurzwahltaste mit der Nummer 2.

»Ja, Gid?«, dröhnt es mir keine Sekunde später munter entgegen und ich verdrehe bei der Erwähnung meines Spitznamens die Augen. Irgendwann wird er dafür büßen.

»Was hat sie gesehen?« Auf diese Frage gibt es nur zwei Antworten.

»Alles.«

»Ihr Auto steht auf der anderen Seite des Trinity bei einem Diner.«

Ohne ein weiteres Wort lege ich auf und fahre mir erneut über die Haare. Sie hat entschieden: Das Spiel beginnt und ab jetzt liegt es einzig und allein an mir, wie sie sich entscheiden wird. Es liegt an mir, den Traum unserer Großväter weiterzuleben, koste es, was es wolle.

Mit einem Lächeln auf dem Gesicht steige ich erneut in den Wagen und bin beinahe stolz auf sie, dass sie sitzen geblieben ist. »Danke, dass du gewartet hast. Dann bringe ich dich jetzt wie versprochen zu deinem Auto zurück.« Ja, charmant kann ich.

Kapitel 5

Sophia

Wie ich diesen Kerl hasse. Warum musste ausgerechnet er mit seinem Wagen im Weg stehen? Warum habe ich mich nicht losgerissen und bin direkt zu meinem Auto gelaufen. Er hätte den Kerl für mich aufhalten können.

Nein, stattdessen sitze ich in seiner Potenzsteigerung von Luxuskarosse, er spielt Playboy und ich muss mir irgendeine Ausrede aus den Fingern saugen, damit er mich zu meinem Auto zurückbringt. Ich bin so blöd.

Seine Dominanz ist greifbar, pulsiert zwischen uns – und mitten in mein Innerstes. Sosehr ich bockig sein und ihn mir vom Hals halten möchte, so intensiv genieße ich jede einzelne Sekunde unseres Dialoges. Nur darf er das niemals mitbekommen. Während er draußen telefoniert, beobachte ich ihn. Doch da er sein Gesicht von mir abgewandt hat, habe ich keine Ahnung, worum es in dem Telefonat geht. Nicht dass ich Lippen lesen könnte, aber neugierig bin ich trotzdem. Was hat er plötzlich zu besprechen?

Kurz bin ich versucht, die Autotür zu öffnen, aber er würde es sofort merken. Da bin ich mir sicher. Ich könnte Firmenspionage betreiben und Details erfahren, die ich besser nicht hören sollte. Aber wäre er so dumm, über Firmeninterna zu sprechen, wenn ich in der Nähe bin? Immerhin bin ich die Konkurrenz. Andersrum, es mag sich vielleicht arrogant anhören, aber wir sind Marktführer. Was könnte er schon besprechen, was wir nicht längst haben? Unsere Leute sind die besten. Da kommen Maxwell und sein Vater nicht mit. Hätte Wyatt Maxwell nicht mit meinem Dad gebrochen, ihn hintergangen, dann sähe es heute wahrscheinlich anders aus. Wahrscheinlich hat Gideon alle Hände voll zu tun, die Scherben seines Erbes zusammenzuflicken. Ja, er ist die Konkurrenz, und gleichzeitig ist er nur ein bellender Hund. Nicht mehr und nicht weniger. Beißen würde er sicher nicht.

Und selbst wenn: Nichts rüttelt an der Tatsache, dass ich mit Dad gemeinsam ein äußerst erfolgreiches Unternehmen führe.

»Beeil dich, du Arsch«, flüstere ich zwischen zusammengepressten Zähnen hervor. Zum Glück hört er mich ebenfalls nicht. Muss er denn nicht in seine Firma? So kann das nichts werden. Immerhin habe ich einen Termin, wohingegen er offensichtlich genug Zeit hat, mich durch die Gegend zu kutschieren. Die Sekunden ziehen sich zäh wie Kaugummi.

Ich beobachte jede seiner Bewegungen. Geschmeidig wechselt er sein Standbein. Wieder komme ich nicht umhin, seinen trainierten Hintern zu bewundern. Auch sein Oberkörper zeichnet sich durch das Poloshirt deutlich als V ab. Das Tattoo auf seinem Arm, das unter jedem Anzug ein wenig auf dem Handrücken hervorlugt, besteht aus verschiedenen Linien und

Punkten, die für mich keinen Sinn ergeben. Ein Tribal? Würde er sich wirklich etwas ohne tiefere Bedeutung unter die Haut malen lassen?

Ich schüttle den Kopf. Unvorstellbar. Allerdings kenne ich ihn kaum. Woher auch? Immerhin haben wir uns bisher höchstens oberflächlich unterhalten. Wenn ich ehrlich bin, sagt sein Profil auf der Website von Maxwell-Energy mehr aus, als ich ansonsten über ihn weiß.

Unter dem Tattoo zeichnen sich die Muskeln deutlich ab. Ja, er trainiert. Was wäre, wenn ich diese Linien auf seinem Arm mit dem Finger nachmale? Würde er es zulassen?

Hitze breitet sich in meinem Bauch aus und lässt mich die Augenlider senken. Doch auch wenn ich ihn nicht mehr ansehe, hat sich seine Silhouette auf meine Netzhaut gebrannt. Plötzlich bin ich wieder zurück in meinem Bett. Statt Ethan ist es Gideon, der mit seinen Fingern über meinen Körper streicht. Ganz so, wie ich es bei ihm tun möchte. Jede Berührung erzeugt ein innigeres Verständnis, ein helleres Feuer und offenbart gleichzeitig den Playboy in ihm. Ja, er ist ein Mann, der spielen will, und irgendetwas in mir will genau dieses Spielchen mitspielen. Ich weiß, dass ich längst feucht bin, dass meine zuvor erloschene Libido sich mit aller Kraft zurückmeldet. Heiß strömt die Erregung durch meinen Körper.

Nein. Das darf ich nicht zulassen. Ich schlucke und wische mir den Schweiß aus dem Gesicht. Rasch atme ich ein paar Mal durch und habe mich gerade rechtzeitig wieder unter Kontrolle, als Gideon die Fahrertür öffnet.

Er scannt mich ungeniert und mir schießt erneut Hitze ins Gesicht. Ahnt er etwas? Weiß er, woran ich gedacht habe? Quatsch. Woher sollte er? Sicher stempelt er meine erhitzten Wangen als Nachwirkungen des unfreiwilligen Sprints ab. Zumindest hoffe ich das, da er lächelt und den Wagen startet.

»Dann bringe ich dich jetzt wie versprochen zu deinem Auto zurück.« Seine Stimme ist zuckersüß, doch bin ich um die Bedeutung der Worte einfach froh.

Ich jubiliere und trauere zugleich. Einerseits ist mein Termin wichtig und wenn er auf dem Rückweg nicht aufs Gaspedal tritt, werde ich wohl oder übel zu spät kommen. Andererseits hätte ich es nie für möglich gehalten, dass ich mich in seiner Gegenwart wohlfühlen könnte. Wahrscheinlich aber sollte ich froh sein, wenn wir jeder unseren eigenen Weg gehen und uns nach wie vor nur auf den Galas mit Abstand begegnen. Mehr nicht. Meine Gefühlsverwirrungen und unbefriedigten Hormone liegen einzig und allein an Ethan. Mit ihm werde ich heute Abend alles klären und dann haben wir Versöhnungssex. So wird es sein.

»Danke«, nuschle ich und lehne meinen Kopf zurück. Immerhin hält Gideon sein Wort. Hoffentlich.

Um nicht erneut mit meinen Gedanken an seinem trainierten Körper hängen zu bleiben, starre ich geradeaus auf die Straße. Zum Glück schweigt auch er, obwohl ich die stechenden Blicke auf mir spüre und ihn am liebsten abermals darauf hinweisen würde, dass der Fahrer sich auf den Verkehr konzentrieren sollte. Allerdings ist der Highway leer. Weit und breit ist kein Auto in Sicht und so kann es mir egal sein, ob er die komplette Breite der Fahrbahn ausnutzt oder nicht.

Seine PS-verstärkte Potenzsteigerung wird er sicher nicht in den Graben befördern. Also schmiege ich mich ein wenig tiefer in den Sitz und visualisiere alles für meinen bevorstehenden Termin. Schließlich wird keine Zeit bleiben, die Unterlagen ein finales Mal durchzugehen.

»Wir sind gleich da.«

Ich schrecke auf, als seine zuckersüß sanfte Stimme durch den Wagen klingt. Bin ich etwa eingenickt?

»Okay«, antworte ich mit all der Kontrolle, die ich aufbringen kann. Rasch schaue ich mich um. Tatsächlich sind wir bereits in Liberty und in der Ferne ist die Brücke über den Trinity zu erkennen.

Augenblicklich wird mir mulmig. Was wäre, wenn der Verfolger dort auf mich wartet?

»Was ist?«, fragt Gideon in diesem Moment, als hätte er erkannt, dass ich mich etwas verkrampft habe.

»Was soll sein?« Ich starre geradeaus und versuche, mein Gefühlschaos unter Kontrolle zu bekommen – nur dass es diesmal nicht Erregung, sondern Angst ist.

»Du hast dich gerade verspannt, als du aus dem Fenster geschaut hast.« Das ist eine Feststellung, der ich nichts entgegnen kann. Er beobachtet hervorragend. Zu gut dafür, dass er sich auf die Straße konzentrieren sollte. Oder ist er multitaskingfähig?

»Nichts. Alles okay. Muss eingenickt sein.« Ich murmle mehr, als dass ich die Worte klar formuliere. Trotzdem scheint er mich zu verstehen.

»So, dann sind wir da.« Er biegt auf den Parkplatz des Diners ab und hält wie selbstverständlich vor meinem e-tron. Woher weiß er, welches mein Auto ist? Inzwischen ist der Parkplatz deutlich besuchter, da der Diner vor wenigen Minuten geöffnet hat.

»Danke«, sage ich erneut und öffne die Tür. Als ich aussteige und einen Blick zurück ins Wageninnere werfe, verziehe ich entschuldigend das Gesicht. Der Sitz ist schweißgetränkt.

»Nichts zu danken.« Er scheint meinen Blick nicht zu bemerken. Dennoch löst er seinen Sicherheitsgurt, während ich zu meinem Wagen gehe. Dort angekommen halte ich inne, die Finger über dem Türgriff schwebend. Ich schlucke. Dann gehe ich drei Schritte weiter und starre auf die Windschutzscheibe.

Bitch!

Ein Wort, das mein Blut zum Kochen bringt. Aufgesprayt und wahrscheinlich nie wieder komplett abzubekommen. Und ist die eine Scheibe auf der Beifahrerseite zerschlagen?

Mit zitternden Fingern greife ich nach dem Zettel, der unter dem Wischblatt klemmt und mit krakeligen Buchstaben beschrieben ist.

Sophia Gold. Ich weiß, was du gesehen hast. Ich weiß, wo du wohnst, und ich werde dich besuchen. Kein Wort zu niemandem oder du bist tot. Du entkommst mir nicht.

Ich schlucke. Wieder und wieder lese ich den Zettel und glaube die Worte dennoch nicht. Nur langsam sickert die Erkenntnis durch, dass ich definitiv jemandem zu nahe gekommen bin. Hatte ich mehr Glück als Verstand, dass Maxwell zur Stelle war?

Ebendieser tritt zu mir heran, als ich den Zettel fallen lasse. Geschickt fängt er ihn auf, während ich Löcher in die Luft starre.

Die Sekunden vergehen, doch ich kann mich nicht bewegen. Nicht ein einziger Gedanke bleibt hängen. Ich bin lost und trotz seiner Gesellschaft allein.

»Was auch immer dieser Mann heute früh von dir wollte. Ich befürchte, du hast ein Problem.« Er deutet auf einen zerstochenen Reifen, der mir erst jetzt auffällt.

Wie in Trance nicke ich.

»Hol deine Sachen aus dem Auto. Du kommst mit zu mir und tauchst unter. Bei mir vermutet dich niemand.«

Ich nicke erneut und leiste ihm Folge, ohne bewusst wahrzunehmen, was ich tue. Meine Tasche landet auf dem Rücksitz von Gideons Auto und ich sinke erneut in den schweißdurchtränkten Beifahrersitz. Wieso bin ich allein unterwegs gewesen? Wieso musste ich ausgerechnet hier joggen gehen? Und warum musste Ethan mich so hängen lassen?

Immerhin behält Gideon einen kühlen Kopf. Hauptsache, ich bin vorerst in Sicherheit. Alles andere werden wir später geradebiegen.

Kapitel 6

Gideon

In meinem Kopf rattert es. Mein Plan ist noch längst nicht final ausgearbeitet. Hätte ich geahnt, dass Sophia heute nach Liberty fährt, wäre ich niemals rausgefahren. Chris hätte den Job allein geschafft. Das ist seine Aufgabe. Dafür bezahle ich ihn. Aber nun ist es so und ich muss den Plan anpassen. Im Improvisieren bin ich gut. Alternative Fakten schaffen. Die Wahrheit so hinbiegen, dass alles läuft und niemand Verdacht schöpft. Gleichzeitig ersehne ich diesen Tag seit Ewigkeiten. Immerhin ist das Gästezimmer frei, denn bei mir übernachtet niemand.

Die Botschaft an ihrem Auto war eindeutig. Chris hat ganze Arbeit geleistet. Kein Wunder, dass sie wie paralysiert neben mir sitzt und keinen Ton rausbekommt. Gut so. Sie soll Angst haben. Sie muss Angst haben. Aber sie wird mir vertrauen. Bald.

Ich mustere sie von der Seite. Sie starrt Löcher in die Luft und hätte ich sie nicht wenige Minuten zuvor deutlich lebhafter erlebt, würde ich mir Sorgen machen. Ich bin kein Arzt, doch sieht sie aus, als stünde sie unter Schock.

Routiniert steuere ich das Auto in Richtung Houston zurück, beobachte sie aus dem Augenwinkel und versuche zu ergründen, was in ihrem Kopf vor sich geht. Auch jetzt ist ihr ausdrucksloses Gesicht bildhübsch. Das war sie schon immer und jeder, der das nicht erkennt, hat keinen Geschmack. Aber es ist auch ihr Fluch. Daher war ihre Lüge zuvor gar nicht so dumm. Sicher wird sie an jeder Straßenecke erkannt. Umso mehr wundert es mich, dass sie ohne Bodyguard unterwegs war. Sonst klebt Jacques wie ein lästiges Insekt an ihr. Oder Ethan. Aber was könnte der ausrichten, wenn sie wirklich belagert wird? Immerhin ist er nur ein Handwerker und kein ausgebildeter Personenschützer. Wobei Sophia Jacques auch mehr als ihren Chauffeur sieht. Auf eine gewisse Art kann ich sie verstehen. Sie ist wild und frei – so frei, wie man als Promi eben sein kann. Nur unterschätzt sie, welche Gefahren drohen. Außerdem bin da ja noch ich. Der Spieler, der sie seit Jahren beobachtet. Innerlich lache ich auf. Sie hat es nie geahnt und auch Jacques hat mich nie bemerkt. Selbst jetzt sitzt sie neben mir und hat keine Ahnung. Noch nicht.

Mein Blick wandert weiter über die verschwitzten Haarsträhnen zu ihrem nassen Shirt. Deutlich zeichnen sich ihre Nippel durch den Stoff ab. Mir ist durchaus bewusst, dass ihr wahrscheinlich nur kalt ist, doch mein Schwanz pocht drängend. Zu lange hat er gewartet und gleichzeitig ist das nicht seine letzte Geduldsprobe. Ja, auch mein Gehirn hat sich tausend Optionen überlegt, wann, wie und wo ich sie am besten ficke. Schnell und hart, langsam und zärtlich, liebevoll und dreckig. Sie wird darum betteln, dass ich es ihr wieder und wieder besorge. Oh ja. Sie wird flehen und ihr Orgasmus wird um meinen Schwanz herum zucken.

Ich lecke mir über die Lippen, als mein Blick auf ihren Schoß fällt. Diese kurzen Shorts verhüllen kaum etwas und schon gar nicht ihre langen und perfekten Beine. Ihre zarte Haut schreit förmlich danach, von mir liebkost zu werden.

Oh ja. Ich werde sie beherrschen, besitzen und benutzen. Weil sie es will. Weil sie mich bitten wird, nicht aufzuhören. Und ich spiele dieses Spiel zu gern mit.

»Hey«, sage ich sanft, als ihr Blick schläfrig wird. Noch immer hat sie sich keinen Millimeter bewegt und starrt geradeaus. »Wir sind gleich da. Alles okay?«

Eine saudumme Frage, aber das fällt mir erst auf, als ich sie bereits gestellt habe. Doch wie soll sie sonst Vertrauen zu mir aufbauen? Zuckerbrot und Peitsche könnte man es nennen. Sie war bisher stets von starken Männern – okay, eher steinreichen Geschäftsleuten, wenn man von Ethan absieht – umgeben. Sie braucht Führung und gleichzeitig die gewisse Art der Freiheit. Oh Baby, das gebe ich dir nur zu gern. Du bist Mein.

Sie antwortet mir nicht. Nur ein Ausdruck des Bedauerns hat sich auf ihr Gesicht geschlichen, während ihre Augen weiter ins Nichts starren. Hat sie überhaupt mitbekommen, dass ich nicht nach Houston reingefahren bin?

»Du solltest deinen Termin heute absagen.« Das ist keine Frage und keine Bitte, sondern eine klare Anweisung.

Mechanisch nickt sie.

»Dann nimm dein Handy. Sag, dass du den Termin verschieben musst und dich alsbald mit neuen Vorschlägen meldest.«

Wieder nickt sie, tut jedoch nichts.

Entschlossen reiße ich das Lenkrad herum und halte am Straßenrand an. Dann wende ich mich ihr zu und nehme ihre Hände. Kurz zuckt sie zusammen, schaut mich aus verschreckten Augen an.

»Ich ... Ich ...« Sophia sieht sich hektisch um. »Wo sind wir?«

»Auf dem Weg zu mir. Es ist alles okay. Aber du musst jetzt in der Firma anrufen, zu der du wolltest, und deinen Termin absagen.«

Sie nickt und entzieht ihre Hand der meinen, um nach ihrem Smartphone zu greifen. »Ja, Sophia Gold. Es tut mir leid, doch ich muss den Termin kurzfristig canceln. Ja ... Genau. Machen Sie bitte weiter wie besprochen. Ich melde mich alsbald mit einem neuen Termin. Danke.«

Ihre Stimme ist fest und zittert bei keiner einzigen Silbe. Sie funktioniert, wenn es darauf ankommt. Doch als sie den roten Knopf gedrückt hat, fällt sie wiederum in sich zusammen.

Rasch starte ich den Wagen erneut und bringe die letzten Meilen bis zu meinem Anwesen hinter uns.

Das massive schwarze Tor und die hohen Hecken schützen das Gebäude vor neugierigen Blicken. Hier bin ich ungestört – hier sind wir allein. Ja, es gibt Nachbarn, doch die Grundstücke sind riesig und die Nachbarn nicht an Small Talk interessiert. Eine Villa reiht sich an die nächste, jede mit Pool, Gärtner und weiterem Hauspersonal besetzt. An keiner Einfahrt fehlt eine Kamera und die Cops verirren sich nur selten in diese Gegend, da ein privater Wachdienst die Zufahrtsstraßen kontrolliert. Es ist nicht Fort Knox, gleichzeitig jedoch ein sicherer Hafen für alle, die ihre Ruhe haben möchten und das nötige Kleingeld besitzen.

Das Tor schwenkt auf und ich rolle langsam über den knirschenden Kies bis vor den Eingang, der mit drei Stufen und einem größeren Überdach beinahe wie eine Veranda wirkt.

»Wow ...« Auch in Sophia kommt wieder mehr Leben. Sie richtet sich auf und drückt beinahe ihre Nase an der Scheibe platt. Doch sie besitzt so viel Anstand, dass sie sich diese kindliche Neugierde verkneift. Trotzdem kann ich es ihr nicht verdenken, dass der erste Eindruck einen umhauen kann.

Das Haus ist zu imposant. Oder anders gesagt, wenn ich eine Frau und vier Kinder hätte, hätte jeder von uns ein eigenes Zimmer mit begehbarem Kleiderschrank und angrenzendem Badezimmer gehabt. Plus Gästewohnung und dem Trakt für die Angestellten. Wobei dieser sich auf eine Wohnung bezieht, die kleiner als die Gästewohnung ist. Dennoch fühlen sich meine Haushälterin und mein Gärtner dort pudelwohl. Sie machen ihre Arbeit und halten sich an die Regeln der Nachbarschaft: nichts sehen und nichts hören.

»Hier wohnst du?«, fragt Sophia und wendet sich mir zu. Ihr Blick ist vernebelt, als wäre es unmöglich, dass ich ein Haus besitzen könnte.

Inzwischen habe ich den Motor ausgestellt. Ich zucke mit den Schultern und grinse schief. »Wir könnten schauen, ob der Schlüssel passt.«

»Ich dachte, dass du direkt in Houston wohnst.« Das ist keine Frage. Und sie will auch nicht wissen, warum ich mit ihr ausgerechnet hierhergefahren bin.

»Du bist ganz schön neugierig. Aber ja, dort habe ich ebenfalls eine Wohnung.« Ich schmunzle, denn noch immer zeichnen sich ihre Nippel hart unter dem Shirt ab. Sie muss sich dringend etwas anderes anziehen, sonst weiß ich nicht, wie lange ich mich noch beherrschen kann. Und das muss ich. Eins nach dem anderen, doch heute hat sie ihr Schicksal selbst besiegelt. Außerdem ist sie auf meinem Anwesen. Der erste Schritt ist gemacht und das Spiel läuft.

»Komm erst mal mit rein. Dann zeige ich dir, wo du dich duschen kannst.« *Mit mir ...*

Kapitel 7

Sophia

Jeder Zentimeter des Badezimmers blitzt und blinkt, als hätte niemals jemand einen Fingerabdruck hier hinterlassen. Nirgends ist auch nur der Rand eines Wasserflecks zu erahnen. Die Flaschen mit dem Shampoo und dem Duschgel sind randvoll, eine Zahnbürste steht eingepackt im Glasbecher und es riecht nach nichts. Nicht einmal nach Putzmitteln. Allerdings liegt auch nirgends ein Staubkörnchen. Seltsam. Wurde dieses Badezimmer nach seiner Fertigstellung jemals betreten?

Rasch dusche ich mich und schaue den Wassertropfen dabei zu, wie sie die Scheibe der Duschkabine hinunterlaufen. Sie wirken genauso fehl am Platz, wie ich mich fühle. Doch welche Wahl habe ich? Rasch verscheuche ich den Gedanken und trete wieder aus der Kabine hinaus. Nachdem ich mich mit den flauschigsten Handtüchern der Welt abgetrocknet habe, steige ich in mein Business-Kostüm. Normalerweise wäre mir ein lockeres Kleid oder eine Bluse mit Leinenhose kombiniert lieber gewesen, doch ich habe nichts anderes dabei. So muss ich mit dem vorliebnehmen, was meine Tasche hergibt.

Noch immer ist es früh am Morgen, da ich ja mitten in der Nacht meine Fahrt angetreten habe. Sicher hat Ethan längst meine Nachricht gefunden.

Und ich? Ich sitze im Gästezimmer – oder eher Appartement – von Gideon Maxwell. Etwas, das ich nie von innen sehen wollte und mir nun wie der einzig sichere Hafen im ganzen Land vorkommt.

Gideon. Wie anders er sich heute verhalten hat. Ja, er ist ein Playboy und gleichzeitig hat er besonnen gehandelt, als ich in meiner Schockstarre gefangen war. Ja, ich habe alles um mich herum mitbekommen, doch ich konnte nicht aus mir heraus. Er war der Fels in der Brandung, als sonst niemand da war.

Jetzt nach der Dusche sehe ich wieder klarer, als hätte das Wasser nicht nur den Schweiß von mir gewaschen. Den Termin konnte ich nicht mehr rechtzeitig wahrnehmen und sicher ist es ratsam, mich ein paar Tage bedeckt zu halten. Nur wird Ethan mich spätestens heute Abend vermissen.

Entschlossen stehe ich auf und gehe in Richtung des völlig überproportionierten Eingangsbereiches des Hauses, der schlichtweg Platzverschwendung ist. Die Absätze meiner Louboutins hallen von den Wänden wider und kurz bin ich versucht, die Schuhe auszuziehen. Mich muss längst jeder im Haus gehört haben. Daher straffe ich die Schultern und schaue mich um. Erst jetzt fallen mir die Gemälde auf, die gekonnt mit indirektem Licht an den Wänden in Szene gesetzt sind. Absolut nicht mein Fachgebiet und doch vermute ich, dass es bekanntere Maler sind. Etwas anderes würde Gideon sich nicht aufhängen. Auch die Einrichtung ist hochwertig, edel verarbeitet, doch vollkommen unpersönlich. Nirgends steht ein Foto, kein Accessoire liegt herum und an eine kleine Chaos-Ecke ist nicht im Entferntesten zu denken. Alles fügt sich zu einem Gesamtkunstwerk, das einzig zu Museumszwecken errichtet sein kann – und dadurch wirkt das Haus neutral, kalt und trist. Ich reibe mir über die Arme, obwohl mir trotz der Klimaanlage nicht kühl ist. Dieses Anwesen könnte jedem gehören. Wie kann Maxwell hier leben? Wir sind offensichtlich fernab des Houstoner Trubels, der mir bereits jetzt fehlt. Ich bin ein Großstadtmädchen. Ein verlorenes Mädchen, das sich verstecken muss, weil sie etwas beobachtet hat, was nicht für ihre Augen bestimmt war. Aber warum musste ich ausgerechnet bei Gideon landen? Hätte es nicht irgendwer anders sein können?

Ich will in mein Büro oder besser noch zu Ethan unter die Bettdecke und den Tag von vorne beginnen. Wobei Ethan längst auf dem Weg in seine Firma sein wird.

Stumm rollt eine Träne über meine Wange bei dem Gedanken an meinen Verlobten. Er hat keine Ahnung, was geschehen ist. Wenn er es hätte, würde er mich in den Arm nehmen, trösten und mir sagen, dass alles nicht so schlimm ist. Ich würde mich an ihn kuscheln und alles von letzter Nacht wäre vergessen. Gleichzeitig weiß ich nicht, ob ich nach Hause kann. Vielleicht wartet dort bereits der unbekannte Mann auf mich?

Noch immer stehe ich vor einem überdimensionalen Gemälde, nehme den Bildinhalt jedoch kaum wahr. Kunst ist eine Sache, über die man hervorragend diskutieren kann. Als ich ein klickendes Geräusch hinter mir höre, fahre ich herum und wische mir hastig über die

Augen. Warum habe ich mich eigentlich geschminkt? Wenigstens ist der Mascara wasserfest. Gideon hat die Eingangshalle betreten. Hat er gerade die Tür hinter sich abgeschlossen? Also ist dort wohl sein Arbeitszimmer.

»Möchtest du etwas trinken?«, fragt er galant und deutet auf eine offen stehende Tür, hinter der der Boden den Sonnenschein so intensiv reflektiert, dass ich nicht ausmachen kann, was sich darin befindet. Ich blinzle die kleinen tanzenden Punkte in meinem Blickfeld weg. Wann werde ich lernen, dass ich nicht in die Sonne oder ihre Reflexionen blicken sollte? Trotzdem nicke ich.

»Gern.« Meine Stimme krächzt und ich räuspere mich. Langsam folge ich ihm und komme nicht umhin, erneut seine durchtrainierte Rückseite zu betrachten. Mit jedem Schritt spielen seine Muskeln ihr eigenes Spiel und zu gern würde ich ihn dabei beobachten, wie genau er diese Perfektion erhält. Ob er einen Fitnessraum im Haus hat? Sicher, denn auch wenn ich bisher nur einen Bruchteil gesehen habe, so ahne ich, dass dieses Anwesen alles beinhaltet, was das Milliardärsherz begehrt. So schwer werden er und sein Vater geschätzt. Kein Wunder, dass er einen unpersönlichen Protzbau besitzt. Mehr Schein als Sein, so wie fast jeder von uns eine Fassade für die Öffentlichkeit besitzt.

Maxwell-Energy scheint zu florieren. Und wenn ich ehrlich bin, ich gönne es ihm. Konkurrenz belebt das Geschäft und Gideon ist offensichtlich ein strebsamer Geschäftsmann. Solche Leute braucht das Land.

Doch zurück zu seiner perfekten Rückseite. Er führt mich wie erwartet in ein Wohnzimmer, das von einer eleganten weißen Sofaecke dominiert wird. Die blauen Akzente überall an den Wänden und als Dekoration auf den ebenfalls weißen Möbeln wirken so liebevoll platziert und gleichzeitig so neutral, dass ich mir sicher bin, dass Gideon daran keinen Anteil hatte.

»Wasser, Kaffee oder etwas Stärkeres?«, fragt er, während er hinter die Bar tritt, die sein Wohnzimmer komplettiert. Immerhin sieht die Kaffeemaschine aus, als wäre sie der einzige Gegenstand, der regelmäßig in Gebrauch ist.

»Kaffee, bitte.« Er kann doch nicht ernsthaft jetzt mit Alkohol anfangen? Und für Wasser ist der Tag noch zu lang.

Etwas unbeholfen schiebe ich meinen Po auf einen der Barhocker und schaue ihm zu, wie er routiniert die Maschine bedient. Pulver in ein Sieb, dann wird dieses eingerastet und die Maschine läuft durch, während er Milch aufschäumt. Dabei hat er mich nicht einmal gefragt, ob ich überhaupt Milch in meinem Kaffee mag. Trotzdem liegt er damit goldrichtig.

Jede seiner Bewegungen ist anmutig, bedacht und ... ja, sie sind sexy. Zweifelsfrei könnte Gideon problemlos als Model arbeiten.

Er muss bemerken, dass ich ihn mustere, und dennoch lässt er sich nicht beirren. Im Gegenteil. Sein Lächeln ist gewinnend und siegessicher zugleich, als er mir einen perfekten Caffè Latte mit einem Keks garniert serviert.

»Danke«, sage ich und rücke die Tasse vor mir zurecht, ohne einen Schluck zu nehmen.

Schweigend mustert er mich, während ich am Keks knabbere. Unsicherheit schwappt in mir hoch und mit einem Mal weiß ich nicht mehr, was ich denken oder fühlen soll. Ich bin verloren in all den Erlebnissen des Morgens. Niemals hätte ich mir erträumt, jetzt an diesem Ort zu sein. Erneut kullert eine Träne meine Wange hinab, doch Gideon sagt nichts. Er reicht mir ein Taschentuch. Weiß, aus Leinen und sicher eine Rarität aus dem vorherigen Jahrhundert.

»Wie ...?«, sage ich und stocke. »Was ...?« Doch die Gedanken in meinem Kopf sind zu wirr, als dass ich einen grammatikalisch korrekten Satz bilden könnte. Kurz schließe ich die Augen, wobei mir neben dem Kaffeeduft auch Gideons Anwesenheit bewusster wird. Er ist da, nur der Tresen trennt uns. »Was soll ich jetzt nur tun?« Dann öffne ich die Augen erneut.

»Ich wünschte, ich könnte dir einen guten Rat geben, aber solange ich nicht weiß, was heute früh wirklich geschehen ist, muss ich spekulieren.«

Mein Blick trifft seinen und seine Augen sind unergründlich. Jeder müsste mitbekommen haben, dass mehr geschehen sein muss, als dass mich nur ein Fan erkannt hat. Der Zettel und die Beschädigungen an meinem Auto sind schließlich unmissverständlich. Kann er sich das nicht zusammenreimen?

Ich nicke. »Da hast du wahrscheinlich recht. Dennoch möchte ich dich nicht in die Sache hineinziehen. Du würdest auch in Gefahr sein.«

»Als ob ich mich nicht bereits in Gefahr begeben habe, als ich dich mitgenommen habe. Ich erinnere dich nur ungern daran, aber der Kerl, der dir hinterhergelaufen ist, hat mein Nummernschild sicher gesehen.« Gideon macht eine wegwerfende Handbewegung.

Da hat er recht. »Meinst du, sie werden mich hier finden, weil sie wissen, wo du wohnst?«

Zu meiner Erleichterung schüttelt er den Kopf. »Diese Wohngegend ist anonym und durch einen Sicherheitsdienst bewacht. Hier kommt so schnell niemand hin. Nicht einmal der Briefträger, denn der gibt die Post zentral ab. Du siehst, hier bist du sicher. Zumindest vorerst.«

Ich schaue auf meine Hände und greife nach dem Löffel. Gedankenverloren rühre ich in meinem Caffè Latte. Dies wäre die perfekte Wohngegend für einen Mord, wenn man ihm zuhört. Kann ich mich ihm anvertrauen? Und dann? Eigentlich müsste ich zu den Cops, doch die Warnung an meinem Auto war unmissverständlich. Und ich will wirklich nicht, dass Gideon in irgendetwas mit hineingezogen wird, was nicht seine Baustelle ist.

Daher schüttle ich den Kopf. »Sagen wir mal so, ich habe heute früh etwas beobachtet, was ich besser nicht gesehen hätte. Dieser Mann und seine zwei Komplizen sind Kriminelle gewesen.« Damit verrate ich nicht zu viel, doch die Tragweite der Situation dürfte klar sein. »Dazu die Nachricht, dass er mich finden wird. Gideon, ich habe Angst. Was ist, wenn der Kerl mich tatsächlich sucht? Ich habe zwar schon öfter Drohungen bekommen, doch diesmal habe ich das Gefühl, er meint es ernst.« Die Erkenntnis lastet schwer wie ein Stein in meinem Bauch, zwingt mich dazu, tiefer zu atmen. Gleichzeitig tut es gut, mich ihm anzuvertrauen.

»Damit ist vor allem klar, dass du dich erst mal für ein paar Tage zurückziehen solltest. Nein, musst.« Gideon nickt, als würde ihn das alles kaum schockieren oder wundern.

»Aber wo soll ich hin? In meinem Loft sucht der mich doch zuerst.«

Wieder nickt Gideon knapp. »Bleib hier. Wie du siehst, habe ich genug Platz und im Gästetrakt hast du deine Ruhe.« Kurz flackert sein Blick. Ist dort ein Funken Hoffnung aufgeblitzt oder interpretiere ich es falsch?

Ich zögere. Meine erste Reaktion wäre ein klares Ja gewesen und gleichzeitig ist da die Sehnsucht nach Ethan, nach der Klärung des Fiaskos von letzter Nacht.

»Ich muss arbeiten.« Die Ausrede kommt so lahm, dass ich sie selbst nicht glaube, und auch Gideon winkt direkt ab.

»Hast du heute noch einen anderen Termin außer dem, den du vorhin abgesagt hast?« Sacht streicht er mit dem Zeigefinger über seine Tasse, zieht Kreise wie Ethan gestern Abend auf meiner Haut, und unwillkürlich schnürt sich alles in mir zusammen. Erneut spüre ich die Bewegungen, das prickelnde Gefühl auf meiner Haut und die Wärme, die sich in mir ausbreitet. Dabei berührt er mich nicht einmal ansatzweise.

Ich schüttle den Kopf. »Nur viel Büroarbeit.« Meine Stimme bricht, während er die Bewegung mit seinem Finger unablässig fortsetzt.

»Und du hast deinen Laptop mit?«

»Selbstverständlich«, krächze ich und wünsche mir, sein Finger würde statt der Tasse meine Haut liebkosen.

»Dann mache ich dir jetzt einen Vorschlag. Ich mache ihn nur einmal und deine Entscheidung ist endgültig.

Also, es ist Freitag und du hast heute keine Termine mehr. Sicher arbeitest du sonst am Wochenende auch nicht im Büro. Wie wäre es, wenn du bis Sonntag hierbleibst und wir anschließend weitersehen?«

Er lässt seinen Finger an der Tasse hinunterwandern und mit ihm orientiert sich das innere Prickeln tiefer in meinem Bauch. Gideon mustert mich, als wäre ich die erste Frau, die er bittet, über Nacht bei ihm zu bleiben. Ich schlucke, während er die Tasse zum Mund führt, daraus nippt und sich genüsslich den Milchschaum von den Lippen leckt. Das unerfüllte Flämmchen in mir erwacht erneut zum Leben und aus einem mir unerfindlichen Grund weiß ich, dass es auf sein Angebot nur eine Antwort gibt.

»Ja«, hauche ich schneller, als ich sollte.

Und als wäre diese Antwort eine Freigabe, lodert in seinen Augen dasselbe Feuer auf, das sich in mir ausbreitet. Das all meine Zellen in Besitz nimmt und mich umschmeichelt wie ein altbekannter Freund. Wenn er mich so ansieht, ist er Sex pur. Kein Wunder, dass er reihenweise Frauen abschleppt. Wobei in seinem Gästezimmer eindeutig noch kein weiblicher Gast genächtigt hat. So gründlich kann keine Putzfrau sauber machen. Vielleicht vögelt er seine Betthäschen in der Stadtwohnung? Möglich wäre es.

Ein Stich zieht durch meine Brust. Warum mache ich mir Gedanken über sein Sexleben und wieso zur Hölle interessiert mich, wo er es mit seinen Flittchen treibt? Immerhin habe ich nicht vor, mich einzureihen und eine Kerbe an seinem Bettpfosten darzustellen.

Rasch nehme ich einen Schluck Kaffee. Ethan und ich werden bald heiraten. So und nicht anders wird es sein.

Doch dann dringt eine andere Erkenntnis zu mir durch.

»Die Hochzeit ...«, murmle ich.

»Was ist damit?«

»Wir müssen sie absagen. Sie ist öffentlich und ...« Panik rollt wie eine Welle durch mich hindurch, nimmt von mir Besitz. Ich schwanke. Dad wüsste, was zu tun ist. Aber ich darf ihn nicht in Gefahr bringen. Ich muss stark sein.

»Entspann dich ...« Gideons Stimme ist beruhigend, doch ich schüttle den Kopf.

»Nein. Das geht nicht. Ich muss ... Wir müssen ...« Hektisch schnappe ich nach Luft, doch kein Sauerstoff erreicht meine Lunge. Punkte tanzen vor meinen Augen, diesmal nicht wegen des Sonnenlichts. Der Raum um mich herum kippt und ich weiß, dass ich falle. Vielleicht ist es gut, endlich auf dem Boden der Tatsachen anzukommen. Die Hochzeit, die in acht Tagen das Houstoner Event des Jahres darstellen wird, muss abgesagt werden. Ich kann Ethan nicht heiraten. Eine absolute Katastrophe.

Aber statt auf dem Boden aufzuschlagen, sacke ich gegen eine überaus trainierte Brust und atme einen betörenden Duft ein. Gideon ist um den Tresen getreten und schließt seine Arme um mich, während ich haltlos schluchze. Meine Schultern zucken und das Luftholen fällt mir mit jeder Sekunde schwerer. Ich kann es nicht aufhalten, sosehr ich es möchte. Alle Ereignisse des Morgens rasen durch meinen Kopf, greifen nach mir und verhöhnen mich zugleich.

»Schhht.« Gideon zischt beruhigend an meinem Ohr und allein dieser Laut jagt mir eine Gänsehaut über meinen ganzen Körper. Trotz der Schluchzer lasse ich zu, dass er mich hält, mir die Sicherheit gibt, die ich gerade nicht habe. Gideon Maxwell, der Playboy, von dem ich sicher weiß, dass er nicht der Mann ist, mit dem ich mehr Zeit verbringen will als nötig. Aber er ist der Einzige, der in diesem Moment da ist und sich um mich sorgt, während Ethan mich in der Nacht alleingelassen hat. Die Nacht, die so weit weg erscheint, dass ich mich kaum erinnere, was geschehen ist.

Gideon, unser Konkurrent, der vielleicht nur nett sein möchte – und dessen Aftershave mir die Sinne vernebelt. Wie soll ich so einen klaren Gedanken fassen? In meinem Inneren braut sich ein Wirbelsturm um das Flämmchen zusammen, facht das Feuer an und setzt mich in Brand, als sein Daumen wie zufällig über meine Wange streicht. Ich erschaudere und lasse mich tiefer in seine Arme sinken. Ein Fuß auf dem Boden abgestützt, eine Pobacke auf dem Barhocker und ein Herz, das in einer Feuersbrunst gefangen ist. Klopfend und fragend zugleich. Darf ich fühlen, was ich fühle?

Kapitel 8

Sophia

Die Sekunden verstreichen, während er mich hält. Sacht gleitet sein Daumen an meinem Hals hinab und hinterlässt ein süßes und prickelndes Verlangen, das sich zu einem Kribbeln verdichtet, als sein Atem dieselbe Stelle streift.

Mein Schluchzen verebbt, wird durch einen erhöhten Sauerstoffbedarf abgelöst, der mich zwingt, Luft zu holen. Alle meine Sinne sind schärfer als sonst. Während das Verlangen weiter in meinen Bauch wandert und dort ein freudiges Ziehen verursacht, kann ich meine Hände ebenfalls nicht stillhalten.

Ich drehe meinen Oberkörper, wende mich ihm entgegen, recke meine Nase ein bisschen höher. Jeder seiner Atemzüge, jedes Heben und Senken seiner Brust treibt meine Lust weiter in die Höhe, obwohl er eigentlich gar nichts macht. Sicher ist mein Kaffee längst kalt, doch es ist mir egal. Ich bin wach, gleichzeitig müde und dennoch wieder klarer. Ich bin hier und schaue Gideon direkt in die Augen. Was ich dort sehe, lässt mich erschaudern.

Er brennt innerlich, genau wie ich. Die Flammen der Gier lecken aus seinen Augen heraus an mir und es ist mehr als deutlich, dass er mich will, obwohl er es nicht ausspricht. Holy Shit. Ich meine, er weiß, dass ich verlobt bin.

Und ich? Ich heirate zwar planmäßig in Kürze, doch will ich in diesem Moment nur ihn. Es ist, als wären wir zwei Planeten, die unweigerlich aufeinander zufliegen und aneinander zerbrechen müssen. Denn diese Erkenntnis blitzt ebenfalls in seinen Augen auf. So heiß das Feuer ist, das er ausstrahlt, so kalt ist das Eis, der schützende Panzer, der das Flammenmeer in Schach hält. Doch die Fassade schmilzt, und ich will sie zum Einsturz bringen.

Behutsam hebe ich die Hand und schwebe einen Zentimeter vor seiner Wange. Zu gern würde ich ihn berühren, aber ich traue mich nicht, das letzte Stückchen zu überwinden. Was auch immer es ist, ich kann es nicht benennen. Ich schlucke und gebe mir einen Ruck. Er ist wie eine Droge: Ich weiß, dass er verboten ist, und doch brauche ich ihn in diesem Moment, um zu überleben. Tiefe, dunkle Gier steigt in mir auf, während sein Finger inzwischen knapp über meinem knallharten Nippel verweilt. Beinahe möchte ich ihn anflehen, endlich mit seinen sanften Liebkosungen fortzufahren, doch jeder Ton stirbt sang- und klanglos in mir. Was sollte ich sagen? Alles würde sich vollkommen abstrus anhören. Gleichzeitig versinke ich in seinen Augen, die mich hinter Wände und in neue Welten blicken lassen – zumindest erhasche ich einen Bruchteil davon. Sein Anwesen, sein Kleidungsstil, sein Geld ... All das schockt mich nicht. Im Gegenteil. Es ist mir vollkommen vertraut. Parallel ist da etwas Dunkles, was ich nicht verstehe, völlig konträr zu der hellen Einrichtung. Was es genau ist, kann ich nicht in Worte fassen. Doch es ist da, passend zu seinem Tattoo. Gideon ist zwar ein Playboy, doch noch lange kein Bad Boy. Er ist in der High Society aufgewachsen, genau wie ich.

Langsam lasse ich meine Hand sinken, habe ein neues Ziel gefunden: die Linien und Muster auf seinem Arm. Kurz schaue ich dorthin, starre meine Finger an. Ich sollte ihn nicht berühren. Die Gewissheit ploppt in mir auf, so hell wie die Sonne, die noch immer ins Zimmer scheint. Aber ich muss. Er ist die Droge, die ich nie haben wollte. Jetzt, wo er vor mir steht, weiß ich, warum ich ihm instinktiv immer ausgewichen bin und Gründe gesucht habe, warum er nur ein unnahbarer Frauenheld ist. Er ist wahrlich ein Playboy und ich bin sicher nicht die Erste, die auf ihn hereinfällt. Andererseits wäre es so simpel, für ein paar Minuten alles zu vergessen, was an diesem Morgen passiert ist. Ja, ich will vergessen, doch ich zögere. Ich halte kurz vor seinem Arm inne, während er meinem gierigen Nippel ebenfalls kein Stück näher gekommen ist. Nur das Verlangen brennt in meinem Schoß. Ich weiß, dass ich feucht bin. Wahrscheinlich so feucht wie nie, obwohl er mich kaum berührt. Doch er trifft mein Herz mit seiner bloßen Anwesenheit und dem kann ich mich nicht länger widersetzen.

Sanft berühren meine Fingerkuppen die feinen Härchen auf seinem Unterarm. Aber bevor ich seine Haut erreiche, windet er sich ein Stück von mir weg und greift nach meinen Handgelenken. Ein dumpfes Grollen entweicht seiner Kehle. Hastig schaue ich auf. Er blinzelt und mit einem Mal entdecke ich nichts mehr in seinen Augen. Nur Leere. Er hat mir die sprichwörtliche Tür vor der Nase zugeknallt.

»Nein!« Aus dem Grollen ist irgendwie ein Wort entstanden, das genauso gut aus einem Horrorfilm stammen könnte. Die Kälte darin lässt mein Innerstes erstarren und das Flammenmeer in sich zusammenfallen.

Ich öffne meinen Mund, will protestieren, doch Gideon lässt mich los und wendet sich ab.

»Ich muss noch arbeiten. Geh in den Gästebereich und tu, was auch immer du tun musst. Wie gesagt, bis Sonntagabend solltest du hierbleiben. Die Alarmanlage ist scharf. Dir geschieht nichts.« Ohne sich umzudrehen, marschiert er aus dem Raum und ich sacke in mich zusammen. Erneut.

Ein Zittern ergreift von mir Besitz und plötzlich ist mir eiskalt. Ich reibe meine Arme, stehe endgültig auf und schleiche in den Gästetrakt zurück. Durch die Eingangshalle, in der mich die Gesichter der Gemälde anstarren, ja beinahe auslachen, obwohl ihre Mundwinkel nicht nach oben gezogen sind.

Ich ziehe die Tür hinter mir zu, die das Appartement abgrenzt, und bin allein. Allein mit mir und meinen rasenden Gedanken. Pah, als wenn meine Gedanken heute überhaupt einmal zur Ruhe gekommen wären. Eher flitzen sie wie flüchtige Geister hin und her.

Tief in mir pulsiert das Verlangen und mein Slip ist von Feuchtigkeit durchtränkt. Ich schniefe. Langsam weiß ich nicht mehr, was peinlicher ist: die Enttäuschung mit Ethan in der vergangenen Nacht oder die Situation eben mit Gideon. Er hilft mir, obwohl es ihm eindeutig Qualen bereitet, in meiner Nähe zu sein. Ich habe geahnt, dass er etwas für mich empfindet. Genau deshalb bin ich ihm aus dem Weg gegangen. Ich bin verlobt. Mit Ethan. Allerdings hatte ich keine Vorstellung davon, dass ich meine eigenen Gefühle derart schlecht unter Kontrolle habe.

Erneut bahnt sich ein Schluchzer seinen Weg nach oben. Verflucht. Es kann nicht sein, dass Gideon mich derart aus dem Konzept bringt. Es darf nicht sein.

Ein Piepsen reißt mich aus meinen Gedanken. Rasch wende ich mich zu der Tür um, durch die ich soeben eingetreten bin. Ein Monitor ist zum Leben erwacht und präsentiert mir eine Nachricht.

Die Alarmanlage für den Gästetrakt ist aktiviert. Solltest du etwas brauchen, drücke die Ruf-Taste und ich werde mich kümmern. Gideon.

Er hat was? Sicher, er wollte die Alarmanlage aktivieren. Aber für das gesamte Anwesen und nicht nur für mich? Offensichtlich schließt das eine das andere nicht aus.

Er hat mich eingesperrt und gleichzeitig dafür gesorgt, dass ich mich sicher fühlen kann. Keine Ahnung, ob das ein positives oder negatives Gefühl in mir auslöst, denn ich bin ein einziges Gefühlschaos. Alles in mir vibriert und summt, ist neugierig und will gleichzeitig davonlaufen. Eben noch auf der Flucht, dann himmelhoch erregt, jetzt endgültig auf dem Boden der Tatsachen angekommen.

Und mein Problem ist weiterhin da: Ich habe ein Verbrechen beobachtet, wurde gesehen und der Einzige, der mir helfen konnte, ist ausgerechnet Gideon Maxwell. Doch wie soll ich meinem Umfeld erklären, weswegen ich für ein paar Tage untertauchen muss, ohne zu sagen, dass ich untertauche? Denn der Fakt ist auch klar: Ich brauche keine weitere Warnung, um zu kapieren, dass ich in der Scheiße stecke. In doppelter Hinsicht.

Kapitel 9

Gideon

Ich tigere in meinem Arbeitszimmer auf und ab, fahre mir mit den Händen durchs Gesicht. Fuck. Sophia ist in meinem Haus, nur ein paar Räume von mir entfernt. Noch immer hallt ihre hauchzarte Berührung auf meinem Arm wider, obwohl sie mich kaum angefasst hat.

Akten stapeln sich auf dem Schreibtisch. Längst habe ich versucht, sämtliche Firmenkommunikation auf digitale Varianten umzustellen. Allerdings gibt es genug Dinge, die digital nicht umsetzbar sind, und so hangele ich mich hybrid durch den Arbeitsalltag. Papier ist wenigstens geduldig. Ob ich mir noch einen Kaffee machen sollte? Denn gelogen habe ich nicht, zu tun gibt es genug. Nur müsste ich es nicht unbedingt heute erledigen. Stattdessen könnte ich mich mit meinem ungeplanten und unfreiwilligen Gast beschäftigen ...

Mein Schwanz zuckt und pulsiert. Wieso habe ich mich nur auf Hautkontakt mit Sophia eingelassen? Abstand zu halten, wäre besser gewesen. Schlimm genug, dass ich von ihr gekostet habe – wenn auch nur mit meinen Fingern. Doch noch verwunderlicher ist, dass sie so bereit und willig war. Sie hätte meinen Kuss erwidert, dessen bin ich mir sicher. Trotzdem hätte ich erwartet, dass sie mich wegdrückt, dass sie mir eine scheuert oder höflich um Distanz bittet. Ja, ihr Anstand hätte sie Letzteres tun lassen. Doch sie hat nichts getan. Wenn ich es nicht besser wüsste, würde ich sagen, dass sie meine Nähe genossen hat. Meine Nähe. Wenn sie wüsste ...

Aber was hätte ich tun sollen? Sie der Länge nach auf den Boden aufschlagen lassen? Sie sofort wieder loslassen wie eine heiße Kartoffel? Mein ganzes Leben lang habe ich auf den Moment gewartet, sie endlich in meinem Haus zu wissen. Gut, eigentlich hätte es noch Monate oder Jahre gedauert, bis mein Plan vollständig ausgereift gewesen wäre. Aber die Gelegenheit war zu günstig. Das Schicksal kann man eben nicht beeinflussen.

Ja, es ist mein Spiel, das ich liebend gern spiele. Seit Jahren. Ich war geduldig und habe beobachtet. Sie studiert und ausspioniert. Warum, verflucht, spielt sie mit? Sie ist verlobt. Aber vielleicht hilft es mir, mein Ziel zu erreichen.

Ja, ich vergöttere sie und gleichzeitig werde ich sie niemals wie eine Göttin behandeln. Denn ich bin der Teufel im Schafspelz und den darf sie nicht wecken.

Ja, ich will sie ficken – jeden Zentimeter von ihr –, bis sie meinen Namen schreit. Aber warum will sie das auch?

Ja, sie kostet mich all meine Beherrschung. Deshalb ist es gut, dass sie im Gästetrakt ist. Nah genug, um sie unter Kontrolle zu haben, und so weit entfernt, damit ich standhaft bleibe. Noch darf ich mich nicht verlieren. Sie muss zunächst mehr Vertrauen fassen und dann ist sie Mein. Mein Schatz und meine Muse. Mein Spielzeug, das alles tut, damit es mir gut geht. Und ja, sie wird mir dermaßen verfallen, dass sie alles aufgibt, was ihr wichtig ist. Freiwillig, und doch werde ich ihr alles nehmen. Dann bin ich am Ziel. Ich werde dieses Spiel bis zum Ende so spielen, wie ich es geplant habe. Ich kenne ihre Schwächen und weiß, was sie mag. Aber ich darf mich nicht selbst verlieren. Zumindest nicht zu früh. Abwarten, den Gentleman mimen und Kaffee trinken …

Das Klingeln des Telefons reißt mich aus meinen Gedanken, während mein Schwanz unsanft gegen meine Hose drückt. Wieso beherrscht sie diesen Teil meines Körpers auch dann, wenn sie nicht im Raum ist?

»Ja«, knurre ich in die Sprechmuschel des altmodischen Geräts. Eine sichere Leitung, nicht abhörbar und nur für gewisse Anrufer gedacht.

»Kommende Nacht. Drei Uhr, fünf Fässer. Wie immer. Bezahlung bar.« Die verzerrte Stimme verklingt und ein Knacken mit anschließendem Tuten signalisiert mir, dass der Anrufer aufgelegt hat. Sein Name tut nichts zur Sache, auch wenn ich weiß, wer er ist. Das Einzige, was zählt, ist der Auftrag. Eine Arbeitsanweisung, die ich selbstverständlich erfüllen werde – oder erfüllen lasse. Schließlich habe ich keine Wahl. Job ist Job und eine sichere Einnahmequelle.

Trotzdem brodelt Erregung in mir. Nicht vom Anrufer, sondern nach wie vor durch meinen winzigen Augenblick der Schwäche verursacht. Noch immer sehe ich Sophia, gleichzeitig ist jeder Auftrag mit Anspannung verbunden. Niemals darf ich erwischt werden. Und gleich zwei Aufträge in einer Woche sind ein verdammt hohes Risiko. Das gab es noch nie. Er wird gieriger. Wie lange kann ich das dulden? So lange, wie ich muss. Das ist die simple Antwort.

Ich seufze und steuere auf das mickrige Badezimmer zu, das direkt an mein Büro grenzt. Wenn ich eines gelernt habe, dann der Fakt, dass Badezimmer an den verschiedensten Stellen äußerst nützlich sind. Vor allem, wenn sie leicht zu reinigen sind.

Kurz betrachte ich das Foto, das an dem Spiegel vor mir hängt, doch ihr Gesicht hat sich so oder so in meinem Gedächtnis festgebrannt. Mit einem ratschenden Geräusch öffne ich den Reißverschluss sowie den Knopf und lasse die Chino gen Boden fallen. Mein Schwanz reckt sich mir entgegen und ich befreie ihn von der letzten Lage Stoff. Ich brauche nur ein paar rasche Bewegungen und die Erinnerung, wie Sophias Nippel sich durch ihr Oberteil bohren, um zu kommen. Mit mehreren Stößen pumpt mein Sperma aus mir heraus und versickert in dem Leinentaschentuch, das ich gerade rechtzeitig zur Hand habe. Fuck. Ein notwendiger Akt und gleichzeitig vollkommene Verschwendung. So schwach war mein Fleisch selten. Noch einmal wird das nicht vorkommen, denn ab jetzt ist sie Mein.

Ich säubere mich endgültig, kleide mich wieder an und gehe in das Arbeitszimmer zurück, als wenn nichts gewesen wäre. Zumindest muss ich niemandem gegenüber ein freundliches Gesicht machen. Ein Vorteil des

Homeoffice, den ich zu schätzen weiß. Auch wenn Freitag ist – nein, gerade weil Freitag ist –, will ich die Zahlen der Firma kontrollieren. Der Fortschritt der Projekte muss überprüft und die Produktion überwacht werden. Die täglichen und wöchentlichen Routinen laufen schließlich weiter, egal wen ich vor vermeintlich finsteren Gestalten rette. Nur vor mir kann ich sie nicht beschützen.

Ich öffne die Banking-App und nicke zufrieden. Die Zahlen auf dem Geschäftskonto sind hübsch anzusehen. Etliche, längst ausgelieferte Großaufträge wurden bezahlt. Wir mussten die Produktion unserer monokristallinen Solarmodule hochfahren, um der gestiegenen Nachfrage nachzukommen. Gut für uns. Sind diese im Anschaffungswert doch ein bisschen teurer als die polykristallinen Module. Dafür weisen unsere Verkaufsschlager einen höheren Wirkungsgrad auf und sind besonders für kleinere Dächer geeignet. Nicht umsonst verwenden wir diese auch für unseren anderen Geschäftszweig. Die Immobiliensparte kauft alte Häuser günstig ein, saniert sie aufwendig und stattet sie mit ebenjenen monokristallinen Solarpaneelen aus. Zwar sind wir so selbst unsere besten Abnehmer, es wertet die Häuser allerdings deutlich auf. Die Kosten bekommen wir also durch den Verkauf der Objekte rasch wieder rein.

Doch der Blick auf den Kontostand sagt mir auch, dass meine Strategie aufgeht. Die Zahlen sind gut und das verdankt Dad allein mir. Ein Segen, dass er mir die Firma vor einem halben Jahr endlich offiziell überschrieben hat. Wir haben es nicht an die große Glocke gehängt, doch bin ich nun CEO von Maxwell-Energy.

Eigentlich war ich es schon seit Ende meines Studiums, denn Dad hat sich bereits zu lange auf das Geldausgeben fokussiert. Das Geldeinnehmen passiert jedoch auch bei einem Milliardenunternehmen nicht von allein. Aber ich habe das Unternehmen wieder auf Kurs gebracht. Die Zahlen stimmen – zumindest nach außen hin.

Ich seufze. Dads damalige Entscheidung, die Absprachen mit Joseph Gold zu brechen und sein eigenes Ding durchzuziehen, war im Nachhinein betrachtet definitiv kein guter Schachzug. Nach Streitigkeiten über die Firmenführung und zukünftige Unternehmensausrichtung hatten sie die Firma sauber getrennt. Joseph hatte sich auf die Produktion von polykristallinen Solarmodulen, Dad auf die Herstellung der monokristallinen Module spezialisiert. Doch Letzterer hatte schon immer seinen eigenen Kopf und bekam den Hals nicht voll. Nachdem beide Firmen etliche Jahre gut nebeneinander liefen, hat Dad ebenfalls zusätzlich polykristalline Module hergestellt und ist damit in direkte Konkurrenz zu Joseph gegangen. Das ist wohl der ausschlaggebende Grund, warum die beiden besten Freunde sich heute spinnefeind sind. Kennt Sophia eigentlich die ganze Geschichte?

Dann greife ich entschlossen zu meinem Handy und wähle die Nummer meines Vaters.

»Ja, Gideon?« Seine Stimme klingt gehetzt, obwohl es für seine Verhältnisse noch früh am Morgen ist. Mein Blick wandert zur Uhr. 9:30 Uhr.

»Dad, ich wollte kurz mit dir über die aktuellen Themen sprechen.« Nein, ich frage nicht, ob er Zeit hat, denn die hat er nie. Gleichzeitig will er noch immer mitmischen, obwohl er sich eigentlich zur Ruhe gesetzt hat. Vertraut er mir nicht? Er hat Joseph Gold hintergangen und dafür gesorgt, dass Sophias Eltern auch mir höchstens höflich distanziert aus der Ferne zunicken. Dennoch ist es meinem Dad wichtig, informiert zu sein und mir ist wichtig, dass ich ihn nicht vergraule. Trotzdem gehört die Firma mir.

»Muss das jetzt sein?« Er keucht und wüsste ich es nicht besser, würde ich mir Sorgen um seinen Gesundheitszustand machen.

»Ja?« Ich verdrehe genervt die Augen. Warum ist er so? Immer. Jeden Tag, ohne Ausnahme.

»Stimmen denn die Zahlen, ist ein Notfall oder sonst was Wichtiges?«

»Selbstverständlich stimmen die Zahlen.« Zumindest halbwegs. Immerhin bin ich kein Anfänger. Dafür muss ich aber auch all seine Fehlentscheidungen ausbügeln, die uns bereits Millionen, wenn nicht gar Milliarden gekostet haben.

»Dann wird es warten können.« Damit hat Dad aufgelegt und ich starre auf das dunkle Display meines Smartphones. Es wird Zeit, dass er die Firma endgültig verlässt.

Kurz entschlossen wähle ich die nächste Nummer auf meiner Liste.

»Hey, Gid!« Die fröhliche Stimme meines besten Freundes und Leiter unseres Immobiliensektors Chris Pines dröhnt zum zweiten Mal an diesem Tag durch den Hörer. Wie ich meinen Spitznamen doch hasse. Allerdings werde ich es ihm in diesem Leben nicht mehr abgewöhnen können. Jeder andere hätte längst seinen

Job verloren oder es mit meinen Männern – also ihm – zu tun bekommen.

»Nochmals guten Morgen«, antworte ich gepresst.

»Munter, wie eh und je.« Das ist keine Frage.

»Ach, halt's Maul. Wir haben einen neuen Auftrag. Kommende Nacht, drei Uhr, fünf Fässer.«

»Kein Problem. Ich kümmere mich. Wieder mit Charles und Hunter?«

»Ja, aber lasst euch verdammt noch mal nicht wieder beobachten. Das hätte uns alle den Kopf kosten können. Sei froh, dass es nur Sophia war.« Ich stehe auf und gehe erneut rastlos im Raum umher. Dieser zweite Deal darf nicht schiefgehen. Wir sind auf das Geld angewiesen. Ich bin darauf angewiesen, denn manchmal muss man Dinge tun, die vorteilhaft für alle Seiten sind. Selbst wenn man dabei Grenzen übertreten und Grauzonen ausweiten muss. Wobei die Zone mehr als dunkelgrau ist.

»Verstehe. Wird nicht mehr vorkommen. Hat ihr der Zustand ihres Wagens Angst eingejagt?«

Chris weiß über meine Pläne Bescheid. Damit ist er allerdings auch der Einzige. »Wir werden sehen, ob es gereicht hat. Zumindest bin ich dem Ziel so nah wie nie. Und jetzt zu den anderen Themen. Haben wir den Deal mit diesem Gordon endlich im Sack?«

Seit Monaten verhandelt Chris mit dem Kerl und bisher waren die Ergebnisse so mau, dass ich den Fall am liebsten selbst übernommen hätte. Konkret geht es um ein sanierungsbedürftiges Einfamilienhaus in unfassbar vielversprechender Lage. Erst schien alles gut. Kurz vor Vertragsunterzeichnung kamen dem alten Herrn dann Zweifel. Daraufhin wollte er mehr Geld, anschließend gar nicht mehr verkaufen. Dabei wäre er in einer Seniorenresidenz definitiv besser aufgehoben. Ich bin mir zu einhundert Prozent sicher, dass das Haus Gold wert ist. Beziehungsweise der ganze Häuserblock. Dad hatte die Idee mit den Luxusappartements schon vor Jahren. Damals, als er noch Firmeninhaber war. Doch für die Appartements müssen die Einfamilienhäuser weg und mit ihnen die Familien und Senioren, die dort wohnen. So simpel ist das.

»Der alte Knacker ziert sich weiterhin. Wenn er so weitermacht, beißt er ins Gras, bevor wir den Deal haben.«

Fuck. »Dann hilf etwas nach. Mach ihm Druck und leg cash zehn Riesen drauf. Aber der Vertrag bleibt, wie er ist, und er wird ihn in der kommenden Woche unterschreiben.«

»Wird erledigt. Hoffentlich will er nicht als Nächstes einen Anwalt.« Ich sehe förmlich, wie Chris sich in seinem Schreibtischstuhl zurücklehnt, die Füße auf dem Tisch und eine Kippe nach der anderen quarzend.

»Wenn er den will, gibt es zehn Riesen weniger. So einfach ist das.« Die Reaktion ist doch logisch? Wir sind hier schließlich nicht bei Wünsch-dir-was, sondern in der freien Wirtschaft. In meiner Wirtschaft, denn das Geschäft floriert.

»Verstanden. Sonst noch etwas?«

»Nein. Aber der Kerl würde gut daran tun, die zehn Riesen mehr zu nehmen und die Klappe zu halten. Ein besseres Angebot wird er für die Bruchbude nicht bekommen.« Zumindest ist es im Vergleich zu meiner Villa eine Bruchbude.

»Er hat weitere Angebote. Aber ja, unseres ist besser. Das stimmt.«

Ist es. Durch eine Feinheit im Vertrag und in der Bezahlung, die niemand anderes bieten kann – oder sollte.

»Also dann, hilf ein bisschen nach und nutz die richtigen Argumente. Du bist ja sonst nicht auf den Mund gefallen.« Im Klartext: Wende zur Not Gewalt an oder besteche ihn. Er wird einknicken. Wir waren zu lange nett.

»Wird erledigt.« Ich höre ihn die Luft auspusten, ein Rascheln und anschließend ein Knarzen. »Dann bin ich jetzt auf einem Außentermin.«

»Gut. Montag bin ich im Büro für weitere Besprechungen. Kommst du bis dahin allein klar?«

»Ich halte die Stellung und bin erreichbar. Wenn was ist, melde ich mich.« Damit legt Chris auf. Ein Glück für die Firma, dass er weder Frau noch Kind hat und sich liebend gern an den Wochenenden nach neuen Objekten umsieht, die wir uns unter den Nagel reißen könnten. Ohne ihn, seine Harley und das stundenlange In-der-Gegend-Herumcruisen wären uns etliche Goldgruben entgangen. Vor allem Senioren sind unsere Zielgruppe. Die sind froh, wenn sie ihr Haus zu einem guten Kurs auf einfachem Wege verkauft bekommen und schauen meist nicht so detailliert ins Kleingedruckte.

Aber gut. Er tut, was er tun muss, und ich tue das, was ich tun muss. Rasch setze ich mich wieder an den Schreibtisch und öffne das Programm der Alarmanlage. Die ist längst scharf gestellt, sowohl im ganzen Haus als auch im Gästetrakt. Sophia muss die Nachricht gelesen haben, doch sie überrascht mich erneut, indem sie ihre Situation hinnimmt. Okay, ich habe ihr ja die Option gelassen, mich zu kontaktieren und jederzeit von mir rausgeholt zu werden. Zumindest theoretisch. Ob ich das tun werde, hängt davon ab, wie sich die kommenden Stunden und Tage entwickeln.

Ich aktiviere die Kamera und sehe sie auf dem Sofa im Wohnzimmer des Gästetrakts sitzen und telefonieren. Ihre Beine lässig übereinandergeschlagen, den Rücken entspannt angelehnt. Sie sieht zufrieden aus, auch wenn die Sorgenfalten noch immer auf ihrer Stirn stehen. Ich könnte sie den ganzen Tag beobachten. Hoffentlich stellt sie keine Dummheiten an, denn dann kann ich ihr nicht mehr helfen …

Kapitel 10

Sophia

Ich atme tief ein, bevor ich mir den Lautsprecher ans Ohr halte, doch bis auf das monotone Tuten bleibt es still.

»Verflucht, Ethan. Geh einfach mal an das Handy.« Genervt stehe ich auf. So ist es immer. Sobald er in seiner Werkstatt ist, hört er nichts mehr. Selbst die größten Katastrophen bekommt er erst mit, wenn er wieder zu Hause ist. Also öffne ich WhatsApp und tippe meine Botschaft als Text. Das liest er eher, als dass er mich zurückruft.

Hey, Schatz. Bei meinem Termin haben sich unerwartet Komplikationen aufgetan. Nichts Wildes, aber ich muss übers Wochenende vor Ort bleiben und gemeinsam mit den Leuten hier neue Entwürfe anfertigen. Für die Hochzeit ist alles safe. Wir sehen uns Sonntagabend.
Kuss, Sophia.

Das muss er schlucken. Immerhin ist es so nah an der Wahrheit, wie ich irgendwie bleiben kann, ohne ihn in Gefahr zu bringen oder mehr als nötig zu beunruhigen.

Außerdem ist es nicht das erste Mal, dass ich ungeplant länger wegbleibe, auch wenn Liberty nicht weit von Houston entfernt liegt. In der Firma wird er nicht anrufen, denn damit will er nichts zu tun haben, und mit meinem Dad versteht er sich eh nicht. Oder besser gesagt, mein Dad akzeptiert Ethan weiterhin nicht. Sturköpfe. Alle beide. Dennoch habe ich sie gleichermaßen lieb und kann mir ein Leben ohne sie nicht vorstellen.

Die Nachricht wurde gesendet, doch natürlich liest er sie nicht sofort. Also schalte ich das Display wieder aus und lasse mich in die Kissen des kuschelig aussehenden Sofas fallen. »Autsch!« Wenn ich gedacht hätte, dass die Kissen genauso weich sind, wie sie aussehen, so habe ich mich getäuscht. Eher werde ich wie eine Ziehharmonika zusammengestaucht. Starr gibt die Sitzfläche kaum einen Zentimeter nach, während mein Oberkörper weiter nach dem Schwung folgt. Mein unterer Rücken schmerzt von dem abrupten Stopp und ich beeile mich, wieder aufzustehen. Bevor ich mir jedoch weiter über die Festigkeit des Sofas oder den Zustand meines Rückens Gedanken machen kann, klingelt mein Handy.

»Ethan?« Verwundert gehe ich ran, ohne das Display zu beachten. Hat er sein Handy doch ausnahmsweise bei sich?

»Knapp daneben.« Die glockenhelle Stimme, die meiner zum Verwechseln ähnlich ist, zaubert mir Wärme ins Herz. Ob meine Zwillingsschwester gespürt hat, dass ich aufgewühlt bin?

»Isabella! Wie schön! Wie geht es dir?« Rasch habe ich mich gefasst und plaudere munter drauflos. Seit wir uns für unterschiedliche Studiengänge entschieden haben, kreuzen sich unsere Wege zu selten. Nicht zuletzt, da Isabella kürzlich eine Stelle in einer renommierten Anwaltskanzlei in New York angetreten hat. Und was ich von dort höre, klingt mehr als gut. Ihre ersten Fälle hat sie allesamt für ihre Mandanten gewonnen und sich dadurch einen Ruf als knallharte Gegnerin verschafft. Dabei hat sie den Job eigentlich nicht nötig. Immerhin ist unser Familienunternehmen milliardenschwer. Dad ist noch immer felsenfest davon überzeugt, dass sie irgendwann ausschließlich für Texas-SolarGold-Energy arbeiten wird, doch ich kenne meine Schwester zu gut, um ihr nicht in ihre Karriere hineinzureden. Sie braucht den Kick, sich alles selbst zu erarbeiten. So war sie schon immer.

»Sehr gut. Ich habe spontan das Wochenende frei, da ich einen Fall schneller vom Tisch bekommen habe, als ich mich wirklich hineinarbeiten konnte. Hast du Lust, etwas zu unternehmen? Vielleicht noch mal Wellness vor deinem großen Tag?« Sie klingt entspannt und glücklich. Ein Zustand, den man bei ihr eher selten antrifft.

Ich beiße mir auf die Unterlippe und zögere. Dieses Angebot abzulehnen hat ungefähr denselben Wert, wie eine Einladung des Präsidenten auszuschlagen. Wie leicht wäre es vor allem, Isabella in mein Problem einzuweihen und mir von ihr helfen zu lassen. Sie wüsste eine Lösung und gleichzeitig wäre sie durch unsere Position im öffentlichen Leben genauso in Gefahr wie ich. Der Mann würde sie finden und ich habe aus irgendeinem Grund keinen Zweifel, dass er über Leichen geht, um zu verhindern, dass das Verbrechen mit ihm in Verbindung gebracht wird. Eigentlich ist es ein Wunder, dass er mich noch nicht gefunden hat.

Nein. Isabella einzuweihen, ist keine Option. Trotzdem oder gerade deswegen muss ich den Schein wahren. »Oh wie schön! Ein freies Wochenende klingt fantastisch. Allerdings stecke diesmal ich zu tief im Job und kann mir nicht freinehmen, so dringend ich eine Runde Wellness nötig hätte. Du weißt schon, diese Firma, die unsere Paneele noch leistungsstärker machen will. Hatte ich dir erzählt, dass es wahrscheinlich möglich ist, dass unsere polykristallinen Module denselben Wirkungsgrad haben könnten wie die monokristallinen und damit genauso leistungsfähig und trotzdem günstiger wären? Dann reißen sie uns die Dinger aus den Händen.« Ich grinse allein bei dem Gedanken daran, dass diese Vorstellungen Wirklichkeit werden könnten.

»Nein, hattest du nicht. Aber das wäre wirklich wunderbar. Klasse, dass du dich so reinhängst, und zugleich ist es schade, dass du keine Zeit hast. Wir hätten hier ein paar Bars und Clubs unsicher machen können.« Die Enttäuschung ist ihr anzumerken, schließlich sage ich sonst immer zu.

»Beim nächsten Mal klappt es wieder.« Ich versuche, alle Zuversicht in meine Stimme zu legen, die ich habe.

»Bestimmt. Dann sehen wir uns also nächste Woche auf eurer Hochzeit.«

»Ja. In acht Tagen. Das ist nicht mehr lange.« Und wir haben noch längst nicht alles vorbereitet, auch wenn Ethan denkt, dass alles safe ist. Er hat eh keinen Sinn dafür, was gut aussieht. Wobei wir uns eigentlich keine

Sorgen machen müssen. Die Weddingplannerin kümmert sich und ich bin heilfroh, wenn alles überstanden ist.

»Dann bist du verheiratet. Ehrlich, mir geht das zu schnell. Haben wir nicht gerade noch zusammen im Sandkasten gespielt?«

Ich lache auf. »Vor über zwanzig Jahren. Also ja, beinahe gestern.« Nur unsere jüngere Schwester Charlotte hat die Puppen dem Sand vorgezogen.

»Und war damals nicht Gideon, der Maxwell-Sohn, ab und an dabei?«

Ich zucke zusammen. »Wie kommst du denn jetzt auf den?«

»Ach, fiel mir nur ein. Zu schade, dass sein Vater so ein Arsch ist. Und Gideon ist ja auch ein komischer Vogel. Ich meine, tätowiert sich wie ein Gangster und hofft, damit mehr Frauen zu beeindrucken? Ist er nicht inzwischen CEO von Maxwell-Energy?«

Sofort sehe ich meine Finger wieder über seinem Arm schweben, kurz davor, die angesprochenen Linien zu berühren. Allein der Gedanke reicht aus, um meinen Mund trocken und mein Höschen feucht werden zu lassen. Das unbefriedigte Flammenmeer in mir lodert erneut auf und lässt mich vergessen, dass ich Isabella besser antworten sollte.

»Sag nicht, du findest ihn attraktiv.« Natürlich hakt sie nach, als ich nicht antworte.

Ich habe zu lange gezögert. »Äh, nein. Aber ...« Ich versuche irgendwie, mich herauszureden. Was hat sie vorhin gesagt? Er ist CEO? Stimmt. Das hatte ich erfolgreich verdrängt.

»Was aber?«, fragt sie nach, bevor ich Luft holen kann.

»Ach, ich habe ihn gestern auf einer Gala getroffen. Er ist durchtrainiert und kann durchaus charmant sein. Aber er ist eben, genau wie du sagst, ein wenig zu aufgeplustert und von sich selbst überzeugt. Ein Playboy.« Puh. Ich habe einen ganzen Satz rausbekommen, während sich das Flammenmeer in mir genüsslich in alle Ecken schmiegt und nach Erlösung schreit.

»Eben. Aber du hast ja Ethan. Zum Glück ist der auf dem Boden geblieben. Da hättest du dir keinen Besseren aussuchen können.«

Die Feuersbrunst in mir bekommt einen deutlichen Dämpfer. Ja, ich habe Ethan. Den Mann, den ich seit vielen Jahren kenne und der letzte Nacht alles verbockt hat. Noch immer will ich das klären, aber sicher nicht am Telefon. Doch selbst dafür müsste er mal drangehen. Also muss es warten, bis ich wieder zurück zu ihm kann.

»Wohl wahr. Du, deshalb muss ich dich jetzt leider abwürgen. Ich hab noch viel zu tun und muss vor allem eine Hochzeit vorbereiten.«

»Dann lass dich nicht aufhalten. Aber überarbeite dich bitte nicht, okay?«

»Pass lieber selbst auf dich auf«, entgegne ich spitz. Damit lege ich auf.

Rastlos gehe ich auf und ab. Gideon ist nicht in der Nähe, dennoch kann ich nicht einmal telefonieren, ohne dass er Thema ist. Das darf doch nicht wahr sein! Ich will nichts von ihm und trotzdem beherrscht er meine Gedanken.

In meiner Hand vibriert es und kündigt eine eingehende WhatsApp-Nachricht an. Erneut ist es Isabella.

Ganz vergessen. Stand heute in der Zeitung. Nur zur Info.

Ich öffne den mitgeschickten Link, der mich auf die Startseite einer Houstoner Tageszeitung führt. Groß prangt das Bild eines Flusses über einem Artikel. Doch die Schlagzeile catcht mich sofort und mit jeder Zeile wird mir kälter.

Eilmeldung: Rückstände von hochgiftiger Substanz im Trinity River entdeckt

Am frühen Morgen hat die Houstoner Wasserversorgungsgesellschaft durch die Polizei verkünden lassen, dass Rückstände der hochgiftigen Substanz namens Fluorwasserstoffsäure im Trinkwasser, das aus dem Trinity River gewonnen wird, gefunden wurden. Die Menge ist so gering, dass kein Gesundheitsrisiko besteht, dennoch bittet die Polizei die Bevölkerung, zunächst den Wasserverbrauch einzuschränken sowie für Trinkwasser ausschließlich auf Wasser aus den Supermärkten zurückzugreifen. Die Wasserversorgungsgesellschaft führt eine umfassende Reinigung mit anschließender engmaschiger Kontrolle durch, sodass in den nächsten Tagen keinerlei Verunreinigung mehr bestehen sollte. Von einem gezielten Verbrechen wird zu diesem Zeitpunkt nicht ausgegangen. Für weitere Fragen wurde eine Hotline eingerichtet. Bitte wählen Sie ...

An diesem Punkt höre ich auf, zu lesen. Dennoch überfliege ich die Zeilen gebannt ein zweites Mal. Das muss mit meinen Beobachtungen zusammenhängen. Die Fließgeschwindigkeit des Flusses ist hoch und sicher haben die Wasserversorger etliche Mechanismen eingebaut, die Schadstoffe sofort erkennen. Zeitlich würde es passen.

Aus eigener Erfahrung mit unseren Lieferanten und Entsorgern weiß ich, dass es ausreichend Möglichkeiten gibt, derartige Schadstoffe vernünftig zu vernichten, sodass kein Schaden entsteht. Niemand muss seinen Giftmüll in die Natur kippen. Außer natürlich, dieser Jemand will Geld sparen und die entsprechenden Gebühren nicht zahlen.

Bleibt die Frage, ob dies der einzige Hintergedanke der Verursacher war. Eigentlich kann niemand so dumm sein und denken, dass derlei Aktion unbemerkt bleibt. Was wäre, wenn ich mich bei der Zeitung melde und berichte, was ich gesehen habe?

Nein. Ich kann und darf niemanden in Gefahr bringen. Ich muss einen anderen Weg finden. Vielleicht anonym? Allerdings könnte der Typ bereits jetzt auf die Idee kommen, dass ich der Presse irgendetwas gesagt habe. Ich muss die Füße stillhalten. Besser, er vergisst, dass ich ihn gesehen habe. Ich stecke das Handy weg und reibe meine Finger. Langsam verschwindet auch das kalte Gefühl. Ich bin in Sicherheit.

In diesem Moment klopft es an der Tür. Ich zucke zusammen, doch dann erklingt Gideons Stimme.

»Sophia? Darf ich kurz stören?«

»Ja.« Ich trete aus dem Wohnzimmer in den Flur des Gästetraktes zu ihm. Sein Lächeln ist breit und gewinnend, während seine Präsenz den Raum flutet. Gebannt halte ich inne, mustere ihn.

»Ich wollte nur kurz wissen, ob du Austern magst.« Seine Augen flackern hin und her, als würde er etwas suchen. Oder ist er längst mit den Gedanken woanders? »Molly, meine Haushälterin, möchte kochen«, fügt er hinzu und fixiert mich dann.

Ich lächle. »Ja. Austern sind okay.« Natürlich kocht er nicht selbst. Warum auch, denn ohne Personal würde er dieses Haus eh nicht bewirtschaften können.

»Wunderbar.« Er scheint erleichtert und will sich wieder abwenden, als ich lautlos die wenigen Schritte auf dem teppichbelegten Boden zu ihm überwinde und ihn an der Schulter zurückhalte.

Durch meine Hand zuckt ein Stromschlag, fließt weiter bis in meinen Bauch und erzeugt dort eine wohlige Wärme. Ich verharre, verwundert über diese heftige Reaktion meines Körpers. Hat Gideon das auch gespürt?

»Was?« Seine Stimme ist eine Oktave tiefer und als er sich zu mir umdreht, wirkt sein Blick wie der einer Raubkatze. Ein Tiger. Gierig, besitzergreifend und feurig – und ebenso tödlich.

Ich schlucke. Was hat das zu bedeuten?

Kapitel 11

Sophia

Für einen kurzen Moment steht die Welt still. Nur Gideon und ich, während mein Herz aufgekratzt schlägt. Ich mustere sein Gesicht, nehme den Schatten seines sorgfältig rasierten Bartes wahr, die kleine Unebenheit am Nasenflügel.

Doch der Ausdruck in seinem Gesicht bleibt undurchdringlich gierig. Rasch ziehe ich die Hand zurück. Was habe ich mir nur gedacht? Und was genau wollte ich eigentlich?

»Bleib«, flüstere ich automatisch und seine Augenbrauen ziehen sich zusammen, sodass die kleine Furche auf seiner Stirn tiefer wird.

Dann wird sein Blick hart. Nur das Feuer und die Gier bleiben. Er scannt mich, als wären seine Augen ein Röntgengerät, das mich durchleuchtet. Als könne er mich nur mit seinem Blick ausziehen. Und was soll ich sagen? Es gefällt mir. Alles in mir kribbelt und vibriert. Der Wunsch, dass er mich berührt, wird übermächtig. Doch er steht da und beobachtet mich. Mich, die im Business-Kostüm und ohne Schuhe vor ihm steht. In seinem Haus.

Sein Adamsapfel hüpft, als er schluckt. Dann kommt er einen Schritt näher und wir stehen fast Brust an Brust, sodass ich zu ihm aufschauen muss. Ohne meine Louboutins bin ich einen ganzen Kopf kleiner als er. Ich schlucke ebenfalls und warte auf seine Antwort.

Die Sekunden ticken, während ich seinen Duft einatme. Zitronig, herb und ein bisschen Sex. Sex? Wieso riecht er nach Sex? Ein Stich geht durch meine Brust und ich will mich abwenden. Keine Sekunde länger ...

»Sicher?«, fragt Gideon in diesem Moment, vernebelt meine Gedanken damit erst recht. Er riecht zu gut und meine flirrenden Nerven verlangen nach mehr. Ich will ihn fühlen, ihn schmecken. Mit jeder Faser meines Körpers möchte ich von ihm gehalten werden. Ich kann und will nicht allein sein. Also nicke ich und wenn sein Blick noch düsterer werden kann, wird er es in diesem Moment.

Ja, vermutlich ist er das Raubtier, das ich in seinem Blick gesehen habe, doch ich habe keine Angst. Höchstens davor, dass er einfach gehen könnte, auch wenn er das besser tun sollte. Doch er atmet nur. Ein und aus. Mustert mich, scannt jede Reaktion.

Quälend langsam hebt er seine Hand, verharrt vor meinem Gesicht und streicht mir über die Wange. Zumindest stelle ich mir das vor, denn er berührt mich nicht. Gleichzeitig ist diese Liebkosung alles, was ich will. Heiß und kalt zugleich. Dunkel und verlangend. Besitzergreifend. Und doch will ich es. Ich will ihn, auch wenn ich keine Ahnung habe, worauf ich mich einlasse. Denn eines ist mir längst klar: Auf Blümchensex steht er nicht.

Gideon kommt unmerklich ein paar Millimeter auf mich zu und ich weiche zurück. So dirigiert er mich ohne Körperkontakt. Ich drehe mich nicht um. Warum auch? Er wird dafür sorgen, dass ich nicht gegen eine Wand laufe – und wenn doch, soll es genau so sein. Er gibt vor, ich reagiere. Es ist ein einziges fließendes Spiel, bei dem wir beide wissen, wie es endet. Ich kann mich seiner Magie nicht entziehen, will es nicht, obwohl ich es sollte. Es ist ein Tanz. Er bewegt sich, ich spiegle die Bewegung. Schritt für Schritt, während unsere Blicke sich ineinander verhaken. Dann stoßen meine Waden an einen Gegenstand.

»Sicher?«, fragt er erneut und ich realisiere, dass wir direkt vorm Bett stehen.

Ich zögere. Ethan wird mich hassen, wenn ich jetzt keinen Schlussstrich ziehe. Ja, Gideon ist attraktiv und charmant, doch etwas in seinem Blick lässt mich verharren. Will ich das hier wirklich? Mein Körper gibt die Antwort vor. Ich vibriere vor Spannung, brauche Erlösung. Jetzt und hier. Egal, was letzte Nacht war, wer zu Hause auf mich wartet oder was nächste Woche geschehen wird. Ich will Gideon.

Langsam hebe ich meine Hände, möchte seine Brust berühren. Ihn fühlen und mit meinen Fingern erkunden. Doch ich habe mich kaum bewegt, als er meine Handgelenke fest wie ein Schraubstock umklammert.

»Letzte Warnung. Ich bin vielleicht nicht der, für den du mich hältst.« Seine Stimme gleicht einem Knurren. Einem wahnsinnig tiefen, erotischen Knurren. Gleichzeitig schrecken mich seine Worte – warum auch immer – nicht ab.

Ich versuche, mich ihm zu entziehen, doch er zieht mich mit einem Ruck an sich. »Sag Nein und ich höre sofort auf.«

Meine Brust an seiner, zu viele Lagen Stoff dazwischen. Meine Hände noch immer von seinen gefangen. Dennoch glühe ich und wünsche mir, vollends in Flammen zu stehen. Keine Ahnung, wie er es schafft, durch seine bloße Anwesenheit dieses Gefühl in mir auszulösen. Mit ihm ist es so leicht. Verboten, aber gut.

Es wäre so leicht, Nein zu sagen. Aber selbst wenn ich wollte, ich kann es nicht. Sein Blick hält mich gefangen. Rohes, nacktes Verlangen peitscht darin umher und überträgt sich auf mich. Er ist definitiv eine Droge, der ich nicht widerstehen kann.

Statt einer Antwort dränge ich ihm entgegen, presse mein Becken nach vorn, nur um zu spüren, dass er hart ist. Diese Erkenntnis feuert direkt in meinen Schritt. Brennt und lodert, fordert.

Er brummt, schließt kurz die Augen. »Dreh dich um. Hände hinter den Rücken. Nicht bewegen.« Der Befehl ist klar und unmissverständlich. Selbst wenn ich wollte, ich könnte mich überhaupt nicht anders verhalten. Ich will alles genauso tun, wie er es verlangt. Wie seine dunkle, raue Stimme es mir vorgibt. Sie ist Orientierung und Verderben zugleich.

Also drehe ich mich um, starre auf das Bett, das mit schlichten weißen Laken bezogen ist, und schiebe meine Hände zum Po. Ich höre, wie er sich bewegt, Schritte geht, doch ich wende mich nicht um. Ich schaue starr auf die Bettdecke, die aus jedem Hotelzimmer stammen könnte. Es fehlt nur das obligatorische süße Geschenk auf dem Kopfkissen.

Im nächsten Moment spüre ich etwas Kaltes an meinen Händen und ein Ratschen lässt mich zusammenzucken. Der Drang, mich doch umzudrehen, wird übermächtig. Ich will die Hände bewegen, aber es geht nicht.

»Was ...?« Ich bringe die Frage nicht zu Ende, denn er unterbricht mich direkt.

»Kein Wort ab jetzt. Nein heißt nein, doch ansonsten wirst du schweigen. Wage es nicht, dich umzudrehen. Dann höre ich sofort auf.«

Seine Stimme lässt mich erschaudern. Kalt rieselt es meinen Rücken hinab und ich spüre, dass meine Nippel fest gegen den Stoff meiner Bluse drücken. Wo ist der Mann, der zuvor so freundlich war? Hatte ich an einen Quickie gedacht, so lodert mein Verlangen nun zwar deutlich intensiver, ist aber auch mit einer anderen Empfindung gespickt: Ergebenheit. Ja, diese klaren Worte turnen mich an, entfachen den Wunsch nach mehr. Mehr als ich je für möglich gehalten hätte. Ich will genau das tun, was er verlangt. Ich will ihm gefallen und seine Lust spüren. Also halte ich still, warte ab, was als Nächstes geschieht.

Doch es wird ruhig, während ich seinen scannenden Blick auf mir spüre. Die Beine hoch, meinen Po fixierend und erneut zu den Füßen zurück. Das zumindest ist es, was ich will, das er sieht. Ich habe nichts zu verbergen. Ich weiß genau, dass die Fotos in der Boulevardpresse von mir so manchen Mann zu Dingen inspirieren, die ich lieber nicht mit ansehen möchte.

Aber was ist, wenn es vollkommen anders ist und er auf sein Handy starrt. Nein. Das traue ich ihm nicht zu, dennoch macht der Gedanke mich unruhig. Ich trete von einem Bein auf das andere. Nicht zu wissen, was er tut, ist unerträglich. Ich kann die Kontrolle nicht abgeben, doch verlangt er genau das von mir.

»Bleib still stehen.« Seine Stimme ist gepresst und aus irgendeinem Grund ist klar, dass es die letzte Warnung ist. Zögert er? Immerhin weiß er, dass ich verlobt bin. Vielleicht will er mich nicht in Gewissenskonflikte bringen? Andererseits ist er Gideon Maxwell, der Playboy Houstons, der sicher nicht verlegen ist, wenn es um Sex geht.

Aber was ist, wenn er gar nicht so weit gehen mag? Wenn er mich nur anschaut und zappeln lässt? Mein Herz pocht so dröhnend, dass ich meine, er müsste es hören. *Nun fass mich doch endlich an!*

»Kannst du nicht einmal das tun, was man dir sagt?« Plötzlich ist seine Stimme direkt an meinem Ohr. Flüsternd und tadelnd. »Böse Mädchen müssen bestraft werden, oder nicht?«

Ich presse die Lippen zusammen und verharre. Verflucht, wieso klingt sogar diese Drohung aus seinem Mund hocherotisch? Dann legen sich seine Hände an meine Hüften, dirigieren mich zwei Schritte nach rechts, etwas mittiger vor das Bett, anschließend sind sie wieder weg. Erneut scheint die Distanz zwischen uns unermesslich zu sein, doch ich verharre. Alles in mir pulsiert, wartet darauf, dass er mich berührt. Richtig berührt.

Dann greift er an meine Hüfte, fasst den Rock. Etwas Kaltes gesellt sich dazu. Mit einem Ruck – eher ein Ratschen – fällt mein Rock zu Boden. Erneut wird es frisch, ratscht zweimal, dann fällt auch mein Slip. Hat er beides ernsthaft durchgeschnitten? Doch ich traue mich nicht, den Blick auf den Boden zu senken, um die Vermutung zu überprüfen. Selbst wenn es so ist, es würde nichts ändern. Mein Po ist nackt. Meine Scham ist nackt und doch schäme ich mich nicht. Im Gegenteil. Ich will, dass er mich sieht. Elektrisiert horche ich in mich hinein. Ob er bereits sieht, wie feucht ich bin?

Seine Hände sind wieder an meinen Hüften, sacht und sanft. Dann klatscht es und ein heißer Schmerz durchzuckt meine rechte Pobacke. Ich stöhne auf, presse jedoch sofort die Lippen aufeinander und verharre so still wie möglich. Spüre dem nach, doch alles, was ich merke, sind seine Hände, die endlich gierig über meinen Körper streifen. Er lässt keinen Zentimeter aus, bis er meine Beine fordernd auseinander dirigiert und seine Hand forsch zwischen meine Vulvalippen schiebt. Sanft und geschickt stimuliert er mich, nutzt erst einen, dann zwei Finger. Dringt in mich ein, während ich mir wünsche, dass er genau so weitermacht. Langsam, behutsam und gleichermaßen bestimmt.

Doch kaum habe ich den Wunsch gedacht, sind seine Finger wieder weg. Es klatscht erneut und auch meine andere Pobacke schließt sich der Feuersbrunst an, die in meinem Inneren tobt. Wiederum bleibt mir kaum Zeit, dem nachzuspüren, denn sofort stimuliert er intensiv meine Klit. Sanft zirkelt er, neckt sie und ich weiß, dass ich mehr als bereit bin. Offensichtlich spürt er genau, wie es in mir aussieht, denn immer, wenn ich glaube, ich würde explodieren, hält er inne, zieht sich zurück, nur um erneut seine trägen Bewegungen aufzunehmen. Kurzzeitig habe ich das Bedürfnis, mich ihm zu entziehen, doch in dem Moment verschwindet seine Hand und mir wird kühl. Erneut fährt er mir ohne Vorwarnung zwischen meinen Vulvalippen entlang und ich keuche auf. Zieht den Finger weiter über meinen Anus, hinauf zum Steißbein und weiter die Wirbelsäule hoch. In einer einzigen fließenden Bewegung drückt er meinen Oberkörper nach unten, löst die Handschellen kurz, nur um sie vor dem Körper wieder zu verschließen. Hastig stütze ich mich auf dem Bett ab, um nicht umzukippen. Verflucht, wie macht er das nur, dass selbst diese Position unglaublich erotisch auf mich wirkt, obwohl ich völlig entblößt vor ihm stehe.

Ich traue mich, einen kurzen Blick durch meine Beine zu ihm zu werfen, sehe jedoch nur seine Schuhe. Dann fällt die Hose, ein Kondompäckchen ratscht und schon spüre ich seine Spitze an meinem Eingang. Kurz überlege ich noch, ob er mich weiterhin langsam stimulieren wird, doch er dringt mit einem Stoß tief in mich ein.

Ich stöhne auf, beiße mir jedoch direkt auf die Lippe.

Er füllt mich vollkommen aus. Groß, tief und fordernd. Zwei Sekunden gibt er mir, mich an ihn zu gewöhnen. Dann packt er meine Hüften, zieht sich aus mir zurück und dringt erneut hart in mich hinein. Rau und animalisch grummelt er, als wäre dies seine Art, Lust zu zeigen, während er einen steten Rhythmus in die Bewegung bringt.

Ich keuche, als die Reibung zwischen uns übernatürlich elektrisierend wird und ich meine, jeden Moment zu kommen. Wieder und wieder treibt er seinen Penis in mich hinein, nimmt mich, sodass ich nur noch an die Erlösung denken kann. Einzelne Punkte tanzen vor meinen Augen und augenblicklich verlangsamt er seine Stöße.

Schweiß perlt mir von der Stirn in die Augen, doch ich widerstehe dem Drang, sie wegzuwischen. Seine nunmehr nur noch trägen Bewegungen sind wie eine Folter, reizen mich und verhindern gleichzeitig, dass ich meinen Höhepunkt finde.

»Bitte ...«, flehe ich.

»Sei still!«, knurrt er und wird umso langsamer. Vielleicht kommt es mir auch nur so vor?

Ich stöhne, schwanke irgendwo zwischen Lust und Frustration. Warum zögert er es hinaus?

»Du wirst erst kommen, wenn ich es will.« Die Aussage ist nüchtern und klar. »Solange du sprichst oder stöhnst, wirst du nicht kommen.«

Na toll. Und wie bitte soll ich stumm bleiben, wenn er mich derart stimuliert? Mich reizt und vernascht, dreckiger mit mir spricht, als ich es gewohnt bin? Mich reibt und berührt, ausfüllt und für sich beansprucht?

Ich weiß, dass meine Beine mich nicht mehr lange tragen. Auch wenn ich trainiert bin, langsam ist es zu viel. In solche Höhen hat mich bisher niemand katapultiert, gleichzeitig weiß ich, dass er seine Drohung wahr machen wird und mich fallen lässt. Also beiße ich auf meine Unterlippe und bleibe still. Ich atme, ein und aus, und unterdrücke ein Seufzen, als er erneut meine Klit berührt. Auch sein Rhythmus wird wieder schneller. Höher und höher lässt er mich fliegen. Dann packt er meine Klit, zwickt hinein und raunt nah an meinem Ohr: »Spring, Baby!«

Und ich springe. Springe in den Strudel aus Erlösung, erbebe und vibriere unter ihm, während sein Glied in mir pulsiert. Die Elektrizität entlädt sich wie ein Gewitter. Dabei unterbricht er seine Bewegungen nicht eine

Sekunde, reizt mich weiter und mein Orgasmus dauert an. Ich japse nach Luft, fliege höher und wünsche mir, es würde nie mehr aufhören. Doch langsam verebbt das prickelnde Gefühl in mir und auch Gideons Bewegungen werden träger.

Ich atme, mit gefesselten Händen auf dem Bett abgestützt, als er sich entschlossen aus mir zurückzieht. Nur seine Hände halten meine Hüfte, gleichen mein Schwanken aus. Ohne ihn wäre ich sofort in mich zusammengesackt.

»Danke.« Dann lässt er mich los.

Irritiert versuche ich zu verstehen, was er mit diesem einen Wort meint, und halte gleichzeitig irgendwie das Gleichgewicht.

Ich höre, wie er sich bewegt, dann zieht er seine Hose wieder hoch. Neben meinen Händen landet ein Schlüssel. Kurz sammle ich mich, greife ihn und drehe mich halb um. Mein Blick fällt auf meine ruinierte Kleidung am Boden. Gideon greift nach dem danebenliegenden Klappmesser und steckt es in seine Hosentasche.

Ich blinzle und plötzlich wird mir die Situation bewusst. Er ist komplett angezogen. Ich bin untenrum nackt und meine Hände sind gefesselt. Unwillkürlich überkreuze ich die Beine, schwanke und plumpse mit dem Hintern aufs Bett.

»Ich lasse dir etwas Neues zum Anziehen bringen.« Auch dieser Satz von ihm überrascht mich. Doch bevor ich meine Gedanken sortiert habe – immerhin hat er mich kurz zuvor in komplett andere Galaxien katapultiert –, ist er durch die Zimmertür verschwunden.

»Aber ...« Ich beende den Satz nicht. Er kommt nicht zurück. Stattdessen atme ich ein und aus, versuche, alle

Empfindungen zu sammeln, doch sie sind fluide wie Wasser. Nichts kann ich wirklich greifen, außer, dass es mir gefallen hat. Sehr. Gleichzeitig fühle ich mich schäbig. Schäbig, weil ich Ethan betrogen habe. Mit Gideon.

Gideon. Warum muss es Gideon sein? Warum war es ausgerechnet Gideon, der mit seinem Wagen zur Stelle war? Und warum bin ich eingestiegen? Ich bin eine gute Läuferin. Hätte es keine andere Lösung gegeben? Hätte ich den Mann vielleicht doch selbst abschütteln können? Ich hätte nur mein eigenes Auto erreichen müssen. Dann wäre ich auch in Sicherheit gewesen und wäre niemals mit zu Gideon gefahren. Doch nun sitze ich frisch gevögelt in seinem Gästezimmer. Ich vergrabe das Gesicht in meinen Händen. Scheiße. Was habe ich nur getan?

Kapitel 12

Gideon

Fuck.

So war das nicht geplant. Wenn ich dachte, ich könnte meinen Plan eiskalt durchziehen, so hat sie mich bereits jetzt eines Besseren belehrt. Niemals hätte ich es so weit kommen lassen dürfen. Sie ist zu zart, zu normal. Ob sie das im Sinn hatte, als sie mich gebeten hat, zu bleiben? Ja, sicher war es neu für sie, gleichzeitig war ich noch nie so sanft zu einer Frau. Dennoch war es nicht geplant.

Ich eile aus dem Gästetrakt durch die leere Eingangshalle in mein Arbeitszimmer zurück. Wäre dieses Haus nicht lieblos wie ein Möbelkatalog eingerichtet, könnte ich mich fast wohlfühlen. Doch fehlen mir Zeit und Muße, etwas daran zu ändern. Hier verirrt sich zudem nur selten jemand Außenstehendes her.

Rasch überprüfe ich, ob die Alarmanlage aktiv ist, streiche die Haare zurück, dann zücke ich das Handy.

»Wie darf ich Ihnen behilflich sein, Mr. Maxwell?«

»Andrew, Molly ist sicher bereits unterwegs. Ich benötige Damenkleidung. Die Größe lasse ich Ihnen gleich zukommen.«

»Zu wann?«

»Schnellstmöglich.«

»Sehr wohl.«

Andrew arbeitet nun bereits seit Jahren für mich. Als Gärtner, Chauffeur und Assistent hat Andrew einen Fulltime-Job, gleichzeitig schafft er es irgendwie, trotz meiner ständigen Wünsche, genug Zeit mit Molly – seiner Frau und meiner Haushälterin – zu verbringen. Egal, um welche Uhrzeit ich ihn anrufe, er ist stets einsatzbereit und stellt nie eine Frage zu viel. Nur Chris steht mir noch näher.

Rasch schicke ich Andrew alle Informationen, die er benötigt. Dann schaue ich auf die Uhr. Die ganze Aktion hat mich zu viel Zeit gekostet. Fuck. Aber sie hat mich überrumpelt. Da war ein unerfülltes Verlangen in ihren Augen, welches ich zu gern befriedigt habe. Vielleicht etwas anders, als sie es wollte, doch ihre Reaktion war Bestätigung genug.

Nun läuft das Spiel und ich kann es nicht aufhalten. Wenn ich richtig ahne, sehnt sie sich nach mehr von dieser Seite an mir. Die ist allerdings viel dunkler, als sie ahnt. Abgründiger, als sogar ich mir eingestehen mag. Und vielleicht wird sie an allem ebenso Spaß finden. Ich hoffe es für sie, denn ansonsten wird das Spiel umso härter.

Sie hat von mir gekostet und ich von ihr. Mein Innerstes dürstet nach mehr, lechzt nach ihrer Haut, will sie auf den nächsten Gipfel der Lust bringen, sie ficken, bis ihr Hören und Sehen vergeht. Ja, es wird ihr gefallen und sie gleichzeitig an ihre Grenzen tragen. Sie wird fallen, ich werde sie auffangen. Ich werde sie demütigen und wie eine Königin behandeln. Einfach weil ich so bin. Weil ich es brauche.

Und wenn sie wüsste, dass sie sich exakt bei dem versteckt, vor dem sie heute früh geflüchtet ist, würde das dem ganzen Spiel sicher die gewisse Würze verleihen. Doch dafür ist es noch zu früh. Heute Abend werden wir den nächsten Schritt auf dem Weg gehen. Dem Weg, der sie an mich bindet. Wir gehören zusammen. So ist es vorherbestimmt. Es ist mein Spiel und ich werde gewinnen. Das Spiel um Macht, denn ich bin mächtiger, als sie ahnt. Das Spiel um Dominanz, denn ich bin ein Meister der Verführung. Und das Spiel um die Zukunft, denn ich weiß, dass es nur einen einzigen Weg geben kann. Meinen Weg, den ich für uns geebnet habe. Doch noch brauche ich Geduld. Sie muss fallen. Sie muss alles aufgeben, obwohl sie weiß, dass ich vollkommen abgewrackt bin. Nur dann wird sie erkennen, was ich ihr bieten kann. Nur dann kommen wir ans Ziel. Und ich werde erst ruhen, wenn wir angekommen sind. Doch eins nach dem anderen.

Kapitel 13

Sophia

Meine Gedanken schwirren lose umher, springen von einer Tatsache zur nächsten Möglichkeit. Was auch immer ich davon greifen will, ist längst wieder weg, bevor ich es realisiert habe. Hätte, wenn und aber. Das alles hilft mir jetzt nichts.

Meine Ersatzgarnitur, die ich immer in meiner Tasche habe, ist eben genau das: ein Ersatz. Die Hose ist für das Wetter zu warm, während der Slip mich an die Eskapaden erinnert, die Ethan vor Jahren mit mir angestellt hat. Damals, als ich nicht derart in der Öffentlichkeit stand und wir uns öfter bei ihm getroffen haben. Sex in der Waschküche war dabei sicher das aufregendste Abenteuer. Für mich eine neue Welt. Auch von hinten war mit Ethan nie vorstellbar.

Zu gern hätte ich Gideons Gesicht vorhin beobachtet. Vielleicht ist es besser so. Unruhig rutsche ich auf dem Sofa hin und her. Ich bin wund. Aber er war so groß, genau passend, um mich vollständig auszufüllen. Einerseits ist der Schmerz süß, andererseits fördert er das schlechte Gewissen bei jeder Bewegung, die ich mache. Und ich habe es verdient.

Böse Mädchen müssen bestraft werden. Gideons Satz hallt mir durch den Kopf. Habe ich es wirklich nicht anders verdient? Ja, ich habe Ethan hintergangen und noch gestern hätte ich mir niemals vorstellen können, dass ich ausgerechnet mit Gideon schlafen würde. Wobei ... Ist *miteinander schlafen* überhaupt die richtige Bezeichnung für das, was vorhin geschehen ist? Das klingt zu normal. Zu prüde. Offensichtlich muss ich meinen Wortschatz erweitern. Daher heißt es wohl: Er hat mich in den zweiten Himmel gefickt.

Ich spüre, wie Röte und Hitze in meine Wangen schießen. Nie im Leben könnte ich diesen Gedanken laut aussprechen. Und doch war es das, was ich gebraucht habe. Diese Art Sex reizt mich. Mehr noch. Ich will mehr davon, obwohl es mein Untergang ist.

Mein Handy vibriert und ich zucke zusammen. Ethan. Mist. Mit zitternden Fingern greife ich nach dem summenden Gerät und nehme ab, obwohl ich in diesem Moment nicht mit ihm sprechen möchte. Nicht jetzt. Nicht mit ihm.

»Hey ...«, krächze ich.

»Sweety, entschuldige. Ich hatte mein Handy nicht am Mann.« Also alles wie immer. »Schade, dass du erst in ein paar Tagen nach Hause kommst.« Immerhin hat er die Nachricht gelesen.

»Ja, tut mir leid.« Wobei ... Tut es das eigentlich? Wenn ich ehrlich bin, weiß ich nicht, was ich denken soll. Ich gehöre zu Ethan, gleichzeitig bin ich froh, ihm jetzt nicht in die Augen sehen zu müssen. Ob ich es Sonntag kann? Keine Ahnung. Auf der anderen Seite fühle ich mich auch hier fremd. Gideon ist die Konkurrenz und eindeutig kein Mann für ein zweites Erlebnis wie vorhin. Obwohl es mir gefallen hat. Leider.

»Hey, du musst dich nicht entschuldigen. Es ist dein Job und ich habe hier genug zu tun. Dann tun wir, was wir tun müssen, und anschließend machen wir uns Sonntag einen schönen Abend zu zweit. Okay?«

Ich schlucke und zwinge mich, meiner Stimme einen fröhlicheren Klang zu verpassen. »Das hört sich wundervoll an.« Bis dahin werde ich mir irgendetwas einfallen lassen, denn mein Pokerface war noch nie das beste.

»Schön! Ich freu mich.« Er wirkt so locker wie immer. Kein Anflug von Erinnerungen an die letzte Nacht. Aber ich habe es nicht anders erwartet. Also unterdrücke ich das Seufzen und nicke, obwohl er es nicht sehen kann. »Ich mich auch.«

»Kuss!«

»Kuss.«

Damit lege ich auf. Er glaubt mir einfach bedingungslos. Wahrscheinlich wird seine Welt zusammenbrechen, wenn er erfährt, was ich getan habe.

Gideon hingegen kann ich nicht einschätzen. Er symbolisiert die Gegenseite und Dad verteufelt die Maxwells seit Jahren. Natürlich verstehe ich seinen Ärger – wer zerstreitet sich schon gern mit seinem besten Freund? – und doch könnten beide Männer über ihren Schatten springen. Es ist schön, wenn beide Firmen gut laufen und es sollte Dad ausreichend Genugtuung bringen, dass wir Marktführer sind. Außerdem bin ich mir sicher, dass sich daran so schnell nichts ändern wird. Warum können die beiden Männer nicht endlich wieder einen Schritt aufeinander zugehen? So viele Jahre sind seit dem Streit und der Firmensplittung vergangen.

Gideon selbst ist hingegen ein Buch mit sieben Siegeln. Er ist charmant, wickelt mich mit seiner Art plötzlich um den Finger und gleichzeitig ist er dominant. Irgendetwas sagt mir, dass ich in all den Jahren zuvor immer nur die Oberfläche von ihm gesehen habe. Jetzt ahne ich, dass sich hinter seiner Fassade vielleicht viel mehr verbirgt. Positives wie Negatives. Aber wer hat keine Marotten? Die gehören zu jedem dazu. Dennoch steht außer Frage, dass ich mich von ihm fernhalten muss. Egal wie aufregend unser Abenteuer war, das darf kein zweites Mal passieren.

Genervt lege ich das Handy auf das unbequeme Sofa und stehe auf. Kurz durchzuckt Schmerz meinen Unterleib und erinnert mich erneut an die jüngste Erfahrung. Es ist geschehen und ich kann es nicht mehr rückgängig machen.

Der Blick nach draußen offenbart mir einen gepflegten Garten. Mindestens ein Football-Feld passt hinein, während hohe Hecken vor neugierigen Blicken schützen – oder mich daran hindern, in die Ferne zu sehen. Der Rasen ist zu grün für texanische Verhältnisse, während die Blumen sicher vom Personal gehegt und gepflegt werden. Ein Vorzeigegarten. Eigentlich perfekt und zugleich viel zu groß für Gideon. Außerdem passt es absolut nicht zu ihm. Jegliche Persönlichkeit fehlt. Wen will er damit beeindrucken, wenn er doch mehr Zeit direkt in Houston verbringt? So neu und unbenutzt, wie alles wirkt, könnte er es besser gewinnbringend verkaufen. Oder ist es Firmenbesitz? Das wäre möglich, schließlich verwaltet Maxwell-Energy auch

Immobilien, soweit ich weiß. Keine Ahnung, wieso Gideon diesen Geschäftszweig hinzugenommen hat. Nun, er wird seine Gründe haben. Dieses Anwesen untermauert in jedem Fall seinen Status als Playboy. Beinahe sehe ich die Häschen schon auf dem Rasen und am Pool mit ihren Hintern wackeln.

Ich schüttle den Kopf. Was für dämliche Gedanken. Ich gehe zum Sofa zurück und öffne mein Mailprogramm auf dem Laptop. Wenn ich schon unerwartet Zeit habe, kann ich diese wenigstens sinnvoll nutzen.

***

Ich habe keine Ahnung, wie viel Zeit vergangen ist, als ein Klopfen mich aus der Konzentration reißt. Was Ablenkung doch alles ausmacht. Nie hätte ich gedacht, dass ich trotz meiner vergangenen schlaflosen Nacht so effektiv vorankommen würde.

»Ja?«, rufe ich, versuche jedoch, nebenbei rasch die letzten Worte für die Mail zu tippen.

Ich schaue auf, als eine rundliche Frau mit einem zögerlichen Lächeln den Kopf zur Tür hineinsteckt. Ihre Haare sind unter einem gebundenen Tuch versteckt, während etliche Ringe ihre Finger zieren. Das schlichte, blaue Kleid schmeichelt ihren Rundungen und über ihrer Schulter hängt ein Geschirrtuch.

»Entschuldigung, Ms. Gold. Das Essen ist fertig und Mr. Maxwell bittet Sie zu Tisch.« Sie senkt den Blick.

»Oh, vielen Dank. Ich komme sofort.« Hastig klappe ich den Laptop zu und streiche die Bluse glatt. »Molly, richtig?«, frage ich die Haushälterin, die bereits die Tür wieder schließen will.

»Ja, Ms. Gold? Kann ich sonst noch etwas für Sie tun?«
Ihr Lächeln ist beinahe mütterlich, nur vom Alter her
ist sie sicher nicht so alt.

»Nein. Ich wollte nur Danke sagen.«

»Selbstverständlich. Mr. Maxwell erwartet Sie.« Damit zieht sie die Tür endgültig hinter sich zu und ich
bleibe allein zurück. Dann straffe ich meine Schultern
und husche ins Bad. Die Frisur ist ein Chaos und mein
Make-up existiert kaum. So kann ich Gideon für ein
Abendessen nicht unter die Augen treten. Also greife
ich zu Eyeliner, Lockenstab und Parfüm. Kurze Zeit
später bin ich dezent geschminkt und die Haare sind in
einem lockeren, welligen Pferdeschwanz gebändigt.
Das ist schick und nicht übertrieben, auch wenn ich
meine Hose am liebsten wieder gegen einen Rock getauscht hätte. Aber der ist nicht mehr existent.

Rasch verlasse ich den Gästetrakt und gehe in die museumsartige Eingangshalle. Bereits von Weitem bestätigen gedimmtes Licht und leise Musik meine Vermutung, dass Gideon im Wohnzimmer hat auftischen lassen. Was hat er vor? Ein Candle-Light-Dinner?

Meine Schritte hallen mit einem Echo von den hohen
Wänden, klackern mit jedem Auftreten auf den Fliesen.
Gleichzeitig werde ich langsamer, je näher ich der Tür
komme, während mein Magen grummelt.

Doch bevor ich auf dem Absatz kehrtmachen kann,
kommt Gideon mir mit zwei Weingläsern entgegen.
»Schön, dass du die Einladung angenommen hast.«

Kurz zucken meine Augenbrauen. Welche Alternative hätte ich gehabt? Immerhin bin ich ungeplant sein
Gast. Er hat mir Unterschlupf gewährt und hätte ich

eine andere Option gesehen, hätte ich ihn als Allerletztes ausgewählt. Aber nun bin ich hier und ehrlich gesagt durchaus dankbar. Er hätte mich schließlich auch stehen und meinem Problem überlassen können.

»Gern«, erwidere ich galant und nehme das Glas entgegen.

»Ein Chevalier-Montrachet Les Demoiselles Grand Cru aus Frankreich. Jahrgang 2017.« Sanft schwenkt er das kelchartige Glas und hält seine Nase darüber. »Hmm … wie ein lauer Sommerabend und trotzdem rassig. Findest du nicht?«

Die Musik im Hintergrund könnte von einer Entspannungs-CD kommen, nur ohne irgendwelche Anweisungen, dass man seine Gedanken fliegen oder Körperteile schwer werden lassen soll. Langsam und getragen, sodass ich nicht umhinkann, meine Schultern ein wenig zu lockern.

Ich schnuppere am Glas und nicke. Der Wein riecht unzweifelhaft nach Zitrusfrüchten und Urlaub. Ob ich dafür extra nach Europa reisen muss, sei dahingestellt.

»Ja, ein Dom Pérignon Plénitude hätte aber auch gepasst.« Mit Wein und Champagner kenne ich mich ebenfalls aus. Wobei es eigentlich völlige Verschwendung ist, dieses sauteure Zeug zu trinken.

»Ich sehe schon, auf dem Gebiet kann ich dir nichts vormachen.«

»Stimmt. Zumindest nicht, wenn es um teure Getränke geht. Ich bevorzuge jedoch einen kalifornischen Winzer, der hervorragende Bio-Weine produziert.«

»Da ist er wieder. Dein Hang zu Regionalem und Umweltschutz.« Er lächelt müde, so als ob er von dem Thema bereits jetzt zu viel gehört hätte.

»Es ist nichts Verwerfliches daran, den Klimaschutz zu unterstützen und sich ein wenig um das Wohlergehen unseres Planeten zu kümmern. Schließlich sollen unsere Nachkommen einen lebenswerten Ort von uns überlassen bekommen.« Und dazu stehe ich mit ganzem Herzen. Kaum etwas ist bedeutungsvoller. Wir haben nur eine Erde und die wird schneller zugrunde gehen, als sich so mancher vorstellen kann, sollten wir weitermachen wie bisher.

»Wenn du das sagst, ist das wohl so.« Damit wendet er sich ab und geht zurück ins Wohnzimmer. Ob er mir jemals den Rest des Hauses zeigen wird?

Langsam folge ich ihm, den Geschmack des Weines auf der Zunge und die getragene Musik im Ohr. Tatsächlich hat Gideon – oder Molly? – Kerzen aufgestellt. Nicht nur auf dem Tresen, auf dem bereits aufgetischt ist, sondern auf sämtlichen weiteren Flächen des Raumes. Einzig der Boden ist schwarz wie ein tiefer See.

»Setz dich.« Seine Stimme ist sanft, die Aufforderung jedoch unmissverständlich. Also schiebe ich eine Pobacke auf den hohen Stuhl am Tresen und schaue Gideon dabei zu, wie er die Austern von ihrem Eisbett auf unsere Teller befördert.

»Das sieht gut aus.« Irgendetwas muss ich sagen.

»Vertraust du mir?« Sein Blick trifft überraschend auf meinen und hält mich fest. Durchdringend, fesselnd und so dunkel, dass ich mich erneut unwillkürlich frage, was er hinter seiner Fassade verbirgt. Ich erwidere den Blick und meine Zellen richten sich augenblicklich nach ihm aus, horchen, was er von ihnen möchte. Beinahe habe ich das Gefühl, machtlos zu sein, gleichzeitig habe ich die volle Kontrolle. Die einzig ehrliche Antwort auf diese Frage wäre ein klares Nein, doch ich nicke. Ich will wissen, was er vorhat, auch wenn ich meine Neugier zu zügeln weiß. Normalerweise. Doch seit heute Morgen ist nichts mehr normal.

»Dann schließ die Augen.« Seine Stimme ist eine Nuance tiefer geworden und eine Gänsehaut zieht sich über meine Unterarme. Mein Herz legt einen Zahn zu, pocht dumpf gegen die Rippen.

Kurz mustere ich ihn, schätze ab, ob ich es riskieren kann, dieser Anweisung nicht zu folgen, doch ich erkenne nichts, was mich zweifeln lässt. Zumindest für diesen Moment. Aber kann ich ihm wirklich trauen? Er ist Gideon Maxwell und wenn mein Dad wüsste, dass ich in diesem Moment hier bin, würde er durchdrehen. Andererseits bin ich erwachsen und kann eigene Entscheidungen treffen. Hier geht es nur darum, während eines Abendessens die Augen zu schließen. Nicht mehr und nicht weniger. Ich werde es drauf ankommen lassen. Immerhin kann ich jederzeit Nein sagen. Also schließe ich die Augen und warte ab, was passiert.

Zunächst ist alles still, nur meine Ohren scheinen jedes noch so kleine Geräusch hören zu wollen. Ja, Gideon ist da. Er bewegt sich, bis ich einen Lufthauch am Gesicht spüre. Dann legt sich Stoff über meine Stirn, schiebt sich weiter vor meine Augen. Mein erstes Bedürfnis ist, selbige aufzureißen und den Gegenstand entschieden von mir wegzuschieben. Kurz hält Gideon inne und ich entspanne mich. Dann verknotet er den Stoff am Hinterkopf. Es ziept in meinen Haaren, doch bevor ich reagieren kann, sind seine Hände wieder weg und ich sitze mit verbundenen Augen vor ihm.

»Vertraust du mir nicht, dass ich die Augen geschlossen halten kann?« Die Frage ist als Scherz gedacht. Trotzdem will ich wissen, warum er das getan hat.

»Nein.« Seine Antwort ist knapp und klar, seine Stimme noch einen Hauch tiefer. Das Kribbeln, das mich durchflutet, trifft mich mitten im Bauch. Jede Zelle prickelt und verlangt, zu verstehen, was vor sich geht. Dabei passiert ansonsten nichts. Einzig der Fakt, dass meine Augen verbunden sind, ist so aufwühlend, dass ich jede Regung meines Körpers doppelt und dreifach so deutlich spüre wie normal.

»Warum nicht?« Ich kann die Frage nicht unterdrücken.

»Warum sollte ich? Ich habe lieber die Kontrolle.«

»Das merke ich.« Keine Ahnung, warum ich mich auf diese Diskussion einlasse. Unruhig rutsche ich auf dem Stuhl umher, was mich jedoch postwendend wieder an unser Abenteuer erinnert. Nur gut, dass die Austern nicht kalt werden können.

»Mach den Mund auf.«

Kapitel 14

Sophia

Ich soll den Mund aufmachen? Ist das ein Spiel? So, wie man früher mit verbundenen Augen erraten musste, welches Essen sich auf dem Löffel befand? Aber ich weiß ja bereits, dass es Austern gibt. Das würde mich nicht überraschen.

Wieder zögere ich, trotzdem tue ich ihm den Gefallen. Letztendlich habe ich nichts zu verlieren.

Wie erwartet, schiebt er keinen Löffel, sondern die Auster an meine Lippen und ich schlürfe sie gierig aus. Sie schmeckt so typisch und doch anders. Nussig? Mit einem Schuss Zitrone? Und Wein. Vermutlich derselbe wie in meinem Glas, wobei der für die Zubereitung von Essen definitiv zu schade ist. Aber wen interessiert in unserer Welt, wie teuer der Wein ist? Gideon ist, wie ich, in einem Übermaß aufgewachsen.

Der Geschmack der Auster hallt auf meiner Zunge nach. »Lecker«, sage ich und öffne den Mund erneut, in der Erwartung, dass er mich weiter füttert. Tatsächlich folgt eine zweite Auster, dann eine dritte und eine vierte. Eigentlich eine surreale Situation, wenn man bedenkt, dass ich nie geplant habe, mit ihm zu Abend zu essen. Wie sehr haben sich meine Pläne in den vergangenen vierundzwanzig Stunden verändert! Wobei ich noch immer zwischen Fluch und Segen schwanke. Solche Dinge würde Ethan nie mit mir machen. Gideon hingegen ist ein komplett anderer Typ und er gefällt mir auf seine eigene Weise. Ich darf mich nur nicht vollends verlieren. Ethan ist mein Verlobter und die Hochzeit wird stattfinden. Der Sex heute Mittag war eine einmalige Sache. Gideon und mich verbindet nichts, so prickelnd seine Bemühungen auch sein mögen.

Passend dazu streicht etwas – sein Finger? – sacht über meine Lippen, fährt ihre Konturen nach, sodass ich mich ganz der neuen Empfindung hingebe. Verflucht, ich sollte das hier beenden, ein normales Abendessen mit ihm verbringen und klarstellen, dass wir uns auf rein beruflicher Ebene begegnen. Etwas anderes ist undenkbar und er hat seinen Spaß gehabt – doch ich kann nicht.

Meine Gedanken werden träger, während ich mehr ahne, als spüre, dass er inzwischen näher vor mir steht.

Ja, da ist sein typischer Duft, gepaart mit einem ebenfalls nussigen Aroma. Kann das sein oder bilde ich es mir ein? Dann streift sein Finger erneut meine Lippen, löst ein Prickeln auf ihnen aus und schiebt sich weiter über die Wange und hin zum Ohr, in dem nur noch mein Blut rauscht. Genüsslich will ich mich an ihn anschmiegen, so vertraut ist der Moment. Doch sobald ich den Druck erhöhe, gibt er nach. Nur hauchzart wandert er weiter, liebkost mein Ohrläppchen und schiebt seine Finger in meinen Nacken.

Ich öffne den Mund wieder, recke mich ihm entgegen. Egal, was ich eben noch wollte, ich kann mich ihm nicht entziehen. Ich brauche die Berührungen, den Kontakt, bin hungrig nach mehr. Mehr von allem und gleichzeitig ist da eine Stimme in meinem Hinterkopf, die beharrlich das Bild von Ethan in den Vordergrund drängen will. Ja, das hier fühlt sich verboten an und vielleicht kann ich genau deswegen nicht widerstehen. Es ist nur heute und danach nie wieder. Ethan wird niemals davon erfahren.

Gideons Atem streift meine Wange, als er seine Stirn an meine legt. So nah und doch irgendwie fern. Ich will ihn kosten, seinen Atem schmecken, seine Zunge umschmeicheln – nur lässt er es nicht zu. Es ist eine Art Tanz, bei dem er führt, nur möchte ich mehr. Wenn er nicht den nächsten Schritt macht ...

Und so wende ich den Kopf blitzschnell ab, löse die Stirn von seiner und presse ihm meine Lippen auf den Mund.

Gideon erstarrt. Kurz zweifle ich, ob ich die richtige Entscheidung getroffen habe, doch in mir wird es warm. Behaglich breitet sich die Hitze um mein Herz aus, verschlingt alles. Auch das Prickeln ist stärker als je zuvor.

»Böses Mädchen ...«, flüstert er an meinen Lippen. Dann gibt er nach und erwidert den Kuss. Sanft schmecke ich ihn und einen Hauch Auster gepaart mit Wein. Er drängt seine Zunge in meinen Mund. Hart, fordernd und unnachgiebig. Richtig, ich hätte beinahe vergessen, dass er den Ton angibt. Es fühlt sich verboten gut an. Allein seine Worte entfachen viel mehr in mir, als er sich wahrscheinlich vorstellen kann. Das Kribbeln lässt meine Finger taub werden, während es sich in meinem Unterbauch sammelt und zu einem pulsierenden Verlangen wird, das irgendwann als schwarzes Nichts alles verschlingt.

Sacht streiche ich über seinen Rücken, halte mich an ihm fest. Diesmal duldet er es, obwohl ich deutlich merke, dass er sich verspannt hat. Warum kann er es nicht zulassen? Seine Hände spiegeln meine Bewegungen und ich genieße es. Wie könnte ich nicht? Dieser Kuss ist so anders und zugleich bedingungslos.

Ich rutsche halb vom Barhocker hinunter, presse mich an ihn, spüre, dass er hart ist. Mein Unterleib zieht, wünscht sich, auch berührt zu werden. Ich nehme alles so viel deutlicher wahr, da meine Augen noch immer verbunden sind.

Gideon vertieft den Kuss, erkundet meinen gesamten Mund, entlockt mir ein erstes Stöhnen. Er liebkost Stellen, von denen ich niemals gedacht hätte, sie wären erogen. Aber er findet sie alle. Die Sehnsucht in mir bauscht sich weiter und weiter auf und wenn ich es nicht besser wüsste, würde ich vermuten, dass er mich bis zum Orgasmus küssen könnte. Aber ich will ihn spüren – in mir –, will mehr von ihm. Es ist, als hätte ich das ganze Leben auf ihn gewartet. Gleichzeitig ahne ich, dass mein Verstand sich bald wieder einschalten wird. Ein Wunder, dass er so lange ruhig war.

Seine Hand wandert weiter zu meinem Po, fährt langsam darüber – und zwickt hinein. Ich quieke auf, unterbreche damit den Kuss, doch er hält mich wieder auf Abstand. Erneut legt er seine Stirn an meine und ich seufze auf. Die Erregung im Bauch drückt in alle Richtungen, pocht darauf, weiter in den Himmel zu fliegen und neue Sphären kennenzulernen.

»Was?« Seine Stimme ist rau und belegt, fast so, als hätte er fünf Zigarren nacheinander geraucht.

»Das ist so frustrierend!« Auch wenn ich mich zurückhalten will, so platzen die Worte aus mir heraus.

»Stimmt.«

Wie? Stimmt? Aber es muss ja nicht so bleiben. Ein Handy klingelt und am Rufton erkenne ich, dass es nicht meins ist. Daher ignoriere ich es gekonnt und versuche erneut, mich ihm entgegenzudrängen. Doch Gideon bleibt eisern, schiebt mich sogar noch weiter weg und greift vermutlich nach dem bimmelnden Gegenstand.

»Wage es nicht, die Augenbinde abzunehmen.« Dann höre ich sich entfernende Schritte und ein geknurrtes »Ja?«

Hat er mich wirklich hier sitzen lassen? Die Finger finden automatisch zu meinen Lippen, streichen über das geschwollene Fleisch. Dieser Kuss war anders und doch möchte ich genau dort weitermachen, wo er aufgehört hat.

Ich habe keine Ahnung, wie viel Zeit vergeht. Sekunden? Minuten? Langsam sackt meine Erregung ab, meine Lippen fühlen sich wieder normal an und ein anderes Gefühl drängt sich erneut in den Vordergrund: Hunger. Es kommt mir falsch vor, mich seinen Anweisungen zu widersetzen, aber was soll ich tun? Mit Augenbinde kann ich nicht einmal nach meinem Glas greifen. Erwartet er allen Ernstes, dass ich stundenlang auf ihn warte? Immerhin hat er nicht gesagt, ob er überhaupt wiederkommt.

Entschlossen ziehe ich die Augenbinde ab, blinzle in das schummrige Licht der Kerzen hinein und greife neben einer weiteren Auster nach den diversen anderen Köstlichkeiten, die auf dem Tisch stehen und mir vorher nicht aufgefallen sind. Kartoffeln, gebackenes und eingelegtes Gemüse und natürlich darf das texanische Chili nicht fehlen.

Gideon ist noch immer nicht zurück, als ich mir den letzten Bissen in den Mund schiebe. Daher spüle ich mit Wein nach und gehe anschließend in den Gästetrakt. Kann es wirklich sein, dass dieses Telefonat so lange dauert? Oder hat er sich einen Scherz mit mir erlaubt?

Noch immer pocht mein Unterleib, doch das Verlangen hat sich verflüchtigt. Als ich die Tür zum Schlafzimmer öffne, bleibe ich wie angewurzelt stehen. Jemand war hier. Mein Blick fliegt hin und her, doch offensichtlich fehlt nichts.

Ein Kleiderständer mit diversen Jacken, Röcken, Blusen, Kleidern und sogar einem Negligé versperrt mir den Weg. Langsam trete ich näher, erwarte, dass Gideon hervortritt und »Überraschung« ruft. Doch ich bin allein. Ein Stich in meiner Brust lässt mich erneut aufseufzen. Vielleicht ist es besser, dass wir die Nacht in getrennten Schlafzimmern verbringen. Keine Ahnung, wie ich Ethan so hintergehen kann, doch nie habe ich ein derart starkes Verlangen nach einem anderen Mann verspürt. Egal wie ich es drehe und wende, einen enttäusche ich immer – und da schließe ich mich selbst mit ein.

Allerdings bin ich Gideon – zumindest vermute ich, dass er es veranlasst hat – für die Kleidung dankbar, denn auf den ersten Blick müsste alles exakt meiner Größe entsprechen. Woher auch immer er die weiß. Vielleicht hat er ein gutes Auge. Damit wäre er einer der wenigen Männer, die genau hinschauen.

Ich greife nach dem Negligé, ziehe mich um und gehe ins Bad. Der Blick in den Spiegel erinnert mich deutlich daran, was diesen Abend geschehen ist. Mein Lippenstift ist verschmiert und kaum mehr vorhanden. Noch immer spüre ich seine Zunge. Nur wenn ich die Stellen abfahre, die er zuvor liebkost hat, passiert nichts. Also nehme ich die Zahnbürste, befreie sie von ihrer Verpackung und putze meine Zähne. Anschließend schminke ich mich ab, gehe auf die Toilette und kuschle mich unter die Bettdecke.

Das Bett ist riesig und weich – und erinnert mich an das Abenteuer von heute Mittag. Wie hat es so schnell so weit kommen können? War es mein Schock nach dem Ereignis am Fluss? Die Nachricht am Auto sowie die Demolierungen waren eine klare Todesdrohung, oder? Reicht es überhaupt aus, wenn ich bis Sonntag untertauche? Finden mich diese Leute hier? Ist Gideon ebenfalls in Gefahr? Wie geht es Ethan? Hätte ich mich nicht trotzdem mit Isabella treffen können? New York wäre weit genug weg gewesen.

Die Gedanken rasen und ich kann sie immer weniger abstellen, je mehr ich es versuche. Unruhig drehe ich mich hin und her, denn Lösungen fallen mir ebenfalls nicht ein. Irgendwo höre ich eine Tür ins Schloss poltern, dann fallen mir die Augen zu. Nur ein Ausweg fällt mir ein: Für den großen, leeren Teil meines Bettes wüsste ich wen, der ihn füllen könnte ...

Kapitel 15

Gideon

kurze Zeit zuvor

»Was soll das heißen?«, frage ich, um meine Fassung bemüht und die Klinke der Haustür in der Hand.

»Es ist nicht möglich, den Auftrag heute Nacht zu erledigen.« Chris steht mir in Bikerklamotte gegenüber, die Jacke ein Stück geöffnet, sodass sein schwarzes Muskelshirt hervorschaut und ich das Holster seiner Waffe – eine Sig Sauer P226, wie er mir erklärt hat – sehe. Immerhin hat er mich angerufen und mich zur Tür gebeten, anstatt direkt zu klingeln. Nicht auszudenken, wenn Sophia ihn sieht. Dann wäre das Spiel schneller vorbei, als es richtig beginnt.

Ich verdrehe die Augen und starre für einen Moment in die pechschwarze Dunkelheit, die nur von den schwachen Lampen mit gespeicherter Solarenergie unterbrochen wird, die Andrew überall in die Beete gesteckt hat. Eine nette Geste, doch ich müsste wirklich mal leistungsstärkere Teile entwickeln lassen.

»Komm rein. Aber sei verdammt noch mal leise. Wenn sie dich sieht, haben wir ein Problem.« So leise wie möglich schließe ich die Tür hinter ihm. Den Weg ins Arbeitszimmer findet Chris allein. Nur seine schweren Biker-Boots hallen laut in meiner Eingangshalle. Ich zucke bei jedem Schritt zusammen. Sophia hat hoffentlich noch die Maske auf, doch das ist Fluch und Segen zugleich. Sie müsste viel besser hören und könnte mitbekommen, dass wir Besuch haben. Sie darf Chris unter keinen Umständen sehen. Schließlich war er es, vor dem sie am Morgen geflohen ist.

»Und was genau ist das Problem? Ist deine Karre kaputt, oder was?«, frage ich ihn, als ich die Tür meines Arbeitszimmers hinter uns geschlossen habe.

»Nein. Natürlich können wir die Fässer abholen und das Geld kassieren. Keine Sorge. Nur werden wir den Scheiß heute Nacht nicht los. Einerseits ist aufgefallen, dass der Trinity verunreinigt war. Vermutlich haben wir das Zeug zu schnell hineingekippt, als deine Sophia uns beobachtet hat. Andererseits ist das Fass entdeckt worden, das Charles und Hunter reingeschmissen haben. Ja, sie hätten es nicht tun sollen. Aber wir waren spät dran. Gid, die haben dort alles unter Bewachung. Das ist Selbstmord, wenn wir es nachher dort versuchen.«

Ich streife mir über die Haare und tigere durch den Raum. So ein Murks. »Wie konnte das passieren?«

»Keine Ahnung. Hat deine Kleine geplaudert?«

»Hat sie nicht.« Ich fahre herum und fasse Chris beim Kragen. Er ist zwar ebenso wie ich gut trainiert, doch fokussiert er sich eher auf Masse statt Ausdauer. Ich hingegen bin durch das Crossfit reaktionsschneller. So rasch, wie ich ihn an die Wand gepinnt habe, hebt er nicht einmal den Arm, um sich zu verteidigen.

»Komm runter. Ich kann nichts dafür.« Chris bleibt zu locker. Leider hat er keine Angst vor mir. Damit ist er wahrscheinlich einer der wenigen. Alle anderen sehen mich höchstens als Playboy und ich weiß nicht, ob das immer als Kompliment zu sehen ist. Wer mich jedoch wirklich kennt, weiß auch um meine andere Seite. Meine weiche Seite, die ich geschickt zu verbergen weiß. Meistens.

Ich drücke ihn fester an die Wand. »Aber irgendwer muss geplaudert haben. Finde heraus, wer es war.«

»Dazu musst du mich loslassen.« Chris lacht.

Genervt schüttle ich den Kopf, löse meinen Griff dennoch, sodass Chris seine Schultern entspannt.

»Was hast du jetzt vor? Gibt es keine andere Entsorgungsstelle?« Er hat mein Vertrauen und er wird eine Lösung wissen. Denn mir fällt keine ein.

»Wir müssen die Fässer zwischenlagern und, wie du schon sagst, woanders entsorgen. Nur bekomme ich bis morgen früh nichts Neues recherchiert. Das heißt, ich werde die Fässer in jedem Fall lagern. Eine Harakiri-Aktion, ohne vorher alles genauestens zu checken, ist in jedem Fall keine Option.«

»Und wo? Die Firma ist tabu.«

»Ich weiß. Deshalb bin ich hier.« Chris rückt seine Jacke zurecht, die für die Temperaturen draußen viel zu warm ist. Aber ohne fährt er seine Harley nicht.

»Kapier ich nicht.«

»Na, wir könnten es hier lagern. Du hast doch diesen Schuppen im Garten, oder?«

»Da ist meine Larissa drin, du Depp.« Ich winke ab. Das kann er vergessen.

»Larissa? Du machst deinem Namen als Playboy ja alle Ehre ...« Chris schüttelt tadelnd den Kopf.

Fuck. Was denkt der Kerl? »Larissa ist meine Jacht.« Die Worte sind zu scharf, doch Chris beeindrucke ich damit nicht.

»Warum hast du eine Jacht bei dir im Schuppen gelagert? Fährt die sich nicht im Wasser besser?« Feixend verzieht er das Gesicht.

»Mir fehlt die Zeit.« Ich winke ab. Die wahren Gründe brauchen ihn nicht zu interessieren. Wenn er wüsste, dass ich mir die Kosten für den Liegeplatz nicht mehr leisten kann ...

Er weiß, dass das Bargeld, das wir bei den nächtlichen Entsorgungen von Jones kassieren, Schwarzgeld ist. Ich wasche das Geld und schleuse es in Maxwell-Energy ein. Es ist einfach zu leicht, die Leute beim Hausverkauf mit geringen Steuern durch einen kleinen Kaufpreis zu locken und ihnen dann ein paar Riesen in bar auf die Kralle zu drücken. Oder Handwerker. Die nehmen auch gern zusätzliches Bargeld, das sie nirgends angeben müssen. Bisher hat es immer Möglichkeiten gegeben, größere Summen Bares loszuwerden. Ob Chris den genauen Weg des Geldes kennt? Keine Ahnung, denn letztendlich ist es mir egal. Er steckt zu tief mit drin, als dass er etwas ausplaudert.

»Dann zurück zu der Idee. Die Fässer müssen irgendwo deponiert werden und hier sucht definitiv keiner danach. Ich fahre mit dem Lieferwagen vor und wir laden nachts in aller Seelenruhe aus. Nicht heute, sondern morgen Nacht. Null Stress, alles entspannt. Niemand wird etwas merken, solange deine Prinzessin tief und fest schläft. Kannst du das arrangieren?«, fragt er.

Natürlich könnte ich das. Allerdings finde ich den Gedanken, die beschissenen Tonnen auf meinem Grundstück zu wissen, vollkommen abstrus. Welche Alternative gibt es?

»Kannst du die Fässer nicht einfach morgen Nacht entsorgen?« Es ist mir ein Rätsel, warum er die überhaupt zwischenlagern will.

»Ganz ehrlich? Wir sollten ein paar Tage Zeit vergehen lassen. Wenn jemand entdeckt, dass auch woanders der Boden verunreinigt ist, werden sicher intensivere Untersuchungen angestellt. Wir dürfen um keinen Preis Aufmerksamkeit auf uns lenken. Außer, ich soll es auf deinen eigenen Grundstücken entsorgen.«

»Das wagst du nicht!« Ich funkle ihn an, besinne mich dann jedoch darauf, eine Lösung zu finden. Vermutlich hat Chris recht. Zwischenlagern wäre nicht verkehrt, solange nicht noch ein dritter Auftrag für diese Woche reinkommt. »Und was mache ich mit meiner Jacht?«

»Keine Ahnung. Unternimm mit der Kleinen eine Tour.«

»Nein. Kommt nicht infrage. Ich überlege mir etwas.«

»Dann ist das ein Ja?«, fragt Chris hoffnungsvoll und schaut mich gewinnend an.

»Verflucht, du tust doch eh, was du für richtig hältst. Aber die Fässer verschwinden hier schnellstmöglich, sonst kannst du dir einen neuen Job suchen. Und der Rest der Pisser ebenfalls. Und jetzt hau ab, bevor Sophia dich oder deine Harley doch noch sieht.«

»Jawohl, Boss.« Damit macht er auf dem Absatz kehrt und will gehen. Rasch dränge ich mich an ihm vorbei, öffne die Tür und überprüfe, ob die Luft rein ist. Nicht auszudenken, wenn Sophia gerade vorbeiläuft.

»Hau ab«, knurre ich erneut und schließe die Tür meines Arbeitszimmers wieder hinter ihm. Warum habe ich dem nur zugestimmt? Ich bekomme nur noch mit, wie die Haustür viel zu laut ins Schloss fällt, und horche, ob sich ansonsten etwas regt. Doch alles bleibt ruhig. Sophia ist sicher längst ins Bett gegangen. Also kommt es auf ein paar Minuten nicht an. Rasch fahre ich den Rechner hoch und checke die Nachrichten mit den Schlagzeilen. Chris hat recht. Unsere Aktion hat es bis in die Zeitung geschafft. Fuck. Also müssen wir die Idee von Chris umsetzen. Daran führt kein Weg vorbei. Einige Zeit später kehre ich endlich ins Wohnzimmer zurück, doch nur der Rest des Essens schaut mich traurig an.

Sophia ist wie erwartet gegangen. Verübeln kann ich es ihr nicht, obwohl sie sich damit meiner Anweisung widersetzt hat. Bevor ich mich darum kümmere, muss ich mir eine Strategie überlegen, damit sie nicht mitbekommt, wenn Chris die Sache mit den Fässern erledigt. Eine Fahrt mit der Jacht ist allerdings keine Alternative.

Kapitel 16

Sophia

Irgendwann bin ich in einen unruhigen Schlaf gefallen. Verfolgt von zufallenden Türen, die mich durch enge Wege und in eine Sackgasse gejagt haben. Drohend und vernichtend, nur damit am Ende das Gesicht des Mannes auftaucht, der mir am Trinity hinterhergelaufen ist und der wahrscheinlich auch mein Auto demoliert hat. Er hat gelacht. Nicht mehr und nicht weniger. Dreckig und endgültig. Als wenn ich ihm niemals entkommen könnte. Als würde er nur auf einen Fehltritt von mir warten.

Das Negligé und die Bettdecke kleben an mir, als ich aufwache und mich ruckartig aufsetze. Hastig streife ich mir eine nasse Haarsträhne aus dem Gesicht und egal wie sehr ich meine Augen reibe, es bleibt stockfinster. Außerdem ist es mucksmäuschenstill. Nur mein Atem ist zu hören. War es genauso dunkel, als ich ins Bett gegangen bin? Hilflos taste ich dort herum, wo ich den Nachttisch vermute, und atme tief aus, als ich den Schalter für die indirekte Beleuchtung finde.

Die Jalousien sind geschlossen. Das waren sie nicht, als ich ins Bett gegangen bin. Sind die Dinger mit einer

Zeitschaltuhr versehen? Aber warum sind sie dann erst so spät hinuntergefahren? Oder wollte Gideon, dass ich eine ruhige Nacht habe?

Die Uhr zeigt bereits 8:39 Uhr an. Habe ich so lange geschlafen? Aber kein Wunder nach der vorherigen Nacht und all den gestrigen Erlebnissen. Ich horche in die Stille hinein. Da ist nichts. Doch! Ein leises Rumpeln, das so gar nicht zu den gestrigen Geräuschen des Hauses passen will. Ansonsten bin ich allein und komischerweise auch auf eine gewisse Art ausgeruht. Ich schwinge die Beine aus dem Bett und suche nach einem Schalter, um die Jalousien hochzufahren, denn das tun sie offensichtlich nicht automatisch.

Meine Finger streichen über die teure Einrichtung aus dunklem Holz, die perfekt zu den anderen Creme-Tönen passt. Nur ein paar Farbtupfer in Form von Blumen fehlen.

Tatsächlich werde ich im Wohnzimmer des Gästetraktes fündig. Warum ist mir das Bedienpanel, mit dem ich ebenso die Klimaanlage steuern kann, zuvor nicht aufgefallen? Natürlich hat Gideon sich nicht lumpen lassen und sämtlichen Schnickschnack eingebaut. Bei genauerem Hinsehen haben die Jalousien eigentlich eine Automatik und Zeitschaltuhr. Doch die wurde für den heutigen Tag ausgesetzt.

Ich fahre die Jalousien hoch und das Sonnenlicht offenbart die durch die Luft tanzenden Staubpartikel um mich herum. Geschwind werfe ich mir einen Seidenbademantel vom Kleiderständer über und öffne eines der bodentiefen Fenster, um auf die Terrasse hinauszutreten. Eigentlich könnte ich den Bademantel direkt wieder ausziehen, so warm ist es. Der Windhauch umspielt mich sanft und mit einer leicht salzigen Note, lässt eine Haarsträhne meine Nase kitzeln. Wir müssen dem Meer viel näher sein, als ich es aus Houston gewohnt bin. Wo genau sind wir gleich?

Ich schließe die Augen und stelle mir vor, wie ich am Wasser sitze und auf die Unmengen an funkelnden Tropfen hinausschaue. Möwen schreien, Sand quillt zwischen meinen Zehen hindurch und die Sonne schmiegt sich warm an meine Haut. Warum mache ich das nur so selten? Aber in einer Welt aus Glanz, Glamour und Arbeit bleibt für solche banalen Dinge zu oft keine Zeit. Schließlich ist mein Terminkalender bis zum Bersten gefüllt und ich kann nur hoffen, dass sich mein Leben am Montag wieder normalisiert, auch wenn mein Traum mir etwas anderes suggerieren wollte. Aber es war nur ein Traum.

»Kaffee?« Gideons butterweiche Stimme holt mich aus den Träumereien zurück in die Gegenwart. Aus einem Reflex heraus will ich den Bademantel fester an mich ziehen, schmiege jedoch nur den Kragen näher an meinen Hals. So seidig, wie er ist, muss er – wie alle anderen Kleidungsstücke auf dem Ständer – nigelnagelneu sein.

»Gern.«

Er streckt mir eine Tasse entgegen und ich mustere amüsiert die Aufschrift. »*Grumpy Boss*? Wer hat dir die denn geschenkt?« Meine Mundwinkel zucken.

»Oh, eigentlich wollte ich dir die hier geben. Egal. Der Inhalt ist derselbe.« Er hält mir den Schriftzug auf seiner Tasse entgegen und ich beuge mich zu ihm, um den Spruch besser lesen zu können.

Kaffee, weil nicht jeder Tag mit Mord beginnen kann. Daneben ein Mini-Sensenmann mit Kaffeetasse.

»Na, wer hätte gedacht, dass du auch eine humorvolle Seite hast?« Ich schmunzle und verkneife mir einen weiteren Kommentar dazu.

Gideon zuckt mit den Schultern. »Manchmal reicht es, Freunde zu haben. Aber tatsächlich sind die Dinger ganz praktisch, da mehr als in die normalen Tassen hineinpasst.«

Nun ist meine Neugierde geweckt, was für Freunde er hat, die auf die Idee kommen, ihm solche Tassen zu schenken.

»Da hast du recht.« Ich nippe an der Tasse und frage mich, woher er weiß, dass ich wach bin.

»Hast du Lust auf Pancakes? Anschließend müsste ich dich leider allein lassen, da ich beruflich zu tun habe.«

»Gern.« Ein solches Angebot schlage ich sicher nicht aus.

»Gut, ich werde Molly Bescheid geben.« Damit schlendert er um die Ecke herum davon, lässig eine Hand in der Hosentasche. Mit hastigen Schritten folge ich ihm und beobachte seinen verdammt heißen Hintern, den er heute, wie am gestrigen Tag, in passende, maßgeschneiderte Chinos gesteckt hat.

Ich verkneife mir, wie ein Schulmädchen zu kichern, als ich um die Ecke linse. Er geht zu einer Hütte im Garten, die ich bisher nicht sehen konnte. Dort hantiert ein Mann mit einem Anhänger, auf den er eine Jacht zieht. Gehört die etwa Gideon? Daneben steht die Frau, die ich als Molly kennengelernt habe. Er spricht mit ihr, sie nickt und verschwindet im Haus, während Gideon ein paar Worte mit dem Mann wechselt.

***

Eine halbe Stunde später sitze ich erneut mit Gideon an dem Tresen im Wohnzimmer, den er offensichtlich stets zum Essen nutzt.

»Lecker!« Ich schiebe mir einen weiteren Bissen des zuckerigen Pancakes, garniert mit extra Sirup, in den Mund. Butterzart verläuft sich die Süße in meinem Mund und wenn es nicht vollkommen unangebracht wäre, würde ich hemmungslos stöhnen. Lecker ist für diese Köstlichkeit die Untertreibung des Jahrhunderts.

»Ich gebe es an Molly weiter.«

Ich schaue auf. Gideon wirkt viel zu zugeknöpft. »Ist etwas?«, frage ich daher.

»Nein.« Die Antwort kommt schnell und nachdrücklich. Also ist definitiv nicht alles in Ordnung.

Ich hebe kurz die Augenbrauen, beschließe jedoch, das Thema zu wechseln, wenn er nicht von sich aus weiterspricht. »Was hast du mit der Jacht vor?«

»Ach, sie muss gewartet werden, damit ich wieder rausfahren kann. Aktuell fehlt mir die Zeit«, antwortet Gideon und winkt ab. Die Antwort wirkt einstudiert.

Enttäuschung flutet durch meinen Bauch und wiegt schwer neben den Pancakes. Ich hatte gehofft, dass er mich zu einer Fahrt mit der Jacht einladen würde. Ein Tag auf dem Wasser hätte mir gefallen und mich definitiv von meinem Dilemma abgelenkt.

»Das heißt, du bist heute verplant?«, frage ich, obwohl ich die Antwort schon kenne, doch die Stille ist zu drückend.

»Ja, ich muss arbeiten und werde außer Haus sein. Eine spontane und dringende Angelegenheit, die ich nicht verschieben kann.« Entschuldigend zuckt er mit den Schultern. »Sorry«, sagt er schnell, da man mir wahrscheinlich die Enttäuschung ansieht. Aber was erwarte ich? Ich bin Hals über Kopf in sein Auto gesprungen und sollte zusehen, wie ich mich selbst beschäftige. Außerdem steht noch immer im Raum, ob ich morgen überhaupt wieder in meine Penthouse-Wohnung zurückkann.

»Nein, ich muss mich entschuldigen. Keine Ahnung, was ich erwarte. Ich bin dankbar, dass ich bei dir untertauchen darf und kann nicht voraussetzen, dass du Babysitter spielst. Natürlich hast du deine Termine. Vielleicht werde ich auch arbeiten oder ein Buch lesen.«

Sein Gesicht entspannt sich. »Das hört sich nach einer guten Idee an. Und entschuldige bitte wegen gestern. Es war nicht geplant, dich am Tisch sitzen zu lassen. Der Anruf duldete leider keinen Aufschub.«

Ich blicke in seine Augen, die mich tief in sein Innerstes blicken lassen. Ist das pure Ehrlichkeit? Oder will ich sie sehen? Sein Blick ist warm, herzlich und einladend. Nur die kleinen Fältchen um seinen Mund könnten diese Vermutung revidieren. Aber wahrscheinlich ist sein Kopf längst mit anderen Dingen beschäftigt.

»Vielleicht später?«, fragt er weiter und lässt seine freie Hand über den Tresen hinweg auf meinen Unterarm sinken. Diese zarte Berührung entfacht sofort ein heißes Kribbeln auf meiner Haut. Das Verlangen flammt ungezügelt in mir auf, setzt meinen Unterleib in Flammen. Ich sollte meinen Arm wegziehen, doch ich tue es nicht.

»Vielleicht«, hauche ich stattdessen, meiner Stimme nicht mehr trauend. Wie kann ein einziger Kontakt von ihm so etwas in mir auslösen? Das schafft selbst Ethan nicht.

Ethan. Ein Stich durchfährt mich wie ein eisiger Dolch und kommt dennoch in keiner Weise gegen Gideons Berührung an.

Eigentlich dürfte so eine Annäherung kaum der Rede wert sein. Ja, er überschreitet eine Grenze und ich lasse es zu. Aber nein, sie dürfte unter keinen Umständen diese Gier in mir auslösen. Eine Gier, die wie heiße Lava alles vernichtet, was ihr in den Weg kommt. Lava, die sich ihren Weg unbarmherzig bahnt und mich zu vernichten droht. Oder zumindest meine Selbstachtung, wenn ich dulde, dass er noch einen Schritt weiter geht. Mein Unterleib pocht, verlangt, weiter stimuliert zu werden, und ich bin mir sicher, dass keine kalte Dusche helfen wird. Ich bin erst vierundzwanzig Stunden bei ihm und fühle mich wie ein frisch verliebter Teenager. Tut er mir etwas in den Kaffee? Es kann nicht sein, dass mein Körper sich von heute auf morgen entschließt, dass Gideon derjenige ist, der meine bisherige Beziehung zu Ethan dermaßen auf den Prüfstand stellt. Ich kenne Gideon kaum und teile so viele Erinnerungen und gemeinsame Erlebnisse mit Ethan, dass ich das nicht wegschmeißen kann. Nicht wegschmeißen darf. Dennoch stehe ich aufgrund einer simplen Berührung meines Armes in Flammen – ohne Hoffnung auf zeitnahe Erlösung.

Ich beiße mir auf die Unterlippe und genieße es, wie er mich ansieht. Nur mich, niemanden sonst. So, wie Ethan mich viel öfter ansehen dürfte.

»Okay. Dann wünsche ich dir jetzt erst mal einen schönen Tag. Möchtest du, dass ich die Alarmanlage des Gästetraktes aktiviere?«

Süß, wie er fragt. »Ja, ich denke, dass das eine gute Idee ist.« Auch, wenn ich mich wie ein eingesperrtes Tier fühle.

»Gut. Dir geschieht nichts. Wenn etwas ist, Molly steht zur Verfügung. Frag sie einfach. Sie wird dir fast alle Wünsche erfüllen.«

»Danke.« Mehr bringe ich nicht hervor und mehr kann ich nicht erwarten. Den Samstag werde ich überstehen und vielleicht sogar etwas Sinnvolles damit anstellen. Oder einfach die Beine hochlegen und ein Buch lesen. Zum Glück kann man E-Books jederzeit über die App auf dem Handy wegsuchten.

Kapitel 17

Gideon

Mit meinem Porsche fliege ich über die Interstate 45 Richtung Houston. Der Motor röhrt und die Landschaft fliegt an mir vorbei, doch ich sehe sie nicht. Zu sehr schweifen meine Gedanken immer wieder ab. Habe ich mich damals korrekt entschieden? Hätte ich den Deal ablehnen müssen? Aber wo stünden wir jetzt, wenn ich Jones nicht entgegengekommen wäre? Wenn ich die zusätzlichen Aufträge nicht durchziehen würde? Wenn ich nicht CEO wäre und Entscheidungen hätte absprechen müssen? Aber ich habe mich entschieden und muss mit den Konsequenzen leben. Letztendlich ist es bereits zu spät. Ich bin mitten in der Abwärtsspirale drin und nur ich selbst kann sie verlangsamen. Es gibt keinen anderen Plan. Ich kann nicht mehr so einfach aussteigen, selbst wenn ich wollte. Deshalb ist Sophia so wichtig. Sie wird mich retten, obwohl das niemals ihre Absicht war. Aber sie hat das Spiel begonnen und es kann nur einen Gewinner geben. Mich.

Doch noch immer habe ich ihren Geruch in meiner Nase, höre sie atmen, sehe sie sich über ihre Lippen lecken. Lippen, die so …

Fuck. Ich habe Jahre auf sie gewartet und ich bin so nah am Ziel. Welch glückliche Fügung, dass sie mir direkt in mein Auto gestolpert ist. Allerdings hätte ich sie auch für mich gewonnen, wenn sie mit ihrem Nichtsnutz längst verheiratet gewesen wäre. Selbst Kinder hätten mich nicht abgeschreckt. Sie ist Mein.

Das bringt mich auf eine Idee. Ich brauche einen neuen Anzug. Ja, einen Dreiteiler am besten. Schick und angemessen für eine Hochzeit. Kurz entschlossen biege ich von der Interstate ab und schlage den Weg zu meinem Lieblingsherrenausstatter ein. Ein freudiges Grinsen zupft an meinen Mundwinkeln und mein Schwanz pulsiert im Takt dazu. Oh ja, sie wird es lieben.

Kurz darauf lenke ich den Wagen auf den Parkplatz des Ladens und sofort links auf den freien Platz. Ja, diesen Anzug muss ich mir gönnen, auch wenn ich genügend im Schrank habe. Manche Anlässe erfordern eine neue Garderobe, die man nicht alle Tage anzieht.

Ich steige aus, schließe die Tür hinter mir ... und stehe vor einer adretten Frau mit femininer Aktentasche, die soeben aus dem Ladengeschäft meines Herrenausstatters getreten sein muss, da die Tür in diesem Moment mit einem leisen Läuten zurück ins Schloss fällt. Als ihr Blick auf meinen Wagen fällt, dessen Blinker anzeigen, dass ich ihn verriegelt habe, verhärten sich ihre Gesichtszüge. »Sie dürfen dort nicht stehen!«

»Ach nein?« Amüsiert schaue ich sie an. Wenn sie wüsste, wie niedlich sie aussieht. Allerdings ist sie zu alt, um interessant zu sein, und zu jung, um mich in irgendeiner Weise mütterlich zu beeindrucken. Trotzdem kommt sie mir bekannt vor. Woher nur?

»Können Sie nicht lesen?« Sie steht noch immer direkt vor der Tür des Ladens und stemmt die Hände in ihre Taille, als wäre sie ein Wachhund.

»Doch, durchaus.«

»Und was steht da?«

»Kein einziges Wort.«

Kurz blickt sie irritiert in die Luft, dann zu dem Schild mit dem Piktogramm eines Rollstuhlfahrers und wieder zu mir zurück.

»Sind Sie blöd?«

»Nein, durchaus nicht.«

Sie mustert mich und scheint mich erst jetzt wirklich wahrzunehmen. Dann klärt sich ihr Gesicht auf. »Warten Sie … Ich kenne Sie doch. Gideon Maxwell? Gerade von Ihnen hätte ich erwartet, dass Sie sich zu benehmen wissen.«

Ich verziehe den Mund und mustere sie erneut. Mein Blick schweift über den Parkplatz und ich entdecke den Wagen mit dem unverwechselbaren Logo. Ja, sie muss es sein. »Chloe, die Weddingplannerin?«

»Da wir das nun geklärt haben, bleibt festzuhalten, dass Sie noch immer verkehrt parken.« Ihr Blick ist streng und unnachgiebig. Wie ich solche Leute hasse! Ein Wunder, dass sie mit ihrer Art überhaupt Aufträge bekommt. Gleichzeitig ist sie für ihre exakte Planung und überaus gute Betreuung der Brautpaare bekannt. Könnte man ihr je einen Wunsch abschlagen? Was habe ich schon zu verlieren? Außer, dass bald irgendwer auf uns aufmerksam wird und im schlimmsten Fall irgendein Fuzzi von der Presse hier auftaucht. Das kann ich momentan überhaupt nicht gebrauchen.

Ich hebe abwehrend die Hände. »Sind Sie zufrieden, wenn ich umparke?«

Sie nickt, rührt sich jedoch keinen Millimeter von der Stelle. Mist. Was für eine sture Frau! Seufzend steige ich in meinen Wagen und wende in wenigen Zügen auf einen anderen freien Platz. Im Rückspiegel sehe ich noch, wie sie endlich zu ihrem Auto geht und der Weg in den Laden somit wieder frei ist. Was für eine ungemütliche Frau. Hat Sophia sie nicht auch als Weddingplannerin?

Als ich den Laden meines Lieblingsausstatters betrete, eilt mir Gawain, der Inhaber, direkt entgegen.

»Mr. Maxwell, welch Überraschung! Was darf ich für Sie tun?«

»Ich brauche einen Dreiteiler für eine Hochzeit.«

»Sehr gern. Folgen Sie mir.« Eifrig und mit schnellen Schritten marschiert er voran, während ich den Blick schweifen lasse. Der Laden ist leer. Nur die Schneiderpuppen stellen diverse Varianten an Anzügen und weiterer Herrenkleidung aus. Hier gibt es nichts von der Stange. Alles wird maßgeschneidert. Lediglich im Nachbargeschäft kann Frau ausreichend anprobieren und auf Wunsch direkt mitnehmen.

Ich folge Gawain, der bereits verschiedene Stoffmuster raussucht. »Ich empfehle Ihnen diesen Stoff für die Weste und diesen ... Sie bleiben doch bei einem weißen Hemd?« Er schaut mich fragend an und ich nicke.

»Ja, weißes Hemd. Zeigen Sie mir bitte einmal alle Stoffmuster.« Damit nehme ich ihm die Sammlung aus der Hand und fühle mich hindurch. Ja, Optik ist wichtig, der Tragekomfort ebenso. Und ich bin mir sicher, dass es ein dunkelblauer Anzug werden soll.

»Diese Kombination. Derselbe Schnitt wie immer.« Ich lege ihm meinen Wunsch hin und er nickt.

»Das passt gut.« Gawain notiert sich die Nummern. »Ich denke, ausmessen brauchen wir nicht erneut. Ich habe Ihre Maße noch. Darf ich den Anzug entsprechend fertigen?«

»Bitte. Allerdings benötige ich ihn bis spätestens Freitag.«

Selbst wenn Gawain ob dieser Aussage Stress bekommt, so lässt er sich nichts anmerken. »Selbstverständlich. Darf ich sonst noch etwas für Sie tun?« Er zieht sein Auftragsbuch zu sich heran und schlägt irgendeine Seite auf.

»Danke. Nein.« Ich will mich bereits zum Ausgang wenden, als Gawain sich räuspert.

»Mr. Maxwell, es ist mir unangenehm, doch ich müsste Sie daran erinnern, dass einige bisherige Bestellungen nicht bezahlt sind.« Sein Blick ist gesenkt. Er hat nicht einmal den Mumm, mir in die Augen zu sehen.

Ich zücke meine Brieftasche und hole das Bargeld hervor, das ich Donnerstagnacht verdient habe. Ja, Schwarzgeld, doch das hat ihn nicht zu interessieren. Ich lege einen Stapel Scheine davon auf den Tisch. »Nehmen Sie dies als Anzahlung und reduzieren Sie die Rechnung bitte entsprechend. Schicken Sie diese an die Ihnen bekannte Adresse? Ich werde es umgehend begleichen.«

Gawain hebt den Blick nun doch und schaut mich aus seinen leuchtenden Augen an. So läuft das Spiel. Er bekommt Cash und steckt es sich in die Tasche, dafür ist die offizielle Rechnung mit einem Rabatt versehen. »Sehr wohl.«

»Vielen Dank für die stets gute Zusammenarbeit.« Ich nicke ihm zu und verlasse endgültig den Laden. Vielleicht sollte ich ihn häufiger bar bezahlen?

Alles zusammen hat keine zehn Minuten gedauert. Zum Glück ist die Weddingplannerin verschwunden. Wie ich solche Menschen hasse, die sich als Besserwisser aufspielen. Wahrscheinlich ist sie untervögelt und unzufrieden mit ihrem eigenen Leben. Aber da der Parkplatz noch immer verwaist ist, hätte ich auch dort stehen bleiben können.

Noch bevor ich die Autotür geöffnet habe, klingelt mein Smartphone. »Ja? Was gibt's?«, knurre ich, da ich anhand des Klingeltons weiß, dass Chris mir irgendetwas mitteilen möchte. Warum ist er dieses Wochenende überhaupt so anhänglich?

»Ich habe diesen Opi endlich dazu gebracht, zu verkaufen. Was ein alter Knacker. Als ich ihn sanft habe wissen lassen, dass ich meine Siggi dabeihabe, hat er fast einen Herzklabaster bekommen. Lange hält der nicht mehr durch. Aber wir haben, was wir brauchen.«

Warum auch immer er seine Waffe Siggi nennt. »Das ist gut. Und die Familie nebenan?«

»Deshalb rufe ich an. Er weigert sich standhaft und will mit dem Chef sprechen.«

Ich seufze. Dann fahre ich wohl vorerst nicht ins Büro. »Ich bin gleich da.« Damit lege ich auf. Besser, ich erledige die Sache direkt. Erfahrungsgemäß entstehen ansonsten nur noch mehr Probleme.

Rund zehn Minuten später erreiche ich die Siedlung mit den fünf Häusern, für die längst die Abrissgenehmigung beantragt ist, um dort einen Komplex mit zwanzig Luxuswohnungen zu bauen. Ich parke meinen

Porsche neben dem Wagen von Chris. Mein Mitarbeiter steht lässig an seinen Pick-up gelehnt und bläst den Rauch der Zigarette in die Luft, während er auf seinem Smartphone daddelt.

»Welches Haus ist es?«

Er deutet auf das zweite von links. »Dort. Frau und Blagen sind einkaufen gegangen, daher eine gute Gelegenheit.«

Ich nicke, ziehe den Saum meines Anzuges gerade und steuere auf die Haustür zu, die sich dunkel von der vertäfelten Fassade abhebt. Der Vorgarten ist akribisch gepflegt und von Unkraut ist weit und breit nichts zu sehen. Allerdings liegen ein Ball, Schaufeln und ein kleines Fahrrad quer auf dem Rasen verteilt. Chris folgt mir wie ein Schatten – ein rauchender Schatten. Dort angekommen, klingle ich Sturm.

»Ich verkaufe nicht.« Der Mann, den man als vollkommen durchschnittlich bezeichnen kann, öffnet die Tür und schaut mich aus blitzenden Augen an. Seine kurzen Haare sind akkurat geschnitten, seine Shorts und das Poloshirt sauber.

»Guten Tag, Mr. Rodriguez. Gern möchte ich mich mit Ihnen über den Verkauf Ihres Hauses unterhalten, auch wenn Sie aktuell keine Option sehen. Vielleicht finden wir gemeinsam ein Angebot, mit dem Sie zufrieden sind. Dürfen wir reinkommen?«

»Sind Sie der Chef?« Argwöhnisch schaut er mich an.

»Gideon Maxwell.« Ich nicke bestätigend. Hat er sich denn überhaupt nicht erkundigt? Immerhin ist ein Bild von mir auf unserer Website.

»Maxwell, sicher.« Zaghaft öffnet er die Tür ein wenig mehr, scheint trotzdem weiterhin mit sich zu ringen.

»Gut, kommen Sie rein. Aber hier drinnen wird nicht geraucht!«

Ich werfe Chris einen knappen Blick zu, der seine Zigarette demonstrativ auf die Fußmatte wirft und sie dort langsam austritt, ohne den Mann aus den Augen zu lassen. Anschließend folgen wir ihm in das liebevoll eingerichtete Haus. Schuhe türmen sich neben der Treppe, ein Schulranzen liegt achtlos in der Ecke. Überall hängen selbst gemalte Bilder der Kinder an den Wänden. Nichts als Schmierereien und doch wirkt das Haus lebendig. Auch das Wohnzimmer sieht aus, als hätten die Kinder zuletzt eine Mischung aus Bude bauen und Regale umdekorieren gespielt. Anders gesagt, ein riesengroßes Chaos und ich entscheide mich direkt, lieber stehen zu bleiben, um keine Flecken auf meinem Anzug zu riskieren.

»Also?«, fragt Mr. Rodriguez. »Ich befürchte, Sie sind umsonst hergekommen.«

»Nun, Sie haben unser Angebot aufmerksam gelesen?«, frage ich, ohne mich von seinem Einwand beeindrucken zu lassen.

»Nein. Ich will nicht verkaufen. Nicht jetzt und auch nicht in Zukunft.« Er verschränkt die Arme vor der Brust.

»Das verstehe ich. Wie lange wohnen Sie bereits hier?« Mal sehen, welche Taktik bei ihm funktioniert.

»Seit meiner Kindheit. Meine Eltern haben das Haus gekauft.«

»Das ist eine lange Zeit.« Er muss Mitte dreißig sein, wie ich ihn einschätze. Bei drei oder vier Kindern – keine Ahnung, wie viele es sind – würde das passen.

»Dann hängen sicher einige Erinnerungen an diesem Haus?«

»So ist es und deswegen werde ich alles tun, um dieses Haus zu halten.«

»Verständlich. Ich vermute, mir würde es ähnlich gehen«, sage ich einschmeichelnd. Was für ein Blödsinn. Ein Haus ist austauschbar. »Was müssten wir Ihnen denn zahlen, damit Sie verkaufen?«

»Es ist unbezahlbar.«

Ich winke ab. »Alles und jeder ist käuflich.« Hinter mir wird Chris unruhig.

Mr. Rodriguez hat seine persönlichen Schutzwälle jedoch bis an die Decke hochgezogen. »Ich nicht.«

Okay, dann anders. Vielleicht überzeugen sichtbare Argumente. »Allerdings ist es so, dass mir bereits alle anderen Häuser dieser Siedlung gehören und es Pläne gibt. Schauen Sie ...« Ich drehe mich kurz zu Chris um, der mir das Angebot und die gefakten Pläne hinhält. Ich nehme sie und deute zum Esstisch. »Schauen Sie«, wiederhole ich und zeige auf die Zahl in dem Angebot. »Das ist die Summe, die wir Ihnen gern überweisen möchten.«

Mr. Rodriguez schaut nicht hin, sondern schüttelt direkt den Kopf. »Nein.«

»Okay. Dann möchte ich Ihnen die Pläne für diesen Fall zeigen, denn Sie sollen wissen, worauf Sie sich einlassen. Kommen Sie. Es wird Sie interessieren.«

Er zögert, tritt jedoch näher, während ich den Plan ausbreite. Solch eine Bauweise würde ich niemals durchsetzen können, allerdings gehe ich davon aus, dass er als Altenpfleger keine Ahnung von diesen Dingen hat.

»Hier ist Ihr Grundstück. Ich werde es nicht anrühren. Dessen ungeachtet habe ich die Genehmigung, bis an die Grenze zu bauen. Das bedeutet, Ihr Haus und das Grundstück werden anschließend mehr oder weniger den Innenhof des neuen Gebäudes darstellen. Sie wären an drei Seiten umbaut. Möchten Sie wirklich so eine Einschränkung in Kauf nehmen? Alternativ könnten Sie auch verkaufen und eine der neuen Wohnungen beziehen. In diesem Fall würden wir Ihr Haus entfernen und einen Spielplatz an selbiger Stelle errichten, damit die Kinder des Hauses alle Möglichkeiten haben, sich auszutoben. Suchen Sie es sich aus. Viel Sonnenlicht wird Ihr Haus bald nicht mehr bekommen.«

Mr. Rodriguez' Augen werden größer und größer mit jedem meiner Sätze. »Das können Sie nicht machen«, antwortet er tonlos.

»Doch, kann ich. Und ich werde es tun. Unterschreiben Sie jetzt?«

»Nein. Wo sollen wir denn hin?«

Ich verdrehe die Augen. Wie kann man nur so stur sein? Als wäre es mein Problem, wo er mit seiner Sippschaft wohnt. »Mr. Rodriguez. Ein letztes Angebot.« Ich zücke meine Brieftasche und zähle eine beträchtliche Summe aus dem aktuellen Bargeldbestand ab. »Dies ist mein zusätzliches Angebot zu dem Geld, das im Vertrag geboten ist. Dieses Geld wird nirgendwo auftauchen. Nicht im Vertrag und auch nicht auf Ihrem Konto. Sie haben es zu Ihrer freien Verfügung, solange Sie es in bar unters Volk bringen. Deal?«

»Das kann ich nicht annehmen.« Er schüttelt den Kopf, doch sein Widerstand bröckelt. »Ich kann nicht unterschreiben.«

Was will er denn noch? Es ist nicht hinnehmbar, dass er sein Haus behält. Er muss raus und woanders hin. Keine Behörde der Welt würde mir genehmigen, dass ich den neuen, hässlichen Wohnklotz rund um sein Haus baue. Und dass das neue Objekt gebaut und mit massig Gewinn verkauft wird, ist beschlossene Sache. Es fehlt nur seine Unterschrift.

»Mr. Rodriguez.« Meine Stimme ist leise, gefährlich. Ich halte meine Hand hinter mich und winke Chris näher heran. Er weiß, welches Argument ich brauche. Sanft, beinahe zärtlich, legt er seine Siggi – die Sig Sauer P226 – auf die Geldscheine. »Es läuft nun genau, wie ich es sage. Sie werden in unserem Beisein den Vertrag unterschreiben. Dann werden Sie das zusätzliche Geld nehmen und binnen vierzehn Tagen Ihr Haus räumen. Sie werden eine Übergangslösung finden.« Ich tippe auf die Geldscheine, denn damit kann er sich zumindest ein Zimmer mieten. Natürlich ist die Gesamtsumme weniger als das, was er ohne sein Zögern für das Haus hätte bekommen können. Aber ich muss auch sehen, wo ich bleibe, und habe dafür gesorgt, dass alle anderen Interessenten abgesprungen sind. »Gern können wir uns beizeiten darüber unterhalten, ob Sie eine der neuen Wohnungen kaufen möchten. Aber für dieses Haus werden Sie kein besseres Angebot bekommen. Sollten Sie nicht unterschreiben, kommt dieser kleine Freund hier zum Einsatz.« Ich tippe auf die Sig Sauer. »Sie lieben doch Ihre Familie?« Die Frage verhallt im Raum und ich spüre ihr nach. Wäre ich er, würde ich jetzt unterschreiben.

Doch er zögert weiterhin. »Sie erpressen mich?«

»Ich lege Ihnen lediglich die beste Option nahe. Sie bekommen kein anderes Angebot. Unterschreiben Sie jedoch nicht, haben Sie das Problem, nicht wir.« Ich bleibe ruhig. Diese Diskussion führe ich nicht zum ersten Mal.

»Ich sollte Sie anzeigen.«

»Tun Sie nicht. Denken Sie an Ihre Familie. Sie können nichts beweisen, das Haus gehört uns und Sie stehen mit komplett leeren Händen da.« Ich tippe erneut auf die Pistole. »Unterschreiben Sie und Sie sind uns los. Besser, bevor Ihre Familie wiederkommt.«

Er ringt mit sich und tatsächlich kullern ihm wie einem trotzigen Kind Tränen über die Wangen. Er macht sich nicht einmal die Mühe, sie zu verstecken, geschweige denn wegzuwischen. Aber er nickt. Endlich.

Ich halte ihm einen Kugelschreiber hin und blättere den Vertrag auf. »Bitte unterschreiben Sie hier.«

Mit zittrigen Fingern krakelt er ein paar Buchstaben auf das Papier und reicht mir den Stift zurück. »Zufrieden?«, zischt er.

Ich nicke, bleibe allerdings ernst, obwohl ich lieber siegesgewiss grinsen würde. »Hier ist die Übertragungsurkunde. Es ist alles geprüft und Sie brauchen sich keine Sorgen zu machen. Den Scheck bekommen Sie, sobald wir den Schlüssel erhalten. Vielen Dank für Ihre Zeit.«

Damit wende ich mich ab, lasse Chris seine Siggi einsammeln und verlasse das Haus.

»Brillant.« Chris schließt zu mir auf, als ich fast am Wagen bin.

»Wir haben, was wir brauchen. Schickst du die finalen Entwürfe zur Genehmigung? Sobald das letzte Haus leer ist, kann hier alles dem Erdboden gleichgemacht werden.«

»Wird erledigt. Und er wird uns nicht anzeigen?«

»Bei dem Sümmchen Bargeld hat er keinen Grund dazu.« Ich zucke mit den Schultern. »Außerdem liebt er seine Blagen.«

»Ich meine ja nur ... Was, wenn wirklich mal etwas schiefgeht? Du bist bekannt wie ein bunter Hund.«

»Und das ist der Grund, warum die Leute mir eher vertrauen als dir. Aber genug. Alles läuft nach Plan. Die Jacht ist weg, also tu, was du nicht lassen kannst. Ich kümmere mich um Sophia. Und ich bin mir sicher, du hast noch etwas für mich?«

Chris nickt und geht zu seinem Pick-up, während ich mich hinter das Lenkrad meines Porsches fallen lasse. Als Chris kurz darauf neben mich tritt und mir eine Ledertasche hinhält, lege ich sie achtlos auf den Beifahrersitz. »Danke.« Jetzt weiter ins Büro.

Kapitel 18

Sophia

Es ist Chloe, unsere Weddingplannerin, die mich davon abhält, ein Buch zu lesen.

»Hey, endlich erreiche ich dich. Ethan sagte, du bist beruflich gerade eingespannt? Sag mal, wir müssen noch die finale Anprobe deines Brautkleides festlegen. Würde es dir am Mittwoch passen? Bis Samstag haben wir alles fertig.« Wie gewohnt plappert sie ohne Punkt und Komma drauflos. Sie erwartet kein *Guten Morgen* oder eine andere Höflichkeitsfloskel. Mit ihrem Enthusiasmus und ihrer Energie überrollt sie alles und jeden. Das führt auch unweigerlich dazu, dass man in ihrer Gegenwart fröhliche Laune bekommt, falls man sie noch nicht hatte.

»Warte, ich checke meinen Kalender.« Dabei weiß ich genau, dass ich Zeit habe. Für die kommende Woche habe ich außer der Gartenparty bei den Hamiltons keine Veranstaltung eingetragen und bei der Arbeit wissen alle Bescheid, dass ich kürzertreten muss. Schließlich stehen zusätzlich Friseurtermin, Nägel machen, Kosmetikerin und so viele andere Dinge an. Auch wenn ich Chloe zu einhundert Prozent vertraue, dass sie einen hervorragenden Job macht, so werde ich alles kontrollieren. Das weiß sie und sie ist damit einverstanden. Letztendlich soll es mein – unser – großer Tag werden. Nur hat Ethan mit diesen Dingen so wenig am Hut, wie ich mit der Dressur von Delfinen. Wenn es nach ihm ginge, würden wir in kleinem Kreis mit Freunden und Verwandten feiern. Ich hingegen komme nicht umhin, unsere Hochzeit zu dem High-Society-Event des Jahres zu machen. Daher sind rund fünfhundert Gäste geladen. Allein bei dem Gedanken wird mir schwindelig. Noch nie habe ich ein solch riesiges Event als Gastgeberin veranstaltet. Doch wenn ich meinen Status behaupten will, muss ich mich an diese Dimensionen gewöhnen – und Ethan ebenso.

Ich unterdrücke ein Seufzen. Nur noch eine Woche … Bin ich bereit, meine Jugendliebe zu heiraten? Vor allem jetzt, wo Gideon meine Gefühlswelt derart auf den Kopf stellt? Leise Zweifel nagen wie eine kleine Maus an mir, behutsam und doch mit einer Vehemenz, dass mir schwindelig wird. Aber das Event des Jahres kann nicht abgesagt werden. Wir werden das durchziehen.

»Ja, das geht«, antworte ich Chloe mechanisch und nicke damit den Termin für die Anprobe ab.

»Sehr gut. Dann lasse ich dir gleich eine Liste mit weiteren To-dos zukommen. Keine Sorge, es ist vermerkt, wer sich wann kümmert, und ich brauche von dir nur kleinere Entscheidungen.«

»Das bekomme ich hin.« Zumindest, solange ich mich konzentrieren kann und Gideon nicht in meiner Nähe ist. Also ist heute der perfekte Tag dafür. »Sag mal, kannst du mir bitte die aktuelle Gästeliste mit allen Zusagen senden?«, frage ich.

»Selbstverständlich. Gut, dann mache ich mich an die Arbeit. Oder gibt es sonst noch was?«

»Nein«, sage ich, obwohl ich spontan gern Stopp rufen würde. Das alles ist mir zu viel. Zu groß, zu schnell, zu tiefgreifend. Ich meine, ich werde heiraten und verstehe alle Bräute, die kurz vorher kalte Füße bekommen oder sich wünschen, dass alles möglichst rasch vorbei sein mag. Monatelange Planungen und Vorbereitungen liegen hinter uns und jetzt ist es in einer Woche so weit. Ein Tag, der mein Leben verändern wird.

»Gut, dann bekommst du gleich die Mail. Bye!« Damit legt Chloe auf.

Langsam lasse ich das Handy sinken. Es ist, als würde mir erst jetzt bewusst, was das Event kommende Woche bedeutet. Ich werde heiraten. Den Mann, den ich seit Jahren liebe und ohne den ich mir ein Leben nicht vorstellen kann. Den Mann, für den ich durchs Feuer gehen und alles aufgeben würde, was mir lieb und teuer ist. Den Mann, den ich gestern betrogen habe und den ich sofort wieder betrügen würde, wenn Gideon sagt, dass er kurz Zeit für mich hätte.

Das ist doch nicht normal.

Mit zitternden Fingern wähle ich die Nummer meiner Schwester, während eine erste Träne über meine Wange kullert. Verflucht.

»Hey, Sis! Hast du Sehnsucht? So schnell? Ich hätte dich doch besuchen kommen sollen.« Isabella flötet munter durch die Leitung, sodass ich schmunzle, während die Tränen weiterhin purzeln.

»Ich ...« Meine Stimme versagt.

»Was ist los?« Sofort ist sie alarmiert. »Ist etwas geschehen? Mit Dad? Oder Ethan?«

»N… Nein.« Die Worte kommen nur mühsam über meine Lippen. »Den … beiden … geht es gut. Zumindest soweit ich weiß.«

»Okay. Was ist es dann? Nun rede!« Wenn man sagt, dass Zwillinge alles über den anderen wissen, stimmt das in unserem Fall nicht. Ja, ich würde spüren, wenn sie nicht mehr da wäre, doch ansonsten ist sie eher wie meine beste Freundin. Wir können über alles – fast alles – quatschen.

Ich atme tief durch und schließe die Augen. »Keine Ahnung … wie ich das erklären soll.« Ich mache nochmals eine kurze Pause und hole Luft. »Ich habe Ethan betrogen.« Nun ist es raus.

Stille. Isabella atmet. Mehr höre ich nicht. Nur mein Blut rauscht in meinen Adern und ein Kloß in meinem Hals lässt mich schlucken.

»Sag doch etwas. Bitte«, flüstere ich.

»Warum? Und jetzt sag nicht, dass du plötzlich kalte Füße bekommst.« Ihre Stimme ist deutlich kühler geworden und ich überlege, ob ich auflegen soll. Was habe ich erwartet? Dass sie mich beglückwünscht? Natürlich ist sie enttäuscht. Wer wäre das nicht? Ethan und ich sind in ihren Augen ein Traumpaar. Ich verstehe es ja selbst nicht. Wie konnte ich ihn nur betrügen? Die Enttäuschung lastet schwer wie ein Stein in mir, während die Stille zwischen uns bedrohliche Ausmaße annimmt. Gleichzeitig setzt in meinem Gehirn alles aus, wenn Gideon in der Nähe ist. Ich kann mich ihm nicht entziehen, selbst wenn ich es will. Er ist definitiv eine Droge. Eine menschliche Droge und wenn man einmal von ihm gekostet hat, kann man nicht mehr ohne ihn. Aber er ist unser Konkurrent. Niemals darf jemand erfahren, dass ich mit ihm geschlafen habe. Niemals. Wie auch immer ich eine weitere Nacht in diesem Haus überstehen soll …

»Ich weiß es nicht. Ich liebe Ethan. Aber … wir hatten eine … Puh, keine Ahnung, wie ich das nennen soll. Unschöne Nacht? Zumindest für mich.« Endlich kann ich mich jemandem anvertrauen.

»Und dann rennst du gleich dem Nächstbesten ins Bett hinterher?«

»Nein, so war es nicht«, antworte ich rasch. Ich beiße mir auf die Lippe. »Aber … er war da und dann konnte ich nicht anders.«

»Es war also eine einmalige Sache?«

»Ich …« War es das? Würde ich lügen, wenn ich es bejahe? Eigentlich war es nur ein Quickie. Doch das Ziehen in meinem Bauch sagt mir eindeutig, dass es dabei vielleicht nicht bleiben wird. Ich will mehr, will dieses besondere, raue Gefühl erneut spüren. »Ja, es war nur einmal«, sage ich dennoch. Und das ist eine Lüge. Wenn ich eine weitere Nacht in diesem Haus bleibe, besiegle ich mein Schicksal. Doch ich kann hier nicht weg. Noch nicht. Gleichzeitig will ich Ethan nicht verlieren, doch das werde ich, wenn er die Wahrheit erfährt.

»Dann bleibt nur eines: Getreu dem Prinzip einmal ist keinmal wirst du Ethan nichts sagen. Oder willst du die Hochzeit absagen? Das käme einem Selbstmord gleich. Ich meine, ich kann die Entscheidung für dich nicht treffen. Du musst wissen, wo dein Herz dich hinzieht. Was willst du?«

Ich räuspere mich, doch fühle ich, dass meine Stimme wieder etwas fester ist. Denn eines weiß ich sicher: Wir ziehen diese Hochzeit durch. Komme, was wolle. Auch meine Tränen sind zum Glück versiegt. »Ich habe keine Ahnung«, antworte ich dennoch und seufze. »Also nein, die Hochzeit findet statt. Habe gerade mit Chloe telefoniert.«

Der Stein, der meiner Schwester vom Herzen fällt, ist bis hierher zu hören. »Dann ist ja gut. Ich verstehe total, dass du gerade überfordert bist. In den letzten Monaten habe ich genug ähnliche Fälle auf dem Tisch gehabt, wo die Ehe in einem Rosenkrieg geendet ist. Mach du es besser. Doch was geschehen ist, kannst du nicht mehr rückgängig machen. Mit deinem Gewissen musst du selbst klarkommen. Da kann ich dir nicht helfen. Aber du weißt, ich werde am Samstag an deiner Seite sein und es wird ein fantastischer Tag. Ethan ist perfekt für dich. Und falls sich das irgendwann ändert, bin ich trotzdem an deiner Seite. Und von mir wird Ethan auch nichts erfahren. Das verspreche ich dir.«

»Ich weiß ...« Ja, ich kann mir ein Leben ohne Ethan nicht vorstellen. Es wäre Schwachsinn, wegen eines labilen Moments eine jahrelange Beziehung wegzuschmeißen. »Ich liebe ihn.« Das ist die Wahrheit. Simpel und klar. Trotz und gerade wegen aller Höhen und Tiefen. Vielleicht ist die jetzige Entgleisung nur dem geschuldet, dass ich nie einen anderen außer ihm hatte. Möglicherweise fehlt mir die Erfahrung und deshalb musste ich von einer verbotenen Frucht kosten. Immerhin ist die Entscheidung leicht: Gideon und ich könnten niemals zusammen sein. Wir sind Konkurrenten. Mehr nicht. Egal, was zwischen uns dieses Wochenende ist oder war, es wird keine Wiederholung geben.

»Ja, ich liebe ihn«, sage ich erneut, auch wenn das Bild von Gideon das von Ethan zu überlagern droht.

»Gut. Dann vergessen wir jetzt, was du mir vorhin erzählt hast. Es ist nichts passiert und damit ist die Sache erledigt.«

Ich schmunzle. »Und das sagst du als Anwältin.«

»Klar. Hey, es war nur Sex. Solche Ausrutscher passieren in den besten Ehen. Immerhin darfst du deine große Liebe heiraten und musst keiner arrangierten Hochzeit zustimmen. Also schätze dich glücklich, dass du so einen tollen Mann an deiner Seite hast.«

»Tu ich.« Wirklich. Und dennoch habe ich ihn betrogen. Doch das muss ich mit meinem Gewissen ausmachen, wie Isabella treffend erwähnt hat. Dabei wird mir niemand helfen. Das ist so sicher, wie ich am Samstag Ja sagen werde. Hauptsache, Gideon steht nicht auf der Liste der Zusagen. Ich könnte nicht Ja zu Ethan sagen, wenn er anwesend ist. »Und danke.«

»Da nicht für. Ich bin immer für dich da und mein offenes Ohr steht dir jederzeit zur Verfügung. Zwillingsschwesterehrenwort und Trauzeuginnenversprechen!« Ich weiß, dass sie bis über beide Ohren grinst.

»Trotzdem danke.« Wir quatschen kurz über ihre Pläne für den Tag, dann lege ich auf.

Wieder allein mit mir kommt mir die ganze Sache noch unwirklicher vor. Natürlich hat Isabella recht und gleichzeitig weiß ich nicht, was ich denken soll. Ich liebe Ethan, das kann ich nicht oft genug wiederholen. Parallel ist da dieses ungezügelte Verlangen nach mehr. Nach Abenteuern. Doch ich fasse einen Entschluss: Morgen fahre ich wieder nach Hause und lasse mich nicht mehr von diesem Typen einschüchtern. Immerhin hat der Kerl mich bisher nicht gefunden. Vielleicht sucht er auch gar nicht ernsthaft, sondern ist überzeugt, dass seine Drohung ausreicht? Sobald ich zurück in Houston bin, wird Jacques mich auf Schritt und Tritt begleiten – und ich werde sicher nicht allein joggen gehen. Ganz ehrlich, es ist nicht die erste Morddrohung, die unsere Familie erreicht hat. Dennoch ist es die, die ich als am höchsten zu priorisieren einschätze. Morgen werde ich alles mit Jacques besprechen und anschließend entsprechende Maßnahmen ergreifen. So und nicht anders. Und meinen geliebten e-tron werde ich abholen, reparieren und aufbereiten lassen.

Damit lehne ich mich zurück und schließe die Augen. Ja, so werde ich es machen. Ich muss zu meinem Verlobten zurück und werde mich auf die bevorstehenden Ereignisse fokussieren. Der Sex mit Gideon war nur ein schwacher Moment. Und nun muss ich an die Arbeit.

Nachdem ich im Bad war, setze ich mich mit dem Laptop auf dem Schoß auf das Sofa und stöbere durch die Mails. Zwei sind von Chloe, etliche von unseren Lieferanten, weitere von Dad und noch viel mehr Spam.

Zum Glück lasse ich Mails nie lange liegen, sodass ich zuversichtlich bin, das meiste heute zu erledigen. Entschlossen stehe ich erneut auf und greife nach dem Telefon auf dem Tischchen. Auf den Kurzwahltasten ist Mollys Nummer gespeichert.

»Ja, Ms. Gold?« Natürlich weiß sie sofort, wer sie anruft.

»Ähm, ist es möglich, dass ich einen Kaffee bekommen könnte?« Die Frage ist mir beinahe peinlich, doch im Gästetrakt gibt es keine Kaffeemaschine, sodass ich mir selbst einen hätte zubereiten können.

»Selbstverständlich. Möchten Sie direkt eine ganze Kanne? Milch? Zucker?«

»Zu allem einfach ja. Vielen Dank.«

»Sehr gern. Ich bringe es Ihnen gleich.«

Ich lege auf und widme mich erneut meinen Mails. Kurz darauf tritt Molly ein und stellt mir ein Tablett mit der Kanne Kaffee, Milch, Zucker, Obst und einer Schüssel Keksen hin.

»Vielen Dank!«

»Wie gesagt, gern. Ich aktiviere die Alarmanlage gleich wieder. Zögern Sie dennoch nicht, mich zu kontaktieren.«

Ich nicke ihr zu und vertiefe mich in meine Mails. Aus irgendeinem Grund kommt es mir nicht so vor, eingesperrt zu sein. Eher bin ich dankbar, dass die Hitze des Tages gemeinsam mit allen Schurken dieses Planeten draußen bleibt, während ich im klimatisierten Inneren meine To-do-Liste abarbeiten kann. Beinahe ist es wie ein kleiner Kokon, der mich umhüllt. Meine eigene kleine Blase einer heilen Welt.

Ich lese Mail um Mail, beantworte oder delegiere und archiviere sie anschließend. Ordnung muss sein. Auch die Kanne Kaffee leert sich bedenklich schnell, obwohl ich nicht den Eindruck habe, als würde ich zu viel trinken. Aber Kaffee ist Lebenselixier.

Ich bin bei der letzten Mail, als es still wird. Das Surren der Klimaanlage verhallt, während das Fauchen meines Laptops umso lauter dröhnt. Ich schaue auf. Auch das kleine Licht in der dunkleren Ecke des Wohnzimmers ist aus, ebenso wie die Anzeige des Telefons, mit dem ich vorhin – oder ist es bereits Stunden her? – Molly angerufen habe. Nur der Kaffeeduft, gepaart mit der Süße des aufgeschnittenen Apfels, liegt noch immer in der Luft. Doch der Geschmack in meinem Mund wird schal und eine eisige Hand ergreift mein Innerstes.

Stromausfall? Nun, so weit nichts Ungewöhnliches. Das passiert. Doch das bedeutet, dass die Alarmanlage nicht funktioniert. Oder gibt es ein Notstromaggregat?

Plötzlich schießen Tausende Gedanken durch meinen Kopf. Was ist, wenn es kein Stromausfall ist, sondern jemand gewaltsam versucht, sich Zutritt zu verschaffen? Mein Blick huscht umher, ich entdecke jedoch nichts. Oder doch? War dort draußen ein Schatten?

Ich springe auf. Was kann ich tun? Muss ich etwas aktivieren? Die ersten Horrorszenarien laufen wie in einem Film in meinem Kopf ab. Männer stürmen das Appartement, drücken mir einen mit Chloroform getränkten Lappen auf den Mund und zerren mich hinaus. Doch nur Sekunden später schaltet sich das Licht wieder ein und auch die Klimaanlage nimmt surrend ihren Betrieb auf. Zum Glück. Ich atme tief durch.

Kurz schaue ich mich um, streife durch alle Räume. Im Gästetrakt ist niemand. Erleichtert kehre ich ins Wohnzimmer zurück und sinke erneut mit dem Laptop auf das Sofa. Doch meine Konzentration ist längst von einer irrationalen Angst gekapert worden. Was, wenn doch jemand im Haus ist?

Kapitel 19

Gideon

Lange halte ich es im Büro nicht aus. Als ich bereits im Gehen bin, gibt mein Handy einen Alarmton von sich, den ich bisher noch nie gehört habe. Rasch ziehe ich das Smartphone aus der Tasche. Die Alarmanlage! Was zur Hölle ist in meinem Haus los?

Entschlossen greife ich nach der Ledertasche, die Chris mir zuvor gegeben hat – die Summe stimmt bis auf den letzten Dollar – und stopfe sie in den Tresor.

Parallel wähle ich per Kurzwahltaste Andrew an, während ich zum Fahrstuhl haste, der in die Tiefgarage führt.

»Ja? Mr. Maxwell?«

»Molly, ist Andrew da?«

»Sicher. Worum geht es?« Ich höre, wie ihre Schritte auf den Fliesen hallen.

»Die Alarmanlage hat eine Warnung an mich geschickt.« Der Fakt, dass Molly wohlauf ist, besagt hoffentlich, dass nichts Schlimmeres ist. »Ist mit Sophia alles in Ordnung?«

»Ja, Ms. Gold ist im Gästetrakt. Hier ist alles in Ordnung. Es gab einen Stromausfall. Daher haben Sie sicher die Warnung erhalten. Andrew ist dabei und checkt alles. Soll ich Sie zu ihm weiterreichen?«

»Nein, danke. Aber bekommen Sie heraus, was diesen Stromausfall verursacht hat. Ich bin auf dem Rückweg.«

»Sehr wohl, Mr. Maxwell.«

Inzwischen habe ich meinen Porsche erreicht und brause über die Interstate heimwärts. Kies spritzt auf, als ich zu scharf vor dem Haus bremse. Andrew wird den Wagen später wegfahren und vermutlich auch den Kies harken. Ich haste die Treppe hoch, als mein Mann für alles mir entgegenkommt und beschwichtigend die Hände hebt.

»Kein Grund zur Sorge, Mr. Maxwell. Ich konnte keine Fehler finden, daher gehe ich davon aus, dass es ein grundsätzliches Problem im Viertel war. Der Strom war nur für zwei oder drei Minuten weg, denke ich.«

»Und Sie sind sicher, dass niemand das Grundstück unbefugt betreten hat?« Oder verlassen, doch das spreche ich nicht aus. Offiziell ist Sophia mein Gast, nicht meine Gefangene. Obwohl Letzteres eher zutrifft. Aber wen interessiert schon, wie wir unsere derzeitige Wohnsituation bezeichnen? Fakt ist, sie ist hier und das ist perfekt. Perfekt für meinen Plan.

»Nein, hier war alles ruhig.«

»Sicher? Auch keine Möchtegern-Fans oder Teenager?« Besonders die Teens haben in der Vergangenheit für etliche Feuerwehreinsätze in der Nachbarschaft gesorgt, daher ist meine Alarmanlage mit keiner offiziellen Stelle gekoppelt. Fehlalarme können ansonsten

deutlich ins Geld gehen und davon habe ich nicht zu
viel übrig. Auch, wenn es nach außen hin oft den Anschein erweckt, dass ich im Geld schwimme.

»Sicher.« Andrew nickt. »Die Jacht ist in der gemiete-
ten Halle untergebracht. Allerdings steht die nur eine
Woche zur Verfügung. Das hat mir der Besitzer recht
eindringlich gesagt. Dann hole ich sie zurück. Klappt
das?«

Das heißt, Chris muss spätestens binnen einer Woche
eine endgültige Lösung für die Fässer finden. Sollte
machbar sein, da Jones wahrscheinlich in ein paar Tagen eine weitere Lieferung für uns hat. »Wird es«, sage
ich daher.

Mein nächster Weg führt mich in mein Arbeitszimmer. Auch wenn ich genug von Schreibtischen und
Computern habe, setze ich mich an ebenjene und öffne
das eine Programm mit dem Auge als Icon. Sofort
ploppt ein Live-Video auf, das Sophia mit ihrem Laptop
auf dem Sofa zeigt. Erleichtert atme ich auf.

Gut, sie ist in Sicherheit und alle Fenster sind geschlossen. Rasch zappe ich durch die weiteren Zimmer
des Gästetraktes, doch auch dort scheint alles okay zu
sein.

Etwas beruhigter wechsle ich zu Sophia zurück und
streiche mit den Fingerspitzen über den Monitor, berühre sie virtuell und merke direkt, wie mein Schwanz
hellhörig wird. Verräter. Aber warum sitzt sie dort
auch so, als würde sie mir mal wieder eine Fick-mich-
Aufforderung zuflüstern wollen? Sicher bin ich nicht
komplett schwanzgesteuert, doch Sophia ist anders als
jede andere Frau. Sie gehört zu mir und ich kann mir
sogar vorstellen, dass wir eine schöne Zukunft haben,

in der wir beide zufrieden sind. Vielleicht ist es nur ein Wunschdenken, aber wir brauchen uns gegenseitig. Das weiß ich. Doch zunächst brauche ich Bewegung. Und da draußen fast dreißig Grad herrschen, steht sicher nicht Joggen auf dem Programm. Mit einem Handgriff sperre ich den PC und verlasse das Arbeitszimmer. Kurz überlege ich, ob ich Sophia nicht doch einen Besuch abstatten soll, aber da sie offensichtlich zu tun hat, will ich sie nicht stören.

Daher schlage ich den Weg in das obere Stockwerk ein.

Kapitel 20

Sophia

Ich bin fertig. Im wahrsten Sinne des Wortes. Müde drücke ich meinen Rücken durch, recke mich, gähne und massiere mir sanft den Nacken. Dann stehe ich auf und schüttle meine Beine aus, gehe ein paar Schritte, um meine Muskeln weiter zu entspannen. Trotzdem fühle ich mich steif. Wieso ist dieses Sofa derart hart? Lange habe ich nicht mehr in einer so ungünstigen Position vor dem Laptop gesessen. Mein ganzer Körper schreit förmlich nach einem Ausgleich.

Kurz entschlossen betrete ich das Schlafzimmer und stöbere durch die Klamotten auf der Kleiderstange. Tatsächlich finden sich dort sogar mehrere Sporthosen und -oberteile. Wenn es danach ginge, könnte ich eine ganze Woche hierbleiben und Molly müsste kein einziges Outfit waschen. Warum tut Gideon das? Oder wollte er mir nur eine Auswahl bieten? Egal, was seine Intention war, ich bin ihm einfach dankbar für seine Aufmerksamkeit.

Ich wähle eine Kombination aus Oberteil und kurzer Hose, die für jegliche Bewegung geeignet ist, und mache mich auf den Weg zu der Tür, die den Gästetrakt mit dem Rest des Hauses verbindet. Auch dort hängt ein Telefon, bei dem ich die Kurzwahltaste drücke.

»Molly?«, frage ich, als das Tuten aufhört und ich ein Atmen am anderen Ende höre.

»Ah … Mist! Sorry. Andrew hier. Was kann ich für Sie tun?« Wer war noch gleich Andrew?

»Hier ist Sophia Gold und ich würde gern den Gästetrakt verlassen.«

»Selbstverständlich. Und es tut mir leid, leider ist die Alarmanlage nach dem Stromausfall in Ihrem Bereich noch nicht wieder aktiv. Sie können die Tür ohne Probleme öffnen.«

Kurz zögere ich und ein kaltes Frösteln läuft meinen Rücken hinab. Warum ist mir das zuvor nicht aufgefallen? Und was bedeutet das? Geschwind schaue ich mich um, doch ich bin mir sicher, dass ich allein bin. Wäre jemand eingedrungen, hätte er mich längst überwältigen können.

Sophia, reiß dich zusammen. Du bist in Sicherheit und alles ist in Ordnung. Geh und mach Sport, damit du auf andere Gedanken kommst! Geh! In meinen Gedanken ist alles so einfach. Dann entsinne ich mich, dass Andrew noch immer am Telefon ist, und fokussiere mich. »Okay. Danke. Wo finde ich den Fitnessraum?«

»Im oberen Stockwerk. Dort finden Sie ebenfalls Handtücher und Getränke. Melden Sie sich, sollten Sie außerdem etwas anderes benötigen.«

»Vielen Dank.« Ich lege auf und öffne die Tür. Tatsächlich erklingt kein Alarmton. Wobei ich ja nicht eingesperrt bin. Letztendlich könnte ich jederzeit gehen und nach Hause fahren. Doch es fühlt sich falsch an, frei in diesem Haus herumzuspazieren. Vorsichtig pirsche ich in der Eingangshalle zu der ausladenden Treppe und steige sie Stufe für Stufe hinauf. Nicht, ohne mich immer wieder umzuwenden. Doch niemand ist zu sehen. Kein Geschirrgeklapper, keine Schritte, kein anderes Geräusch. Ich bin wirklich allein. Die Hand am Geländer, mustere ich mit einem flüchtigen Blick die Bilder an der Wand. Abstrakte Kunst? Keine Ahnung. Sie sehen in jedem Fall genauso teuer aus wie alle anderen und gefallen mir dennoch nicht. Striche und Linien hätte ich auch auf eine Leinwand klatschen können.

Oben angelangt linse ich den vor mir liegenden Flur hinab. Alle Türen sind weiß, schlicht und es gibt keinen einzigen Hinweis darauf, hinter welcher sich der Fitnessraum befindet. Der Flur ist bis auf zwei Topfpflanzen und weitere Bilder leer. Nackt und beinahe schon steril. Aber es passt zum Rest des Hauses. Unpersönlich. Das ist das einzig passende Wort. Aber ich muss mich hier nicht wohlfühlen und Gideon ist es wahrscheinlich egal.

Ich öffne die erste Tür zu meiner linken und blicke in ein unbenutztes Schlafzimmer. Offensichtlich ist es genauso neu wie das Gästeappartement. Trotzdem bleibt mein Blick an der akkurat hergerichteten Bettdecke hängen, auf der ein kunstvoll zu einer Blume gefaltetes Handtuch liegt. Für wen das wohl gedacht ist? Rasch schließe ich die Tür.

Vor der nächsten Tür zögere ich. Nicht auszudenken, wenn ich plötzlich in Gideons Schlafzimmer stehen würde. Hitze schießt in meine Wangen und ich schließe die Augen. Doch das Bild in meinem Kopf werde ich wohl nicht mehr los. Gideon, nur in Boxershorts bekleidet, wie er mich ansieht und zu sich lockt. Grinsend, animalisch und auffordernd.

Diese Szene hat es zwar nie gegeben, doch offenbar hat mein Unterbewusstsein seine eigenen Fantasien entwickelt. Ich schlucke und versuche, mein klopfendes Herz zu ignorieren. Dann öffne ich die nächste Tür und atme erleichtert aus.

Hier bin ich richtig. Auf den ersten Blick entdecke ich die angesprochenen Getränke – Wasserflaschen – und Handtücher. Wunderbar. Mehr braucht es für mich nicht. Hier passt das spartanische Ambiente ohne Schnickschnack deutlich besser als im Rest des Hauses.

Ansonsten ist der Raum größer als gedacht und geht sogar ein wenig um die Ecke. Diverse Kraftgeräte sind vorhanden, Hanteln, aber auch ein paar Matten, die fürs Yoga geeignet sind, sowie ein Spiegel, vor dem ich meine Haltung korrigieren kann. Perfekt!

Ich linse weiter um die Kurve – immerhin muss ich mir einen Überblick über die vermutlich teuren Geräte verschaffen – und erstarre. Erst jetzt höre ich das Atmen. Wie kann ich nur so unachtsam sein? Hinter jeder Ecke könnte ein Einbrecher stecken, auch wenn Andrew mir versichert hat, dass alles in Ordnung ist. Doch es ist Gideon. Er lässt die Hantelstange zurück in ihre Halterung gleiten und starrt mich an. Mit einer geschmeidigen Bewegung richtet er sich auf und zieht sich die Kopfhörer aus den Ohren, deren Musik so laut aufgedreht ist, dass ich klar und deutlich den Rockbeat heraushöre. »Was machst du hier?« Schweiß läuft über sein Gesicht, während er in einem Muskelshirt und einer kurzen Hose steckt.

Ich öffne den Mund, dann schließe ich ihn. Hitze wallt erneut in meine Wangen und ich bin mir sicher, dass er es bemerkt. Dennoch sagt er nichts, sondern lässt seinen Blick ungeniert über meinen Körper gleiten. Was macht er hier? Müsste er nicht in Houston sein?

»Ich wollte Yoga machen. Ist das okay? Ich wusste nicht, dass du hier bist. Ich kann auch später wiederkommen.« Wobei ich dann meinen Blick von seinem Körper lösen müsste.

Doch er winkt ab. »Nein, bleib. Ist schon okay.« Damit steckt er sich die Kopfhörer zurück in die Ohren, sodass die Musik kaum noch hörbar ist. Sicher sind es Noise-Cancelling-Kopfhörer. Er legt sich zurück auf die Bank und hebt die Hantelstange, um seine Brustmuskulatur weiter zu kräftigen. Die Scheiben an den Seiten der Stange sind so massiv, dass ich mir sicher bin, ich würde sie niemals bewegt bekommen. Er hingegen streckt sie wiederholt, nahezu mühelos in die Luft. Nur an seiner Atmung und dem Zittern, das nach ein paar Wiederholungen auftritt, erkenne ich, dass es doch nicht so mühelos ist. Ohne Schweiß keinen Preis, oder wie sagt man? Er trainiert also tatsächlich regelmäßig. Warum auch immer ich daran gezweifelt habe, aber keiner bekommt solche Muskeln geschenkt.

Fasziniert beobachte ich das Muskelspiel seiner Arme und das Tattoo auf der Haut, während er die Stange wieder und wieder gen Decke reckt. Dabei sind seine Arme sehnig und nicht so dick wie bei Bodybuildern. Ausdauernder, genauso wie er zum inzwischen zwanzigsten Mal das Gewicht stemmt. Das Tattoo hört oben auf der Schulter auf, geht aber dennoch weiter, als ich gedacht habe. Gideons Atem ist inzwischen gepresst. Stoßweise pustet er die Luft aus, starrt an irgendeinen Punkt.

Als er die Stange in die Auflage legt und seinen Satz an Wiederholungen beendet, wende ich mich rasch ab. Es ist unhöflich, Menschen anzustarren, doch ich kann nicht anders. Gideon fasziniert mich, wie lange niemand mehr. Auch mit Ethan ist es nicht so. Den kenne ich in- und auswendig, sodass der Reiz vielleicht verloren gegangen ist. Gideon hingegen ist anders. Dunkler. Verbotener. Jede seiner Bewegungen strahlt eine Botschaft aus: *Fass mich an und du bist verloren.* Ja, ich bin längst verloren. Verloren in seinem Charme, getriggert von dem herben Duft nach frischem Schweiß gepaart mit seinem so typischen Geruch. Und ich bin süchtig nach seinen Berührungen. Keine Ahnung, wie ich es bisher ohne ihn aushalten konnte. Doch in diesem Moment wünsche ich mich nichts sehnlicher, als ihn auf mir und in mir zu spüren. Wieder und wieder.

Mit aller Contenance, die ich aufbringen kann, nehme ich eine Matte und breite ein Handtuch darauf aus. Ich bin längst nicht mehr feucht, sondern klatschnass im Schritt, als ich mich in den Schneidersitz setze. Die Gewissheit, dass Gideon hinter mir steht und mich ebenso ungeniert anstarren könnte wie ich zuvor ihn, stimuliert sämtliche Nervenenden in mir. Trotzdem setze ich mich möglichst bequem hin, lege die Hände mit den Handrücken auf die Knie und schließe die Augen. Kann Yoga noch erotischer sein? Gespickt mit meinen verrückten Fantasien, was Gideon mit mir anstellen könnte?

Nein. Ich verdränge jegliche Gedanken aus meinem Kopf. Zumindest versuche ich es – und scheitere kläglich.

Du musst den Geist leeren. Lass alle Gedanken an dir vorbeiziehen …

Nie ist es mir schwerer gefallen, in eine Entspannung zu kommen. Nur mühsam beruhige ich meinen Atem und beginne mit einer simplen Abfolge an Asanas, die meinen Körper sanft stretchen und behaglich mobilisieren. Ich habe Zeit. Niemand drängt mich.

Keine Ahnung, wie viele Minuten vergangen sind, doch irgendwann bin ich im Flow. Der Sonnengruß geht mir locker von der Hand und auch einige schwierigere Posen sind machbar. Trotzdem fühle ich mich steif und ungelenk. Also übe ich weiter, verharre länger in den Asanas, sodass es beinahe dem Yin-Yoga gleicht. Doch es ist egal. Es tut mir gut. Stück für Stück werden die Gelenke und Muskeln geschmeidiger. Jede Bewegung entspannt sie nach und nach und auch der Schmerz in meinem Nacken und unteren Rücken wird weniger.

Ich drücke mich in die Brücke hoch, recke meinen Bauchnabel gen Himmel und genieße den sanften Stretch, der sich durch den ganzen Körper zieht. In dem Moment spüre ich eine Hand auf meinem Unterbauch. Ich zucke zusammen und will bereits die Spannung lösen, doch Gideon legt seine andere Hand rasch unter meinen Rücken und verhindert exakt das.

»Bleib, wo du bist.« Seine Stimme ist sanft, der Beat der Musik nicht mehr zu hören.

Also bleibe ich. Warte, was passiert. Doch er lässt seine Hände liegen, während meine Arme zu zittern beginnen. Erst sanft, dann stärker. Lange kann ich die Position nicht mehr halten.

»Du musst lernen, die Asanas ruhiger zu halten«, murmelt Gideon in mein Ohr und ich recke den Po erneut weiter nach oben. Kneife die Pobacken zusammen, um noch mehr Stabilität reinzubringen.

»Warum?«, flüstere ich und hoffe auf eine bestimmte Antwort. Himmel, wie komme ich auf solche Gedanken? Als wenn er mich wieder flachlegen würde. Nicht hier und nicht so verschwitzt wie er ist. Wobei er noch immer so gut riecht.

Dann verändert er seine Position neben mir und ehe ich verstehe, was er tut, ist seine Hand in meiner Hose und sein Finger in mir.

Ich keuche auf und hätte beinahe vergessen, meine Arme durchzudrücken. Im letzten Moment verhindere ich, dass ich mir den Kopf stoße. Mit Kraft presse ich mich nach oben und versuche gleichzeitig, zu entspannen. Genüsslich schließe ich die Augen und verlagere mein Gewicht so, dass ich mich ihm mehr entgegendrücke. Doch er gibt in gleichem Maße nach, verharrt mit seinem Finger in mir – und tut nichts. Beinahe will ich aufstöhnen, beiße mir jedoch auf die Lippe.

»Du bist so fickbar, so bereit ...«, raunt er mir zu, zieht den Finger aus mir und hinterlässt eine Kälte, wie ich sie selten zuvor gespürt habe. »Wenn ich in wenigen Minuten wieder zurückkomme, bist du nackt und praktizierst den Sonnengruß in Dauerschleife.«

Bitte was? Gleichzeitig durchflutet mich eine Erregung, wie ich sie nie zuvor gespürt habe. Verboten. Wie eine Welle aus Feuer. Doch ich bin neugierig. Ich will den Kopf schütteln und gleichzeitig nicken. Ich will etwas antworten und trotzdem kommt kein Ton aus meinem überstreckten Hals. Dann breche ich zusammen und lande unsanft auf dem Rücken. Immerhin habe ich meinen Kopf rechtzeitig eingezogen.

»Meinst du, das ...?« Doch Gideon ist längst aus dem Raum verschwunden. Noch immer spüre ich seinen Finger in mir, auch wenn das Gefühl schwächer wird. Meint er das ernst? Oder sollte ich mich eher fragen, ob ich die Antwort herausfinden will?

Ja.

Eindeutig ja.

Ich ziehe mich aus und stelle mir vor, wie Gideon mich beobachtet.

***

Aus der Berghaltung, also dem Stand, die Arme über die Seiten nach oben strecken und mit dem Oberkörper nach vorn hinabbeugen. Halbe Vorbeuge, indem der Rücken gestreckt wird, dann ins Chaturanga Dandasana, einer Art Liegestütz. Daraus auf den Boden absinken lassen und in die Kobra wechseln, bei der der Oberkörper aufgerichtet wird. Aus der Kobra heraus in den herabschauenden Hund und über die halbe Vorbeuge in die ganze Vorbeuge und zurück in den Stand.

Diese Abfolge wiederhole ich immer und immer wieder, bis ich erneut in einem meditativen Flow bin. Hoch, runter, Rückbeuge, herabschauender Hund und aufrichten. Zumindest in der Kurzform. Mit jedem Durchgang entspanne ich mich mehr, auch wenn ich

seinen Finger in mir noch immer spüre, obwohl er
längst nicht mehr da ist. Die Muskeln werden geschmeidiger, der Geist klarer. Ich bin wieder bei mir
nach dem ganzen Stress der vergangenen Stunden.

Bewegung für Bewegung genieße ich und inzwischen
ist es mir fast egal, dass ich dabei splitterfasernackt bin.
Ist es im Raum wärmer geworden? Alles passt perfekt,
mit dem einzigen Umstand, dass ich nackt bin – und bei
Gideon im Haus. Warum auch immer ich mich hier so
wohl und sicher fühle, dass ich auf jegliche – vielleicht
trügerische – Schutzschicht um meinen Körper verzichten mag. Vollkommen absurd. Hätte mir das jemand vor ein paar Tagen prognostiziert, hätte ich ihn
ausgelacht.

Wieder schiebe ich mich in den herabschauenden
Hund und zucke zusammen, als zwei warme Hände an
meine Hüften greifen. Sanft, ohne Druck und doch be-
stimmend. Er ist zurück. Und mit ihm der Duft eines
frischen Duschgels. War ich so vertieft, dass ich die Tür
nicht gehört habe?

Mein Atem geht unwillkürlich schneller und ich unterdrücke den Drang, mich umzusehen. Also verharre
ich, unterbreche die fließende Bewegung für diese Zärtlichkeit. Gut, dass ich so gelenkig bin und diese Position
müheloser als die Brücke halten kann. Eine Hand an
meiner Hüfte verschwindet und ich sehne sie direkt zurück. Wieso reichen solch unscheinbare Berührungen
an einer vollkommen unverfänglichen Stelle aus, um
mich in den Wahnsinn zu treiben? Wobei *unverfänglich*
bei einem nackten Körper auch Definitionssache ist.

Langsam steigt der Druck in meinem Kopf. Noch immer halte ich den herabschauenden Hund. Stoff raschelt und durch meine Beine sehe ich, dass Gideon sich bewegt – und anschließend die Hose fällt. Dann spüre ich etwas an den Vulvalippen, die ich Gideon in dieser Position offen präsentiere. Ich schnappe nach Luft, als sein Schwanz langsam in mich hineingleitet. Ohne weiteres Vorspiel. Was auch immer ich erwartet habe, beinahe hätte ich mir gewünscht, er würde sich mit einem einzigen Stoß in mir versenken. Doch so langsam, wie er sich in mich schiebt, gleicht die Prozedur einer süßen Folter. Er ist hart. Bereit und doch wartet er. Demgegenüber bin ich zwar willig, aber deutlich ungeduldiger. Ich recke ihm mein Becken entgegen, soweit mir das in dieser Position möglich ist.

Als er tief in mir ist, verharrt er. Atmet mit mir im gleichen Rhythmus. Ein und aus. Als wartete er auf etwas.

Ich wimmere. Zu intensiv ist allein der Umstand, ihn in mir zu wissen, zu spüren. Er passt perfekt, füllt mich vollständig aus und drückt genau auf meinen G-Punkt. Sanft, sinnlich und vereinnahmend.

Gott. Beweg dich! Ich will rufen, ihn anbetteln und doch verharre ich und presse die Lippen aufeinander. Es ist so intensiv, dass ich direkt zerspringen könnte. Das macht er mit Absicht. Er will mich leiden sehen, oder? Wobei leiden das verkehrte Wort ist. Ich genieße es auf eine gewisse Art, die mich unmittelbar an den Abgrund katapultiert.

Mit einer Hand hält er mich, die andere geht auf Wanderschaft. Er streicht über meinen Rücken, meinen Po, meinen Bauch. Noch immer sanft und genüsslich, während sich das wohlige Gefühl in mir ausbreitet. Süß und prickelnd nimmt es von jeder Zelle Besitz, gleichzeitig zentriert sich alles in mir auf ihn.

»Bitte.« Ein weiteres verständliches Wort bringe ich nicht über die Lippen. Wie lange verharrt er schon in mir? Sekunden? Minuten? Beinahe erscheint es mir wie eine Ewigkeit.

»Was bitte?« Seine Stimme ist dunkel, belegt und außergewöhnlich entspannt.

»Fick mich«, hauche ich und wundere mich über meine eigene Ausdrucksweise. Solch ein Wort hätte ich Ethan gegenüber früher nie verwendet.

Er lacht dreckig und rau auf. »So ungeduldig?« Doch zu meiner Überraschung findet sein Finger meine Klit, massiert sie sanft, sodass sich mein Unterleib sehnend zusammenzieht. Sachte schiebt er mich immer weiter an den Abgrund und ich bin längst bereit, zu fliegen.

Kurz bevor ich komme, zieht er seinen Finger weg. Ich stöhne genervt auf und würde ihm am liebsten eine scheuern, bräuchte ich meine Hände nicht, um die Position zu halten. So knapp davor und direkt wieder unerreichbar. Das macht er mit Absicht!

»Ich sag ja, du bist so verdammt fickbar. So nass und so bereit. So gelenkig …« Rasch zieht er sich aus mir zurück und stößt erneut in mich hinein. »Und so schön …« Ein weiterer Stoß. Ich schwanke ein wenig, suche im herabschauenden Hund das Gleichgewicht. Doch Gideon stabilisiert mich an den Hüften. Hält mein Becken und dirigiert es im passenden Rhythmus zu seinen schneller werdenden Stößen, mit denen er mich an Stellen reizt, die süß und prickelnd antworten.

Noch nie hatte ich in dieser Position Sex, gleichzeitig toppt es alles, was vorher war. Eine solche Intensität der Berührung, innen sowie außen, ist mir neu. Aber es ist so verdammt gut, dass es mir vollkommen egal ist, dass Gideon hinter mir steht und nicht Ethan. Mir ist egal, dass ich meinen Verlobten nach Strich und Faden betrüge, und mir ist egal, dass ich es spätestens morgen bereuen werde. Ich werde mich in Grund und Boden schämen und mir insgeheim wünschen, diese Minuten wieder und wieder erleben zu dürfen.

Erneut finden seine Finger meine Klit. Zwei Berührungen und ein neuerlicher Stoß in mich reichen aus und ich komme. Ich fliege aus dieser Position davon wie ein Vogel, der sich von der höchsten Klippe des Landes stürzt. Ich reite auf den Wellen des Orgasmus dahin und lasse mich treiben, wohin der Wind mich weht. Nichts existiert mehr um mich herum. Gideon stößt ein weiteres Mal in mich und ich spüre seinen zuckenden Schwanz in mir.

Kapitel 21

Gideon

Als ich die Augen öffne, bin ich allein im Fitnessraum. Fuck. Im wahrsten Sinne des Wortes. Fuck. Wie oft habe ich Sophia in dieser Nacht bisher gefickt?

Nicht genug ist die einzig richtige Antwort. Auch wenn sie wahrscheinlich längst wund ist und den Muskelkater ihres Lebens haben wird, darf ich sie nicht alleinlassen – oder sie mich nicht.

Suchend schaue ich mich um, rapple mich von der Matte hoch, aber sie ist definitiv nicht mehr da. Sie wird doch nicht ... Aber sie könnte, immerhin ist die Alarmanlage höchstwahrscheinlich aus. Chris. Wie spät es wohl ist? Wehe, er ist noch nicht fertig.

Ich lecke mir über die Lippen, will sie schmecken, riechen, streicheln. Einfach alles. Sie liebkosen und vernaschen – denn ich bin längst wieder hart.

Noch nie hat eine es geschafft, mich derart geil zu machen. Aber wie sie ihren Hintern in die Luft gestreckt hat, war unwiderstehlich. Wer hätte gedacht, dass sie wirklich nackt Yoga macht, nur weil ich es mir wünsche? Was immer sie behauptet, sie will gefickt werden – und zwar von mir, nicht von Ethan. Auch wenn ich es trotz meiner Worte nicht vorgehabt habe, ich musste sie haben. Ich konnte nicht anders. Wenn sie wüsste, dass ich alles auf Video habe. Das ist besser als jedes Schmuddelheftchen. Mir dabei zusehen, wie ich es ihr besorge. Wie sie für mich stöhnt und kommt. Wie sie alles gibt, um mir zu gefallen und wie sie bettelt, dass ich sie ficke. Oh ja, ich bin am Ziel meiner Träume. Sie wird tun, was ich von ihr verlange. Ab jetzt immer.

Lächelnd greife ich in einen Schrank und hole Wechselklamotten heraus. Warum auch immer ich irgendwann den Einfall hatte, hier welche zu deponieren. Nun erweist es sich als ein Glücksgriff. Anschließend streife ich durch mein Haus. Wenn ich gehofft habe, sie in der Küche zu finden, so habe ich mich getäuscht. Durst nach etwas anderem außer Wasser hatte sie offenbar nicht.

Systematisch gehe ich alle Räume ab, doch sie ist nicht mehr im Haus. In diesem Moment höre ich ein Rumpeln. »Dieser Wichser«, murmle ich und gehe in das letzte Zimmer, das ich noch nicht kontrolliert habe. Im Wohnzimmer steht die Terrassentür offen. Wieder fuck! Hätte sie nicht einfach nur auf die Toilette gehen können? Ich haste ihr hinterher.

»Was denkst du, was du da machst?«, frage ich mit scharfer Stimme, sodass sie mitten in der Bewegung erstarrt und meine Worte ihren Zweck erfüllen.

Langsam dreht sie sich um, eine Hand an der Türklinke des Schuppens. »Ich ... Hier war vorhin jemand und ...«

»Und du wolltest mich nicht wecken?« Ich verdrehe die Augen. Wie kommt sie auf die Idee, das Haus zu verlassen?

»Ja ... Nein. Ach, ich hab keine Ahnung. Als das Licht im Schuppen kurz anging, meinte ich, durchs Fenster was gesehen zu haben. Deshalb wollte ich nachsehen.« Ich kann mir sehr genau vorstellen, wen sie gesehen hat.

»Klingt beinahe wie im Horrorfilm. Da werden die Frauen ebenfalls vom Licht oder dem dunklen Keller wie magisch angezogen, um dem Einbrecher und logischerweise auch ihrem Mörder geradewegs in die Arme zu laufen.«

Genießerisch beobachte ich, wie die Erkenntnis ihre Augen erreicht. So weit hat sie nicht gedacht. Sicher, sonst wäre sie im Haus geblieben. Dem Haus mit der trügerischen Sicherheit.

Ich gehe langsam auf sie zu. Bedächtig, um nicht zu zeigen, dass tausend Alarmsirenen in mir schrillen. Unter keinen Umständen darf sie in den Schuppen gehen. »Wenn du unbedingt nachsehen musst, dann tu es. Aber falls derjenige, der vorhin das Licht angemacht hat, noch da drin ist, kann ich dir nicht helfen. Vielleicht war es auch nur Andrew, der etwas gesucht hat.« Ich zucke mit den Schultern.

»Willst du nicht lieber die Polizei rufen?«

Warum ist sie so naiv? Was sollte ein Einbrecher im Schuppen? Dort gibt es absolut nichts zu holen und meine Larissa ist zu auffällig, um sie zu klauen, wäre sie hier.

»Und wenn es doch Andrew ist?«, frage ich. Das wäre eine logische Erklärung, die für sie offensichtlich vollkommen abwegig ist.

Jetzt ist sie verunsichert. Trotzdem hat sie ihre Stimme unter Kontrolle. »Dann schlage ich vor, dass du nachsiehst, ob es Andrew war oder ob bei dir eingebrochen wurde. Denn in dem Punkt gebe ich dir recht: Besser, du schaust nach, bevor mir jemand 'ne Schaufel über die Rübe schlägt.«

Ich schmunzle. »Du lernst schnell. Das mag ich.«

»Pff«, macht sie, lässt mich aber dennoch vorgehen.

Ich öffne die Tür in der Hoffnung, dass Chris sich und die Fässer gut versteckt hat, und betätige den Lichtschalter.

»Siehst du? Nichts. Und vor allem kein Einbrecher.« Tatsächlich liegt der Schuppen verlassen vor mir. Ein paar Schleifspuren auf dem Boden lassen erahnen, dass hier etwas bewegt wurde, doch das könnte genauso gut von der Umsiedelung der Jacht kommen.

Sophia tritt an mir vorbei und schaut sich um. Dann bleibt ihr Blick an der Plane hängen, die eindeutig neuer ist als der Rest in diesem Schuppen. Auf ihr fehlt die obligatorische Staubschicht. Fuck.

Bevor ich reagieren kann, hat sie die Plane gelupft und bückt sich zu einem Fass, sodass sie die Aufschrift lesen kann, die jedoch mit dem Inhalt wenig gemein hat. Sie atmet hörbar aus. »Gideon. Was ist das?«

»Fässer?«, frage ich und stelle mich ahnungslos. Ich sehe, wie es hinter ihrer Stirn arbeitet. Sie sammelt die Puzzleteile zusammen und muss unweigerlich zu einem gewissen Ergebnis kommen. Jegliche Farbe weicht aus ihrem Gesicht. Sie schaut zu den Fässern, zu mir und erneut zu den Fässern. Dann tritt sie einen Schritt vor, bleibt stehen und starrt mich an.

»Du warst nicht zufällig in Liberty.« Das ist eine Feststellung, keine Frage.

Ich mustere sie und drehe den Schlüssel im Schloss der Tür herum. Langsam schlendere ich auf sie zu. Sie sitzt in der Falle. Entweder endet unser Spiel hier und heute oder wir gehen in eine Verlängerung. Das liegt einzig und allein an ihr. Doch ich bin noch längst nicht am Ende.

Je näher ich komme, desto schneller hebt und senkt sich ihr Brustkorb. Kaum merklich weicht sie zurück, tritt unbedacht gegen eines der vollen Fässer, das keinen Millimeter zur Seite rückt. Natürlich nicht. Immerhin ist es randvoll gefüllt mit irgendeiner giftigen Chemikalie, die bei der Produktion von was auch immer angefallen ist. Mir ist es egal. Ich entsorge sie und kassiere das Geld dafür. Das ist der Deal, an den ich gebunden bin und der meine Firma am Laufen hält. Ob mir das nun schmeckt oder nicht. Es ist lukrativ – und natürlich illegal.

Ruhig beobachte ich die Schlagader an ihrem Hals, die erfrischend aufgeregt pulsiert, als könnte sie kaum erwarten, dass ich näher komme. Oh Baby, ja. Ich könnte auch weitermachen. Gleich hier auf den Fässern will ich dich ficken, bis du nicht mehr weißt, weswegen du hier bist. Doch deine Augen sprechen eine andere Sprache.

»Nein, war ich nicht.« Endlich muss ich nicht mehr lügen.

»Und die Männer am Fluss?«

Ich zucke mit den Schultern. »Gehören zu mir«, sage ich und mustere sie weiterhin. »Chris, du kannst rauskommen.«

Hinter den Fässern raschelt es. »Zum Glück. Lange hätte ich es in der Position nicht mehr ausgehalten. Hey, Süße.«

Anhand von Sophias Reaktion ahne ich, dass er ihr eine Kusshand zugeworfen hat. In ihrem Blick liegt nichts als Abscheu. Dann pinnt sie mich mit ihren Augen fest.

»Brauchst du mich noch?«, fragt Chris. Ich schüttle stumm den Kopf und halte ihm den Schlüssel für die Tür hin. Es ist egal, ob die Tür zu oder offen ist. Sophia ist Mein.

»Das war nicht das erste Mal, dass du Giftstoffe unsachgemäß entsorgt hast, richtig?«

»Fast korrekt. Ich lasse sie entsorgen. Mehr nicht.« Warum sollte ich die Wahrheit verschweigen? Sie weiß es ja eh und es tut nichts zur Sache. Ich stehe vor ihr, nur durch eine dünne Schicht Luft getrennt. Es wäre so easy, sie zu berühren. Doch ich tue es nicht.

»Du kassierst das Geld. Ich werde dich anzeigen.« Keine Ahnung, woher sie plötzlich all den Hass und die Wut nimmt, die sie mir mit ihren Augen entgegenschleudert. Will sie mich damit schockieren? Ich erinnere mich lieber an den Moment, als sie mir ihren nackten Hintern im Fitnessraum entgegengestreckt hat.

»Wirst du nicht«, entgegne ich ruhig. Süß, wie das Kätzchen zur Löwin werden möchte, doch sie hat keine Chance. Nicht gegen mich.

»Nenn mir einen Grund, warum ich es nicht tun sollte.« Ihre Augen blitzen.

»Weil du nichts beweisen kannst und ich längst Maßnahmen ergriffen habe, damit mir niemand etwas
nachweisen kann.«

»Aber die Fässer hier?« Ihre Stimme wird einen
Hauch verzweifelter.

»Tragen deine Fingerabdrücke. Nicht meine. Du bist
auf meinem Grundstück, nicht ich auf deinem. Irgendwer hat heute meine Alarmanlage gekillt. Und nun
stehst du hier in meinem Schuppen. Merkst du was?«

»Was willst du damit sagen?« Sie schluckt, mustert
mich, als wenn sie in meinem Gesicht irgendwelche
Antworten lesen könnte.

»Es ist kein Zufall, dass du hier bist. Natürlich hätte es
noch nicht heute sein müssen, doch wir wären irgendwann an diesem Punkt gelandet. Zwangsläufig. Nicht
hier in diesem Schuppen. Aber grundsätzlich.« Ich rede
um den heißen Brei herum, dabei sollte ich endlich
zum Knackpunkt kommen.

»Natürlich ist es kein Zufall. Du hast es ja geschickt
eingefädelt. Du bist ein Witz, Gideon. Und ich werde
dich anzeigen. Du kannst mir nichts!« Ihr giftiger Blick
sollte mich schockieren, doch ihr Widerstand ist notwendig. Immerhin habe ich gerade das Tor zur Hölle
vor ihren Augen geöffnet. Zumindest zum Vorraum der
Hölle.

»Doch, kann ich. Genauso wie ich dich immer wieder
ficken kann und du nie Nein sagen wirst.« Ich schaue
ihr direkt in die Augen. Wenn sie hätte weglaufen wollen, hätte sie es längst getan. Ich würde sie nicht mal
aufhalten. »Doch darum geht es nicht.«

»Worum geht es dann?« Der Hauch an Verzweiflung
in ihrer Stimme ist wieder da.

»Hast du das noch immer nicht verstanden?«, frage
ich sie tadelnd. »Um uns, Baby.« Ich überwinde den letzten Zentimeter und beuge mich zu ihr runter, stecke ihr
meine Zunge tief in den Hals und küsse sie gierig. Roh
und dominant. Überrascht keucht sie auf, als ich meinen stahlharten Schwanz an ihren Bauch drücke. »Es
geht nur um uns.«

»Wie lange schon?«, erkundigt sie sich, als ich ihr ein
wenig Luft zum Atmen gebe. Endlich hat sie es verstanden und stellt die richtigen Fragen.

Ich küsse mich ihren Hals hinab und sie lässt es geschehen. Sie steht nur da mit hängenden Armen, während ich jeden Zentimeter ihrer Haut mit meinen Lippen berühre. »Was genau meinst du?«, frage ich nach.

»Wie lange hast du auf diesen Moment gewartet?«
Ihre Stimme zittert.

»Mein ganzes Leben. Ich will dich, seit ich denken
kann.« Damit schiebe ich mich ein Stück von ihr weg,
mustere sie. Ich will jede Regung in ihrem Gesicht sehen.

»Und du gehst einfach davon aus, dass ich dich auch
will? Dass ein Wochenende bei dir alles verändert?«
Ihre Pupillen sind verengt, ihre Lippen zusammenge-
presst, nachdem sie die Worte ausgespuckt hat. Ihre
Nippel drücken sich durch ihr Shirt, das sie sich notdürftig übergezogen hat, als sie das Haus verlassen hat.

Ich nicke. »Zieh dich aus. Ich will dich hier auf den
Fässern ficken.« Meine Stimme ist drei Nuancen tiefer.

»Sicher nicht. Wir sind fertig miteinander. Ich werde
hineingehen, die Tasche packen und nach Hause fahren. Denn offensichtlich droht mir absolut keine Ge-

fahr. Wie konntest du mein Vertrauen derart missbrauchen?« Sophia strafft ihre Schultern, macht jedoch noch immer keine Anstalten, den Schuppen zu verlassen.

»Zieh dich aus«, wiederhole ich sanftmütig und ignoriere ihre Frage. »Ja, du wirst nach Hause zurückkehren. Noch heute. Versprochen. Aber zunächst haben wir einige Dinge zu besprechen. Und dazu gehört, dass du mir bedingungslos gehorchst.«

Ich bin nicht überrascht, als sich ihr Mund zu einem Lächeln verzieht. »Pff. Das hättest du gern. Bastard!«

Welch ein schmutziges Wort aus ihrem Mund. »Ja, das hätte ich gern. Und du wirst es tun. Aber gut. Es gibt eine kleine Schonfrist, bis du mehr weißt.« Ich hebe meine Hand und fahre gekonnt mit dem Finger ihre Silhouette entlang. Sie riecht nach Sex. Nach mir. Ich atme tief ein. Sie ist Sex.

»Ich habe genug gehört. Daher brauche ich auch keine Schonfrist.«

Noch immer ist sie aufmüpfig. »Also gut, dann mache ich es kurz, damit du schnell heim zu deinem Handwerker-Nichtsnutz kannst. Ich bin gespannt, was er sagt, wenn er mitbekommt, wo du gewesen bist.«

Sophia verschränkt die Arme vor ihrer Brust. »Du wirst ihm nichts sagen, sonst zeige ich dich in jedem Fall an.«

»Sophia, Sophia. Nun sei nicht so aufbrausend. Ich meine es nur gut mit dir. Also ... Wo fange ich am besten an?«

Sie verdreht die Augen, bleibt jedoch noch immer abwartend vor mir stehen. Wenigstens ist sie neugierig.

»Okay, dann jetzt Klartext. Hör mir bis zum Ende zu, bevor du widersprichst.« Ich hole Luft, verschaffe meinen Worten dadurch mehr Gewicht. »Ich will dich und dafür würde ich über Leichen gehen. Deshalb wirst du kommende Woche nicht den Handwerker heiraten. Der ist unter deinem Stand und wenn du auch in Zukunft in der High Society ein gern gesehener Gast sein willst, ist das einzig an meiner Seite möglich. Ich verspreche dir, dass ich dir die Welt zu Füßen lege. Dir wird es an nichts fehlen. Solltest du dich jedoch gegen mich entscheiden, so werde ich dir alles nehmen. Seien wir mal ehrlich, deine Beziehung ist gescheitert. Das hat dieses Wochenende eindeutig bewiesen. Du hast es genossen, von mir gefickt zu werden. Egal, wie es weitergeht, der Handwerker wird keine Rolle mehr spielen. Wenn du ihm nicht alles beichtest, werde ich das gern für dich übernehmen. Er wird sich die Sexshow von uns beiden sicher gern als Lehrmaterial ansehen. Doch das ist nicht alles. Solltest du dich wirklich gegen mich entscheiden, werde ich die Umweltverschmutzungen Texas-SolarGold-Energy in die Schuhe schieben. Natürlich ist alles gefakt, aber dennoch so wasserdicht, dass eure Firma untergeht. Du weißt ja, deine Fingerabdrücke hier an den Fässern und so weiter. Natürlich zeige ich dir gern noch mehr Beweismaterial. Glaube mir. Du würdest vor dem Nichts stehen. Deshalb gebe ich dir nun vierundzwanzig Stunden Bedenkzeit. Wofür wirst du dich entscheiden? Für eine Zukunft mit mir, der dir die Welt zu Füßen legt – immerhin hast du die letzten Stunden offensichtlich genossen –, oder für den Untergang eurer Firma und den Verlust deines Ansehens und das deiner Familie? Denn ja,

solltest du ablehnen, werde ich dein Leben zur Hölle
auf Erden machen. Daher mein Tipp an dich: Heirate
mich!«

Kapitel 22

Sophia

Ich starre ihn an. Das meint er nicht ernst, oder? Er hat sich selbst dabei gefilmt, wie er mich vögelt?

»Du bist krank, Gideon. Wir haben mit diesem Scheiß nichts zu tun. Deine sogenannten Beweise könnten niemals Bestand haben.« Ich spucke ihm die Worte entgegen. Zumindest hoffe ich, dass ich damit recht habe. Wenn rauskommt, dass ich in irgendeiner Weise mit Umweltverschmutzungen in Kontakt stehe, bin ich geliefert, selbst wenn es nur unhaltbare Anschuldigungen sind. Mein ganzes Image baut darauf auf, dass ich bewusst lebe und mich für den Naturschutz engagiere.

»Nun, überleg doch mal ...« War seine Stimme schon immer so arrogant? So selbstverliebt? So ruhig? »Du warst hier in meinem Haus. Hast die Fässer hier deponiert, um mir alles in die Schuhe zu schieben. Überall wimmelt es von deinen Fingerabdrücken, deinem Schweiß und dem Saft aus deiner Pussy, weil du mich verführt hast. Ich habe Fingerabdrücke von dir auf Schwarzgeld. Ja, Abdrücke von Weingläsern zu nehmen und anderweitig anzubringen ist nicht schwer. Und das sind jetzt nur zwei Beispiele. Sophia, du hast verloren und wenn du scharf nachdenkst, weißt du das. Du hast allerdings auch etwas gewonnen: mich!«

Ich habe keine Ahnung, dass mein Mund während seines Monologes offen steht, doch jetzt schließe ich ihn nur mit Mühe und Not. »Du meinst das ernst, oder?«, frage ich tonlos.

Gideon nickt. Dabei verzieht er seine Miene nicht für eine Sekunde. »Sophia.« Er kommt auf mich zu und nimmt meine Hand. »Ich warte wirklich mein ganzes Leben auf diesen Moment. Schon immer warst du meine Muse und mein Vorbild zugleich. Ja, mein Angebot mag überraschend kommen und sicher hätte ich vorher gern mehr Zeit mit dir verbracht. So hart sich das alles anhört, du musst mir glauben. Ich liebe dich und ich werde dich vergöttern, solange du es zulässt.« Die letzten Worte säuselt er wie eine Sirene aus einem Fantasy-Roman.

Ich sollte ihm meine Hand entziehen, doch ich kann nicht. Seine Körperwärme fließt durch meine Finger direkt in meinen Bauch, dringt bis zu meinem Herz, das sich durch seine Worte nicht beeindrucken lässt. Es ist ihm verfallen, während mein Verstand verzweifelt um Aufmerksamkeit ringt. Ich öffne den Mund, will etwas sagen, doch er spricht weiter. Sanft wie ein Löwe, der sein Junges liebevoll großzieht. Doch er ist ein Raubtier.

»Ich habe gespürt, dass du unsere gemeinsame Zeit, die vergangenen Stunden, genossen hast. Nicht umsonst kennen Molly und Andrew jetzt jede Tonlage, in der du stöhnen kannst. Keine Sorge, sie sind diskret und werden kein Sterbenswörtchen verraten. Wir haben beide einen Ruf zu verlieren. Zusammen könnten wir so viel bewirken. Du und ich gemeinsam. Gemeinsam bis zum Sonnenuntergang.«

Was ein Blödsinn! »Und wo ist das Pferd, mit dem wir in den Sonnenuntergang reiten können, wenn du mein Prinz bist?« Gideon kann das alles nicht von mir verlangen, oder? Allerdings bin ich mir sicher, dass er nicht blufft. Er glaubt wirklich, was er von sich gibt.

»Das sollte nicht schwer zu besorgen sein. Wenn du möchtest, steht hier morgen ein Pferd im Schuppen.«

Ich winke ab. »Und Ethan? Du kannst doch nicht ernsthaft von mir verlangen, dass ich sofort alles hinschmeiße. Ich liebe ihn.« Doch tief in mir drin bohrt sich ein Stachel penetrant in das von Gideons Wärme eingenommene Herz. Liebe ich Ethan wirklich oder dachte ich das nur? All die Jahre ... Und nun hält Gideon noch immer meine Hand in seiner.

»Du bist doch redegewandt. Dir fällt bestimmt etwas ein. Aber du musst dich auch nicht jetzt entscheiden. Fahr nach Hause und überlege in Ruhe.« Er lächelt siegesgewiss.

Als würden vierundzwanzig Stunden einen Unterschied machen. Ich kann das schlichtweg nicht entscheiden. Ich will es vor allem nicht. Wie kann er mich vor die Wahl zwischen ihm und Ethan stellen? Oder anders ausgedrückt: Ist es überhaupt eine Wahl? Ethan und der Verlust meines Rufes oder Gideon und eine ungewisse Zukunft? Ein Mann, den ich kaum kenne? Ich kann ihn doch nicht nur heiraten, weil der Sex gut ist. Mehr als gut und wenn ich ehrlich bin, turnt mich sogar dieses Gespräch an. Aber er ist die Konkurrenz. Würde er wirklich im sprichwörtlichen Sinn über Leichen gehen?

»Und wie soll ich nach Hause kommen?«, frage ich trotzig und verschränke die Arme vor der Brust. Immerhin kann er nicht erwarten, dass ich nach dieser Ansage auch nur eine Minute länger als nötig bei ihm bleibe. »Es war einer deiner Leute, der meinen Wagen beschmiert und demoliert hat.«

»Chris hat deinen e-tron längst abgeholt, reparieren lassen und gesäubert. Er schnurrt wie eine Katze – also natürlich dein Auto und nicht Chris. Das versteht sich wohl von selbst.« Er schmunzelt über seinen eigenen Witz und ich bleibe mit meinem Blick an den Grübchen auf seinen Wangen hängen. Die Grübchen, die ich seit jeher interessant finde und die ihm Charakter geben. Aber letztendlich ist es nur Fassade. Ein hübsches Gesicht, während sein Charakter sich gerade als stinkender Fisch entpuppt hat. »Keine Sorge, von der Farbe sieht man nichts mehr.«

Wenigstens das glaube ich ihm sofort. Wobei ich ihm inzwischen auch alles andere glaube. Und das bringt mich in eine Zwickmühle. Ich kann ihn doch nicht einfach heiraten, nur weil er meint, mich zu erpressen.

»Dann gehe ich jetzt duschen und werde anschließend nach Hause fahren.« Meine Stimme zittert nur minimal. Aber ich muss hier raus. Die Spannungen und Schwingungen zwischen uns sind greifbar, zuckersüß und vernichtend. Lange kann ich dem nicht mehr standhalten.

»Selbstverständlich. Ich lasse dir ein Frühstück bringen.«

Ich nicke, atme erleichtert aus und schiebe mich dann an ihm vorbei zur inzwischen nicht mehr abgeschlossenen Tür. Hauptsache, ich bin endlich allein.

Mehr will ich nicht. Keine Ahnung, ob ich ein Frühstück herunterbekomme.

»Hast du nicht etwas vergessen?« Seine Stimme ist tief und dunkel. Ich erstarre. Irgendetwas an seinem Tonfall catcht mich, ohne dass ich genau sagen kann, was es ist. Langsam drehe ich mich um.

»Soll ich mich jetzt entscheiden?« Was auch immer er will, ich weiß nicht, ob ich es ihm geben kann.

»Zieh dich aus.« Seine Stimme gleicht einem drohenden, dunkel grollenden Tsunami, der langsam, aber stetig heranrollt. Bedingungslos und zerstörerisch. Ich habe keine Wahl. Denn ich glaube ihm, dass er alles daransetzen wird, mich zu vernichten. Nur warum? Ich habe mich von ihm blenden lassen und gleichzeitig schreit mein Körper, dass ich nachgeben soll. Pocht und wispert mir mit allen Nervenenden, dass er Erlösung braucht, so aufgewühlt wie ich bin. Mieser Verräter. Meine Vagina ist längst wieder feucht und meine Brustwarzen drücken sich unangenehm gegen den Stoff.

Ich schaue ihn an, unschlüssig, was ich tun soll. Eigentlich will ich weg. Ich sollte von hier verschwinden und mich auf nichts weiter einlassen. Abhauen und ihn anzeigen, egal, was er meint, gegen mich in der Hand zu haben. Gleichzeitig sehne ich mich nach ihm, will seine Haut auf meiner spüren. Brauche ihn in mir, um meine Gefühle zu sortieren – was vollkommener Blödsinn ist.

»Vielleicht hilft das deinem Entschluss auf die Sprünge. Du willst und brauchst es. Jetzt.« Er zieht sein Handy hervor und öffnet ein Video. Als er es abspielt, gefriert alles in mir, während gleichzeitig die Feuersbrunst an Verlangen in meinem Bauch umso gewaltiger auflodert. Keine Ahnung, wie diese beiden Gefühle zusammenpassen. Heiß gegen kalt. Feuer gegen Eis. Und mittendrin bin ich, die sich selbst in dem Video dabei zusieht, wie sie Gideon küsst, wie er sie von hinten fickt und wie sie bereitwillig vor ihm auf die Knie sinkt, um seinen Schwanz zu lutschen. Bin das wirklich ich? Die Szenen könnten genauso gut aus einem Porno stammen.

»Ziehst du dich jetzt aus?« Seine Stimme ist nicht drängend, im Gegensatz zu seinen Worten. Sie ist liebevoll, zärtlich und schmeichelnd, als würde er mir Komplimente machen.

Ich schlucke. Schaue mich um. Doch außer den Fässern und verschiedenen Arbeitsmaterialien ist niemand im Schuppen. Draußen vor dem Fenster geht inzwischen die Sonne auf. Zumindest ist es hell. Dann bleibt mein Blick an Gideon hängen. Das Tattoo, die Erinnerung an seinen durchtrainierten Körper, den er unter dem T-Shirt versteckt, die vergangenen Stunden, die ich nicht mehr missen möchte, sosehr ich ihn auch dahin wünsche, wo der Pfeffer wächst. Ich will ihn. Jetzt. Ich kann seinen absolut sinnlichen Geruch nicht ignorieren, der in mir alles zum Vibrieren bringt. Seine Stimme, die Musik in meinen Ohren ist, vollkommen egal, was er mir für Grausamkeiten oder Erpressungen an den Kopf wirft. Und mein Herz tanzt, wenn er mich berührt. Ich will ihn ablecken, mit meiner Zunge seinen Geschmack in mich aufnehmen, ihn spüren, innen und außen. Und wenn ich mir vorstelle, dass ich das niemals wieder haben dürfte, weiß ich gleichzeitig, dass der Verlust meines Ansehens die kleinere Bestrafung ist. Ich kann nicht ohne ihn. Und nach vergangener Nacht ... Nun, auf einmal mehr oder weniger kommt es inzwischen auch nicht mehr an, oder?

Langsam, ohne ihn aus den Augen zu lassen, greife ich mein Shirt am Saum und ziehe es mir mit einer fließenden Bewegung über den Kopf. Dann schiebe ich meine Hände unter den Bund der kurzen Hose und streife sie mir ebenfalls bis zu den Knöcheln ab. So wenig, wie ich anhabe, stehe ich nun nur noch im Slip vor ihm.

Seine Pupillen verengen sich. Er mustert mich gierig, tastet mit seinen Augen jeden Zentimeter meiner Haut ab. Allein dieser Blick lässt mein Herz schneller schlagen. Er verheimlicht nicht, dass ich alles für ihn bin. In diesem Punkt sagt er die Wahrheit. Er wollte mich schon immer. Nur habe ich ihn nie beachtet. Gegen Ethan hatte er keine Chance und das hat er gewusst. Dieser Bastard. Er hat alles genau geplant.

Doch viel ungeheuerlicher ist, dass ich ihm trotzdem gehorchen will. Ich will ihn ebenso wie er mich. Er muss sich jahrelang bedeckt gehalten haben, hat gelauert und alles vorbereitet. Nun bin ich in sein Netz gegangen.

»Zieh den Slip aus.«

Ich tue, was er will. Streife das letzte Kleidungsstück von meinem Körper, als wäre es das Selbstverständlichste der Welt, dass ich mit ihm schlafe, obwohl er mich erpresst. Oh ja, ich bin bereit für ihn. Ein letztes Mal vor meinem Untergang.

»Berühre dich.«

Verständnislos schaue ich ihn an.

»Du sollst dich selbst ficken. Hast du doch bestimmt schon gemacht.« Gott, wie elektrisierend dieses Grollen in seiner Stimme ist. Natürlich verstehe ich, was er will. Also schiebe ich die Hand zu meiner Klit und reibe sanft.

Sofort vibriert mein ganzer Unterleib, verlangt mehr, wie ein gieriger Hund. Tränen steigen mir in die Augen, so intensiv ist die Berührung. Nie hätte ich gedacht, dass ich mich selbst so stimulieren könnte. Gerade jetzt, wo er mir nahezu alles nehmen will. Aber der entscheidende Faktor ist wohl, dass er mich sieht. Wirklich mich und nicht die Fassade, die in der Presse so hochgelobt wird. Sanft massiere ich weiter, hebe die andere Hand an meine Brust, zwirble die Brustwarze.

Gideon leckt sich über die Lippen, als fiele es ihm schwer, sich zurückzuhalten. Ich kann seinen Blick nicht halten und starre auf seine Brust, die sich rasch hebt und senkt. Fehlt nur noch, dass er sich Popcorn und Cola holt, um mir bei meiner Peepshow zuzusehen. Doch seine einzige Reaktion ist, seinen Penis aus seiner Hose zu befreien und sich ebenfalls zu berühren. Nicht sanft, nein. Er reibt seinen Schaft heftig und erst jetzt realisiere ich, wie groß er ist. Definitiv größer als Ethans. Kein Wunder, dass er mich voll ausgefüllt und an Stellen stimuliert hat, die ich bisher nicht kannte.

»Gefällt dir das?«

Gute Frage. Ja! Und nein? Mein Körper schreit in jedem Fall ein klares Ja und verzehrt sich danach, ihn endlich zu spüren. Auf mir, in mir. Nur ein winziger Teil des Verstandes schwingt die Moralkeule und trotzt jeglichem Bemühen meines Körpers. Doch er hat keine

Chance. Ich bin längst zu weit gegangen. Ich kann nicht mehr umkehren.

Als ich Gideon keine Antwort gebe, kommt er auf mich zu, schubst mich, sodass ich gegen die Fässer stolpere, die nur ein leises Rumpeln von sich geben. Haltsuchend stütze ich mich ab, doch er ist hinter mir, drängt meine Beine auseinander. Ein Griff in meine Haare und der Kopf wird unsanft nach hinten gezogen. Mein Protest geht von einem Aufschrei direkt in ein tiefes Stöhnen über.

Hart dringt er in mich ein und ich bin zu bereit für ihn. Zwei, drei schnelle Stöße von ihm und ich erreiche meine Belastungsgrenze. Das ist zu intensiv. Ich komme, bevor ich überhaupt weiß, wo oben oder unten ist.

Letztendlich ist es egal, ob jemand meinen Schrei hört. Ich kann ihn nicht zurückhalten. Der Orgasmus zieht mich tief mit sich, lässt alles über mich zusammenstürzen, denn mein sorgfältig aufgebautes Kartenhaus existiert nicht mehr. Ich falle, obwohl Gideon längst nicht genug hat. Er fickt mich und einmal mehr frage ich mich, wie er diesen Wahnsinn durchhält.

Meine Hände schrappen über das Fass, auf dem ich mich abstütze. Was für ein Sinnbild: Dieses Fass steht für alles, was mein Leben in den letzten Tagen durcheinandergebracht hat. Dunkelheit, Kriminalität, wahrscheinlich Geldwäsche, Sex und vieles mehr. Und dieser Mann erwartet ernsthaft, dass ich ihn heirate?

Es muss eine Lösung geben. Wie auch immer die aussieht. Doch eines weiß ich sicher: Ab heute wird sich einiges ändern, ob ich will oder nicht. Dann überrollt mich ein zweiter Orgasmus wie eine unaufhaltsame Welle und Gideon stöhnt gemeinsam mit mir auf.

Kapitel 23

Sophia

Ich sitze in meinem Auto und beobachte die Penthouse-Wohnung. Ein Fenster steht offen – das vom Schlafzimmer. Also ist Ethan wach. Ab und an meine ich, seine Silhouette am Küchenfenster zu sehen. Wahrscheinlich bereitet er sich seine geliebten Rühreier zu. Wie immer mit Speck und einem Hauch Zwiebeln. Eine Kombination, von der er genau weiß, dass ich niemals ein Stück davon abhaben möchte. Dazu einen Kaffee und die Zeitung. Keines dieser Boulevard-Blättchen, sondern die brandaktuellen Geschehnisse der Welt. Wenn er wüsste, wie egal mir die Tageszeitung ist.

Sobald er fertig ist, lässt er alles stehen und geht für eine Stunde joggen. Schließlich ist Sonntag. Oft gehen wir auch zusammen laufen. Doch heute wird er nicht auf mich warten. Er wird den üblichen Weg nehmen und anschließend duschen. Danach wird er mit seinen Eltern telefonieren. Es ist alles wie immer. Einzig ich habe mich verändert.

Wie naiv ich doch war, dass ich dachte, ich müsste mit Ethan allenfalls unsere missglückte Nacht thematisieren. Wenn es nur das wäre, würde ich sogar einfach schweigen und unter *schlechten Tag* verbuchen. Aber jetzt?

Sobald er das Haus verlassen hat, werde ich hineingehen. Ihm bereits jetzt unter die Augen zu treten, traue ich mich nicht. Ich rieche noch immer nach Sex. Alles an mir riecht nach Gideon. Ich habe mir zwar die Zeit für eine Dusche genommen, obwohl ich lieber schnellstmöglich das Weite hätte suchen sollen, aber sein Geruch ist geblieben. Zumindest fühlt es sich so an.

Verflucht, Gideon. Kurz bevor ich gefahren bin, hat er mir Unterlagen vorgelegt, die meine letzten Zweifel an seiner Ernsthaftigkeit ausgelöscht haben. Er will mich. Er wollte mich schon immer. Und dafür tut er alles. Keine Ahnung, wie weit seine Verstrickungen in diese illegalen Machenschaften der Müllentsorgung reichen. Keine Ahnung, ob er seine Drohungen wahr machen würde. Und keine Ahnung, was ich tun soll. Aber ich muss eine Entscheidung treffen. Ich will Ethan heiraten und gleichzeitig Sex mit Gideon, so paradox es klingt.

Zwei Tage mit ihm und alles ist anders. Nun sitze ich sogar im Auto, noch immer angeschnallt, und beschatte meine eigene Wohnung, weil ich mich nicht nach Hause traue, solange mein Verlobter dort ist. Dabei hat er am allerwenigsten falsch gemacht.

Ich bin es, die Mist gebaut hat. Ich hätte ahnen müssen, dass etwas faul ist. Niemals wäre Gideon durch Zufall am Trinity aufgekreuzt. Aber ich war verblendet. Ja, ich hatte Angst. Angst, dass ätzende Typen hinter mir her sind und mir an die Gurgel wollen. Doch auch in Gideon habe ich nur den Playboy gesehen, der zwar blufft, aber niemandem etwas zuleide tut. Wie sehr man sich täuschen kann. In anderen und in sich selbst. Denn hätte mir jemand vor einer Woche erzählt, dass ich meinen Verlobten rücksichtslos betrügen würde und dabei Spaß an etwas pikanterem Sex hätte, hätte ich denjenigen ausgelacht.

Aber Gideon ist ein Gott, dem man nicht abschwören kann. Er sucht sich gezielt diejenigen, die er heimsucht, infiltriert sie und streut seinen Samen aus. Anschließend besitzt er sie und lässt sie fallen, wenn er ihrer überdrüssig ist.

Doch aus irgendeinem Grund habe ich den Eindruck, dass es diesmal anders sein könnte. Er will mich und weiß genau, wie er mich behandeln muss, um mich gefügig zu machen. Denn das hat er getan. Ich bin Wachs, sobald er im Raum ist, auch wenn mein Mund das manchmal noch nicht mitbekommen hat. Und ich Depp habe mich freiwillig auf sein Spiel eingelassen. Seine Regeln, sein Zuhause und ich mittendrin.

Es ist abstrus, dass ich darüber nachdenke, auf seine Erpressung einzugehen. Anzeigen sollte ich ihn. Das ist das Einzige, was er verdient. Ein Anruf bei Isabella, ein Gang zu den Cops. Es wäre so einfach. Und doch sitze ich hier und überlege ernsthaft, wie ich meinem Verlobten beibringen könnte, dass ich ihn in sechs Tagen nicht heirate. Ob ich ihn dazu bringen kann, dass er mich verlässt? Ausgeschlossen.

Auch würde er Lunte riechen, wenn ich ihn anflunkere. Doch die Wahrheit darf er niemals erfahren. Es würde ihn zugrunde richten. Also, was soll ich tun? Wenn ich mich Gideon in den Weg stelle, verliere ich alles. Denn er hat nicht gelogen. Die Unterlagen sind so belastend, dass wir den Rufschaden der Firma nicht überstehen würden. Und Texas-SolarGold-Energy steht über allem. Sogar noch über meinem eigenen Wohl. Zwar hätte ich genug Geld, um den Lebensstandard zu halten, doch brächte mir das langfristig nichts, denn ich stünde mutterseelenallein da.

Ich war so dumm und habe von Gideon gekostet – und er von mir. Eine Verzweiflungstat. Der Rest danach ... Ich weiß nicht, wie ich ihm derart verfallen konnte. Wenn ich hingegen an Ethan denke ... ist da nichts? Zumindest nichts, was dafür spricht, dass ich ihn zwingend heiraten muss. Kein Ziehen in meinem Bauch, keine flatternden Schmetterlinge und erst recht keine Lust, mit ihm körperlich intim zu werden. Vielleicht sind wir bereits zu lange zusammen, sodass die rosarote Brille längst nicht mehr existiert. Vielleicht haben wir uns aber auch entfremdet und auseinandergelebt.

Ich starre auf das Armaturenbrett. Was wäre, wenn ich einfach verschwinden würde? Würde mich jemand vermissen? Damals, als ich dachte, ich könnte dem öffentlichen Rummel niemals standhalten, war Ethan an meiner Seite. Er hat mir gut zugeredet, als die ständigen Kommentare und Paparazzi mich erdrückt haben. Er hat mir geraten, mir Hilfe zu holen. Heute bin ich gefestigter, habe lange Gespräche geführt und meine verbale Schlagfertigkeit trainiert. Doch könnte ich eine solche Situation erneut durchstehen? Ohne Ethan an meiner Seite?

Ich bleibe dabei: Wäre ich nicht mehr da, gäbe es kein Problem. Aber weglaufen würde nicht reichen. In diesem Punkt glaube ich Gideon. Er würde mich überall finden und damit die Drohung von dem Zettel an meinem Auto wahr machen. Ich müsste endgültig verschwinden. Aber zu diesem allerletzten Schritt fehlt mir der Mut. Ich könnte es nicht durchziehen. Dazu bin ich vermutlich noch nicht verzweifelt genug. Vor allem habe ich noch so viel zu tun. Ich will der Welt Solarenergie schenken, weiter denken und in die Zukunft investieren. Ich möchte unseren Planeten grüner machen und für ein lebenswertes Morgen sorgen, in dem niemand missmutige Gedanken haben muss. Ich will für Gerechtigkeit einstehen, soweit es in meiner Macht steht.

Doch allein an Gideon zu denken, lässt jede Idee von einem Verschwinden im Keim ersticken. Gleichzeitig kann ich an seiner Seite niemals für Gerechtigkeit oder Umweltschutz einstehen. Es zerreißt mich innerlich. Ich hätte ihm direkt einen Korb geben müssen. Aber ich konnte es nicht, denn er hat längst einen Teil meines Herzens gestohlen. Und so sitze ich hier, hin- und hergerissen und warte darauf, dass Ethan aus meiner Wohnung verschwindet.

Endlich geht die Haustür auf. Ich beobachte ihn, wie er seine In-Ears in die Ohren steckt und auf dem Handy die Musik anstellt. Er schaut sich um und joggt mit langen Schritten los.

Ich warte eine Minute, bis er außer Sichtweite ist, dann starte ich den e-tron und steuere auf die Einfahrt der Garage zu. Ein Klick auf die Fernbedienung und das Tor rattert hoch. Wie in Trance parke ich auf meinem Platz, steige aus und fahre mit dem Fahrstuhl in die Wohnung. Ich bin leer. Leer von all den Emotionen, wie ausgesaugt. Lustlos und ohne Elan, als hätte ich jegliche Freude verloren.

Mir bleibt eine Stunde für die Entscheidung. Ethan verlassen oder nicht. Wenn er zurückkommt, wird er merken, dass etwas nicht stimmt.

Routiniert räume ich die Zeitung und seinen leeren Teller weg, wasche die Pfanne ab und starre derweil in die Luft. Gerade als ich ins Schlafzimmer gehen will, sehe ich, dass der Fahrstuhl sich erneut in Bewegung gesetzt hat und direkt auf mein Penthouse zusteuert. Das kann nur eines bedeuten: Ethan ist zurück. Jacques würde niemals ohne Voranmeldung reinkommen. Außerdem hat er heute sowieso frei.

Wie zur Salzsäule erstarrt, gaffe ich auf die Tür. Hat er etwas vergessen? In diesem Moment öffnet sich die Kabine und Ethan strahlt mich an.

»Habe ich ja doch richtig gesehen! Du bist zurück! Konntest du alles zu deiner Zufriedenheit klären?«

Automatisch nicke ich, obwohl ich am liebsten schreien würde. Ich habe nichts geklärt. Rein gar nichts. Im Gegenteil. Ich habe alles verbockt.

Ethan kommt auf mich zu und zieht mich in seinen Arm. Ich lasse es geschehen und fühle mich mit einem Mal fremd. Fremd in seinen Armen, fremd in meiner Wohnung. Das hier bin nicht ich. Die alte Sophia hätte ihn niemals hintergangen.

Ethan spürt mein Zögern und schiebt mich von sich. »Was ist? Du bist so anders. Ist wer gestorben?«

Ich weiß, dass die Frage komisch sein soll und er mich auf diese Weise aufzumuntern versucht, jedoch fruchtet es nicht. Nicht heute.

Langsam schüttle ich den Kopf, obwohl ich ihm am liebsten sagen würde, dass ich es bin, die gestorben ist. Letztendlich ist mein Leben vorbei. Wie soll ich meinen Kopf aus der Schlinge ziehen, ohne dass um mich herum alles zusammenbricht?

»Sophia, nun rede. Was ist geschehen?« Ein Anflug von Panik huscht über sein Gesicht.

»Ethan, du musst gehen.« Meine Stimme zittert, bricht beinahe, und doch bekomme ich die Wörter irgendwie zusammenhängend aus meinem Mund raus.

»Klar, ich kann erst weiter joggen gehen, wenn du noch Zeit brauchst.« Die Verwirrung steht in seinem Gesicht geschrieben.

»Nein ... Ethan, du musst komplett gehen. Du kannst hier nicht bleiben. Ich ... Ich werde dich nicht heiraten. Es ist aus.« Selbst für mich hören sich diese stottrigen Versuche vollkommen unglaubwürdig an. Er muss denken, dass ich erpresst werde. Was ja auch so ist, doch in einer ganz anderen Form, als er vielleicht meint. Dennoch halte ich seinen Blick.

Er hingegen lässt seine Arme sinken und starrt mich entgeistert an. »Aber warum? Was habe ich dir denn getan?« Seine Worte sind tonlos, als wäre er nicht er selbst. Alle Spannung weicht aus seinem Körper. Enttäuscht und verletzt.

Doch ich kann nicht mehr an mich halten. »Was du getan hast? Tss, was willst du hören? Egal, was du denkst, ich bin schuld. Ich habe dich betrogen und deshalb ist es aus. Ich kann das nicht mehr.« Ich spucke ihm die Sätze scharf entgegen, ohne Rücksicht auf seine oder meine Gefühle. Es ist zu viel. Ich kann nicht mehr. Erste Tränen verschleiern meine Sicht und gleichzeitig tut jedes Wort weh. Jedes Wort ist wie ein Peitschenhieb, trifft mich selbst tief in meiner Seele. Dieser Verrat an all unseren gemeinsamen Jahren durchdringt mich wie ein Messer, das alles in mir zerstört. Doch ich muss es tun.

Ethan streckt seine Hand nach mir aus, doch ich weiche zurück. »Honey, wir können das klären ... Ich verzeihe dir jeden Seitensprung. Nur bitte, bitte wirf nicht direkt alles hin! Das ist nur der Stress wegen der Hochzeit.« Er stammelt die Sätze, als wäre es blanke Panik, die ihn antreibt. Seine Hände greifen weiter nach mir, als wollte er mich zurückholen, doch ich drücke ihn weg. Wenn ich ihn einen Schritt an mich heranlasse, ist es um meine mühsame Beherrschung geschehen.

Ich weiß, dass ich ihm wehtue, aber was soll ich machen? Er darf für mich keine Rolle mehr spielen, unabhängig davon, ob ich mich für oder gegen Gideon entscheide. Er muss mich verlassen und darf niemals wieder zurückkehren. Mehr kann ich für uns beide nicht tun.

»Ethan, ich habe dich betrogen. Mehrfach. Da sind keine Gefühle mehr für dich.« Meine Stimme ist kalt, genauso wie der Eispanzer, den ich um mich zu errichten versuche.

Sein Mund ist schmerzhaft zu einer Fratze verzerrt, als würde er krampfhaft versuchen, irgendwie die Fassung zu wahren. »... aber am Donnerstag auf der Veranstaltung ... und danach ... Wir hatten Sex.« Er stottert mehr, als dass er ganze Sätze herausbringt.

Ich winke ab. »Es war alles gelogen und vorgespielt. Es geht schon länger. Ich habe es dir die ganze Zeit verheimlicht. Ich war am Wochenende nicht arbeiten, sondern bei ihm.« Inzwischen laufen mir die Tränen über die Wangen. So viele Lügen und langsam beginnt er, sie zu glauben, obwohl ich mir selbst kaum zuhören kann. Der Schmerz dringt mit jedem Wort tiefer in meine Seele. Löscht dort alles aus, bis nichts mehr von mir übrig bleibt, außer einer Gewissheit: Ich liebe ihn und deshalb muss ich ihn ziehen lassen. Er hat wen Besseres verdient, aber sicher nicht mich. Ich kann ihn langfristig nicht glücklich machen. Das muss er ein für alle Mal verstehen. »Alle Reporter und Klatschblätter hatten recht. Wir gehören nicht zusammen. Du bist nur ein simpler Handwerker und mir hätte von Anfang an klar sein müssen, dass du mir über kurz oder lang nicht mehr genügen würdest. Wir leben in unterschiedlichen Welten. Versteh das.«

Mit jedem Wort treibe ich den Stachel tiefer. Nicht nur bei mir, sondern auch bei ihm. Ethan verzieht das Gesicht noch mehr, während ich weiterspreche, um auch seine letzten Hoffnungen zu zerstören. »Und bevor du fragst ... Ja, er macht mich glücklich. Und ja, er befriedigt meine Bedürfnisse vollkommen. Mehr, als du es jemals könntest. Ich kann nicht mehr ohne ihn sein.« Ein Schauder läuft mir über den Rücken, denn diese Worte sind nichts als nackte Tatsachen. Gideon ist Sex. Aber ich weiß auch, dass mir schnöder Blümchensex nicht mehr ausreicht. Ich will mehr. Ich brauche es, wenn er härter zupackt oder mich an meine eigenen Grenzen und darüber hinaus treibt. Jeder Stoß seines Schwanzes pulsiert erneut durch mich hindurch. Ich brauche ihn, so wie ich vorher dachte, Ethan zu brauchen. Aber Ethan muss ich beschützen, während Gideon sich meine Seele raubt – und ich werde es zulassen. Weil ich es will. Doch das heißt noch lange nicht, dass ich Gideon heirate. Es muss einen Mittelweg geben.

Ethan presst seinen Mund zu einer schmalen Linie zusammen. »Dann befriedige ich deine Bedürfnisse nach Freiheit jetzt auch und packe meine Sachen. Wir sprechen ein anderes Mal darüber. Entschuldige, dass ich blöder Handwerker es ernst mit dir meinte. Ich liebe dich, falls du es nicht weißt.« Mit noch immer schmerzverzerrtem Gesicht stapft er ins Schlafzimmer und knallt die Tür hinter sich zu. Wahrscheinlich hofft er, dass ich bald wieder zur Vernunft komme, doch ich hoffe für ihn, dass er für immer aus meinem Leben verschwindet und keine weiteren Fragen stellt.

»Ich liebe dich auch ...«, flüstere ich tonlos und sinke schluchzend zu Boden.

Ich bekomme kaum mit, wie Ethan die Wohnung verlässt. Minuten – vielleicht Stunden – sitze ich da und bin leer. Meine große Liebe ist gegangen, weil ich es so wollte. Weil ich ihn verletzt, betrogen und hintergangen habe. Weil ich erbärmlich bin und mich nicht zügeln konnte. Weil ich von einer verbotenen Frucht gekostet habe, die sich mich nun einverleibt hat.

Keine Ahnung, wie lange die Tränen über meine Wangen laufen. Es ist egal. Das Einzige, was zählt, ist, dass Ethan weg ist.

Den Rest des Tages vegetiere ich auf dem Sofa dahin und mache nichts, außer Eiscreme in mich reinzustopfen und irgendwelche Serien im TV zu schauen. Welche auch immer das sind, es ist mir wurscht. Ethan ist fort und mit ihm der Sinn meines Lebens.

Kapitel 24

Gideon

Es macht mich wahnsinnig, dass ich diesen Moment aus meiner Kontrolle geben muss. Dass ich sie weggehen lassen und ihr Bedenkzeit zugestehen muss. Wie oft habe ich nun bereits auf die Uhr geschaut? Doch auch wenn ich sie erpresse, will ich ihr eine Wahl geben. Ich muss es, denn alles andere wäre undenkbar. Gleichzeitig ist gewiss, dass ich gewinne. Egal, wie sie sich entscheidet, beides bringt mich an mein Ziel. Doch was ich nicht bedacht habe, ist, dass mir unsere gemeinsame Zeit so sehr gefällt, dass ich sie bereits jetzt vermisse. Ein Gefühl, das mir bisher völlig fremd war. Ja, sie ist Mein und ich will sie besitzen. Aber was ich vollkommen vergessen habe, sind meine Emotionen. Bisher habe ich sie unterdrückt und in eine versteckte, luftdichte Kammer gesperrt. Ich durfte nichts empfinden außerhalb der körperlichen Ebene. Sex, Alkohol und Arbeit. Mehr brauchte ich nicht. Wie hätte ich sonst jahrelang mitansehen können, wie sie mit dem Handwerker auf den Veranstaltungen auftaucht? Doch Sophia hat den Schlüssel zu meiner Kammer gefunden, sie geöffnet und meine Gefühle befreit, bevor ich sie aufhalten konnte. Sie hat mich um den kleinen Finger gewickelt und mein Spiel an sich gerissen. Ihr vorlautes Mundwerk kann ich ihr nicht verübeln. Sie weiß es nicht besser, denn sie ist stark und musste sich schon immer behaupten. Aber schwache Frauen sind nicht mein Bereich. Sophia hingegen hat Klasse. Sie lässt sich nicht so schnell unterkriegen, lässt sich nur schwer einschüchtern und doch weiß ich, dass sie mir auf körperlicher Ebene längst verfallen ist. Aber habe ich auch ihr Herz erreicht? Habe ich es für mich gewonnen, zerschlagen und nun die Chance, es wieder zusammenzusetzen?

Dieser Sonntag ist meine größte Herausforderung. Illegal Abfallstoffe zu entsorgen, ist dagegen leicht. Geldwäsche ist leicht. Steuerhinterziehung ist leicht. Alles ist zwar verboten, aber leicht. Geduld hingegen gehört seit heute nicht mehr zu meinen Stärken.

Ich muss ihr Zeit lassen und doch will ich eine Antwort. Jetzt. Letztendlich kann es nur eine Entscheidung für sie geben, oder? Sie muss mich wählen. Sie kann sich nicht gegen mich entscheiden. Habe ich meinen Plan nicht gut genug durchdacht? War alles zu spontan? Ja, der Zeitpunkt hätte perfekter nicht sein können. Doch es war purer Zufall. Gleichzeitig ist es, wie es ist. Ich habe aus der Situation das Beste gemacht.

Ich starre auf das Gebäude vor mir. In den letzten Stunden ist wenig geschehen. Hundesitter sind mit Dutzenden Kötern auf einmal an mir vorbeigegangen, Mütter haben ihre Blagen zur Ordnung gerufen. Geschrei ziemt sich für dieses Viertel nicht. Ich falle hier nur dadurch auf, dass ich mich nicht vom Fleck bewege.

Der Handwerker ist fort. Ich habe ihn gesehen, wie er ihr Penthouse wütend und enttäuscht verlassen hat. Ich habe gesehen, wie er die rote Ampel ignoriert hat. Und ich kann trotzdem nicht sehen, wie es Sophia geht.

Natürlich bin ich ihr gefolgt, habe ihr Zögern gemerkt. Minutenlang hat sie mit sich gerungen, wann die beste Zeit ist, um ihre Wohnung zu betreten. Ob sie sich die Worte überlegt hat, die sie ihm sagen wollte?

Doch der Depp ist zurückgekommen. Das war sicher nicht ihr Plan und beinahe hätte er mich gesehen. Aber nur fast. Ich bin gut. Kenne ihre und Ethans Wege. Nur eine Grenze gab es bisher immer: Ich war nie in Sophias Wohnung. Ihrem Penthouse.

Ein Umstand, den ich eigentlich nicht zu ändern gedenke. Doch ich stehe hier, mehr oder weniger entspannt an den Laternenpfahl gelehnt, während ich weiß, dass sie dort drinnen ist und sich entweder die Augen ausheult oder einen Plan überlegt, wie sie mir als Retourkutsche das Leben zur Hölle machen kann. Dass der Handwerker gegangen ist, heißt absolut nichts. So weit weiß ich sie längst einzuschätzen.

Ab und an fährt ein Auto an mir vorbei und der eine Nachbar schaut bereits komisch, als ich noch immer an derselben Stelle stehe, als er von seiner Gassirunde mit dem Köter zurückkehrt. Auf zehn Meter stinkt die Töle. Wie kann man so ein Vieh freiwillig im Haus halten? Angewidert verziehe ich das Gesicht und das scheint ihm Warnung genug zu sein, mich nicht anzusprechen.

Ja, ich stehe hier doof rum. Ja, ich will nicht mit dir reden. Und ja, ich habe eine Latte. Schon wieder. Doch ich verberge sie nicht. Wenn es jemanden stört, kann derjenige ja wegschauen. Immerhin ist meine Hose geschlossen – noch.

Verflucht, ich brauche nur an die Frau zu denken, und mein Schwanz übernimmt die Gewalt über meinen Körper. Einerseits liebe ich es, dass ich jederzeit fickbereit bin, andererseits muss ich mich wieder mehr unter Kontrolle bekommen. Sollte ich zumindest. Aber wie soll ich das schaffen, solange ich keine Antwort auf meine Frage habe? Solange ich so aufgewühlt wie nie zuvor bin. Wenn ich nur endlich wieder die Kontrolle hätte. Ich kann nur hoffen, dass sie sich richtig entscheidet. Denn eines ist mir wichtig: Sie soll die Entscheidung von sich aus treffen. Ich mag ein Monster sein und doch habe ich ernst gemeint, dass ich sie vergöttere.

Keine Ahnung, wie ich sonst meine Sonntage verbracht habe. Alles erscheint mir inzwischen belanglos. Ich hoffe, dass sie zukünftig Zeit mit mir verbringen will und nicht nur zustimmt, weil ich ihr kaum eine Wahl lasse. Klar, sie kann sich entscheiden, dass sie alles verliert. Aber wird sie das tun?

Mit der Sonne neigt sich die größte Hitze des Tages dem Abend entgegen. Molly wartet sicher längst mit dem Essen. Doch sie kennt es, dass ich manchmal nicht auftauche. In den Fällen finde ich einen angerichteten Teller im Backofen, den ich mir lediglich erwärmen brauche. Womit auch immer ich ihre und Andrews Loyalität verdient habe, ohne sie wäre ich aufgeschmissen.

Mein Handy klingelt und ich gehe ran, ohne aufs Display zu schauen. »Ja?«

»Junge, wo steckst du?«

Dad. Ich atme tief durch. »Da, wo ich sein möchte.«

»Wie immer kryptisch.«

»Dad, es geht dich nichts an.« Genervt verdrehe ich die Augen. »Es ist Sonntag. Was willst du?«

»Deine Mom möchte mit dir reden. Ich geb dich weiter.« Das ist so typisch. Meine Mom könnte mich selbst anrufen, schickt aber lieber Dad vor. Als würde ihr jemand anderes antworten als ich, wenn sie mich auf meinem Handy anruft.

»Gideon, mein Schatz. Wie geht es dir?«, säuselt sie und ich stoße innerlich ein Stoßgebet aus, dass ich sie schnell abwimmeln kann.

»Gut«, sage ich daher kurz angebunden.

»Du gehst Donnerstag zur Gartenparty der Hamiltons?«

»Ja.«

»Tust du mir den Gefallen und unterhältst dich mit Florence, der Tochter von Valentine Weaver?« Ihre Stimme ist so süß piepsend, dass man meinen könnte, ich müsste ihrer Unterwürfigkeit folgen.

»Selbstverständlich werde ich das Gespräch suchen, wenn du dies wünschst.« Eher nicht. Doch bei meiner Mom gilt die Devise: *Freundlich lächeln und Arschloch denken.*

Ja, ich bin neunundzwanzig und schon öfter als der heiß begehrteste Junggeselle in der Houstoner High Society betitelt worden. Aber ich habe meine Prinzipien. Und die einzige Person, in die ich mehr als einmal meinen Schwanz versenkt habe, ist Sophia. Daran wird sich nichts ändern. Entweder sie oder keine.

»Sie wäre eine gute Partie.«

»Wenn du das sagst, wird es stimmen.«

»Gideon, nun sei nicht so abweisend. Ich meine es nur gut. Immerhin wird es Zeit, dass du heiratest.«

Ich verdrehe erneut die Augen. Hat sie das gerade ernsthaft gesagt? »Mom, das ist mir bewusst. Aber bitte überlass diese Entscheidung mir, ja?« Ich bin um einen etwas versöhnlicheren Tonfall bemüht und hoffe, dass es mir gelingt.

»Das tue ich. Florence ist wirklich ein tolles Mädchen.«

Nur nicht die, die ich will. Ich kenne Florence. Immerhin hat sie mir bereits einmal den Schwanz gelutscht. Hat mich dabei mit ihren rehbraunen Kulleraugen angeschaut und mich angebettelt, ich sollte sie auswählen. Sie würde alles für mich tun. Ja, sie hat wahrlich alles gegeben und sich ungefragt komplett erniedrigt, um mich von sich zu überzeugen. Aber sie ist nicht Sophia. Keine ist wie Sophia. Und ich will meinen Schwanz nur noch in sie versenken. Nach diesem Wochenende gibt es keine Alternative.

Ich verlagere das Gewicht auf das andere Bein und ziehe an meiner Hose. Inzwischen ist sie zu eng, denn mein Schwanz findet das Gespräch traumhaft. Und auch meine Gedanken wandern weiter. Vielleicht wäre ja … Ich sehe vor meinem inneren Auge, wie Florence Sophia leckt, während ich in Sophias Mund komme. Das wäre eine Option. Im Zweifelsfall fällt mir genug ein. Doch zunächst müsste Sophia sich für mich entscheiden.

»Mag sein, Mom. Aber die Gold-Zwillinge sind beispielsweise auch noch …« Weiter komme ich nicht, denn meine Mutter schneidet mir das Wort ab.

»Untersteh dich, dich mit dieser Sippschaft abzugeben!«

Ich atme tief durch, will etwas erwidern und schlucke meinen Gedanken dann doch unausgesprochen hinunter. »War das alles? Ich habe noch etwas zu erledigen.« Jegliche andere Antwort ist zwecklos, denn Mom wird sich nicht umstimmen lassen. Es kristallisiert sich jedoch eine Frage heraus: Bin ich bereit, meinen Plan auch ohne die Unterstützung meiner Eltern durchzuziehen? Sie werden Sophia wahrscheinlich nicht tolerieren. Aber welche Wahl habe ich?

»Wann kommst du mal wieder zum Kaffee vorbei?« Aus ihrer Stimme ist sämtliche Schärfe gewichen.

»Demnächst?«, antworte ich, mit den Gedanken jedoch komplett woanders.

»Gut.«

»Bye, Mom.« Ich lege auf. Verflucht, warum bringt Mom mich auf so schöne Ideen? Der Gedanke über einen Dreier mit Sophia und Florence geistert noch immer durch meinen Kopf. Damit wäre auch Florences Wunsch erfüllt, mehr als eine Nacht mit mir im Bett zu verbringen. Theoretisch zumindest.

Ich will das Handy gerade wegstecken, als es erneut klingelt. Anonym. Ich hasse es, wenn ich mit unterdrückter Rufnummer angerufen werde, dennoch nehme ich ab.

»Ja? Maxwell hier.«

»Sie sind nicht zu Hause.« Die Stimme dröhnt verzerrt durch das Handy und doch kann ich sie zweifelsfrei identifizieren. Eigentlich ruft Stan Jones, der in Wahrheit wahrscheinlich Hunderte andere Namen hat, nur auf der sicheren Leitung in meinem Arbeitszimmer an.

»Richtig erkannt, Mr. Jones. Wie kann ich Ihnen behilflich sein?« Jetzt heißt es, Contenance bewahren. Dieses Gespräch darf nicht missinterpretiert werden. Aber da Stan Jones mit seinem Entsorgungsbetrieb offiziell zu unseren Geschäftspartnern zählt, fällt mir das nicht schwer. Schon mein Dad hat den Deal mit ihm begonnen, dass wir regelmäßig die Abfallprodukte, die bei der Produktion unserer Solarpaneele anfallen, dort entsorgen. Da wir keinen anderen Betrieb nutzen und Langzeitkunden sind, haben wir Sonderkonditionen. Nicht zuletzt dank meiner Bereitstellung eines speziellen Grundstücks für ihn. Es ist ein Geben und Nehmen. Wie immer.

Wovon mein Vater allerdings nichts weiß, ist der zusätzliche Deal mit den illegalen Entsorgungen nachts. Muss er auch nicht. Immerhin bin ich CEO und kann allein Entscheidungen treffen. Und dass ich meinen Job gut mache, zeigen die Zahlen. Klar weiß ich, dass Giftmüll nicht in die Natur gehört, doch jegliche legale Entsorgung sprengt aktuell laut Jones die Kosten. Also lässt er sich von seinen anderen Kunden fürstlich bezahlen und mich anschließend die Drecksarbeit für einen kleinen Preis erledigen, damit er sich selbst nicht die Finger schmutzig machen muss. Gleichzeitig ist das Sümmchen für mich noch immer wichtig, um die Firma am Laufen zu halten.

»Nun, ich habe da Probleme mit einer Lieferung, die Ihr Unternehmen diese Woche an mich übersandt hat. Die Sortierung stimmte nicht, sodass wir über den weiteren Verlauf sprechen müssten. Für uns bedeutet diese unsachgemäße Sortierung Mehrarbeit. Das kann ich auf Dauer mit meinem Personal nicht leisten. Wären Sie so freundlich und würden zeitnah mein Büro aufsuchen?«

Ich verdrehe die Augen. Jones ist ein Aasgeier. Allerdings hat er mich noch nie in sein Büro zitiert. »Bitte entschuldigen Sie die Unannehmlichkeiten, Mr. Jones. Selbstverständlich werde ich umgehend mit meinen verantwortlichen Mitarbeitern sprechen, sodass dies nicht erneut geschieht. Wäre Ihnen ein Besuch am Dienstag in einer Woche recht?«

»Ja. Ich erwarte Sie.«

Damit hat er aufgelegt. Was auch immer er besprechen will, es geht sicher nicht um irgendetwas, was aus meiner Firma zu ihm transportiert wurde. So, wie ich ihn kenne, hat er weitere Aufträge für mich. Aber mehr Aufträge bedeuten mehr Geld und wenn dies ein Weg ist, wie alle zufrieden sind, lohnt es sich. Immerhin brauche ich Bares, um die Firma zu sanieren. Und ich brauche ihn, um den offiziellen Stellen zu zeigen, dass meine Abfallstoffe regulär entsorgt werden. Würde dies nicht kontrolliert werden, so hätte ich meinen Müll auch selbst entsorgen können.

Aber zurück zu Sophia. Was sie wohl gerade macht? Ob sie heult? Vielleicht leitet sie bereits alles in die Wege, dass wir glücklich werden können? Denn eines weiß ich sicher: Sie wird sich für mich entscheiden. Sie muss einfach. Das Funkeln in ihren Augen ... Ihre zarte Haut ... Ihr frischer Geruch nach Zitrone und Rose. Wie konnte ich all die Jahre ohne sie auskommen? Ja, ich musste mich zusammenreißen. Doch jetzt, wo ich sie gekostet habe, ist sie wie eine Droge.

Geduld ist eine Tugend und normalerweise bin ich wirklich unerschütterlich. Doch wenn ich mir vorstelle, jetzt nach Hause zu fahren und bis morgen früh auf eine Entscheidung von ihr zu warten, wird mir schlecht. Ich muss sie sehen. Scheiß drauf, ob ihr nichtsnutziger Handwerker zurückkehrt. Ich kann nicht anders. Bevor ich mich zurückhalten kann, stehe ich vor der Tür des Hauses und ziehe sie auf.

»Zu Ms. Gold. Kündigen Sie mich bitte an?«

»Sehr wohl. Bitte zeigen Sie mir Ihren Ausweis.« Der Portier schaut mich mit ausdrucksloser Miene an und ich reiche ihm das gewünschte Dokument. Bei meinem Namen weiten sich kurzzeitig seine Augen und er greift zum Hörer. »Bitte nehmen Sie den Aufzug. Ich schalte ihn für das Penthouse frei. Da Sie jedoch nicht auf der Liste der erwarteten Besucher stehen, wird Ms. Gold selbst entscheiden, ob sie Ihnen die Tür öffnet.«

Mist. Ich hätte ahnen müssen, dass ich nicht einfach so bei ihr klopfen kann. »Vielen Dank«, sage ich dennoch und gehe in Richtung Aufzug. Mir bleiben nur wenige Sekunden, um mir einen wichtigen Grund einfallen zu lassen, warum sie mich nicht abweisen darf.

Kapitel 25

Sophia

Als der Signalton erklingt, der andeutet, dass jemand im Fahrstuhl auf dem Weg zu mir ist, schrecke ich auf. Rasch stelle ich den Fernseher auf lautlos. Soll ich so tun, als wäre ich nicht da? Wobei ich dem Portier unten keine Anweisung gegeben habe, dass ich niemanden empfangen möchte. Mist. Ethan wird es nicht sein, immerhin hat er weiterhin vollen Zugang zur Wohnung. Darum muss ich mich dringend kümmern. Auch lässt der Portier nur Personen zu mir hoch, bei denen er sicher ist, dass ich sie empfange.

Und jetzt? Hektisch schaue ich mich um. Draußen hat sich der Tag gen Abend geneigt. Das Sofa unter mir gleicht einem Meer aus benutzten Taschentüchern. Auf dem Tisch stehen leere Eiscremepackungen und eine dampfende Tasse Tee.

Ich springe auf, sammle wenigstens die Rotzfahnen grob zusammen. Wer kommt denn an einem Sonntagabend vorbei? Doch die wenigen Sekunden, die der Fahrstuhl braucht, reichen nicht, um wirklich aufzuräumen.

»Ich komme sofort!«, rufe ich möglichst freundlich und hoffe, dass man meine tränenerstickte Stimme nicht sofort bemerkt. Aus Erfahrung weiß ich, dass das Mikro der Sprechanlage, die auf meine Stimme programmiert wurde, hochsensibel ist. Dann wische ich die Rinnsale auf meinen Wangen notdürftig weg und binde meinen Zopf neu. Noch ein Blick in den Spiegel im Flur. Ich sehe genauso aus, wie ich mich fühle. Aber wen interessiert das schon? Anschließend aktiviere ich den Monitor, der mir zeigt, wer im Fahrstuhl ist.

Mein Blick verharrt auf dem Mann, der lässig an die Rückwand gelehnt steht, die Hände in den Hosentaschen, und wissend in die Kamera blickt.

Sofort beschleunigt mein Herz, holpert voran und will gleichzeitig springen. Das Ziehen in meinem Unterleib hingegen ist schmerzhaft. Ja, ich bin wund von seinen Stößen heute früh und während der letzten Nacht. Trotzdem kann ich mir nichts Schöneres vorstellen, als dass er mich erneut vögelt, bis mir Hören und Sehen vergeht. Trotz allem, was er mir an den Kopf geschmissen hat. Trotz der Drohungen und trotz der sprichwörtlichen Pistole, die er mir auf die Brust gesetzt hat. Mein Verstand wünscht ihn dahin, wo der Pfeffer wächst, doch mein Körper will ihn sofort an sich ziehen.

»Gideon«, flüstere ich und streiche über das Videobild. Er dürfte nicht hier sein. Nicht heute. Nicht jetzt.

»Lass mich rein, Sophia. Ich weiß, dass du da bist.« Seine Stimme ist ruhig, dunkel, dominant und verlangend. Es ist keine Bitte. Es ist eine simple Forderung, der ich nicht nachkommen sollte. Mein Finger schwebt über dem Knopf, doch ich zögere weiterhin. Ich sollte ihn wegschicken. Sollte ihn aus meinem Leben verbannen. Er ist mein Verderben und mein Untergang. Eigentlich hat er mir einen Tag Bedenkzeit gegeben. Was also will er hier? Wenn ich jetzt öffne, steht er das erste Mal in meiner Wohnung. Ich schlucke. Der Gedanke fühlt sich vertraut und fremd zugleich an. Darf ich diesen Schritt gehen? Aber wenn ich nicht öffne, werde ich nie erfahren, was er will. Bevor ich den Gedanken zu Ende gedacht habe, macht sich mein Finger selbstständig.

Kaum, dass ich den Knopf gedrückt habe, tritt Gideon raubkatzenartig auf leisen Sohlen aus dem Fahrstuhl hinaus, ohne auf irgendwas im Raum zu achten. Er sieht nur mich, fixiert meine Augen und nimmt mein Gesicht in seine warmen Hände. Noch immer trägt er die Chinos und das Hemd von heute früh. Eine Kombination, an die ich mich gewöhnen könnte. Ethan hingegen bleibt am Wochenende zu gern in Schlabberklamotten, in denen ich nicht einmal beim Portier die Post abholen würde.

Welch ein Unterschied zwischen den Männern – sowohl im Aussehen als auch in allen anderen Aspekten des Lebens. Nur eine Sache teilen sie: Sie beide haben mein Herz auf eine gewisse Art für sich erobert. Gideon hat zudem meinen Körper in Besitz genommen, der sich wie selbstverständlich an ihn schmiegt. Ich habe nicht einmal Zeit, darüber nachzudenken, als ich bereits seine Erektion an meinem Bauch spüre. Selbst wenn ich wollte, ich könnte ihn jetzt nicht mehr wegschicken. Es ist also genau das eingetreten, was ich befürchtet habe: Ich bin verloren. Und so absurd das alles klingt, ich brauche ihn. Auf eine gewisse Art und Weise brauche ich ihn, will ihn an meiner Seite wissen.

Tausend Gefühle schwappen durch mich und mit ihnen die Erkenntnis, dass ich hier und jetzt Sex haben will. Stürmisch spitze ich die Lippen, um ihn zu küssen, doch er zuckt zurück.

»Hast du mich etwa vermisst?«

Er hat recht. Auf so vielen Ebenen hat er mit diesem Satz recht. Ich sollte ihm eine scheuern. Das wäre die einzig korrekte Reaktion. Doch die Worte, die meine Lippen verlassen, sind andere. »Halt den Mund und küss mich.« Ich drücke mich auf die Zehenspitzen hoch, aber er dreht den Kopf weg.

»Wer hat dir erlaubt, Forderungen zu stellen?« Seine Stimme ist nicht mehr warm, sondern eiskalt.

Wie eine Dusche überspülen mich seine Worte, das Feuer in mir vermag er allerdings nicht zu löschen.

»Du mit deinem Schwanz, der so bereit für mich ist wie ich für dich.« Keine Ahnung, ob diese Worte wirklich aus meinem Mund kommen. Sie hören sich so verrucht an, dass mir die Hitze ins Gesicht schießt.

»Soso … Selbst wenn ich völlig scharf auf dich bin und dich gleich an die Wand nagle …, wenn du versuchst, sexy zu reden, bist du einfach nur süß. Süß und absolut fickbar. Doch nicht so.«

Er schiebt mich von sich weg, hält mich an den Schultern und sieht an mir herab. »Geh dich umziehen. Ich will das geile Kleid von Donnerstag, das deine Beine zu einer Fick-mich-Aufforderung verwandelt. Und bevor du meckerst … Ja, du bist auch nackt fickbar.«

Ich starre ihn an. Ich soll was? Und warum habe ich

den unbändigen Drang, ihm den Wunsch zu erfüllen? Langsam nicke ich und gehe in mein Schlafzimmer mit dem begehbaren Kleiderschrank.

Ich durchwühle die Kleiderbügel und habe rasch gefunden, was ich suche. Ohne zu zögern, ziehe ich mich aus, während ich seinen Blick auf meinem Po spüre. Natürlich ist er mir gefolgt. Der Kloß in meinem Hals pocht. *Dein Schwanz, der so bereit für mich ist.* Wie konnte ich solch einen Satz von mir geben? Diese Worte passen nicht zu mir. Allerdings passt es auch nicht zu mir, dass ich mich benehme wie ein verliebter Teenager. Er ist Gideon Maxwell und ich bin Sophia Gold. Ich habe gerade meinen Verlobten vergrault, nur weil ich für ein Wochenende meinen Verstand irgendwo begraben habe. Normalerweise müsste ich ihn wegschicken. Das wäre das einzig Richtige. Vor allem aber sollte ich nicht springen, wenn er mit dem Finger schnippt.

Ich weiß all diese Dinge, dennoch ist der Wunsch, dass er mich sieht, übergroß. Ja, nur noch dieses eine Mal. Ein Abschied. Das ist eine Option. Ich atme tief durch und halte inne. Vielleicht ist es das, was er will. So anmutig wie möglich, lasse ich den Stoff über meine Haut gleiten, streiche ihn in aller Ruhe glatt und löse den Zopf, um die Haare über eine Schulter nach vorn zu ziehen. Ein allerletztes Mal.

»Wärst du so lieb?«, frage ich zuckersüß und erwarte kaum, dass er den Reißverschluss für mich schließt.

»Selbstverständlich.« Seine Finger berühren mich hauchzart. Gerade genug, dass ich ihn spüre. Zu wenig, dass ich mich nicht nach mehr sehne.

Ich lege meinen Kopf schräger, biete ihm meine verwundbare Seite des Halses dar. »Küss mich …«, flehe ich kaum hörbar, und er lacht leise.

»Wie du vielleicht gemerkt hast, hast du keine Forderungen zu stellen. Ja, ich werde dich ficken. Aber dann, wenn es mir passt. Und ja, du wirst dich mit jedem Mal nach mehr sehnen. Du wirst dir wünschen, dass du mich jederzeit glücklich machen darfst. Gelingt dir das, wirst du ebenfalls zufrieden sein. Doch noch bin ich mir nicht sicher, ob ich dich anrühre, bevor du eine Entscheidung getroffen hast.«

Das ist die nächste kalte Dusche. War ich zuvor erhitzt, bin ich mir nun nicht mehr sicher, was ich will. Ich drehe mich um, funkle ihn an. Dieses beschissene Auf und Ab. Er spielt mit meinen Gefühlen und erst recht mit meinem Verlangen. Wenn er nicht will … »Pah. Dann kannst du wieder gehen. Ich habe bis morgen früh Zeit, um mich zu entscheiden. Das hast du mir zugestanden.« Ich verschränke meine Arme vor der Brust. Dieses Spiel können zwei spielen. Und wenn ich kein letztes Mal bekomme, werde ich es überleben. Aber verarschen lasse ich mich nicht.

Er nickt und kurz blitzt ein Ausdruck des Bedauerns in seinen Augen auf. »Ich weiß. Aber du hast viel zu lernen, egal, wie deine Entscheidung ausfällt.«

Nun blicke ich ihn verwirrt an. Wie soll man aus diesem Mann schlau werden? Er macht Andeutungen, lässt mich los, kommt wieder näher, drängt mich weg, hält mir ein Zuckerstück hin, nur um mich wegzuschicken. Zuckerbrot und Peitsche nannte man das früher.

»Ich bin ein Mann mit Prinzipien. Aber ja, du hast recht. Ich will dich und ich bin hergekommen, um dich zu ficken. Ich habe jedoch nicht gesagt, welche deiner Körperöffnungen. Also, knie nieder.« Damit öffnet er seine Hose.

Warum auch immer, bevor ich darüber nachdenken kann, knie ich vor ihm und greife nach seinem erigierten Penis. Groß und mächtig ragt er vor mir auf, ein Lusttropfen bereits auf der Spitze. Ich öffne den Mund und schaue ihm in die Augen, als ich mit der Zunge den Tropfen ablecke. Ein leicht salziger Geschmack breitet sich in meinem Mund aus, doch ich lächle, während er die Augen schließt und sich mit einer Hand am Kleiderschrank abstützt.

Erneut lecke ich ihn, wieder und wieder. Ich puste über die Feuchtigkeit, die ich auf ihm verteile. Dann umschließe ich seine Spitze mit den Lippen.

Ein wohliges Stöhnen verrät mir, dass ich mich nicht blöd anstelle und er sich meiner Führung anvertraut.

Doch es ist eine trügerische Führung, wie ich nur Sekunden später feststelle. Seine zweite Hand wandert an meinen Hinterkopf und übernimmt die Kontrolle. Hart schiebt er meinen Mund über sich, rammt mir seinen Schwanz bis an die Mandeln. Ich würge, doch bevor ich spucken kann, hat er sich zurückgezogen. Dann stößt er erneut zu. Wieder und wieder, bis mir schwindelig wird. Trunken vor Ekstase gebe ich ihm alles von mir.

Als er kommt, schlucke ich bereitwillig. Stoß um Stoß gibt er mir seinen Samen und ich lecke ihn anschließend sauber. So abgefuckt das ist, so nass ist mein Schritt. Demütig lasse ich meinen Po auf die Fersen sinken, senke den Blick. Auch wenn ich es mir wünsche, momentan ist es nicht gewollt, dass ich die Führung übernehme. Vielleicht nie, aber wenn er das glaubt, kennt er mich zu schlecht.

»Brav«, sagt er und streicht mir über den Kopf.

Ich erwarte, dass er mir aufhilft, doch er steckt lediglich seinen Penis zurück in die Hose und schließt den Reißverschluss. Ich traue mich nicht, zu fragen, aber weiß er, dass ich klatschnass bin? Dass meine Klit nach ihm schreit und Erlösung verlangt? Dass alles in mir vibriert und wimmert? Ich will ihn, jetzt und hier.

Seine Schritte entfernen sich, doch ich brauche einige lange Sekunden, um zu realisieren, dass er nicht zurückkommt. Taumelnd stehe ich auf, stütze mich am Schrank ab, um nicht umzufallen, und torkle ihm hinterher.

»Warte!« Ich hole ihn just vor dem Fahrstuhl ein. »Wo willst du hin?«

»Heim. Du hast bis morgen früh, um mir deine Entscheidung zu übermitteln.« Sacht streicht er erneut über meinen Kopf, doch sein Gesichtsausdruck wird hart. Dann tritt er in den Aufzug und die Türen schließen sich hinter ihm.

Ich atme. Ein und aus. Seinen Schwanz spüre ich noch immer in meinem Mund, seinen Geschmack auf meiner Zunge und seine Berührung an jeder Stelle, die er befingert hat – und noch immer flattert meine Mitte unbefriedigt, verlangt pochend nach Erlösung. Das hat er nicht getan!

»Komm zurück«, flüstere ich, obwohl ich weiß, dass er mich nicht hören kann.

Ist das Kalkül oder … Nein, ich weiß, dass er das mit gnadenloser Absicht gemacht hat. Er ist der Boss und ich habe zu tun, was er will. Allerdings tue ich das aus irgendeinem mir unerfindlichen Grund gern. Scheiße. Wäre ich bloß auf dem Sofa sitzen geblieben und hätte mir weiter die Augen ausgeheult. Ich hätte ihn nicht reinlassen müssen.

Dennoch habe ich es getan. Himmel. Ich bin offensichtlich verwirrt, nicht Frau meiner Sinne und komplett untervögelt, obwohl ich die letzten Tage zusammengerechnet so viel Sex wie nie zuvor in meinem Leben hatte.

Ich sinke zu Boden und starre den Fahrstuhl an. Mein Unterleib pocht und erneut purzeln die Tränen aus meinen Augen. Wie kann ich mich nur so verlieren?

***

Irgendwann habe ich mich mühsam ins Bett geschleppt und bin eingeschlafen, ohne das Kleid auszuziehen. Als ich aufwache und vor den Spiegel im Badezimmer trete, schaut mir eine Frau entgegen, die mir nur entfernt bekannt vorkommt. Rot umrandete Augen, zerzauste Haare und starre Gesichtszüge. Oder ist es nur das Licht, das mich so blass aussehen lässt?

»Ich kenne dich nicht, wasche dich aber trotzdem ...«, murmle ich und spritze mir Wasser ins Gesicht. Nur langsam kehren meine Lebensgeister zurück, wohingegen die Erinnerungen längst wie ein Stachel in meinem Herzen piksen. Unerfüllt, unbefriedigt und schlichtweg untervögelt. Gleichzeitig geliebt und verehrt. Er will, dass ich mich so fühle. Will, dass ich heute früh bei ihm angekrochen komme und darum bettle, dass er mich erlöst. Doch noch immer habe ich keine Ahnung, was ich tun soll. Ich will Sex mit ihm. Ja. Aber will ich mich

230

auch von ihm erpressen lassen? Ganz bestimmt nicht. Würde er Texas-SolarGold-Energy durch den Dreck ziehen und uns in den Ruin treiben? In jedem Fall. Denn so viel weiß ich längst: Ein zurückgewiesener Gideon Maxwell wird sich wie ein getretener Hund verhalten. Er wird beißen, vollkommen egal, wen er damit verletzt. Und in meinem Fall wird er zudem gezielt zuschnappen, damit ich untergehe. Wenn ich jedoch zusage, heirate ich ihn, die Konkurrenz. Ich stoße meiner Familie trotz allem vor den Kopf. Dad würde mich hassen. Doch ich behalte mein Ansehen und unsere Firma würde keinen Schaden erleiden. Ist das wirklich der richtige Weg?

Nachdem ich mich angekleidet habe, bereite ich mir einen Kaffee zu, dann einen zweiten. Das Koffein durchdringt langsam meinen Körper, während der leicht bittere Geschmack träge auf meiner Zunge hängt. Trotzdem will ich nicht wach werden. Zumindest mein Körper nicht, denn mein Gehirn ist zu Gedankengängen fähig, die ich normalerweise nicht einmal mit zu viel Alkohol hinbekomme.

Frustriert starre ich zu der blinkenden Anzeige der Uhrzeit am Backofen. 5:37 Uhr. Zu früh. Dennoch bin ich mir sicher, dass Gideon längst wach ist. Ich stöhne genervt auf. Allein der Gedanke an seinen Namen löst ein unbändiges Kribbeln in mir aus, als hätte mein Verlangen nur geschlafen und hofft darauf, endlich Erlösung zu erfahren.

Dann schwenkt mein Blick nach draußen. Genau diese Perspektive hatte Ethan gestern, hat sein Rührei gegessen, die Tageszeitung gelesen und nicht geahnt, wie sehr ich ihn kurz darauf verletzen werde.

Als mein Telefon klingelt, schrecke ich hoch. »Ja?« Ich nehme ab, ohne auf den Namen des Anrufers zu achten. Alle, die um diese Uhrzeit anrufen, haben einen triftigen Grund.

»Ms. Sophia Gold?«, fragt eine unbekannte Stimme.

»Ja? Wer ist da?« Ich richte mich auf, horche in die Leitung hinein.

»Hier spricht Doktor Belfire aus dem Houston General Hospital. Ms. Gold, leider muss ich Sie informieren, dass Ihr Vater vergangene Nacht bei uns eingeliefert wurde. Sie stehen mit auf der Liste seiner Kontaktpersonen.«

»Was ist mit ihm? Und was ist mit meiner Mom?« Meine Gedanken rasen und meine Stimme ist eine ganze Oktave zu hoch. Warum hat Mom mich nicht kontaktiert? Was ist mit Dad? Ist er ...?

»Beruhigen Sie sich. Ihre Mutter ist hier an der Seite Ihres Vaters. Ihr Vater hatte einen Schlaganfall, den wir aktuell behandeln. Er ist nicht in Lebensgefahr, allerdings auch noch nicht ansprechbar. Falls Sie herkommen möchten, wird er sich sicher trotzdem freuen.«

»Danke«, antworte ich und lasse den Hörer sinken. Es ist, als stünde die Welt still. Blut rauscht in meinen Ohren und der Doppelpunkt auf der Anzeige am Backofen blinkt bedrohlich langsam. Dad hatte einen Schlaganfall. Wie konnte das passieren? Er ist noch keine sechzig und war bisher immer ziemlich sportlich. Er hat sich gesund ernährt und auf seinen Körper geachtet. Immerhin steht er in der Öffentlichkeit.

Ich habe keine Ahnung, wie lange ich in meiner Küche sitze und Löcher in die Luft starre, während ich keinen Gedanken wirklich greifen kann. Dad ist nicht gestorben. Trotzdem fühle ich mich nackt, schutzlos und leer. Ich muss ins Krankenhaus. Sofort.

Hektisch krame ich meine Handtasche und das nötigste Zeug zusammen und wähle auf der Kurzwahltaste Jacques' Nummer.

Verschlafen tönt ein »Ms. Gold?« aus dem Hörer.

Rasch erzähle ich ihm, was vorgefallen ist, und höre im Hintergrund, wie er aufsteht und sich ankleidet.

»Ich bin in fünf Minuten am Wagen und fahre Sie.« Damit legt er auf. Er war nie ein Mann vieler Worte, doch in diesem Moment liebe ich ihn genau dafür. Er stellt nur die wichtigsten Fragen und handelt, statt Reden zu schwingen. Minuten später steuert er meinen e-tron routiniert in Richtung Houston General Hospital, während ich unruhig mit den Füßen wippe und mit den Fingern auf meine Handtasche tippe. Ein Glück, dass ich nicht selbst fahren muss.

Kapitel 26

Sophia

Die piepsenden Geräusche der Geräte im Krankenhauszimmer sagen mir lediglich eines: Mein Dad lebt. Blass und ruhig liegt er in den weißen Laken, während Mom seine Hand hält und sich auch von den Schwestern nicht beirren lässt, die gerade die Kissen aufschütteln und alle Werte überprüfen.

Ich beobachte die Szene, die sich in dem kargen, nach Desinfektionsmittel riechenden Krankenhauszimmer abspielt, verharre und wage nicht, das Zimmer zu betreten. Noch hat Mom mich nicht entdeckt. Stattdessen sitzt sie in sich gekehrt und zusammengesunken auf dem Stuhl. Ihre Augen sind müde und beinahe wirkt es, als würde sie jede Sekunde einnicken. Es schmerzt, meine Eltern so zu sehen. Ja, sie haben damals sicher nicht aus Liebe geheiratet, sondern weil es für ihre Stellung in der Gesellschaft das Beste war. Aber diese Zuneigung, die meine Mom Dad in diesem Moment entgegenbringt, ist nicht gespielt. Sie liebt ihn und wahrscheinlich ist es andersrum genauso. Liebe kann entstehen und mit den gemeinsamen Erfahrungen wachsen. Ob es mir mit Gideon ebenfalls so gehen könnte? Klar, es ist keine arrangierte Ehe, aber meine erste Wahl wäre er nicht. Außerdem ist da Ethan, den ich jahrelang geliebt habe. Den ich noch immer liebe. Wie gern hätte ich ihn jetzt an meiner Seite, würde meine Hand in seine schieben und Halt bei ihm suchen. Stattdessen halte ich mich am Türrahmen fest und traue mich nicht, das Zimmer zu betreten.

Was wäre, wenn Gideon hier wäre? Wäre ich dann gefestigter? Nein. Eindeutig nein. Nicht vor meinen Eltern. Überhaupt ist es für mich in diesem Moment nahezu unvorstellbar, jemals mit Gideon gemeinsam irgendwo aufzutauchen. Ich sehe uns nicht zusammen. In dieses Bild von einem perfekten Pärchen, vielleicht sogar noch mit Kind, einem Haus und familiärer Leichtigkeit passt er absolut nicht hinein. Gideon verbinde ich mit Dunkelheit und Abenteuern. Aber nicht mit einer glücklichen Beziehung.

Ich atme tief durch. Beruflich Verantwortung zu übernehmen hat mich nie geschockt. Aber in meinem Privatleben? Himmel, ich kann mich unmöglich zwischen diesen beiden Männern entscheiden. Wobei … Haben Ethan und ich überhaupt noch eine Chance? Würde die Frage nicht eher lauten, ob ich auch ohne Gideon ein erfülltes Leben führen könnte? Dann, wenn er mir alles genommen hat? Ich schüttle den Kopf. Das ist zu viel. Ich will das nicht entscheiden. Auch wenn Gideon auf eine Antwort wartet, so ist Dad jetzt wichtiger. Ich straffe gerade die Schultern und will endlich das Zimmer betreten, als ich im Augenwinkel einen Arzt heranrauschen sehe.

»Ms. Gold?« Ich nicke, ohne mich umzusehen.

»Ich bin Doktor Belfire. Wir haben telefoniert. Ihr Vater ist stabil.«

»Wird er wieder der Alte?« Meine Stimme zittert, als ich mich umdrehe und den jungen Arzt anschaue. Er kann kaum älter als ich sein, hat dunkle Ringe unter den Augen und wirkt, als hätte er bereits seit über vierundzwanzig Stunden Dienst.

»Das kann ich Ihnen zum jetzigen Zeitpunkt noch nicht sagen. Wir werden warten müssen, bis er aufwacht. Aufgrund der Lokalisation in seinem Gehirn ist es jedoch wahrscheinlich, dass er motorische Ausfallerscheinungen haben wird.«

»Was bedeutet das?«, frage ich nach, obwohl ich die Antwort erahne.

»Nun, es ist zu vermuten, dass er halbseitig gelähmt bleiben wird und auch sein Sprachzentrum beeinträchtigt ist. Vieles kann sich im Laufe der Zeit bessern, doch versprechen kann ich Ihnen nichts. Die bisherigen Untersuchungen deuten darauf hin, dass Ihr Vater deutlich eingeschränkt sein und Hilfe benötigen wird. Aber sicher können wir uns erst sein, wenn er wach ist.«

Ich nicke mechanisch. So, wie ich Mom kenne, wird sie ihn hegen und pflegen. »Danke, Doktor.«

Er nickt mir knapp zu, geht mit wehendem Kittel davon und lässt mich in dem nach Putzmitteln riechenden Gang zurück. Keine Ahnung, warum, aber dieser Geruch erinnert mich immer ein bisschen daran, dass der Tod nicht weit sein kann. Aber Dad lebt.

Noch immer stehe ich an der Tür, drücke mich langsam vom Rahmen ab und betrete den Raum. Ich schwanke kurz, dann trete ich an Dads Bett.

»Mom, kann ich irgendetwas tun?« Meine Stimme ist noch immer wackelig und leise, als könnte Dad aufwachen, wenn ich zu laut spreche.

Sie schreckt hoch und ihre Mundwinkel zucken kaum merklich, als sie mich sieht. »Sophia! Du bist hier!«, sagt sie mit belegter Stimme. Also war sie tatsächlich eingenickt.

Ich nicke und umrunde das Bett. »Doktor Belfire hat mich verständigt.« Dann schließe ich meine Arme um sie.

Ihre Schultern zucken kaum merklich und sie riecht, als hätte sie Stunden im Krankenhaus verbracht. Angst, Stress, Müdigkeit. Sie verströmt alles im Übermaß. Aber da ist auch der vertraute Geruch nach meiner Mom. Mom, die mich als Kind getröstet hat. Mom, die mir einen Schubs gegeben hat, wenn ich Mut und Vertrauen brauchte. Mom, die mich in den Schlaf gewiegt hat, wenn ich mal wieder nicht schlafen konnte. Und auch wenn ich längst aus diesem Alter raus bin, ist es ihr Duft, unsere ureigenste Verbindung, die mein Herz ein wenig tröstet.

»Was ist denn passiert?«

Einen Moment bleibt sie ruhig, scheint die Worte zu suchen, die anschließend wie ein Wasserfall aus ihr heraussprudeln. »Wir sind auf dem Weg ins Bett gewesen, als dein Dad sich plötzlich komisch fühlte. Und dann ist er auch schon zusammengesackt und ich habe die 911 gerufen. Es ging so schnell, dass ich überhaupt nicht wusste, was ich tun sollte. Sophia, ich hab ihm nicht helfen können ... Er ...« Wieder zucken ihre Schultern und ich wiege sie sacht hin und her, so wie sie es

früher bei mir getan hat, wenn ich mir das Knie aufge-
schlagen habe.

»Du hast alles richtig gemacht. Mehr hättest du nicht
tun können.« Ich versuche, meiner Stimme möglichst
viel Kraft zu geben, obwohl ich mich alles andere als
standfest fühle. Mom braucht mich. Genauso wie Dad.
Dad, der CEO unserer Firma.

»Aber ich hätte ...«, sagt sie unter Schluchzern.

Ich schiebe sie sanft von mir und schaue sie an.
»Mom, du hast alles richtig gemacht. Punkt. Er ist hier
in guten Händen.«

»Wie er dagelegen hat. So habe ich ihn noch nie gesehen. Er ist doch immer so stark und jetzt ...«

Jetzt nicht mehr. Seine Präsenz, seine Ausstrahlung
ist nicht mehr da. Der Mann, zu dem ich stets aufge-
schaut habe, wirkt plötzlich klein. Klein und verletz-
lich. Halb tot. Nur noch ein Schatten seiner selbst. Ein
Schauder läuft mir über den Rücken. Alles ist vergänglich. So verdammt vergänglich. Und ich mache mir
ernsthaft Gedanken darüber, mit welchem Mann ich
glücklich werden kann? Ist nicht alles und jeder ersetz-
bar? Vielleicht könnte ich klarkommen. Mit Gideon.
Hauptsache, Dad wird wieder gesund.

»Willst du dich vielleicht etwas frisch machen?«,
frage ich, ohne Dad aus den Augen zu lassen, und ziehe
Mom wieder in meine Arme.

»Ich bleibe bei deinem Dad.«

»Das kannst du auch. Aber erst fährst du nach Hause,
ruhst dich ein wenig aus und machst dich frisch. Ich
werde in der Zwischenzeit nicht von seiner Seite weichen. Okay?« Selbst wenn Mom bleiben würde, würde

ich nichts anderes tun. Aber sie ist erschöpft und muss sich dringend ausruhen. Zögerlich nickt sie.

Ich ziehe mein Handy aus der Tasche und betätige die Kurzwahltaste.

»Ja?« Jacques nimmt sofort ab, bereit, mir jederzeit Wünsche zu erfüllen.

»Würden Sie bitte meine Mom nach Hause fahren?« Ich frage erst gar nicht, warum der Chauffeur meiner Eltern nicht da ist, aber Jacques wird sich sicher bereits mit ihm abgesprochen haben.

»Selbstverständlich. Ich warte vor dem Eingang.«

»Jacques wartet unten auf dich«, sage ich zu Mom und stecke das Handy weg.

»Danke. Und melde dich, wenn sich sein Zustand ändert, ja?«

Ich ziehe sie in eine erneute Umarmung. »Natürlich.« Dabei verschweige ich, dass sie mich ja auch hätte informieren können, dass Dad im Krankenhaus liegt. Hätte der Arzt nicht die angegebene Kontaktliste abtelefoniert, wäre ich noch immer nicht hier.

Als Mom das Zimmer verlässt, wird es ruhiger. Nicht nur im Raum, da die Schwestern gegangen sind, auch in mir. Wenn ich den Arzt richtig verstanden habe, wird Dad leben. Vielleicht wird nicht alles wie zuvor, doch er lebt. Meine Gedanken gehen wieder auf Wanderschaft. Dad, wie er künstlich beatmet wird, obwohl er aktuell nur einen Schlauch an der Nase hat. Wahrscheinlich Sauerstoff. Dad, wie er in einer Holzkiste liegt, noch blasser als jetzt. Sein Büro, verlassen und einsam, nur auf jemanden wartend, der es wieder mit Leben füllt.

Ich schüttle den Kopf. Nein. Solche Gedanken darf ich nicht zulassen. Er wird wieder. Also setze ich mich auf den Stuhl, auf dem Mom zuvor gesessen hat, und greife nach Dads Hand.

Schlaff und reglos liegt sie dort, genau so, wie ich mich fühle. Taub, erledigt und durcheinander. Wieso schreibt das Leben seine eigenen beschissenen Regeln? Niemand wollte, dass dies passiert, und dennoch hat es einen kerngesunden Mann getroffen.

Es muss etliche Zeit vergangen sein, denn als sich die Tür öffnet, schrecke ich hoch. Bin ich eingenickt? Mein schmerzender Rücken bejaht die Frage eindrucksvoll. Rasch recke ich mich, um dem Schmerz zu entgehen.

Die Schwester lächelt mich verständnisvoll an, während mich eine erneute Duftwolke aus Desinfektions- und Putzmitteln erreicht. Sie tippt auf einem Monitor herum und macht auf einem Klemmbrett Notizen. »Es tut ihm gut, dass Sie da sind. Sie können gern mit ihm reden. Vermutlich wacht er in Kürze auf. Seine Werte sprechen dafür.«

»Danke«, nuschle ich und reibe mir die Augen. Ich bin müde. So verdammt müde von allem. Vor allem von zu vielen Gedanken.

Und schon bin ich wieder allein. Wobei, nein, Dad ist da. Und gleichzeitig auch nicht. »Dad«, flüstere ich. »Wenn du mich hörst, will ich dir sagen, dass ich dich liebe.«

»Ich dich auch, mein Engel.« Die Worte sind undeutlich und leise, dennoch verstehe ich sie genau.

Ich schaue auf. »Dad! Du bist wach!« Ich richte mich auf und rutsche auf die vorderste Kante des Stuhls.

Mein Puls schnellt in die Höhe und gleichzeitig fällt mir eine zentnerschwere Last von den Schultern.

Er nickt mühsam und versucht sich dennoch an einem Lächeln, was ihm reichlich schief gerät. »Schon eine kleine Weile.« Seine Stimme ist genauso nuschelig wie zuvor.

»Du hast uns belauscht.« Ich boxe ihm an den Arm, der noch immer schlaff wie eine tote Schlange neben ihm liegt. »Und ich habe nichts bemerkt.«

»Dabei habe ich meine Hand schon bewegt. Na ja, zumindest wollte ich es. Sie gehorcht mir nur nicht.« Er wirkt so unendlich erschöpft, als lastete das ganze Leben wie eine zentnerschwere Last auf ihm.

»Erinnerst du dich, was geschehen ist?«, frage ich.

Er nickt. »Es ist ein Schlaganfall, richtig?«

»Ja …«, hauche ich und schlucke. Warum ist Mom nicht hier? Sie wäre es, die ihm all das sagen sollte. Nicht ich. Dann räuspere ich mich. »Ich rufe Mom an und hole den Arzt.« Rasch stehe ich auf.

»Warte …« Er ist so kraftlos. Trotzdem halte ich inne. »Bleib kurz bei mir, bevor du alle aufscheuchst. Ich muss etwas mit dir besprechen.«

Ich schlucke erneut. »Ist das jetzt so ein Vater-Tochter-Gespräch?«

»Eher ein Gespräch von CEO zu COO.« Er fährt sich mit der von mir abgewandten Hand über das Gesicht. »Sophia, es ist Zeit. Zeit, dass du die Firma übernimmst und die Geschäfte fortführst.«

»Dad …« Ich will weitersprechen, doch er schüttelt den Kopf.

»Sag nicht, dass ich wieder werde und noch viele Jahre die Firma leiten kann. Vielleicht. Aber ich will es nicht. Ich hätte längst zurücktreten sollen. Jetzt ist deine Zeit. Du hast die Firma in den letzten Monaten nahezu allein geführt. Du hättest meine Anteile eh zu deiner Hochzeit bekommen. Auf ein paar Tage kommt es nicht an. Mach mich stolz, mein Engelchen.«

Ich sehe, wie er mit den Tränen kämpft, während ich meine nicht zurückhalten kann. »Ich versuche es …«, nuschle ich, krame in meiner Handtasche nach einem Taschentuch und schnäuze mich umständlich. »Darf ich jetzt Mom anrufen?«

Er nickt und ich ziehe erleichtert mein Handy hervor. Sowohl Mom als auch der Arzt sind rasch informiert.

»Danke, Ms. Gold«, sagt Doktor Belfire. »Würden Sie bitte draußen warten, während ich Ihren Vater untersuche?«

Ich nicke und drücke Dads Schulter, der mir ein aufmunterndes und dennoch reichlich schiefes Lächeln schenkt. »Ich komme morgen wieder vorbei und werde jetzt in der Firma nach dem Rechten schauen.«

Als Mom kurz darauf herbeigeeilt kommt, umarme ich sie und mache mich direkt auf den Weg. Zum Glück wartet Jacques unmittelbar vor dem Haupteingang, sodass ich ihn nicht suchen muss. Ich atme tief durch, froh, endlich den Geruch nach Desinfektionsmittel hinter mir lassen zu können. Wobei wahrscheinlich meine komplette Kleidung danach riecht.

»Ich muss in die Firma«, sage ich knapp.

»Sehr wohl.«

Inzwischen ist es nahezu Mittag und der Verkehr in der Stadt dementsprechend. Autos hupen, Fahrräder fahren Schlangenlinien, um irgendwie durch das Gewirr zu kommen, und Fußgänger strömen aus der haltenden Metro. Wahrscheinlich wäre ich in Joggingschuhen schneller gewesen. Doch die befinden sich zu Hause in der Tasche, die ich seit dem unfreiwilligen Besuch bei Gideon nicht ausgepackt habe.

Gideon!

Verflucht. Dem schulde ich noch eine Antwort. Sein Ultimatum ist längst abgelaufen. Allerdings habe ich weniger denn je eine Ahnung, was ich tun soll. Kann man jemanden lieben und gleichzeitig umbringen wollen?

Kapitel 27

Gideon

Noch immer keine Nachricht von Sophia. Sie sollte sich am Montag melden. Normalerweise dulde ich solch eine Ignoranz nicht. Tausend Optionen, wie ich sie bestrafen könnte, gehen mir durch den Kopf. Aber der Flurfunk macht in der Houstoner High Society niemals Halt und daher weiß ich um ihre aktuelle Situation. Nun ist bereits Dienstag und ich lenke meinen Wagen auf den Parkplatz. Einen Tag Schonfrist, um den sie mich nie gebeten hat, habe ich ihr gegeben.

Gerade geht die Sonne am Horizont auf, blendet mich, doch ich bin hellwach. Auch die Empfangshalle des riesigen Bürogebäudes ist längst besetzt. Niemand hält mich auf, als ich das Foyer durchquere und mit dem Fahrstuhl bis in die Ebene fahre, die Texas-Solar-Gold-Energy beheimatet. Die Gebäude, in denen die Solarmodule hergestellt werden, sehe ich durch die Fenster in der unmittelbaren Nachbarschaft aufragen. Bald. Bald sind sie Mein. Bald werde ich dort ebenso selbstverständlich ein und aus gehen wie in meinem Büro.

Obwohl ich dieses Gebäude noch nie betreten habe, fühlt es sich vertraut an. Es riecht auf eine gewisse Art nach Sophia. Letztendlich ist es nur eine Frage der Zeit, bis mich hier jeder mit Namen grüßt.

Mit forschen Schritten durchquere ich den Flur, bis ich vor der Tür am Ende des Ganges stehe. Der Schreibtisch davor – offensichtlich der Platz, an dem normalerweise ihre Assistentin sitzt – ist leer. Kein Wunder, um diese Uhrzeit. Aber gut für mich, denn das spart mir unnötige Erklärungen.

Ich klopfe und trete, ohne zu zögern, ein. »Guten Morgen!«

Sophias Kopf ruckt hoch. Ihre Haare fallen in weichen Locken um ihr Gesicht, wippen bei jeder Bewegung. Ihr Kostüm ist ein wenig zerknittert und doch strahlt sie neben Müdigkeit die ihr eigene Würde aus. Gold. Sie ist pures Gold und macht ihrem Namen damit alle Ehre. Ein Name, den ich zerstören werde.

»Was machst du hier?« Sie beißt sich auf die Lippe und zupft an ihrem Kostüm herum. So unschuldig, wie sie wirkt, könnte man meinen, ich hätte mich im Büro verirrt und stünde nicht vor der COO dieser Firma.

»Dich besuchen.«

»Es ist Viertel vor sechs morgens?« Fragend zieht sie eine Augenbraue hoch.

Wenn sie um diese Zeit schon arbeitet, hilft ein Besuch zu Hause auch nicht. »Darf ich keine schöne Frau besuchen?«, frage ich stattdessen möglichst charmant. Schließlich will ich eine Antwort auf eine andere Frage und das weiß sie genau.

»Gideon!« Sie verdreht die Augen. »Wenn mein Dad wüsste, dass du hier bist …«

»Ich weiß, dass er im Krankenhaus ist und uns nicht überraschen wird. Außerdem bin ich nicht seinetwegen hier.« Das *Gute Besserung* verkneife ich mir und mustere sie genau. Jede Regung und jedes Zucken eines Muskels. Ihre Augen verdunkeln sich. Absolut verführerisch. Weiß sie das?

Ich lecke mir über die Lippen und trete um den Schreibtisch herum. Sophia dreht sich mir zwar zu, bleibt dennoch in ihrer ganzen Körperhaltung auf Abwehr.

»So angespannt?« Mein Finger findet automatisch den Weg zu der Haarsträhne, die ihr verirrt am Mund hängt. Natürlich berühre ich bei dem Versuch, sie ihr hinters Ohr zu streichen, ihre Wange. Nur kurz und doch mit voller Absicht. Sie zuckt zusammen. »Ich warte noch auf eine Antwort.«

Zumindest mein Gehirn, denn mein Schwanz hat eigene Pläne. Die hauchzarte Berührung hat gereicht, um ihn zu aktivieren. Verlangend drängt er sich in den Mittelpunkt meines Bewusstseins und ich weiß, dass ich dieses Büro nicht verlassen werde, ohne sie zu ficken. Ich kann nicht anders, denn wie sollte ich dieses Gebäude mit einer deutlichen Latte verlassen, ohne dabei meinen Stolz zu verlieren? Sie ist meine Droge. Wobei Koks dagegen harmlos ist. Sophia ist das High-End-Designerprodukt.

»Und was ist, wenn ich dir keine geben will?« Ihre Stimme ist ebenfalls merklich leiser geworden. Ob aus Vorsicht unerwünschten Gesprächsteilnehmern gegenüber oder weil sie genauso wild auf mich ist, muss ich nicht wissen. Sie schnurrt beinahe und mein Innerstes springt darauf an.

Meine Hand streicht von ihrer Haarsträhne weiter ihren Hals hinab zu ihrem Schlüsselbein. Sacht legt sie den Kopf schief und aus ihren Augen blitzt herausfordernder Schalk. »Dann muss ich ein bisschen Überzeugungsarbeit leisten, dass du es tun möchtest.« Ich komme ihr näher, flüstere die Worte in ihr Ohr. Eines ihrer Haare zittert sanft, während ich ausatme. Auf ihrem Arm bildet sich eine Gänsehaut und ich hauche einen Kuss in ihre Halsbeuge. Tief sauge ich ihren Duft ein. Da ist eine belebende Note von Bergamotte, begleitet von einer sinnlichen Rosennote, abgerundet von Zedernholz und vielleicht auch etwas Vanille. Sinnlich und anregend zugleich. Dann bringe ich wieder ein bisschen Abstand zwischen uns, mustere sie und ziehe meine Hand zurück. Sofort kühlt sich ihr Blick merklich ab.

»Nein, das überzeugt nicht.« Sie haucht die Worte. Aber sie hat mich auch noch nicht weggeschickt. Sie könnte mich so leicht hinauswerfen lassen. Dennoch tut sie es nicht und spielt unser Spiel weiter. Siegesgewiss grinse ich. Baby, ich habe doch längst gewonnen.

Ich straffe die Schultern. »Ich habe hier ein Schriftstück über unseren Deal aufgesetzt. Unterschreib einfach und heirate mich. Ansonsten werde ich Texas-SolarGold-Energy dem Erdboden gleichmachen. Du wärst erledigt. Deine Familie wäre erledigt. Diesen Rufschaden überlebt ihr nicht. Ich weiß nicht, ob Daddy das in seinem aktuellen Gesundheitszustand verkraftet.«

»Lass meinen Dad aus der Nummer raus!«, faucht sie, springt auf und drängt sich mir mit erhobenem Zeigefinger entgegen.

»Rrrr … So mag ich das!« Ich greife ungeniert nach ihrer Titte und kneife zu.

Sophia keucht auf, während ihr Blick glasig wird. »Du Bastard!« Doch sie zuckt nicht zurück. Sie bleibt stehen, lässt es zu, dass ich ihre Titte befummle und durch den Stoff um ihren harten Nippel kreise. Falls sie wirklich vorhatte, mir ein Nein zu verklickern, so schwankt ihre Contenance sichtbar.

Ich grinse. »In jedem von uns steckt ein Monster. Ich verstecke meines wenigstens nicht.«

Sophia presst die Lippen zusammen und ihr Blick huscht zur Tür. »Du solltest gehen.« Ein letzter verzweifelter Versuch, den sie nicht ernst meinen kann.

Ich schüttle den Kopf. »Das entscheide ich.« Sacht dränge ich sie zurück, ohne sie zu berühren. Im Gleichschritt geht sie rückwärts, während ich sie dirigiere. Wir atmen. Ein und aus. Wir sind wie eins und doch zwei Personen.

Es wäre so leicht für sie, mich vom Wachdienst hinauswerfen zu lassen, mich zu demütigen und allen Angestellten zu zeigen, dass ich unangemeldet bei der Konkurrenz aufgetaucht bin. Sie könnte mich sogar der Spionage bezichtigen, doch weicht sie lediglich Stück für Stück zurück, bis sie mit dem Rücken an der bodentiefen Glasfront steht. Keine Ahnung, ob von draußen reingeschaut werden kann. Es ist mir egal. Überhaupt sehe ich nur sie.

Bedächtig streichle ich ihr über die Taille, die Hüfte hinab und ziehe ihr den Rock hoch. Ohne Pause lotse ich meine Hand weiter zu ihrem Slip. Als ich ihre Pussy berühre, zieht sie scharf die Luft ein. »Oh, Baby, weißt du, wie schön du bist? Wie schön nass und bereit für mich?«

Ich erwarte keine Antwort, denn ich dirigiere meine andere Hand ebenfalls unter ihren Rock und greife nach dem Bund des Slips. Mit quälender Langsamkeit ziehe ich ihn über ihre Hüften und lasse die schwarze Spitze auf ihre Louboutins fallen.

In aller Ruhe öffne ich den Gürtel meiner Anzughose und lasse anschließend die Hosen fallen. Während alledem verliere ich Sophia keine Sekunde aus den Augen. Sie zuckt keinen Millimeter zurück, macht keine einzige Bewegung, die mich zurückweist. Ihr Blick ist sinnlich, verlangend und mit einem Feuer gespickt, dessen Hitze ich bereits auf meiner Haut zu spüren meine. Wenn es eine tiefe Verbundenheit zwischen zwei Menschen gibt, dann sind wir der Beweis dafür. Sie hätte so viele Chancen gehabt, Nein zu sagen und trotz allem, was sie inzwischen über mich weiß, steht sie da und sieht mich an wie ein Raubtier auf Beutefang. Doch bin ich der Wolf und sie das Schaf. Das scharfe Schaf.

Mit einer fließenden Bewegung ziehe ich ihr linkes Knie hoch und dringe gleichzeitig mit meinem Schwanz hart in sie ein. Kraftvoll nehme ich den Rhythmus auf, während sie sich haltsuchend an meinen Schultern festkrallt.

»Das war es doch, was du wolltest, was du brauchst, oder?«, wispere ich in ihr Ohr und sie stöhnt auf.

»Du bist ein verdammter Bastard«, flüstert sie zurück und beißt mir schneller in den Hals, als ich sie davon abhalten kann.

Der Schmerz zieht sich bis in meine Schulter und ich bin mir sicher, dass sie bleibende Abdrücke hinterlässt. Ich hingegen unterdrücke das Lächeln nur mühsam und steigere mein Tempo maßgeblich, sodass ich mit drei weiteren Stößen komme und sie über die Klippe stürzt. Ja, ich schnippe und sie springt. Etwas, was sie garantiert heute früh noch nicht im Sinn hatte, als sie aufgestanden ist.

Stöhnend zieht sie sich um mich zusammen, pulsiert und quält meinen Schwanz. Oh, du süße Puffmutter. Wir werden noch so viel Spaß haben.

»Sophia? Ist alles …?« Die glockenhelle Stimme verklingt und die Frau in meinen Armen erstarrt. Ich drehe mich jedoch nicht um. »'tschuldigung! Ich … komme später wieder.«

Eine Tür fällt hinter meinem Rücken ins Schloss und ich grinse Sophia an, die mich mit versteinerter Miene anglotzt.

»Du solltest jetzt gehen.« Damit entzieht sie sich mir.

Rasch schließe ich meine Hose und ziehe sie trotz kurzer Gegenwehr in einen intensiven Kuss. »Heute Abend. Spätestens. Bring alle benötigten Unterschriften für unser Arrangement mit.« Damit tippe ich kurz auf die Mappe mit den Schriftstücken und verlasse ihr Büro mit einem Lächeln auf den Lippen. Als ich an der Assistentin vorbeigehe, hebe ich noch kurz die Hand zum Gruß, mache mir jedoch nicht die Mühe, die Bürotür hinter mir zu schließen. Das junge Ding wird eh sofort zu Sophia hineinstürmen. Zu gern wäre ich Mäuschen, wenn die beiden miteinander reden.

Kapitel 28

Sophia

Ich habe gerade meine Kleidung gerichtet, als es erneut an der Tür klopft. Wobei, nicht direkt an der Tür, sondern an der Zarge. Das hat Gideon mit Absicht gemacht.

»Ja, komm herein!« Ich atme tief durch und versuche, das beste Pokerface aufzusetzen. Ausgerechnet Addison musste uns erwischen. Wie konnte ich zulassen, dass Gideon mich direkt im Büro vögelt? Das mit dem Bastard habe ich durchaus ernst gemeint, doch er hat nur gelacht. Warum hätte es ihn auch interessieren sollen, immerhin hat mein Körper ihm eindeutig gezeigt, was er will. Ihn. Nass und bereit war ich, von der Sekunde an, in der er mein Büro betreten hat. Nein, eigentlich bin ich seit Sonntagabend untervögelt. Daran haben sowohl die Trennung von Ethan als auch die Erkrankung meines Dads nichts geändert.

Addison betritt zögernd den Raum, sagt jedoch nichts.

Ich seufze. »Bitte entschuldige. Das hättest du nicht sehen sollen.«

Addison ist zwar jung, aber ihre Auswahl als meine Assistentin hat sich in den letzten zwei Jahren bereits bezahlt gemacht. Sie ist fleißig, diskret, zuverlässig, belastbar und integer – und inzwischen so was wie meine Freundin. Nur wenn es um den Flurfunk geht, ist sie immer top informiert und streut auch gern mal selbst Gerüchte.

»Ich will mich nicht einmischen ... aber, Sophia, das war nicht Ethan ...«

Welche eine Feststellung. »Nein, das war nicht Ethan.« Ich nicke knapp und versuche, die Tränen zu unterdrücken, die sich unweigerlich den Weg an die frische Luft bahnen.

»Willst du reden?«

Ich schüttle den Kopf, halte trotzdem ihrem wissenden Blick stand. »Es gibt nichts zu reden. Ethan und ich sind getrennt. Punkt.« Damit ist die Katze aus dem Sack. Der Schmerz in meinem Herz wird bei jedem Wort größer. Es lässt sich so einfach aussprechen. Dabei habe ich eine jahrelange Beziehung an nur einem Wochenende und mit wenigen Worten zerstört. Eigentlich wundert es mich, dass Ethan nicht längst vor meiner Tür gestanden und auf weitere Erklärungen gedrängt hat. Ich habe ihn verdammt tief getroffen und allein dieses Wissen wird mich wahrscheinlich bis ins Grab begleiten.

»Das tut mir leid.« Addison rutscht auf dem Stuhl bis an die vorderste Kante. »Aber, der Mann vorhin war heiß. Wenn ich du wäre, wäre das keine einmalige Sache. Und er kam mir so bekannt vor.«

Ich winke ab. »Addison, es wird nie ein *Wenn ich du wäre* geben. Schlag dir den Mann aus dem Kopf. Mit ihm willst du nicht verfeindet sein.« Obwohl wir das sind.

»Klingt nach einer guten Partie.« Sie lächelt verschmitzt und aus irgendeinem Grund habe ich das Gefühl, dass sie nicht lange brauchen wird, um zu wissen, wer Gideon ist. »Aber ich verstehe. Dann lass uns die wichtigen Dinge durchgehen. Joseph hat mir diese Unterlagen zukommen lassen. Du musst hier und hier unterschreiben.« Addison schiebt mir einen Stapel Papiere hin, die bereits von meinem Dad sowie unserem Anwalt gegengezeichnet sind.

Die Unterlagen weisen mich nach Unterschrift als CEO von Texas-SolarGold-Energy aus. Dad gibt damit die komplette Firma und all seine Aufgaben an mich ab und geht offiziell in den Ruhestand. Er hat sogar per Klausel ausgeschlossen, dass er beratend zur Seite steht. Wobei ich weiß, dass er mir immer helfen würde, sollte ich Fragen haben.

»Ach, Dad … Es sollte mein Hochzeitsgeschenk sein«, flüstere ich und kann nun doch nicht verhindern, dass eine Träne auf das Papier fällt. Dann nehme ich den Stift und setze alle entsprechenden Unterschriften.

Ein Geschenk für meine Hochzeit, die nicht stattfindet. Ich seufze. Auch Dad werde ich enttäuschen. Ich werde sie alle enttäuschen. Denn Fakt ist: Ich bin nun CEO und werde nicht meine Jugendliebe heiraten. Egal, was alle von Ethan halten mögen, er wäre eine bessere Partie als so manch scheinheiliger Idiot aus der High Society gewesen. Doch ich habe nun die Verantwortung der Firma auf meinen Schultern lasten. Daher bin ich dazu verpflichtet, alles zu tun, um meinen Mitarbeitern ihren Arbeitsplatz zu sichern. Wie könnte ich zulassen, dass Gideon die Firma ruiniert? Es kann also nur eine Antwort an ihn geben. Und wenn ich tief in mich hineinhorche, fühlt es sich trotz der Erpressung richtig an. Ob ich einfach nur diesen Schubs gebraucht habe? Ohne das Wochenende wäre ich sicher niemals auf die Idee gekommen, auch nur eine Sekunde zu viel mit Gideon zu verbringen.

Wahrscheinlich hat Addison Tausende Fragen, stellt sie jedoch nicht. Das rechne ich ihr hoch an, denn ich hätte keine Ahnung, welche Antworten ich ihr geben soll.

»Addison, mach bitte eine weitere Vertragsänderung fertig. Du bist damit Assistentin des CEO und erhältst ab sofort eine Gehaltserhöhung von fünf Prozent.« Ich schenke ihr ein zaghaftes Lächeln, das von einem Tränenschleier begleitet wird.

»Mache ich. Danke. Ist sonst noch etwas Wichtiges für heute?«

Ich nicke. »Ja, ich werde heute nur bis mittags im Büro sein. Sage bitte alle Termine ab dreizehn Uhr ab oder verlege sie.«

»Wird gemacht. Aber ... eine Frage noch ...« Sie zögert, doch in ihren Augen blitzt es. »Der heiße Kerl von vorhin, wird er noch mal wiederkommen?«

»Addison, wir sind hier fertig.« Damit entlasse ich sie und sie nickt mir wissend zu. Soll sie denken, was sie will. Was Gideon und mich verbindet, geht vorerst nur ihn und mich etwas an.

In den folgenden Stunden arbeite ich die im Kalender stehenden Termine nacheinander ab, übernehme die Korrespondenzen, die Dad führen wollte, und studiere die aktuellen Zahlen. Texas-SolarGold-Energy boomt. Anders kann man es nicht sagen, und sobald die neuen Paneele fertig sind, kann Gideon einpacken. Nur weil wir verbandelt sind, heißt das ja noch lange nicht, dass wir beruflich keine Konkurrenten mehr sein können. Immerhin belebt Konkurrenz das Geschäft.

Die Zeit bis zum Mittag verfliegt und pünktlich um dreizehn Uhr verabschiede ich mich von Addison, die inzwischen sowohl die Mitarbeiter als auch die Presse über die Veränderung in der Firmenführung informiert hat – und wahrscheinlich auch längst Gerüchte über meine und Ethans Trennung verbreitet.

Mein nächster Weg führt mich ins Krankenhaus. Die ersten Journalisten werden von Jacques rigoros abgeblockt, sodass ich auf die Station eilen kann, wo der typische Geruch nach Desinfektionsmitteln bereits nach mir greift. Zaghaft klopfe ich an die Tür.

»Hey, Dad!« Ich stocke. Nur meine Mutter ist in dem Raum und tigert unruhig umher. »Mom? Wo ist Dad?«

»Bei einer Untersuchung.« Sie kommt mir entgegen und schließt mich in ihre Arme. Tief atme ich ihren vertrauten Geruch ein und bin plötzlich wieder acht Jahre alt. Damals hat sie mich oft so im Arm gehalten und mir die Sicherheit gegeben, die ich brauchte. Die ich auch jetzt brauche, obwohl ich gerade zu einer der Personen Houstons mit dem bedeutsamsten Einfluss, einem verdammt großen Vermögen und doppelt so viel Verantwortung geworden bin. Gleichzeitig werde ich in den nächsten Tagen so viele Menschen enttäuschen. Jetzt, wo Addison Bescheid weiß, ist es nur eine Frage der Zeit, bis alle über Gideon und mich Bescheid wissen. Vor allem aber sollte ich mit Mom und Dad darüber reden.

»Weißt du, wie lange das dauert? Ich habe leider nur kurz Zeit.« Ich will mit ihnen beiden sprechen. Es nur

Mom zu erzählen, fühlt sich an, als würde ich Dad hintergehen.

»Ich weiß. Du musst eine Firma leiten.« Sie lächelt mich sachte an. Natürlich weiß sie Bescheid. Und eigentlich weiß sie nichts.

Ich lege erneut mein Ohr an ihre Schulter und verweile für einen weiteren Moment in der Sicherheit ihrer Arme. »Danke.«

»Immer. Aber ich befürchte, du solltest nicht warten. Geh und tu, was du tun musst.«

Ich schmunzle. Das hat sie in der Vergangenheit so oft zu Dad gesagt. Umso unwirklicher erscheint es mir, dass sie diesen Satz nun zu mir sagt. Aber es ist Fakt. Ich bin CEO und habe die alleinige Entscheidungsgewalt über Texas-SolarGold-Energy, gleichzeitig die Verantwortung für verflucht viele Mitarbeiter. Und ich werde gleich eine Entscheidung laut aussprechen, die viele nicht nachvollziehen werden können. Aber ich muss. Ich kann nicht anders.

Langsam löse ich mich von Mom und seufze. »Gut, dann bestell ihm bitte einen Gruß von mir. Er soll schnell wieder fit werden.«

Sie nickt, doch ihr Lächeln ist traurig. Ich drücke zum Abschied ihre Schulter, dann wende ich mich ab. Noch während ich durch die langen Gänge zum Ausgang haste, ziehe ich mein Handy aus der Tasche und suche Gideons Nummer.

»Ja?« Er säuselt wie ein verliebter Kater in den Hörer und sofort wird mir warm ums Herz. Allein seine Stimme ist eine Wohltat für meine aufgescheuchte und rastlose Seele.

»Wo bist du? Können wir uns treffen?« Ich halte mich nicht lange mit Höflichkeitsfloskeln auf. Letztendlich gilt es zu klären, was zu klären ist. Nicht mehr und nicht weniger. Und je schneller ich dieses Gespräch hinter mich bringe, desto besser.

»Ich bin im Büro. Ich schicke dir die Adresse.« Noch während er spricht, höre ich das Pling einer eintreffenden Nachricht.

***

Eine gute halbe Stunde später erreiche ich das schlichte und leicht in die Jahre gekommene Gebäude, in dem Gideon angeblich sein Büro hat.

Maxwell-Energy-Immobilien.

Hier ist also das Büro seiner Immobilienfirma. Der Sektor, den sie seit einiger Zeit mitbedienen. Ein cleverer Schachzug, Immobilien direkt mit den eigens erstellten Solarpaneelen auszustatten und so einen höheren Verkaufspreis zu erzielen. Ich betrete die winzige Eingangshalle aus dunklem Stein und stehe direkt vor einer Hinweistafel, die auf die anwesenden Firmen verweist.

Im Fahrstuhl empfängt mich die typisch nervige, gedämpfte Chillout-Musik und ich bin froh, als ich im vierten Stock aussteigen darf. Auch hier stehe ich in einem schlichten Flur – und sehe Gideon, der mir strahlend entgegenkommt. »Sophia! Schön, dass du da bist!« Er breitet einladend die Arme aus, doch ich winke ab. Auf Körperkontakt kann ich verzichten. Zumindest jetzt.

Trotzdem steigt mir sein Aftershave in die Nase und vernebelt kurzzeitig meine Sinne. Irgendwie riecht er auch ein bisschen nach Sex, oder?

»Okay, dann komm rein.« Geschäftsmäßig zieht er sich das Jackett glatt und deutet den Flur entlang. Ich folge ihm. Neugierig schaue ich mich dabei um. Die Büros sind zum Teil kaum besetzt, die Einrichtung wirkt wie aus dem vergangenen Jahrhundert, aber dennoch gepflegt.

Gideons Büro sieht nicht anders aus, nur stapeln sich auf seinem Schreibtisch die Akten, sodass es ein wenig den Anschein hat, als wäre er der Einzige, der wirklich arbeitet.

»Ganz schön leer hier.« Die Feststellung kann ich mir nicht verkneifen.

»Ich wüsste nicht, was dich das angeht.«

Verwundert ziehe ich die Augenbrauen hoch, belasse es jedoch dabei. »Entschuldige den überfallartigen Besuch, doch wir haben Dinge zu klären und du wolltest eine Antwort.« Wahrscheinlich ist es besser, das Thema zu wechseln, als mich auf irgendeine Diskussion einzulassen. Flucht nach vorn könnte man es auch nennen.

»Gern.« Erwartungsvoll schaut er mich an.

»Gut. Zunächst muss ich eines klarstellen. Du wirst mich nie wieder im Büro vor meinen Angestellten vögeln. Verstanden?«

»Verstanden.«

Erleichtert atme ich aus. Ich hätte mit mehr Widerstand gerechnet, doch so ist es mir in jedem Fall lieber. Wer hätte gedacht, dass Gideon Zugeständnisse macht? Vielleicht kann ich noch mehr davon rauskitzeln?

»Dann habe ich eine Frage: Besteht die Option, dass ich

der Hochzeit zustimme und wir nicht direkt Samstag heiraten?«

»Wieso? Es ist alles vorbereitet, die Gäste sind eingeladen und haben zugesagt. Was macht es für einen Unterschied, wen du ehelichst? Ganz ehrlich, die Leute kommen sowieso nur wegen des Essens.«

Ich lache trocken auf. Vermutlich hat er recht und gleichzeitig ... »Es fühlt sich nicht richtig an.«

»Aber einen Handwerker zu heiraten hätte sich besser angefühlt?« Gideon schnaubt aus und wendet sich ab.

»Ich ...« Ich stocke, denn er fährt erneut zu mir herum und schneidet mir das Wort ab.

»Sophia, worauf sollen wir warten? Du hast dich von Ethan getrennt. Ja, grundsätzlich könnten wir später heiraten. Aber ich will nicht warten. Ich will der ganzen Welt zeigen, dass ich dich liebe. Wir gehören zusammen. Daher gibt es keinen Grund, alles zu verschieben. Außerdem reicht mir eine mündliche Zusage für irgendwann nicht. Heirate mich am Samstag oder ...« Den Rest spricht er zum Glück nicht aus, denn es wäre dieselbe Drohung gewesen.

Verflucht. Was will er denn noch? Ich habe doch quasi schon Ja gesagt. Ich atme durch, versuche, meinen Gedanken eine konstruktive Wendung zu geben. Dieses Gespräch entwickelt sich in eine Richtung, die mir nicht gefällt.

»Bevor ich zustimme, will ich deine Zusicherung, dass meine Firma sicher ist. Auch will ich die Zahlen von Maxwell-Energy einsehen. Ich kann mich nicht einfach auf dein Wort verlassen. Ich will wissen, mit wem ich mich einlasse, und ob wir beruflich dadurch auf ein

Problem zusteuern. Denn Texas-SolarGold-Energy ist mein Baby.« Und mein Baby gebe ich unter keinen Umständen ab, geschweige denn, dass ich eine Rufschädigung zulassen würde. Das ist mir heute früh in einer absoluten Deutlichkeit bewusst geworden.

»Selbstverständlich. Das ist dein gutes Recht. In einer Beziehung muss man offen miteinander sein. Und dazu bin ich gern bereit, wenn du meine Frau wirst.« Gideon öffnet eine Schublade und zieht eine Mappe hervor, deren Inhalt er vor mir ausbreitet. »Hier siehst du die Entwicklung der Firma über die letzten zehn Jahre, aufgeteilt in die drei Geschäftsfelder monokristalline Paneele, polykristalline Paneele und Immobilien.«

Ich beuge mich über die Dokumente und studiere die äußerst positiven Zahlen. Der Trend geht nach oben und besonders der Immobiliensektor erzielt hohe Gewinne. »Wodurch bedingen sich die immensen Ausgaben der letzten Wochen?« Ich tippe auf eine detailliertere Ansicht der aktuellen Bilanzen.

»Wir haben kürzlich eine Reihe von Objekten aufgekauft. Dieser Prozess ist nun abgeschlossen und der Neubau eines Wohnkomplexes mit Luxuswohnungen beginnt in Kürze. Chris ist aktuell dabei und schreibt die Wohneinheiten zum Verkauf aus. Da die Wohngegend begehrt ist, werden exorbitante Gewinne erzielt. Übrigens werden dort neueste Dämmtechnik sowie unsere Solarmodule verwendet. Ein absolut grüner Bau. Das dürfte dir entgegenkommen, oder? Du könntest das Werbegesicht werden.«

Ich runzle die Stirn. Kann das stimmen? »Zeig mir bitte die Pläne dafür.« Ich habe zwar von Immobilien null Ahnung, aber manchmal hilft kompetentes Auftreten bei kompletter Ahnungslosigkeit. Nur keine Schwäche präsentieren. Was auch immer ich mir von der Einsicht in diese Unterlagen erhoffe, ich zögere so meine endgültige Entscheidung hinaus. Kann ich diesen Mann wirklich heiraten? Ich schlucke.

»Hier.«

Ich überfliege das Blatt und erkenne, dass ausschließlich – zumindest so weit möglich – mit nachhaltigen Rohstoffen und neuesten Technologien gearbeitet wird. Dann nicke ich.

»Deine Firma läuft offensichtlich. Auch die Konzeption des Gebäudes gefällt mir. Aber eines muss ich noch wissen: Warum planst du einen grünen Luxuskomplex und kippst gleichzeitig Müll in die Natur?« Ich weiß nicht, wann ich zuletzt ein so offenes Gespräch geführt habe, und zugleich frage ich mich, wie lange wir diese Distanz noch wahren können, während wir in einem Raum sind. Ich schaue ihn fragend an, mustere seinen Bartschatten.

Langsam lehnt Gideon sich vor, stützt sich auf den Armlehnen seines Schreibtischstuhls hoch und kommt zu mir. Seine Nähe droht mir den Atem zu rauben. Zu präsent ist er, zu dominant, und gleichzeitig löst er wieder dieses Gefühl in mir aus, dass ich alles für ihn tun will. Wie macht er das?

Seine Bewegungen sind geschmeidig wie die eines Tigers auf Beutefang. Sein Blick ist scharf und sein Verhalten – nun, er setzt sich, ohne zu fragen, auf die Armlehne meines Sessels und schaut mich unentwegt an.

»Weil es nicht anders geht. Ich ... Ich bin an einen Deal gebunden. Frag bitte nicht weiter nach.«

»Gideon, das muss aufhören. Zwingend. Wenn ich deine Frau bin, werde ich das nicht tolerieren. Wir werden eine andere Lösung finden, sodass du genug Einnahmen hast. Lass mich dir helfen.«

Sein Blick verfinstert sich und ich weiß, dass ich zu weit gegangen bin. »Du kannst mir nicht helfen. Akzeptiere es oder ich werde dich vernichten.«

Ich starre ihn an und sehe letztendlich doch nicht ihn. Eines weiß ich jetzt sicher: Gideon ist kriminell, rücksichtslos, und wenn ich eine Theorie aufstellen müsste, würde ich behaupten, dass die Zahlen in dem Dossier aufgehübscht worden sind. Unter keinen Umständen sollte ich ihm irgendetwas glauben und mich erst recht nicht auf eine Hochzeit mit ihm einlassen. Aber wenn ich es nicht tue? Wo lande ich dann? Was bleibt? Niemand würde mir mehr vertrauen. Aber was wäre, wenn ich einen positiven Einfluss auf ihn hätte? Wenn ich nach und nach auf ihn einwirken könnte, sodass er sich von den kriminellen Machenschaften abwenden würde? Isabella könnte uns helfen. Doch dafür brauche ich Zeit. Wir brauchen Zeit. Immerhin sind wir nicht in Vegas, wo Spontanhochzeiten an der Tagesordnung sind. »Muss die Hochzeit ausgerechnet Samstag sein? Können wir nicht wenigstens um einen oder zwei Monate verschieben? Wir sind nicht einmal verlobt.« Zurück zur Ausgangsfrage.

»Das können wir ganz einfach ändern.« Er lächelt und holt eine Schachtel aus der Innentasche seines Jacketts hervor. »Ich liebe dich und frage dich hiermit offiziell, ob du meine Frau werden willst.«

Ich starre ihn an. Wie unromantisch kann ein Heiratsantrag sein? Aber okay, Romantik ist sicher nicht seine Stärke. Gideon vögelt mich höchstens in den siebten Himmel.

»Sophia, du wolltest am Samstag heiraten. Ja, nicht mich, und doch kannst du es dir nicht erlauben, dieses Event ausfallen zu lassen. Es wäre ein gesellschaftliches Desaster. Ja, alle werden kurz über die Änderung irritiert sein, aber du wirst sehen, es wird niemand dumme Fragen stellen. Es ist definitiv besser für dich, wenn du standesgemäß heiratest. Ich werde dich wirklich wie eine Göttin behandeln. Also: Heirate mich am Samstag.«

Was er nicht erneut ausspricht: Er könnte mich auch genauso gut vernichten, sodass ich die nächsten Jahre zwischen Obdachlosenunterkunft und Armenhäusern pendeln kann, wo mich hoffentlich niemand erkennt. Oder schlimmer noch: Ich müsste für Dinge, die ich nicht getan habe, ins Gefängnis.

»Gideon ...« Warum verlangt er nur diese Entscheidung von mir?

»Du musst nur Ja sagen. Jetzt und am Samstag und alles ist gut. Gemeinsam bekommen wir das hin.« Er verschließt meine Lippen mit einem Kuss und erstickt die Antwort im Keim, als ahnte er, dass ich weitere Widerworte parat habe.

So schwer es mir fällt, ich löse mich von ihm. »Gideon. Das geht zu schnell. Ich brauche mehr Zeit und ich ...«

Seine Mimik wechselt schlagartig und verfinstert sich. »Stopp. Ich brauche jetzt eine Entscheidung. Du liebst mich, sonst würdest du dich nicht permanent von mir vögeln lassen. Du brauchst mich, um nicht ständig rattengeil durch die Gegend zu laufen. Du hast mich nie weggeschickt, obwohl du es mehrfach gekonnt hättest. Auch nachdem du wusstest, wer ich bin und zu was ich in der Lage bin. Auch jetzt. Du bist hier in meinem Büro. Du hast ein Interesse daran, dass du deine Stellung halten kannst. An meiner Seite würdest du sie festigen. Also: Heirate mich.«

Seine Worte sind scharf und treffen mich mitten ins Herz. Er hat recht. Er hat so verdammt recht. Doch tief in mir meldet sich das warnende Stimmchen. Drängt mich dazu, ihn wegzustoßen und für immer das Weite zu suchen. Es fühlt sich an, als würde ich einen Pakt mit dem Teufel eingehen. Aber ich tue nichts dergleichen, denn ich weiß, dass er recht hat. Ich kann nicht mehr ohne ihn, bin ohne ihn ein Nichts. Er streicht mit dem Daumen über meine Wange und ich lehne mich in die Zärtlichkeit hinein. Die Berührung potenziert sich in meinem Körper, verlangt nach mehr, während mein Verstand verzweifelt nach logischen Argumenten sucht. Es gibt viele, doch keines wiegt den Verlust meiner gesellschaftlichen Stellung auf.

»Ja«, sage ich schließlich und besiegle damit unser Arrangement.

Ja. Das eine Wort hallt in meinem Körper nach. Positiv. Negativ. Klar und wirr zugleich. Ich sollte gehen, mir Luft zum Atmen verschaffen. Gleichzeitig kann ich nicht die Finger von ihm lassen. Selbst wenn ich es verhindern wollte, es geht nicht. Jetzt nicht mehr, denn mein Schicksal ist besiegelt. Sanft streiche ich seinen Arm hinauf. Zeichne eine Linie von seiner Hand bis zu seinem Ellenbogen und weiter bis zur Schulter. Zu viel Stoff trennt uns. Als meine Finger seinen Hals erreichen und an seinem Unterkiefer entlangwandern, fängt er sie ein und steckt mir den Ring an den Ringfinger.

Sein Blick ist verhangen und dunkel zugleich. Unergründlich und mit einem Funkeln, das auf mich überspringt und durch mich hindurchwandert wie ein Funken, der sich durch Papier frisst und es schlussendlich entfacht. Doch bevor ich endgültig in seinen Augen versinken und mich erneut vergessen kann, lässt er von mir ab.

»Gut. Dann haben wir eine Hochzeit zu planen. Keine Sorge. Ich kümmere mich. Chloe ist die Weddingplannerin?« Geschäftsmäßig streicht er seinen Anzug glatt, schiebt die Papiere in die Schublade zurück und setzt sich an den Schreibtisch.

Ich nicke starr, noch immer gefangen in der Erkenntnis, dass ich wirklich Ja gesagt habe. Das war er nun, der Punkt, an dem es kein Zurück mehr gibt.

»Dann brauche ich bitte hier eine Unterschrift, um die Hochzeit ordnungsgemäß anzumelden.«

Kapitel 29

Sophia

Ich starre in den Spiegel. Die Frau in dem weißen Kleid kommt mir bekannt vor, dennoch ist sie mir fremd. Sie sollte lächeln, aber ihr Mund ist nur eine gerade Linie. Das Kleid sitzt wie angegossen. Daran liegt es nicht. Es betont meine schlanke Figur an den richtigen Stellen und kleidet mich wie eine Prinzessin. Es ist mein Kleid, das wusste ich schon beim ersten Anprobieren. Damals, vor einer gefühlten Ewigkeit. In einer unvergleichlichen Welt. Hätte ich geahnt, dass heute alles anders ist, hätte ich mich trotzdem genauso entschieden. Dennoch fühlt es sich falsch an. Fremd. Als wäre ich jemand anderes.

Während Xenia noch die letzten Knöpfe schließt, mustert Chloe mich von oben bis unten. »Du siehst wundervoll aus, zweifelsfrei. Doch dein Gesicht spiegelt das nicht wider.« Welch eine Feststellung.

Weil ich heulen könnte. Ich lache freudlos auf. Das alles ist eine Farce und noch immer habe ich keine Ahnung, wieso um alles in der Welt ich Ja gesagt habe. Es muss eine andere Option geben. Dieses Kleid war für die Trauung mit Ethan bestimmt. Ihm hätte es gefallen sollen. Nicht Gideon.

Gideon, der still und leise mein Herz gestohlen hat.

Gideon, der die Organisation meiner Hochzeit übernommen hat.

Und Gideon, der sich seit meinem Besuch in seinem Büro nicht mehr bei mir gemeldet hat.

Seitdem kann ich meine Wohnung nicht mehr verlassen, ohne einen Paparazzi-Marathon über mich ergehen lassen zu müssen. Die Gerüchteküche brodelt. Höchste Sicherheitsstufe, wie Jacques sagt.

»Danke«, antworte ich schlicht und mein Herz wird noch etwas schwerer. Samstag werde ich eine verheiratete Frau sein. Alles wird sich ändern und gleichzeitig bleibe ich ich, oder? Ich habe mich doch richtig entschieden?

Dann schwenke ich meinen Kopf hin und her, versuche, alle tristen Gedanken abzuschütteln. Alles wird gut. Ich werde das Richtige tun. Vor allem tue ich es für mich. Um meinen Ruf nicht zu verlieren, und vielleicht wird aus Gideon und mir mehr als eine Frau und ein Mann, die verdammt guten Sex miteinander haben. Liebe kann sich entwickeln. Wobei meine Gefühle für ihn längst mehr sind, als ich mir jemals erträumt hätte.

Probeweise ziehe ich die Mundwinkel in die Höhe. »Samstag werde ich strahlen, versprochen.« So wird es sein. Ich schaffe das.

»Gut. Dann wieder raus aus dem Fummel. Damit sind wir für heute fertig.«

Ich nicke und schäle mich mit Xenias Hilfe aus dem Kleid. »Wir werden das Ding Samstag irgendwie über die Bühne bekommen, oder?«

»Definitiv.« Chloe packt ihre Utensilien und die Mappe, in der sie alles notiert, in ihre Tasche. »Eine letzte Frage noch: Die Presse läuft auch bei mir gerade Sturm und es wurden beinahe hundert weitere Presseakkreditierungen angefragt. Ja oder Nein? Alle hoffen wohl auf den Skandal des Jahrtausends. Ihr solltet endlich eine Pressekonferenz halten.«

Ich zucke mit den Schultern. Auf hundert Personen mehr oder weniger kommt es bei der Gesellschaft nicht an. »Frag Gideon. Muss er entscheiden.« Inzwischen bin ich wieder angezogen. Das Kleid ist im Kleidersack verschwunden und mit ihm meine triste Laune. Ich bin stark und ich werde das schaffen.

»Mache ich. Wir sehen uns Samstagfrüh. Aber nicht, dass du kurzfristig kalte Füße bekommst, ja?«

Ich schüttle den Kopf und schmunzle. Ob sie ahnt, dass an diesem Gedanken sogar ein Fünkchen Wahrheit ist? »Du wärst die Erste, die davon erfährt.«

»Wer soll hier kalte Füße bekommen?«

Die Welt um mich herum bleibt stehen, während mein Blut gefriert. Gideon. Ich fahre herum. »Was machst du hier?« Die Worte platzen unüberlegt und nonchalant aus mir heraus, bevor ich einen klaren Gedanken gefasst habe. *Wie lange stehst du schon da?*, wäre wohl die bessere Frage.

»Ich liebe dich auch, Baby.« Gideon kommt geschmeidig wie ein Tiger auf mich zu und zieht mich in seinen Arm. Auch wenn ich ihn wegstoßen will, so ist er gerade der einzig sichere Hafen in dieser unruhigen Zeit, denn der Spießrutenlauf beginnt erst.

»Habt ihr alles fertig?«, fragt Gideon in die Runde.

»Ja. Wir sind durch. Wenn noch etwas ist, ihr habt meine Nummer. Ansonsten sehen wir uns Samstag.«

Ich nicke, während Gideon mich nicht loslässt. Als würde ich ihm weglaufen und mit Chloe verschwinden.

Kurz darauf sind wir allein und er distanziert sich von mir. Ich habe nichts anderes erwartet. »Warum ich hier bin? Schon vergessen, dass ich dein Verlobter bin?«

Wie könnte ich das ignorieren? »Schon gut. Ich hatte nicht mit dir gerechnet.«

Gideon winkt ab. »Der heutige Pflichtteil: Wir müssen eine Presseerklärung abgeben, damit final alle Bescheid wissen. Ob der andere Teil für dich Pflicht oder Kür ist, musst du selbst entscheiden. Ich will dich ficken. Hart und schnell, denn anschließend muss ich wieder arbeiten.«

Allein seine Worte lösen ein widersprüchliches Kribbeln in mir aus. Sex? Himmel, ja! Hart und schnell? Okay. Presse? Nur über meine Leiche. Trotzdem führt kein Weg daran vorbei. Da hat er absolut recht. Mit einer Ausnahme.

»Gideon, ich muss erst mit meinen Eltern sprechen. Ich ...« Mit einem Mal hat mich aller Mut verlassen. Es wird real, dass ich am Samstag eine Entscheidung für mein Leben treffe, die nicht spontan rückgängig zu machen ist – und die meine Eltern kaum tolerieren werden. Wahrscheinlich ist es mein Glück, dass Dad noch immer im Krankenhaus ist und sie gerade andere Sorgen haben, als die Klatschblätter zu lesen. Begeistert werden sie dennoch nicht sein.

»Das hättest du längst tun können. Deine Schuld, dass sie es aus der Presse erfahren.« Seine Miene ist ausdruckslos und unnachgiebig.

»Ich ...« Natürlich hätte ich sie in den letzten vierundzwanzig Stunden verständigen können. Doch jedes Mal, wenn ich zum Handy gegriffen habe, hat mich der Mut verlassen. Ich meine, wie soll ich das erklären?

»Baby, wir treten vor die Presse. Ende der Diskussion. Jetzt zieh dich aus.« Geschäftsmäßig zieht er sein Jackett aus und schaut mich auffordernd an.

Ich stehe stocksteif vor ihm, nicht in der Lage, einen klaren Gedanken zu fassen. Meint er das ernst? Kann ich meine Eltern so übergehen? Natürlich bin ich ihnen keine Rechenschaft schuldig, doch hatten wir immer ein super Verhältnis. Das kann ich nicht aufs Spiel setzen. Und dann ist da Gideon. Will ich ihn heiraten? Geht das ab jetzt immer so? Er bestimmt, was ich zu tun habe? Aber letztendlich ist es zu spät, mir darüber Gedanken zu machen, denn ich habe längst Ja gesagt.

Als ich nicht reagiere, tritt er zu mir heran, öffnet einen Reißverschluss und Knopf nacheinander, streift den Stoff von mir ab, bis ich in Unterwäsche vor ihm stehe. Er küsst mich hart und ich bewege die Lippen automatisch. Meine Hände finden ihren Weg, streifen über seine Arme. Noch immer steht er komplett angezogen vor mir, doch ich fühle mich keine Sekunde nackt. Im Gegenteil. Mir ist heiß und ich wünschte, er würde endlich den Rest des Stoffes entfernen. Paradox, wenn man bedenkt, dass ich nur Sekunden zuvor noch in mir selbst gefangen war. Aber wenn er mich berührt, will ich ihm gefallen und Lust bereiten. Und ja, in diesen Momenten zweifle ich nicht daran, dass ich mein Leben mit ihm verbringen will.

Als hätte er meine Gedanken gelesen, tut er mir den Gefallen, dreht mich um, schiebt erst meinen Slip hinunter und anschließend meine Beine auseinander, beugt mich nach vorn, sodass ich mich rasch an der Lehne der Couch festhalte, und dringt hart von hinten in mich ein. Wann hat er seine Hose geöffnet? Bis zum Anschlag versenkt er sich in mir, verharrt kurz, kostet meine Enge aus, während ich ihn überall auf mir und in mir spüren will. Dann zieht er sich zurück und stößt erneut zu. Fest, tief, unnachgiebig, schnell. »Du bist Mein, vergiss das nicht.«

Ich schüttle den Kopf. Wie könnte ich das vergessen? Wobei ich gerade alles vergessen und mich einzig dem süßen Gefühl der Lust hingeben will, während ich viel zu schnell auf den Höhepunkt zusteuere. Nur drei Stöße später komme ich. Stöhnend kralle ich mich am Sofa fest. Wie kann man es nur lieben, so überfallen und gefickt zu werden? Mit Zärtlichkeit hat das nichts zu tun. Das ist pure Dominanz. Genau das macht mich an, leitet mich auf die höchsten Gipfel der Lust. Ja, ich wusste vorher, was ein Orgasmus ist, doch keiner davon war mit diesen Höhenflügen vergleichbar. Es ist, als wüsste Gideon, welche Punkte mir besondere Lust bescheren.

Kaum dass sich das Pulsieren in meinem Unterleib verflüchtigt, stößt Gideon erneut zu und kommt. Deutlich spüre ich sein Zucken, während er seinen Samen in mich ergießt. Gott, allein die Vorstellung ist so überragend, dass ich wieder kommen möchte. Doch Gideon ist bereits aus mir verschwunden und das Gefühl der Leere, gepaart mit dem Schweiß auf meiner Haut, lässt eine bittersüße Erinnerung zurück.

»Zieh dich an, dann gehen wir raus und stellen uns den Geiern. Danach sollte die Belagerung aufhören. Zumindest vorerst.« Seine Stimme ist kalt, drängend und weiterhin unnachgiebig. War das für ihn gerade Pflicht? Wollte er irgendwem etwas beweisen? Fragt sich nur wem? Mir oder sich selbst?

Ich taumle, als ich meine Kleidungsstücke zusammensuche. Wie soll ich jetzt vor die Presse treten?

Süffisant grinsend hält Gideon mir den Slip entgegen. »Pokerface, Baby. Da kommst du nicht mehr drum herum. Reiß dich zusammen und gewöhn dich schon mal dran.«

»Warum hast du es so eilig? Wir müssten erst mal Ort und Zeit festlegen und die Presse informieren.« Ich funkle ihn an, doch er drängt bereits zum Ausgang.

»Die Fuzzis da unten warten noch immer. Sie werden eh nicht weggehen, bis sie die Fakten wissen. Daher habe ich bereits etwas arrangieren lassen.«

Bastard. Verdammter Bastard. Hastig flitze ich vor den nächstbesten Spiegel und kontrolliere das Make-up, atme tief durch und folge ihm in den Fahrstuhl. Meine Wangen brauchen kein Rouge, um rot zu sein. Immerhin ist meine Frisur intakt. Ob man mir ansieht, dass wir Sex hatten?

»Gott, wie gern ich dich hier erneut ficken würde ...«, raunt er mir kurz ins Ohr und lehnt sich zurück, als hätte er mich übers Wetter informiert.

Mich durchläuft eine heiße Welle, als mein Körper diesem Vorschlag postwendend zustimmt. Zu gern spiele ich sein Spiel mit. »Und anschließend ziehe ich dich an den Eiern bis vor die Kameras der Paparazzi ...«, säusle ich mit einem Lächeln auf den Lippen.

»Weißt du, dass du mir am Tag der Hochzeit gern einen blasen darfst, während ich genüsslich mit deinen Eltern plaudere?« Er verzieht absolut keine Miene und ich hoffe, dass der Wachdienst anderes zu tun hat, als unsere Lippen zu lesen.

»Wehe, du bescherst mir nicht mindestens einen Orgasmus zwischen der Trauung und der Feier ...«, sage ich spitz.

»Sei vorsichtig, was du dir wünschst. Manches könnte in Erfüllung gehen ...«

In diesem Moment geht die Tür des Fahrstuhls auf und offenbart den Blick auf eine Menschentraube. Gideon greift meine Hand. So beginnt die Show. Das alles hier ist sein Spiel, seine Spielwiese, die er perfekt beherrscht.

Die Kameras klicken. Immerhin sind dies die ersten Bilder von uns als Paar. Sicher dauert es nicht lange, bis wir die Top-News erklommen haben. Spätestens morgen und in den nächsten Tagen zieren wir die Titelbilder der Klatschblätter mit fragwürdigen Slogans.

Doch zu meiner Überraschung stehen nicht so viele Menschen vor uns, wie gedacht. Ich schaue mich um. Offensichtlich wurden nur rund zwei Dutzend Pressevertreter eingelassen, der Rest drückt sich draußen die Nasen an den Scheiben platt.

»Ich moderiere an, du liest vor«, raunt Gideon mir ins Ohr, steckt mir einen Zettel zu und strahlt in die Menge hinein.

Ich werfe ihm einen verliebten Blick zu – oder hoffe zumindest, dass die Menge mir die absolute Verliebtheit abkauft –, dann beginnt er zu reden.

»Herzlich willkommen. Gern empfangen wir Sie, weil wir Ihnen etwas Wichtiges mitteilen möchten. Darling, bitte ...«

Auf seiner Schleimspur könnte ich ausrutschen, doch ich balanciere mich unter größtmöglicher Kontrolle aus und lächle. Einfach lächeln. Nicht winken, nur lächeln und hübsch aussehen. Und den Text vorlesen.

»Vielen Dank, dass Sie hier sind. Um es kurz zu machen, die Gerüchte, die Sie gehört haben, sind wahr. Ethan und ich sind getrennt. Manchmal erkennt man die wahre Liebe erst, wenn es beinahe zu spät ist. Daher bin ich umso glücklicher, dass Gideon mich gefunden hat. Samstag werde ich ihn ehelichen und als Sophia Maxwell an seiner Seite stehen. Herzlichen Dank für Ihre Aufmerksamkeit.«

Ich habe gerade die letzte Silbe gesprochen, da zieht Gideon mich in einen unnachgiebigen Kuss, der allen deutlich machen soll, dass es keine Zweifel gibt. Doch in meinem Kopf drehen sich die Gedanken wie im Sturm. Was zur Hölle habe ich da soeben vorgelesen?

Kapitel 30

Gideon

Das hat so weit geklappt. Erleichtert lasse ich mich in den Stuhl hinter meinem Schreibtisch plumpsen. Ja, ich habe Sophia mit der Tatsache überrumpelt, dass sie meinen Namen annehmen wird. Doch dem hätte sie ansonsten nie zugestimmt. Aber es muss sein, denn die Familie Gold wird untergehen, auch wenn Sophia davon noch nichts weiß.

Keine Ahnung, wie viele Wahrheiten ich noch verdrehen muss, damit alles passt. Aber es gibt nur ein Ziel. Das ist seit Jahren festgelegt und nun habe ich es in der Hand. Ich bin so nah dran. Und wenn ich dafür weiter Jones in den Arsch kriechen und für ihn die Drecksarbeit erledigen muss. Umweltschutz hin oder her. Es landen täglich Unmengen Dreck in der Natur, da wird der Fluss ab und an ein bisschen Säure vertragen. Wird schließlich ausreichend verdünnt. Doch kann ich nicht verhindern, dass das leise Stimmchen aus der hinteren Ecke meines Verstandes mir immer wieder zuflüstert, dass es einen anderen Weg geben müsste. Ohne illegale Aktionen, ohne Erpressung und ohne dass ich Sophias

Familie denunziere. Allerdings verdränge ich den Gedanken so schnell, wie er gekommen ist. Solange es keine klare Alternative gibt, werde ich bei meinem Plan bleiben.

Endlich klopft es an der Tür und Chris steckt seinen Kopf herein. »Was gibt's?«

»Setz dich.« Ich deute auf den Stuhl vor meinem Schreibtisch. Zurück im weiterhin halb leeren Büro unserer Immobiliensparte bleiben mir ein paar Dinge zu regeln, die keinen Aufschub dulden. »Sind die Fässer weg?«

»Sicher. Hat alles hingehauen.«

Gut. Ein Punkt weniger, über den ich mir Sorgen machen muss. »Hör zu. Der alte Jones hat mich einbestellt, weil er über die neuen Geschäftsbedingungen verhandeln wollte. Eigentlich wollte ich erst nächste Woche zu ihm, bin dann aber doch spontan schon heute los.« Bei dem Wort Geschäftsbedingungen male ich Gänsefüßchen in die Luft.

»Aha? Und an was dachte er dabei?«

»Tss. Der Wichser meinte allen Ernstes, dass wir über die Preise neu diskutieren könnten. Er will einhundert Prozent draufschlagen.«

»Unmöglich. Das kann Maxwell-Energy nicht bezahlen.«

»Richtig. Und er hat deutlich gemacht, dass es daran nichts zu diskutieren gibt.«

»Und was ist, wenn dein Dad mit ihm spricht? Die zwei hatten doch ein gutes Verhältnis und so ist Jones ihm entgegengekommen. Auch ohne dass dein Dad das Scheißzeug beseitigen musste.«

»Das ist mindestens fünfzehn Jahre her. Ich kann Jones schon verstehen, dass er eine Veränderung haben will. Immerhin steigen seine Kosten ebenso. Dad wird nichts ausrichten können. Außerdem kann ich ihn nicht mit hineinziehen. Niemals darf er von den Extra-Deals erfahren.« Damals war der vollkommen legale Deal, den mein Dad gemacht hat, gut. Heute ist er zu schön, um wahr zu sein. Aber solange Dad nicht dahinterkommt, ist es mir recht. Die neue Situation hingegen ist … vertrackt?

»Auch wieder wahr. Lösung?« Immerhin ist Chris erneut auf das Wesentliche fokussiert.

»Wir werden umdisponieren. Andere Entsorgungsbetriebe sind deutlich teurer. Also bleibt, dass wir uns selbst kümmern müssen.« Ich zucke mit den Schultern, als wäre diese Antwort logisch wie das Amen in der Kirche. Letztendlich hätte ich da auch schon eher darauf kommen können.

»Und die Menge, die wir zu den neuen Konditionen an Jones liefern, wird auf ein Minimum schrumpfen, oder?«

»Korrekt. Also kümmere dich, dass die Entsorgung möglich wird.« Um es konkret zu sagen: Wir haben einen größeren Haufen giftiger Scheiße wegzuschaffen, die nicht entdeckt werden darf. Zudem muss ich die Bücher irgendwie manipulieren, damit niemand Verdacht schöpft. Immerhin bin ich dazu verpflichtet, meinen Müll ordnungsgemäß zu entsorgen.

Chris fährt sich über die Haare und starrt ins Leere. Hinter seiner Stirn rattert es. »Ich suche nach neuen Lösungen. Noch ein paar Wochen, dann sollte der Trinity wieder zur Verfügung stehen. Aber gut ist das definitiv nicht.«

Ich nicke, denn das weiß ich selbst. »Kannst du bitte auch alle leer stehenden Grundstücke überprüfen? Ich will wissen, was Jones dort macht. Und sieh zu, dass du für das eine die Baugenehmigung bekommst. Du weißt schon ...«

»Mache ich. War das alles? Ich muss auch noch die finale Genehmigung für den neuen Wohnkomplex durchboxen.« Chris steht bereits halb.

»Nein, warte. Nur noch eine Sache ...« Ich zögere kurz. »Ich brauche Samstag einen Trauzeugen. Du wirst den Part übernehmen.«

»Solange ich nicht Blumen streuen oder eine Rede halten muss ...«

Begeisterung sieht anders aus. »Mir wurscht. Hauptsache, du bist zur richtigen Zeit dort.« Damit ist auch das letzte Detail für die Hochzeit eingestielt. Bleibt nur die Frage, ob ich auch wirklich das Richtige tue. So sicher wie noch wenige Minuten zuvor bin ich mir nicht mehr.

Kapitel 31

Sophia

»Sophia! Ist alles in Ordnung bei dir? Wann wolltest du uns sagen, dass du dich von Ethan getrennt hast? Warum erfahren wir davon erst aus der Presse?«

Als wenn das die wirklich wichtige Frage wäre. Aber Gideons Namen will sie nicht in den Mund nehmen. Ich halte das Handy ein Stück von meinem Ohr weg, so aufgebracht schrillt die Stimme meiner Mom heraus. Und ich kann sie verstehen. Ich hätte sie längst informieren müssen, doch ich war zu feige. Habe die Konfrontation gescheut und das ist nun die Quittung. Natürlich verstehen sie es nicht. Wenn ich ehrlich bin, verstehe ich mich selbst immer noch am wenigsten.

»Mom … Ich …« Dann purzeln die Tränen, die ich zuvor mühevoll unterdrückt habe, doch aus meinen Augen.

Direkt nach der Pressekonferenz ist Gideon wieder gefahren und seitdem schleiche ich durch das Penthouse. Vorbei am Sofa, auf das ich mich beim Sex mit Gideon gestützt habe, in die Küche, wo Ethan immer sein Rührei zubereitet hat. Das darf doch alles nicht wahr sein! Sophia Maxwell. Dabei ist mir der Name

Gold heilig. Es war nie mein Plan, diesen irgendwann abzulegen und auch Ethan war das klar. Doch nun ist es raus. Zurückrudern geht nicht mehr, denn dann wäre ich gesellschaftlich geliefert. Gideon hat mich überrumpelt. Er hat es gewusst. Warum habe ich nicht darauf bestanden, den Text vorher zu lesen? *Weil ich nicht wusste, dass er einen vorbereitet hat und er mich gekonnt mit Sex abgelenkt hat.*

»Sophia ... habt ihr euch gestritten?«

»Ja, das auch ...« Ich ziehe die Nase hoch und versuche, meine Schluchzer unter Kontrolle zu bringen, um Mom nicht noch mehr Möglichkeiten zum Nachhaken zu bieten. Sie hat Ethan – im Gegensatz zu Dad – immer geliebt wie ihren eigenen Sohn und war stolz auf mich, dass ich mich nicht von meiner Liebe zu ihm habe abbringen lassen.

»Aber das ist doch kein Grund, direkt hinzuwerfen. Kind, du wirst sehen, nach der Hochzeit ist alles anders.« Ihre Stimme ist wieder eine Oktave tiefer, mütterlich und beruhigend. So ist sie seit jeher. Wenn es drauf ankam, wusste sie uns Kinder stets dazu zu bringen, das zu tun, was sie wollte.

»Mom, bitte glaub mir. Ethan und ich haben keine Zukunft.«

»Stattdessen bandelst du direkt mit Maxwell an?« Dads Stimme ist leise und seine Aussprache verwaschen, sodass ich ihn kaum verstehe. »Ausgerechnet Maxwell? Ich hatte ja gehofft, dass der Handwerker nur ein kleines Übel ist, doch das toppt alles. Ich dachte, ich hätte dir mehr Verstand beigebracht.« Jedes seiner Worte trifft mich hart. Sticht wie eine Nadel in mein Herz. Ja, Dad hat mir immer beigebracht, das Gute im

Menschen zu sehen und für meine Prinzipien einzustehen. Doch genau das tue ich. Ich stelle das Image unserer Firma über mein eigenes Wohl, denn manchmal muss man Opfer bringen, um ein höheres Ziel zu erreichen. Aber inzwischen bin ich mir trotz aller Hindernisse sicher, dass Gideon und ich unseren Weg finden werden.

»Tut mir leid, Dad. Es … Es war … Ich kann nicht anders. Ich liebe Gideon und das habe ich zum Glück noch rechtzeitig erkannt.« Oder mache ich mir etwas vor? Glaube ich diese Lüge zu sehr? Ist es überhaupt eine Lüge? Denn auf eine gewisse Art liebe ich Gideon wirklich. Nur ist es komplett anders als bei Ethan.

Es raschelt im Hintergrund und ich höre Dad lauter. Wahrscheinlich hat Mom ihm das Telefon weitergereicht. »Sophia. Ich bin enttäuscht. Vor allem, nachdem ich dir die Firma überschrieben habe. Hast du extra so lange gewartet?«

Ich bin wie erstarrt. »Aber Dad, ich wusste nicht einmal, dass du mir die Firma überschreiben willst. Wie hätte ich also darauf warten können?« Wobei ich es hätte ahnen können. Es war stets allen klar, dass ich irgendwann Texas-SolarGold-Energy übernehmen werde. Aber doch noch nicht jetzt!

Stille. Nur Dads Atem. Dann ein erneutes Rascheln.

»Sophia?« Das ist Mom. »Dein Dad braucht Ruhe. Überleg dir, ob du das wirklich tun willst. Einer Hochzeit mit Gideon Maxwell werden wir nicht beiwohnen.« Ihre Stimme ist kalt und komisch ausdruckslos.

»Gib mir Dad bitte noch mal.«

»Nein. Er braucht Ruhe. Wir sprechen, wenn du es dir überlegt hast.« Sie ist unverkennbar sauer, denn bevor ich etwas erwidern kann, hat sie aufgelegt.

Ich starre auf das Handy, während die Tränen erneut über meine Wangen in den Schoß purzeln. Offensichtlich sitzt der Stachel, den der Streit über die Firmenausrichtung mit Wyatt Maxwell hinterlassen hat, tiefer, als ich dachte. Ja, meine Eltern haben komplett den Kontakt abgebrochen, doch das muss doch nicht heißen, dass Gideon und ich es nicht besser hinbekommen? Muss eine Familienfehde zwingend über Generationen andauern? Können sie nicht einfach einmal über ihren Schatten springen? Für mich?

Ja, ich liebe Ethan. Aber ich liebe Gideon ebenfalls, nur auf eine andere Art und Weise. Und ich kann nur einen heiraten.

Puh. Warum erzählt einem niemand, bevor man auf die Welt kommt, wie kompliziert das Leben sein kann? Und um es noch vertrackter zu machen, beiße ich in den sauren Apfel und wähle Isabellas Nummer.

Es tutet und beinahe befürchte ich, dass sie nicht rangeht. Ob sie bis zum Hals in Arbeit steckt?

»Wann hattest du vor, mir dieses Detail mit deinem Bräutigam zu verraten? Gideon? Ernsthaft? Sag mir bitte, dass das ein Scherz ist.« Auch bei ihr ist die Nachricht also längst angekommen.

»Hey, Isabella. Ich hab dich auch vermisst.« Ich beiße die Zähne zusammen, um nicht in dem Sarkasmus zu ersticken, den ich von mir gebe.

»Verarsch mich nicht. Sag schon. Bist du nach dieser Gala letztens mit ihm ins Bett gestiegen?«

Stimmt, ich hatte ihr ja erzählt, dass ich Gideon auf der Gala getroffen habe. »Nein, bin ich nicht. Also nicht direkt.« Meine Antwort ist zu patzig, immerhin entspricht sie der Wahrheit. Aber als meine Schwester und Trauzeugin hat sie wohl die Wahrheit verdient.

»Aha. Und wann hast du dir gedacht, dass es cool wäre, deine jahrelange Beziehung in den Wind zu schießen?« Ihre Stimme ist eiskalt.

Ich sacke in mich zusammen. »Ich ... Ich ... Keine Ahnung. Ich versuche nur, das Richtige zu tun.« Klasse. Nun fließen die Tränen wieder und ich könnte mich nicht weinerlicher anhören.

»Liebst du Gideon?«

»Ja.«

»Und Ethan?«

»Auch.«

Stille am anderen Ende. Zwei Sekunden. Drei Sekunden. Zehn Sekunden.

»Warum?« Isabellas Stimme ist nun tonlos.

»Weil ... Ach, Scheiße. Zwischen Ethan und mir lief es schon länger teilweise echt mies. Da habe ich mich verleiten lassen und Gideon ... Er ist besonders. So anders als Ethan. Ethan war komplett fehl in unserer Welt. Er braucht jemanden Bodenständiges und nicht mich, die als It-Girl auf Veranstaltungen herumhopst.« Verflucht. Ich quassle zu viel. Und ob ich auch in Zukunft noch ein It-Girl sein werde, steht in den Sternen.

»Aber er hat dich lange Jahre begleitet und unterstützt. Er wusste, auf was er sich einlässt.«

»Tut Gideon auch ... Also, er hat zumindest kein Problem, gemeinsam mit mir in der Öffentlichkeit zu stehen. Verstehst du nicht? Endlich habe ich wen, der mir

Halt gibt. Bei Ethan war es immer andersrum. Da musste ich die Starke sein. Bei Gideon kann ich auch mal ich sein und mich zurücklehnen.« Zumindest halb, wenn er ungefragt das Ruder übernimmt. Letztendlich ist das der Punkt, den ich an ihm mag. Er macht einfach. Ja, manchmal könnte er vorher fragen, aber immer alle Entscheidungen allein treffen zu müssen, macht müde. Ich möchte einen gleichberechtigten Partner an meiner Seite und das war Ethan nicht. Blöd, dass mir das erst kurz vor der Hochzeit aufgefallen ist, doch ich kann es nicht ändern. Jetzt muss ich zu meiner Entscheidung stehen.

»Ich verstehe dich sehr gut. Dennoch kann ich deinen Sinneswandel nicht nachvollziehen. Erpresst Gideon dich?«

Ich erstarre. Frau Anwältin hat eine Spur gerochen. »Nein«, antworte ich schnell. »Ich liebe ihn einfach mehr als Ethan und Punkt. Isabella, es ist meine Entscheidung und ich möchte dich bitten, das zu respektieren.«

Sie zögert. Würde ich an ihrer Stelle auch. »Und du erwartest nach wie vor, dass ich deine Trauzeugin bin?«

»Ja, bitte. Ich brauche dich an meiner Seite.« Ohne sie könnte ich das nicht durchziehen. Isabella ist meine Vertraute, Seelenpartnerin und beste Freundin zugleich.

»Dann bin ich pünktlich da. Aber ich werde wachsam sein. Sollte ich merken, dass er dich nicht gut behandelt, werde ich diese Hochzeit verhindern. Klar so weit?«

Ich nicke und schiebe ein »Ja« hinterher. Vielleicht rettet sie mich wirklich vor der größten Dummheit meines Lebens. Wer weiß das schon?

Kapitel 32

Gideon

»Es kann doch nicht so schwer sein, diese Baugenehmigung zu bekommen!« Ich lasse mich in meinen Schreibtischstuhl fallen und starre Chris an. Gerade scheint alles den Bach runterzugehen.

»Was erwartest du, Gid? Ich bin heute vor Ort gewesen. Jones hat ganze Arbeit geleistet. Echt. Wieso hast du nicht ab und an mal geschaut, was er da treibt? Man sieht auf den ersten Blick nichts und gleichzeitig ist der Boden verseucht bis zum Gehtnichtmehr. Es ist aussichtslos, die Baugenehmigung überhaupt zu erhalten. Das Wohngebiet wurde anders geplant. Du musst selbst hinfahren. Da ist nichts. Ein Grundstück mitten im Nirgendwo.« Er zuckt mit den Schultern.

Kein Wunder, dass Jones dort seit Jahren sein Unwesen treibt und den Müll unbeachtet entsorgt. Ja, ich habe es ihm damals erlaubt. Für kleine Mengen. Wer hätte ahnen können, dass das solche Ausmaße annimmt? Jones ist ein Aasgeier, das weiß ich nicht erst seit unserem letzten Gespräch. Das Ganze wächst mir langsam über den Kopf. Trotzdem nicke ich Chris zu. Er

kann am allerwenigsten für meine Fehlentscheidungen. »Danke. Ich verzichte. Dann kein weiterer Wohnkomplex. Und verkaufen?«

Doch Chris schüttelt den Kopf. »Das will niemand haben. Und wenn, kannst du es eher verschenken, denn
Geld wird für die Müllhalde keiner zahlen. Die Kosten,
um das Stück Land wieder bewohnbar zu machen, sind
viel zu hoch.«

Ich reibe mir über das Gesicht. Was soll ich mit einem
Grundstück, das im Verkauf mehr kostet als im Ein-
kauf? Außerdem frisst es Tag für Tag zu viel Geld. »Aber
man sieht doch nichts, oder?«

Chris verneint.

»Öffentliche Einrichtungen werden gerade mit hohen
Zuschüssen gefördert. Was wäre, wenn wir dort einen
Kindergarten oder Ähnliches errichten? Natürlich
müsste der Boden aufbereitet werden. Da können wir
bestimmt was drehen, um die Kosten zu senken. Fahr
noch mal raus und mach einen Plan. Oder zwei. Es
muss doch im Interesse der Leute liegen, wenn ein Kindergarten außerhalb der Wohnsiedlung ist. Wer will
schon einen Haufen schreiender Blagen im Nachbar-
garten?« Es ist eine Schnapsidee, die schneller meinen
Mund verlassen hat, als ich wirklich darüber nachdenken kann.

»Gid, bist du sicher, dass das eine gute Idee ist? Das
kann dir irgendwann das Genick brechen.« Mein bester
Mann schaut mich an, als hätte ich den Verstand verloren. Habe ich wahrscheinlich auch. Doch ich kann
nicht an allen Fronten gleichzeitig kämpfen.
Ich verdrehe die Augen. »Keine Ahnung, was ich mit

diesem Grundstück sonst machen soll. Irgendwas müssen wir tun. Jones verlangt mehr und langsam pisst er zu viel an meinen Karren. Der Wichser sollte lieber die Füße stillhalten, anstatt Forderungen zu stellen. Ich bin nicht sein Lakai.« Und ich bin müde. Wahrscheinlich wäre es besser gewesen, Jones nie auch nur einen kleinen Finger zu reichen. Wir hätten einfach einen anderen Entsorger wählen können. Doch dann wären wir wahrscheinlich längst insolvent.

Chris lacht trocken auf. »Nicht? Er hat dich an den Eiern, Mann.«

Ich richte mich auf und funkle meinen Kumpel und Komplizen an. Er hat recht, doch noch will ich nicht aufgeben. Ich bin so kurz davor, mein Ziel zu erreichen. Ohne Chris wäre ich aufgeschmissen, habe ich mir doch durch meine Art in den letzten Jahren statt Freunden eher Feinde gemacht oder Menschen in mein Leben gelassen, die mir aus eigennützigen Vorstellungen folgen. Er ist der Einzige, der mich seit der Schulzeit kennt und nicht weggelaufen ist. Immer sind wir durch dick und dünn gegangen. Wir wissen zu viel übereinander, um den jeweils anderen lange genug hinter Gitter zu bringen. Ja, unsere Freundschaft ist paradox und gleichzeitig ist er der Einzige, der an meiner Seite ist. Wir sind ehrlich und respektieren uns so weit wie möglich. Dennoch ist er mein Mitarbeiter und ich bin der CEO.

»Kümmere dich bitte trotzdem.« Wenn er was zu tun hat, nervt er mich wenigstens nicht. Damit ist das Thema für mich erledigt, obwohl längst laute Zweifel an mir nagen. Niemals hätte ich diesen Deal mit Jones eingehen dürfen. Das ist so klar wie der Umstand, dass ich Sophia heiraten werde. Deshalb stecke ich gefühlt Woche für Woche tiefer im illegalen Sumpf. Allerdings sind mir die Hände gebunden. Mir will schlichtweg keine Alternative einfallen. Und sowieso kein Weg mehr aus dem Schlammassel heraus. Also schiebe ich den Gedanken beiseite. »Gibt es sonst noch etwas?«

»Nein.« Damit verlässt er mein Büro beinahe schon fluchtartig. Verübeln kann ich es ihm nicht.

Dann greife ich entschlossen zum Hörer und wähle Moms Nummer. Es tutet mehrfach. Letztendlich springt die Mailbox an.

»Mom, du wolltest, dass ich heirate. Die Einladung für Samstag müsste euch zeitnah erreichen. Seid pünktlich.« Wenn ich ehrlich bin, ist es mir recht egal, ob sie kommen. Dennoch wäre es besser, um keinen Skandal zu riskieren.

Dann stehe ich auf, ziehe mein Jackett zurecht und verlasse das Büro. Oh ja. Bald werde ich Sophia heiraten. Und mit einem Mal weiß ich nicht, ob ich sie wirklich hätte erpressen müssen. Hätte ich vielleicht nur noch etwas Geduld haben und ihren Wunsch nach einer späteren Hochzeit respektieren müssen? Was ich auch mache, ich scheine es grundsätzlich falsch anzugehen.

Kapitel 33

Sophia

Wenn ich die letzten Tage zurückspulen könnte, würde ich es tun. Nicht, weil ich all die Stunden erneut durchleben will, sondern weil ich Zeit zum Luftholen brauche. Wie konnten die Tage so schnell verfliegen?

Es ist Samstag. Der Tag aller Tage, auf den ich monatelang hingefiebert habe und von dem ich mir gerade wünsche, er wäre bereits vorbei. Die Uhr zeigt 7:34 in der Früh. Ich bin bereits beim zweiten Kaffee und suche die Streichhölzer, die ich unter meine Augenlider klemmen könnte, damit sie nicht ständig wieder zufallen. Sollte ich nicht vor Aufregung hibbelig sein? Quietschend im Kreis rennen oder zum hundertsten Mal mein Hochzeitskleid anprobieren? Vielleicht könnte ich ein letztes Mal checken, ob ich alles für den großen Tag parat habe. Fuck. Heirate ich gleich Gideon Maxwell? Und nehme ich ernsthaft seinen Namen an? Erst das Ping meines Handys weckt meine Lebensgeister aus ihrer Erstarrung.

*Jacques wird dich pünktlich zur Location bringen. Lächle
und tu einfach, was ich dir sage. Dann wird es der
schönste Tag deines Lebens. Es ist alles vorbereitet.*

Ich starre auf die Nachricht von Gideon und lese sie
mehrfach. Kein *Ich liebe dich*. Kein *Kuss*. Nicht mal ein
Liebe Grüße? Oder *ich freu mich auf dich*?

Nur seine übliche Art, mir Anweisungen zu erteilen?
Ich schnaube aus und lege das Handy weg, um es direkt
danach wieder in die Hand zu nehmen und eine Antwort zu tippen. Von wegen schönster Tag im Leben.

Hab dich auch lieb, du Bastard!

Freundlich? Kann ich. Dennoch raffe ich mich auf,
kippe den letzten lauwarmen Schluck Kaffee in mich
hinein und lasse Chloe, die Friseurin und Isabella herein. Die folgenden Stunden erlebe ich wie in einer Art
Trance. Alles wuselt um mich herum, steckt mich in
hauchzarte Strumpfhosen, frisiert meine Haare zu einer gewundenen Hochsteckfrisur und verwandelt
mein Gesicht zu einer perfekten Maske. Die Maske für
die Öffentlichkeit, die mir helfen wird, das Pokerface
aufzusetzen. Denn ehrlich gesagt: Ich habe keine Ahnung, was auf mich zukommt. Wenn es einen letzten
Punkt zum Umkehren gibt, dann jetzt. Ich bin nicht bereit, während um mich herum mein Penthouse zu einem wahren Bienenstock geworden ist. Überall wuseln
Personen um mich herum und das Chaos wird größer.

Noch immer starre ich Löcher in die Luft, antworte
automatisch auf irgendwelche Dinge und frage mich,

wozu all dieser Wahnsinn gut ist. Heute wird geheiratet.

»Sophia, Jacques ist da.« Isabella dreht mich zu ihr. »Letzter Check. Du hast ein Wahnsinnskleid, siehst fantastisch aus, hast deinen Brautstrauß, Schuhe an ... Dann geht's jetzt los! Du willst doch noch immer Gideon heiraten, oder?« In ihren Augen blitzt die Freude, gepaart mit einem Hauch Zweifel, durch. Wenn ich es nicht besser wüsste, würde ich sagen, sie ist für mich mit aufgeregt. Denn komischerweise bin ich ruhig wie ein Fels in der Brandung. Zu ruhig. Müsste ich nicht hibbelig sein? Ich meine, es werden Hunderte Menschen da sein – sofern sie kommen und nicht plötzlich abgesagt haben – und uns dabei zusehen, wie wir Ja zueinander sagen. Alle werden mich anschauen, jede Regung mit ihren Kameras festhalten und anschließend wird in jegliche Entgleisung meiner Maske irgendetwas hineininterpretiert. Eine Herkulesaufgabe. Aber ich werde das schaffen.

Ich nicke und räuspere mich. »Ja«, krächze ich. »Ja, ich bin mir sicher. Los geht's.« Die Lippen aufeinandergepresst, kralle ich mich am Brautstrauß fest. Okay. Vielleicht bin ich doch ein wenig aufgeregt? Und nein, ich habe keine Ahnung, was ich will oder ob ich mir sicher bin.

Noch ist die Schleppe hochgesteckt, sodass ich mich gut in dem Kleid bewegen kann. Es ist pompös, elegant, betont jede Kurve meiner Figur und ist gleichzeitig schlicht. Und es fühlt sich noch immer richtig an, denn es hat absolut nichts mit dem Mann zu tun, der am Traualtar steht. Ethan hätte mich in dem Kleid ebenso geheiratet wie jetzt Gideon. Okay, beide hätten eh keinerlei Mitspracherecht gehabt, dennoch ist dieses Kleid ein Statement. Ein Statement an die Liebe. Ein Statement für alle Frauen, die sich etwas trauen und einmal in ihrem Leben Prinzessin sein wollen. Letzteres wollte ich zwar nie – auch ein Hosenanzug wäre für mich okay gewesen – aber gewissen Standards muss ich mich in meiner Situation beugen. Letztendlich würde ich es mir nicht anders wünschen. Es ist alles richtig. Hoffe ich zumindest, auch wenn ich Ethan bereits jetzt vermisse. Er hat sich nicht einmal gemeldet. Aber was erwarte ich auch? Ich habe ihn vor vollendete Tatsachen gestellt.

Sorgsam bugsiert Isabella mich und das Kleid auf die Rückbank der Stretchlimousine – wie auch immer Jacques die in die enge Tiefgarage gefahren hat. Draußen einzusteigen wäre keine Option gewesen, da die Aasgeier von der Presse dort seit den frühen Morgenstunden darauf lauern, dass ich auftauche. Diesen Gefallen tue ich ihnen nicht. Zum Glück ist der Wagen blitzblank, sodass das Kleid keinen Krümel Dreck abbekommt.

»Guten Morgen, Ms. Gold. Wenn ich mir die Bemerkung erlauben darf, Sie sehen wundervoll aus.« Jacques hat die Trennwand zur Fahrerkabine hinuntergelassen und strahlt mich an. »Dass ich diesen Tag noch erleben darf ...«

Täusche ich mich oder verdrückt er ein Tränchen? »Vielen Dank. Ja, ich bin auch froh, dass ich diesen Tag erlebe ...«

Er lacht auf. »Ich sehe schon. Die Laune ist gut. Darf ich losfahren?« Wenn er wüsste, wie sehr ich mir zwischenzeitlich gewünscht habe, einfach von dieser Erde zu verschwinden ...

Isabella ist inzwischen ebenfalls in den Fonds des Wagens gekrabbelt und nickt. »Ja, wir können.« Dann greift sie zur Flasche mit dem gekühlten Champagner und gießt zwei Gläser voll. »Für die Nerven.«

Dankbar nehme ich ihr eines ab. »Jetzt wird es ernst.« Ich drehe das Glas zwischen meinen Fingern und beobachte die aufsteigenden Blubberblasen.

»Noch können wir umkehren.«

Ich lache trocken auf. »Damit Gideon mit der kompletten Hochzeitsgesellschaft in mein Penthouse kommt und mir da das Jawort abluchst?«

»Muss er es dir denn abluchsen?«

Rasch schüttle ich den Kopf. »Nein. Muss er nicht. Ich will das und ich will ihn.« Hoffe ich zumindest. Und wenn ich an seine Andeutungen denke, bin ich mir ziemlich sicher, dass es nicht lange dauert, bis wir heute Sex haben. Hochzeitsgesellschaft hin oder her, weder er noch ich können darauf verzichten. Der Gedanke jagt ein Kribbeln durch meinen Körper. Hey, es ist nur Sex. Innerlich lache ich in mich hinein. Tss. Nur Sex. Wer's glaubt. Von Gideon gevögelt zu werden, ist viel mehr. Versuchung, Erfüllung und Hingabe zugleich. Aber ist das alles, was ich von einer Beziehung erwarte? Nein. Eindeutig nein. Die Frage ist, ob Gideon mir den Rest geben kann. Oder nein: Kann ich es aushalten, wenn er es mir nicht geben kann?

»Ihr hättet die Hochzeit verschieben können. Was denkst du, wie Ethan sich fühlt?«

Natürlich habe ich mir die Frage gestellt. Aber er hat sich die ganze Zeit nicht gemeldet. »Hattest du Kontakt mit ihm?«

Zögernd nickt sie. »Er hat mich angerufen. Kurz nach unserem letzten Telefonat. Sophia, er war vollkommen am Boden zerstört. Du hast ihm das Herz gebrochen und öffentlich darauf herumgetrampelt.«

Ich hebe das Glas und leere es in einem Zug. Was soll ich antworten? Sie hat recht. Nicht mehr und nicht weniger. Und ja, ich bin der Arsch. Ich habe Ethan verlassen und gleichzeitig war es richtig. »Er braucht jemand anderes an seiner Seite. Das wird er über kurz oder lang verstehen.« Das klingt genauso hart, wie es sich anfühlt. Doch ich brauche Distanz. Er darf keine Rolle mehr für mich spielen, damit er in Sicherheit ist.

»Ich hoffe für ihn, dass dem wirklich so ist.«

Inzwischen sind wir auf dem Weg zu der Hochzeitslocation. Ein Anwesen außerhalb von Houston mit einem wunderschönen Garten, geformt aus alten Rosenstöcken, bunten Blumen und kunstvoll geschnittenen Hecken und Sträuchern. Die freie Trauung wird draußen stattfinden. Da die Temperaturen bereits jetzt über zwanzig Grad geklettert sind, die Sonne strahlt und weit und breit kein Regentropfen in Sicht ist, war das die perfekte Wahl.

»Wir sind gleich da.« Jacques' Stimme dringt über Lautsprecher zu uns durch.

Nun wird es ernst. In meinem Bauch rumort es, als würde sich mein Frühstück überlegen, ob es genug Gesellschaft vom Champagner hatte. Wir fahren zwischen den Baumreihen durch, die die lang gezogene Einfahrt des Anwesens markieren. Mit jedem Meter kribbelt es mehr in mir und tausend Fragen schießen mir durch den Kopf.

Tue ich das Richtige? Hätten wir die Hochzeit nicht doch zu einem späteren Zeitpunkt durchführen sollen? Will ich das hier?

Der Parkplatz ist rappelvoll und vereinzelt streifen Menschen herum, die ich nicht kenne. Höchstwahrscheinlich werde ich nicht einmal mit einem Bruchteil der Leute reden und die meisten sind nur da, weil das Catering gratis ist und sie auf eine Sensation oder einen Fauxpas hoffen.

Wir halten vor dem Anwesen. Die Zeremonie findet auf der rückwärtigen Seite statt, sodass ich gleich meinen großen Auftritt habe.

Ursprünglich hätte Dad mich zum Traualtar begleiten wollen. Doch ob die Absage meiner Eltern wirklich nur der Abneigung gegenüber den Maxwells oder auch dem Gesundheitszustand meines Dads geschuldet ist, kann ich nicht mit Gewissheit sagen. In den kommenden Tagen geht er in die Reha, damit er wieder zu Kräften kommt und lernt, mit den ihm verbliebenen motorischen Fähigkeiten zurechtzukommen. So oder so hätte er den angedachten Part nicht übernehmen können. Dafür springt Isabella ein.

Jacques ist ausgestiegen und öffnet die Tür. Warme Luft dringt zu mir. Meine Zwillingsschwester zwängt sich an mir vorbei, steigt als Erste aus und reicht mir von draußen die Hand.

Ich ergreife sie und bin mir sicher, dass ich Isabella die nächsten Stunden nicht mehr loslasse. Kaum dass ich stehe, zupft sie wieder an mir herum. Als wäre das nicht genug, kommt in diesem Augenblick Chloe um die Ecke.

»Da seid ihr ja. Es ist alles vorbereitet. Bist du bereit?« Sie strahlt mich an, obwohl ich ihr die Strapazen der letzten Stunden und Tage deutlich ansehe. Ihr Lippenstift müsste dringend nachgezogen werden und ihr Kleid weist den einen oder anderen Fleck auf. Hat sie selbst mit angepackt? Gab es Probleme? Doch es bleibt keine Zeit, darauf einzugehen, da sie direkt weiterspricht.

»Deine Schleppe muss gelöst werden. Zeig mir den Brautstrauß. Wundere dich nicht, der Caterer liefert gleich Essen nach. Haben die heute früh doch teilweise verkehrte Sachen geliefert. Aber nun gut, ich will dich damit nicht belasten. Isabella, dort ist der Knopf zum Öffnen! Bist du bereit, Sophia?« Währenddessen löst sie die Schlaufen, mit denen die Schleppe befestigt ist, und dirigiert mich um das Anwesen herum.

Am liebsten würde ich Nein schreien, zurückgehen und mir die Decke über den Kopf ziehen. Ich kann das nicht.

Immer mehr Wiese kommt in Sicht. Dann die letzten Stuhlreihen, die ausnahmslos besetzt sind.

Isabella huscht ein paar Schritte vor und stößt die Luft aus. »Holla ... Das ist atemberaubend! Du wirst es lieben!« Sie grinst mich an, doch ich halte mir die Hand an den Bauch.

»Mir ist schlecht. Ich glaube ...«

»Wehe, du erbrichst auf das Kleid!« Chloes Stimme ist scharf und verfehlt ihre Wirkung nicht.

Ich zucke zusammen und schaue sie an. »Ich ...«

»Ja, du erbrichst nicht. Also ... Countdown. Noch zwei Minuten.« Sie greift an ihr Ohr und ich sehe erst jetzt das Headset, in das sie spricht. Kurz wendet sie sich ab, linst um die Ecke und nickt zufrieden.

Ich hingegen wechsle den Brautstrauß in die andere Hand und fasse haltsuchend nach meiner Schwester. »Lass mich bitte nicht los«, wispere ich.

»Aber an deinen Zukünftigen darf ich dich abgeben?«

Beklommen nicke ich. »Solange ich erst mal den Weg dorthin schaffe.« Wo ist die toughe Geschäftsfrau in mir geblieben? Himmel, ich habe schon auf Bühnen gestanden und vor weitaus mehr Menschen Reden gehalten. Aber das hier ist etwas anderes. Es geht um mich. Um meine Zukunft. Um Gideon, den ich von meiner Position aus nicht sehen kann.

»Dreißig Sekunden.« Chloe gibt eine weitere Anweisung über ihr Headset, doch ich bin im Tunnel. Jetzt geht es los und meine einzige Aufgabe ist, nicht zu stolpern und Ja zu sagen.

»Sophia, warte!«

Ich zucke zusammen und habe rascher aus meinem Tunnel wieder herausgefunden, als mir lieb ist. Eher fühle ich mich kalt geduscht, denn als ich mich umdrehe und die Person sehe, die zu der mir vertrauten Stimme gehört, ahne ich, dass dreißig Sekunden nicht reichen werden.

»Ethan. Was machst du denn hier?«

Kapitel 34

Sophia

Ethan mustert mich mit verkniffenem Gesicht, checkt mein Outfit von oben bis unten ab und nickt. »Das hier ist meine Hochzeit und ich bin nicht ausgeladen worden.«

»Abbruch, Abbruch. Es verzögert sich um ein paar Minuten.« Chloes Stimme dringt leise zu mir durch, als sie in ihr Mikro spricht. Erleichtert atme ich aus. Das nimmt den Druck, gleichzeitig habe ich keine Ahnung, was ich Ethan antworten soll. Auch Isabella ist einen Schritt zurückgetreten. Sie wird mir in dieser Angelegenheit nicht helfen. Immerhin habe ich mich Ethan gegenüber alles andere als fair verhalten. Er verdient eine Erklärung, die ich ihm jedoch nicht geben kann.

Ethan steht in seinem Hochzeitsanzug vor mir. Schick in Dunkelblau, die Weste mit zarten Verschnörkelungen bedruckt. Die Haare dezent gegelt, während der Duft nach herbem Duschgel zu mir hinüberweht. Braune Schuhe runden das Outfit ab. Genauso habe ich ihn mir als meinen Bräutigam vorgestellt. Einzig das Lächeln fehlt in seinem Gesicht.

»Ethan ...« Ich habe keine Ahnung, was ich sagen will. Hilfe suchend schaue ich zu Chloe, doch die zuckt diabolisch grinsend mit den Schultern. Sie hat ihn bewusst nicht ausgeladen, denn Gideon wird ihr dies ausdrücklich vorgegeben haben.

»Sophia, überleg dir bitte, ob du das hier durchziehen willst. Ich liebe dich und wenn du gedacht hast, dass ich dich einfach so ziehen lasse, liegst du falsch. Egal, was passiert ist. Ich verzeihe dir alles.« Ethans Stimme ist klar und deutlich, als hätte er die Worte tagelang geübt.

Ich seufze. Etwas in der Art hatte ich befürchtet, doch damit, dass er es in letzter Sekunde versucht, habe ich nicht gerechnet. Er hatte tagelang Zeit. Warum jetzt? »Ethan, ich verstehe dich zu gut. Aber es ist definitiv aus. Ich werde heute Gideon heiraten.«

Doch sosehr ich flüchten will, so gern möchte ich Ethan in den Arm nehmen. Er fehlt mir. Daher sage ich zu Isabella gewandt: »Gebt uns bitte ein paar Minuten.«

Meine Schwester nickt und sofort greift Ethan meine Hand und zieht mich aus ihrer Hörweite. Sein mir so wohlbekannter Geruch umhüllt mich, vernebelt mir die Sinne, während ich hilflos versuche, Contenance zu wahren. Verflucht, ich heirate gleich einen anderen Mann. Jetzt ist weder Zeit für Sentimentalitäten noch für Tränen. Meine Entscheidung ist gefallen.

»Du heiratest ihn, weil du ihn liebst oder weil er dich erpresst?« Ethans Stimme ist kalt, trieft vor Abneigung.

Ich erstarre. »Was willst du damit andeuten? Natürlich liebe ich ihn.« Wie sollte ich an dieser Stelle, diesem Ort, kurz vor meiner Hochzeit etwas anderes behaupten? Doch Ethan kennt mich besser als jeder andere Mensch.

»Ich weiß, dass du in Gideon bis vor Kurzem nur den Playboy gesehen hast und darum stets bemüht warst, eine höfliche Distanz zu ihm zu wahren. Daher frage ich mich, was geschehen sein muss, damit du ihm binnen so kurzer Zeit derart verfallen bist. Das sieht dir nicht ähnlich und du wirst mir zugestehen müssen, dass ich mich in diesem Fall sorgen darf. Sophia, sag mir, was los ist!« Drängend streicht er über meine Hand, die ich ihm nicht entziehen kann.

Ich schlucke. »Ich mag ihn, Ethan. Nicht mehr und nicht weniger.« Und das stimmt. Ich liebe ihn trotz seiner dominierenden Art – oder gerade deswegen. Denn eines ist mir in den vergangenen Tagen auch klar geworden: Wenn Gideon etwas sensibler vorgegangen wäre, hätte er mir nicht drohen müssen. Ich war ihm längst verfallen und inzwischen bin ich neugierig, wer sich wirklich hinter der Fassade versteckt. Denn Gideon ist mehr als ein dominanter Mann.

»Und weißt du von seinen illegalen Machenschaften?« Er ist näher zu mir gekommen, flüstert nur noch.

Mein Blick huscht zu Isabella und Chloe, die leise redend beieinanderstehen. »Ich ...« Ich zögere. Verflucht. Was soll ich ihm antworten?

»Also?«, fragt Ethan erneut.

»Ja, ich weiß davon.« Ich entscheide mich für die Flucht nach vorn. »Und bevor du etwas sagst, Gideon und ich haben darüber gesprochen. Hier wird es Klärungen geben. Die Frage ist eher, wieso du davon weißt?« Ich stecke so viel Zuversicht in die Worte, wie mir möglich ist, und mustere ihn tadelnd.

Ethan verzieht den Mund. »Sophia, ich habe Gideon und seinen Lakaien in den letzten Tagen beobachtet.

Keine Ahnung, ob du das ganze Ausmaß kennst, aber hör mich an und entscheide selbst, ob du ihn heiraten willst.« Kurz schließt Ethan die Augen, dann schaut er mich mit festem Blick an. »Du weißt, dass Gideon eine Immobilienfirma besitzt?«

»Selbstverständlich.« Das ist schließlich kein Geheimnis.

»Gut. Unter anderem besitzt er mehrere unbebaute Grundstücke in guter und nicht so guter Lage. Was er mit Letzteren will, war mir zunächst schleierhaft, doch inzwischen ist mir einiges klarer geworden. Zweite Frage: Du weißt, dass in euren Betrieben regelmäßig Abfallstoffe anfallen, die fachgerecht entsorgt werden müssen? Du arbeitest doch mit einem entsprechenden Entsorgungsbetrieb zusammen?«

»Ja, selbstverständlich tun wir das. Wo soll ich sonst mit dem Zeug hin? Ein teures Vergnügen, aber so stelle ich sicher, dass die Umwelt möglichst wenig belastet wird.«

Ethan nickt zufrieden, als wäre er froh, dass ich die grundlegenden Sachen verstanden hätte. »Wenn ich dir jetzt sage, dass Gideons Firma nicht so gut läuft, wie es nach außen den Anschein hat, würdest du mir wahrscheinlich nicht glauben.« Er hebt den Finger, als ich ihm widersprechen will, und ich schließe meinen Mund. »Gideon arbeitet ebenfalls mit einem Entsorgungsbetrieb zusammen und hat dort Sonderkonditionen. Diese Sonderkonditionen hängen womöglich mit dem Deal zusammen, dass dieser Entsorgungsbetrieb eines von Gideons Grundstücken als illegale Müllhalde benutzt.«

Ich erstarre. »Das kann nicht stimmen!« Warum sollte Gideon dann Müll im Trinity entsorgen lassen? Das ergibt keinen Sinn. »Und woher willst du das wissen?«

»Ich habe Gespräche belauscht und aufgezeichnet. Von diesem Entsorger. Und dieser Chris, der für Gideon arbeitet, war in den letzten Tagen äußerst umtriebig. Ich bin ihm gefolgt und so auf die Grundstücke gestoßen. Vor allem dieses eine. Soll ich dir die Beweise zeigen?«

Ich schüttle den Kopf. »Danke. Nicht nötig. War's das jetzt?« Keine Ahnung, wie ich ihn anders zum Schweigen bekommen soll. Ja, Gideon ist nicht der Saubermann, wie es nach außen hin den Anschein hat, und er hat offensichtlich mehr Geheimnisse als gedacht. Allerdings weiß ich das und ich werde ihn trotzdem heiraten. Ich muss. Daran führt kein Weg vorbei, egal, was ich wirklich tief in meinem Herzen will.

»Nein, das war's noch nicht. Als ich Erkundigungen über Gideon und seine Firma angestellt habe, sind mir die zukünftigen Bauprojekte ins Auge gefallen. Wusstest du, dass auf dem Grundstück mit der Müllhalde demnächst ein Kindergarten gebaut werden soll? Ist wohl frisch angefragt worden. Ich bin mir sicher, dass der Boden vorher nicht entsprechend aufbereitet wird. Dann käme ja alles ans Licht. Ich bin mir ebenfalls sicher, dass Gideon noch mehr Dreck am Stecken hat. Er liebt dich niemals. Er will nur von einer perfekten Frau profitieren. Du wärst seine Trophäe und sein Vorzeigepüppchen. Solch ein Monster willst du heiraten und lässt mich dafür sitzen? Mich, der dir jahrelang zur Seite gestanden hat? Mich, den du seit der Schulzeit liebst?« Seine Stimme wird mit jedem Satz schriller, drängender. Verzweifelter.

Diese Anschuldigungen sind an den Haaren herbeigezogen. Gleichzeitig machen sie etwas mit mir. Ich schwanke. Nicht im körperlichen Sinne, eher gedanklich. Ethan will mich zurück. Das ist klar. Doch ist er damit eindeutig zu weit gegangen. Was geschieht, wenn Gideon von seiner Spionage erfährt? Er wird niemals zulassen, dass Ethan ungeschoren davonkommt.

Ich presse meine Lippen zusammen, weiß nicht, was ich antworten soll. Gideon wird mich ruinieren, sollte ich ihn nicht heiraten. Das ist so sicher, wie ich gleich Ja sagen werde. Egal welche Geschichten Ethan mir erzählt. Egal, was ich möchte. Das zählt an dieser Stelle nicht mehr.

Dennoch schreit alles in mir, dass ich die Flucht ergreifen sollte. Wie weit auch immer Gideons Verstrickungen reichen, wenn auch nur ein Körnchen Wahrheit an dem dran ist, was Ethan erzählt, wird Gideon sich niemals ändern. Er wird mich vernichten, egal ob ich ihn heirate oder nicht. Was also soll ich tun? Verflucht! Ich bin die Besitzerin eines milliardenschweren Unternehmens. Ich sollte klarer in meinen Entscheidungen sein und wissen, was zu priorisieren ist. Aber ich bin auch nur eine Frau. Ich könnte auf beide Männer verzichten. Der eine steckt knietief in zu viel illegaler Scheiße und erpresst mich. Der andere will sich beweisen und spioniert dem anderen hinterher. Dabei hat er sicher ebenfalls an der einen oder anderen Stelle die Gesetzestexte *flexibel* ausgelegt. Er wird die Grundstücke ohne Erlaubnis betreten haben. Aber Ethan ist

Ethan. Er ist zu lieb für diese Welt und verhält sich gerade wie ein getretener Kater. Gideon hingegen ist der Tiger, der an der Spitze der Nahrungskette stehen will und seine Ideen mit aller Macht durchsetzt. Das wird er immer tun. Aber ich will nicht in der Gosse versauern. Will nicht alles verlieren. Eine Ehe mit Gideon erscheint mir im Vergleich das kleinere Übel zu sein. Und vielleicht habe ich ja noch einen positiven Einfluss auf ihn. Menschen können sich ändern und es muss Lösungen geben. Ja, ich werde mit ihm gemeinsam Dinge ändern können. Also straffe ich die Schultern und suche all meine Contenance zusammen, die ich finden kann.

»Ethan, lieb, dass du dich um mich sorgst. Ich werde mit Gideon reden und wir werden eine Lösung finden. Aber versteh bitte, dass ich ihn heiraten werde. Ich liebe ihn mehr, als ich mir vor Kurzem jemals hätte erträumen können. Und leider haben wir zwei uns auf unserem gemeinsamen Weg verloren. Ethan, ich muss dich bitten, diese Hochzeit zu verlassen. Wir haben Zuschauer und ich möchte nicht mehr Drama als unbedingt notwendig.«

Tatsächlich steht seit einiger Zeit ein Mann an der Hausecke und mustert uns eindringlich. Keine Ahnung, ob er uns gehört hat, doch möglicherweise steht der Wind so ungünstig, dass er nicht weghören konnte. Noch ein Problem mehr. Aber egal, was kommt, wir werden die Hochzeit durchziehen. Ich habe keine andere Wahl.

Ethan hingegen lässt mich keine Sekunde aus den Augen. »Scheiß was auf die Zuschauer. Sophia, ich liebe dich und daran wird sich nie etwas ändern. Doch wenn du es willst, werde ich dich aus Liebe ziehen lassen, damit du glücklich wirst. Sehe ich jedoch, dass du nicht zufrieden bist, werde ich Gideon das Leben zur Hölle machen.«

Ehe ich etwas erwidern kann, dreht er sich um und geht. Fassungslos starre ich ihm hinterher.

Kapitel 35

Sophia

Isabella tritt zu mir heran und greift nach meinem Arm. Nach Halt suchend klammere ich mich an ihr fest. Ich bin nicht bereit. Ich bin absolut nicht bereit, jetzt zu heiraten. Während meine Schwester mich zurück in Richtung der Trauzeremonie lotst, beginnt der Hochzeitsmarsch. Noch immer hängen die Worte von Ethan in meinem Kopf.

»Reiß dich jetzt zusammen oder sag die ganze Veranstaltung hier ab. Ich sehe, dass du hin- und hergerissen bist. Egal, was du tust, steh jetzt dazu«, zischt Isabella mir zu und setzt direkt ihr schönstes Lächeln auf. Sie kennt mich einfach zu gut. Aber was soll ich tun? Wenn ich jetzt abbreche, werde ich nie wieder einen Fuß auf den Boden bekommen.

»Ich werde heiraten«, flüstere ich und ignoriere das Stimmchen in mir, das laut Nein schreit.

Einen Schritt vor den anderen. Mehr muss ich nicht tun. Und ebenfalls lächeln. Doch die Gedanken lassen mich nicht los. Wie viel verschweigt Gideon mir wirklich? Denn ich bin mir sicher, dass Ethan zumindest in kleinen Teilen recht hat. Sicher hat er übertrieben. Immerhin will er mich zurück. Aber in jeder Geschichte steckt ein Fünkchen Wahrheit. Es beweist vor allem einmal mehr, dass Gideon seine Drohungen mir gegenüber wahr machen würde. Verflucht. Warum musste ich ausgerechnet diesem Bastard in die Fänge gehen? Hätte nicht irgendwer anders am Trinity sein Unwesen treiben können? Wobei ich dann wahrscheinlich jetzt nicht auf dem Weg zum Altar, sondern in einer Holzkiste wäre.

So blicke ich starr geradeaus, lächle und nehme kaum die riesigen Aufbauten mit den bunten Blumen, dem Baldachin, die Sitzreihen sowie die liebevoll dekorierten Details an jeder Ecke wahr. Einzeln kenne ich die Elemente bereits, Chloe und ich haben sie besprochen. Zusammen ergeben sie ein Kunstwerk, das seinesgleichen sucht. Girlanden schaukeln im sanften Luftzug, ein Hauch von Gebratenem schleicht sich in meine Nase und mein Magen rumort. Ich bin zwar noch nicht auf vielen Hochzeiten gewesen und gleichzeitig bin ich felsenfest davon überzeugt, dass diese Hochzeit einzigartig ist. Einzigartig, weil sie nicht sein sollte.

Die Sitzreihen neben dem Gang verschwimmen zu einer Masse, von der ich das Klatschen wahrnehme. Vor mir ein Blütenmeer und vorne ein Mann in einem Anzug, der mir den Rücken zuwendet.

Als wir nur noch gut fünf Meter vor uns haben, hält Isabella an. In der ersten Reihe sitzt Charlotte, unsere jüngere Schwester. Die Plätze für meine Eltern daneben sind leer. Der Kloß in meinem Hals wird so dick, dass ich kaum noch Luft bekomme. Ich schlucke. Das hier fühlt sich plötzlich so falsch an. Eine Lüge. Aber ich muss das durchziehen.

Wie auf ein geheimes Zeichen dreht Gideon sich um. Langsam, als wäre er sich nicht sicher, ob er diesen nächsten Schritt wirklich tun möchte.

Dann treffen sich unsere Blicke und ich versinke in seinem. Tauche ein in die Dunkelheit, die er verströmt und die mich magisch anzieht wie das Licht die Motten. Seine Haltung ist aufrecht und dominant, gleichzeitig offen und einladend. Sein Blick gierig, als könnte er es kaum erwarten, mich aus diesem teuren Fummel von Kleid zu schälen. Seine Mimik aufmerksam und wissend, gepaart mit dem unwiderstehlichsten Lächeln dieses Planeten.

Mir wird heiß, dann wieder kalt und noch immer lassen Ethans Worte mich nicht los. Wird Gideon mich glücklich machen? Und wird Ethan seine Worte wahr machen, wenn nicht?

Die letzten Meter sind schnell überwunden und schon schließt sich seine Hand um meine. Ich werfe Chris, der neben ihm steht, einen neutralen Blick zu. Ausgerechnet er?

»Du siehst wundervoll aus«, raunt Gideon mir ins Ohr und beschert mir trotz der Temperaturen eine Gänsehaut.

»Danke«, hauche ich zurück und erwidere das Bussi auf die Wange. Anschließend wende ich mich nach vorn, der freien Traurednerin zu, die uns wohlwollend ansieht. Bestimmt ist sie genauso aufgeregt wie ich, oder? Allerdings macht sie einen gefassten Eindruck.

»Liebe Sophia, lieber Gideon. Ich freue mich sehr, Sie hier begrüßen zu dürfen. Aber auch Sie, liebe Familien,

Verwandte, Freunde und Bekannte, möchte ich herzlich begrüßen. Willkommen zu der Hochzeit dieser beiden Menschen, die sich heute öffentlich füreinander entscheiden wollen. Nehmen Sie bitte Platz.« Sie deutet auf die Stühle vor uns.

Umständlich sortiere ich das Kleid, wobei Isabella mir sofort zur Seite steht. Als ich endlich sitze, greife ich erneut nach Gideons Hand. Ohne Halt wäre ich verloren, denn ich spüre Hunderte Augenpaare in meinem Rücken. Wohlwollend und aufmunternd, aber auch eifersüchtig und stechend. Zum Glück redet die Traurednerin direkt weiter, sodass ich mich an ihre Worte klammern kann.

»Ab dem heutigen Tag möchten Sie miteinander verbunden, ja sogar verknüpft, sein und den Bund der Ehe eingehen. Daher soll ein Knoten Ihre Liebe symbolisieren. Ein Knoten, der sich nicht so leicht lösen lässt und gleichzeitig für die Unendlichkeit steht. Er soll Sie auf allen Wegen begleiten und Ihnen an Weggabelungen die Richtung weisen. Eng verbunden werden Sie von nun an Ihren gemeinsamen Pfad entdecken, beschreiten und erkunden. Über hohe Berge und durch tiefe Täler wird er führen und Ihnen nach Durststrecken immer wieder das Licht zeigen. Bitte erheben Sie sich.«

Wie eine Sprungfeder stehe ich auf. Zu schnell, unkontrolliert. Gideon neben mir scheint deutlich gelassener.

Die Traurednerin räuspert sich. »Dann frage ich Sie, Gideon, möchten Sie mit der hier anwesenden Sophia nach reiflicher Überlegung und aus freiem Entschluss den Bund der Ehe eingehen?«

Ich schaue zu Gideon, der meine Hände umschlungen hält.

»Ja.« Seine Stimme ist fest. Laut und deutlich schallt sie durch die Reihen der Zuschauer. Dabei lächelt er mich an.

»Dann frage ich auch Sie, Sophia. Möchten Sie mit dem hier anwesenden Gideon nach reiflicher Überlegung und aus freiem Entschluss den Bund der Ehe eingehen?«

Ich zögere. Horche auf meinen Herzschlag, der dumpf in meiner Brust hallt. Was ist, wenn das alles ein großer Fehler ist? Doch es gibt nichts, für das wir keine Lösung finden. Außerdem hat er mich in der Hand.

»Ja«, hauche ich und nicke.

Sein Lächeln ist nur für den Bruchteil einer Sekunde verrutscht. Sofort hat er sich wieder gefasst. Und auch ich schaffe es, zu grinsen, obwohl ich gleichzeitig heulen könnte. Das hier ist eine Farce. Ein Schauspiel, bei dem wir die Hauptrollen haben. Theaterspielen ist nicht meins.

»Wunderbar. Sie haben sich gegenseitig Ihre Liebe erklärt. Nun dürfen Sie sich die Ringe anstecken.«

Gideon greift nach einer kleinen Schatulle auf dem Tisch und steckt mir einen sündhaft teuer aussehenden Ring an den Finger. Mit zittrigen Händen greife ich nach dem deutlich schlichteren Ring und brauche zwei Anläufe, bis ich ihn Gideon ebenfalls angesteckt habe.

»Damit erkläre ich Sie nun zu Mann und Frau. Sie dürfen sich küssen.«

Und Gideon küsst mich nicht nur. Nein, er verschlingt mich. Drängend schiebt er mir seine Zunge in den Mund und löst eine Leidenschaft in mir aus, die nicht nur dem Augenblick geschuldet ist. Damit vertreibt er endgültig alle negativen Gedanken. Ja, wir schaffen das und die kleinen Probleme werden wir auch geradebiegen.

Hinter uns erschallt Beifall. Höflich und distanziert. Ich kann es ihnen nicht verübeln. Immerhin kenne ich die meisten nicht.

»Liebe Gäste. Als nächsten Punkt benötige ich die Unterschriften der beiden frisch Vermählten. Aufgrund der öffentlichen Hochzeitsgesellschaft und des Datenschutzes werde ich dazu mit den Eheleuten kurz in das Anwesen gehen.« Sie lächelt freundlich und wir folgen ihr.

Das gibt mir Abstand und Raum, sodass ich sofort tief durchatme. »Geschafft«, murmle ich und Gideon nickt.

»Zumindest fast.« Er lächelt mich an und zieht mich im Gehen in einen weiteren Kuss. Dabei rutscht seine Hand natürlich wie zufällig bis zu meinem Po. Bastard. Immer wieder. Bastard. Garantiert hat das jeder gesehen und das Bild prangt später auf allen Titelblättern.

Zum Glück ist der Weg kurz, da sich der Raum mit den Unterlagen im ersten Stock des Anwesens, direkt neben der Wiese, befindet, auf der wir zuvor getraut worden sind. Alle diese Wege bin ich im Vorfeld abgelaufen. Habe sie geübt und auswendig gelernt. Doch ohne eine leitende Hand wäre ich heute aufgeschmissen. Als säße eine zentnerschwere Last auf meinem Rücken, fallen mir die Schritte nicht leicht. Gleichzeitig fühle ich mich fluffig wie eine Feder. Das hier ist doch alles nur ein Traum, oder?

Die Traurednerin öffnet die große, schwere Tür und lässt uns eintreten. Dann zwinkert sie Gideon verschwörerisch zu und hält unsere Trauzeugen zurück. »Sie haben fünf Minuten. Sie beide, folgen Sie mir bitte kurz. Ich bräuchte da noch ...« Mehr höre ich nicht, denn sie hat die Tür bereits hinter uns geschlossen.

Verwundert schaue ich mich um. Der Raum ist bis auf einen Tisch mit Papieren leer.

»Mrs. Maxwell.« Gideon räuspert sich und lenkt so meine Aufmerksamkeit auf sich, bevor ich mir die Wandmalereien genauer ansehen kann. Er strahlt mich an und zieht mich an seine Brust. »Jetzt gehörst du mir.« Sacht streicht er eine Strähne aus meinem Gesicht, die aufgrund der Tonnen an Haarspray sofort wieder an ihren Platz zurückflutscht. Eine Betonfrisur im wahrsten Sinne des Wortes.

Erschöpft sinke ich gegen ihn und lasse mich fallen. Ich muss ihm zeigen, dass ich es ernst mit ihm meine. Nicht dass er noch auf die Idee kommt, er könnte seine Drohungen dennoch wahr machen. Wieso kostet es so viel Kraft, eine öffentliche Hochzeit durchzuziehen?

»Ja, jetzt gehöre ich wohl dir ... zu dir.« Ich atme tief seinen Geruch nach frischem Aftershave und Anstrengung ein. Schwitzt er nicht tierisch in dem Anzug?

»Nein, um mich!«

Ich brauche eine Sekunde, um zu verstehen, was er meint. Doch seine Finger lassen keine Zweifel daran, dass ich ihn richtig verstanden habe. Schneller, als ich schauen kann, hat er mein Kleid gerafft, schiebt mich zu dem Tisch, fegt die Unterlagen beiseite, zieht die Strumpfhose und meinen weißen Spitzen-Slip hinab und öffnet seine Hose. Als ich seine Spitze an meinem

Eingang spüre, brechen alle Dämme. Die Anspannung verflüchtigt sich, meine Muskeln werden weicher und ich recke ihm das Becken entgegen. Sollte ich gedacht haben, ich wäre nicht feucht und bereit für ihn, so habe ich mich getäuscht. Ich schwimme und will, dass er mit mir hinausschwimmt.

Ohne Widerstand dringt er hart in mich ein, sodass ich scharf die Luft einziehe. Nicht vor Schmerz, sondern wegen der Intensität der Lust, die über mich hinwegrollt. Körperlich bin ich ihm absolut verfallen. Sofort nimmt er einen drängenden Rhythmus auf, hält mich, kippt sein Becken und dringt bis zum Anschlag in mich ein. Er füllt mich komplett aus, nimmt mich mit auf eine unvergessliche Reise in fremde Galaxien. Als sein Daumen zusätzlich meine Klit streift, bin ich lost. In mir zieht sich alles zusammen, rhythmisch und unaufhaltsam wie Wellen eines Tsunamis. Zu mehr als einem tiefen Stöhnen bin ich nicht fähig, obwohl ich weiß, dass Gideon längst nicht genug hat. Seine Stöße werden drängender, härter und tiefer, wenngleich das kaum möglich erscheint. Gideon grunzt, stößt zwei weitere Male fest in mich und kommt. Das Pulsieren seines Schwanzes hallt in mir nach, während ich versuche, wieder zu Atem zu kommen.

»Du bist Mein, vergiss das nicht.«

Ich schüttle den Kopf. Wie könnte ich das vergessen? Er hat mir schließlich deutlich gedroht. Doch brauche ich ihn und den Sex. Schnell, hart und dominant. So, wie er es angekündigt hat.

»Gut. Richte dein Kleid, damit wir die Formalitäten klären können.«

Ich schmunzle. »Nun, das hätten wir längst tun können. Aber du konntest ja nicht bis zu unserer Hochzeitsnacht warten.«

»Warum sollte ich? Immerhin habe ich die schönste und bezauberndste Frau an meiner Seite, die ich mir jemals hätte erträumen können. Ich werde dich heute sicher noch mehrfach in dem Fummel ficken.« Er leckt sich über die Lippen und lässt das Raubtier aus seinen Augen sprechen.

In diesem Moment klopft es und die Traurednerin tritt mit unseren Trauzeugen ein. Perfektes Timing. »So, dann wollen wir uns dem Papierkram widmen«, sagt sie gut gelaunt und richtet die Papiere auf dem Tisch, als könne sie sich überhaupt nicht vorstellen, was wir in der Zwischenzeit getan haben.

»So, wenn Sie, Sophia, bitte einmal hier unterschreiben ...« Ich nehme den Stift und will meine Unterschrift auf das Papier setzen, als ich innehalte. Ich habe die neue Signatur nicht geübt.

»Schreiben Sie bitte Sophia Maxwell geb. Sophia Gold.«

Es fühlt sich vollkommen verkehrt an, seinen Nachnamen zu schreiben. Gleichzeitig ist es nun meiner. Ob ich mich jemals daran gewöhnen werde? Ob die Öffentlichkeit sich daran gewöhnt? Oder bleibe ich für sie Sophia Gold?

»Gut, jetzt Sie, Gideon. Sie unterschreiben wie immer.«

Gideon zögert keine Sekunde und krakelt seine Signatur auf das Papier.

»Wunderbar. Bitte noch die Trauzeugen mit vollem Namen hier unterschreiben. Damit sind alle Formalitäten erledigt und ich darf Sie endlich in Ihre Feierlichkeiten entlassen.«

Sie lächelt, während Isabella und Chris unterzeichnen. Wahrscheinlich denkt sie, dass wir das neue Traumpaar sind. Wenn sie doch nur hinter die Kulissen blicken könnte.

»Geh doch schon vor zum Büfett. Charlotte wartet sicher auf dich. Ich wünschte, unsere Eltern hätten dabei sein können«, sage ich zu meiner Schwester, als die Traurednerin sich verabschiedet hat.

»Ihr kommt gleich nach?«

»Sicher. Ich brauche gerade nur einen kleinen Moment, bevor ich mich der Meute stellen mag.« Die Wahrheit ist: Ich muss Gideon zur Rede stellen. Was auch immer an den Anschuldigungen von Ethan dran ist, es ist nun auch mein Problem. Gideon hat, was er will. Meine Firma und mein Ruf sind damit vorerst safe. Aber natürlich könnte durch seine Aktionen dennoch alles unnötig kompliziert werden. Es ist an der Zeit, dass er sich Wahrheiten stellen muss.

Kaum dass Isabella den Raum verlassen hat, zieht Gideon mich an sich. Seine Lippen verschließen meine und als er sein Becken an mich drückt, spüre ich zu deutlich, wie bereit er schon wieder für mich ist. Doch ich löse mich langsam und bestimmt von ihm, was ihm ein Knurren entlockt. Er schaut mich erst liebevoll, dann mit festem Blick an. Allein diesen Wandel in seiner Mimik zu beobachten, ist ein Schauspiel für sich.

»Du hast recht. Leider ist der Papierkram noch nicht vorbei. Um den Ehevertrag kommen wir nicht herum.«

Seine Worte wirken wie eiskaltes Wasser. Ehevertrag? Jetzt? Aber eigentlich hätte es mir klar sein müssen, denn wir müssen schließlich Gütertrennung vereinbaren. Doch das hat auch bis morgen Zeit. »Ich muss auch noch etwas mit dir besprechen«, sage ich stattdessen.

»Dann schieß los.«

Ich atme kurz durch. Soll ich ihm von Ethan erzählen? Nachher lacht er mich aus. »Erst der Ehevertrag. Bringen wir das hinter uns«, sage ich entschlossen, um mir ein wenig Bedenkzeit zu geben. Ich bin mit Gideon verheiratet. Auf ein paar Minuten kommt es nicht mehr an.

Er nickt zufrieden und reicht mir einen Stapel Zettel. »Lies ihn dir in Ruhe durch und unterschreib.«

Der erste Punkt fällt mir sofort auf. »Der Passus mit der Gütertrennung fehlt«, murmle ich, während ich weiterlese. Mit jedem Wort wird mein Magen flauer, bis er sich umdreht. »Warum?«, flüstere ich tonlos. »Was soll das?«

»Nun, Sophia, ich bin Geschäftsmann. Ich kann nicht zulassen, dass wir beide uns gegenseitig Konkurrenz machen.«

»Gideon, wir hätten vorher darüber reden müssen. Du kannst nicht nach Belieben entscheiden und Verträge verändern. Wir sind erwachsene Menschen, keine Kinder mehr. Ich kann das nicht unterschreiben.« Meine Stimme wird wieder lauter, kräftiger. Dieser Vertrag ist eine Farce. Nicht nur, dass die Gütertrennung fehlt. Nein, er will auch unsere Firmen vereinen. Obwohl ich am liebsten schreien würde, reiße ich mich zusammen. Dennoch pfeffere ich die Zettel zurück auf den Tisch und verschränke die Arme vor meinem Körper.

Gideon atmet hörbar durch und kommt mit einem gutmütigen Lächeln auf mich zu. »Sophia, wir sind verheiratet. Ich liebe dich und habe daher entschieden, dass ich alles mit dir teilen möchte. Auch unsere Firmen. Glaube mir, es ist in deinem Interesse. Wie du weißt, haben unsere Großväter damals mit einem Traum begonnen. Sie haben die Firma aus dem Nichts aufgebaut und die Zeichen der Zeit erkannt. Als unsere Väter übernahmen, wurde die Firma erfolgreicher, wuchs und trug Früchte. Doch ihr Zerwürfnis war nicht nur ein Desaster, nein, es hat sie mehr als den Traum unserer Großväter gekostet. Du siehst es ja, weder deine noch meine Eltern sind heute hier. Klar, die getrennten Firmen liefen. Beide zusammen hätten jedoch noch viel besser sein können. Sophia, ich will den Traum unserer Großväter neu aufleben lassen. Ich will gemeinsam mit dir die Zukunft neu gestalten. Wir können miteinander die Welt erobern.«

Seine Rede ist gut. Beinahe zu gut und ich will ihm glauben. Doch der Zweifel in mir ist längst gesät. Ich hätte es vorher wissen müssen, dass es nicht nur darum geht, mich in eine Rufschädigung zu drängen, wenn ich ihn von mir stoße.

»Gideon ...« Ich breche ab. Wie formuliere ich das, was ich sagen will, so, dass ich mich nicht völlig hysterisch anhöre? »Warum?«

Wenn ich mir eine Antwort erhofft habe, so lässt er sich Zeit. Stumm starre ich in die Tiefen seiner Augen, versuche, irgendeine Reaktion zu erkennen. Dann gebe ich mir einen Ruck und spreche weiter. »Warum verschweigst du mir so viel? Kurz vor der Zeremonie ist Ethan aufgetaucht und er hat mir Dinge über dich und deine Firma erzählt, die ich nicht verstehe. Etwas von einem Grundstück, das als Müllhalde dient ...«

Gideons Blick verdunkelt sich und er packt meine Oberarme. »Sophia ... Glaubst du ihm mehr als mir? Ich bin deine Diskussionen leid. Immer willst du reden, diskutieren, recht haben ... Muss ich dich daran erinnern, dass ich Texas-SolarGold-Energy auch jetzt noch dem Erdboden gleichmachen kann? Du weißt, was ich gegen dich in der Hand habe. Entscheide dich: Lass uns die Firmen vereinen und den Traum unserer Großväter weiterleben oder deine Firma ist Geschichte. Du wärst Geschichte.«

Ich starre Gideon an. Habe ich wirklich geglaubt, dass er mit seiner Erpressung nach der Hochzeit aufhört?

»Es ging immer nur um meine Firma, richtig? Du wolltest sie schon immer. Du willst sie nicht zerstören. Ich wäre höchstens der Kollateralschaden?«

Als er langsam nickt, bricht in mir etwas. Ich habe mich von ihm täuschen lassen. Habe gehofft und geglaubt, dass er auf mich hört, wenn wir erst verheiratet sind. Dass er zur Vernunft kommt und mit den Umweltverschmutzungen aufhört. Doch der Sumpf, in dem er steckt, ist viel tiefer, als ich angenommen habe. Er wird sich nicht ändern. Verdammt. Dann reiße ich mich los.

Kapitel 36

Gideon

Verflucht. Sophia stürmt aus der Tür hinaus und ich halte sie nicht auf. Im Gegenteil. Ich stehe wie festgewurzelt da und habe keine Ahnung, was ich tun soll. Wenn ich gehofft habe, dass sie nach der Unterschrift mit allem einverstanden wäre und meine Pläne mit mir gemeinsam umsetzt, so wurde ich eines Besseren belehrt. Natürlich war mir klar, dass sie nicht vor Freude in die Luft springt, aber die Idee, die Firmen zu vereinen, ist gut. Wie kann sie den Traum unserer Großväter derart mit Füßen treten? Sie muss doch einsehen, dass es die beste Lösung ist. Immerhin will ich für meine Firma auch nur das Beste. Oder habe ich mich vollkommen verrannt? Habe ich etwas übersehen? Hätte ich sie doch früher mit einbeziehen müssen? Aber hätte sie mich dann überhaupt geheiratet? Lediglich eine Sache weiß ich mit Gewissheit.

»Ich liebe dich ...«, flüstere ich noch, doch die Worte verhallen im Raum. Denn das entspricht der Tatsache. Ich liebe sie und der Umstand, dass sie gerade davongelaufen ist, schmerzt.

Chris klatscht gehässig in die Hände. »Toll gemacht. Ganz toll. Vielleicht hättest du etwas feinfühliger sein können? Oder sie nicht erst jetzt vor vollendete Tatsachen stellen? Kollateralschaden? Und du nickst einfach? Was denkst du dir dabei?« Chris lehnt entspannt an der Wand mit den elenden Malereien, die ich schon jetzt nicht mehr sehen mag.

»Halt's Maul. Wieso ist sie nur so stur und zickig?«

»Vielleicht, weil sie keine von deinen blonden Betthäschen ist. Sie hat Feuer. Ich habe dir schon damals gesagt, dass du dir an ihr die Zähne ausbeißen könntest.«

»Könntest. Aber ich werde nicht verlieren. Sie wird unterschreiben. Sie muss einfach. Ansonsten ist sie genauso dämlich wie alle anderen Frauen.« Jetzt bin ich unfair Sophia gegenüber, denn dämlich ist sie gewiss nicht. Im Gegenteil. Sie ist hübsch und intelligent – und mir vermutlich intellektuell weit überlegen.

»Oder zu schlau für dich. Gid, du bist kein Heiliger und wenn ich sie wäre, hätte ich längst das Weite gesucht. Ein Wunder, dass sie dich überhaupt geheiratet hat, denn dieser Ethan hat eindeutig Zweifel in ihr gesät. Aber irgendwie scheinst du ihr Herz erobert zu haben, sonst hätte sie es niemals drauf ankommen lassen.« Er zuckt mit den Schultern und bestätigt mit seinen Worten meine Gedanken.

»Wichser«, knurre ich und wende mich ab. Die Papiere müssen sortiert werden. Theoretisch. Oder auch nicht.

Dann drehe ich mich wieder zu Chris. »Viel wichtiger ist, zu klären, wie Ethan das herausfinden konnte. Ist er dir gefolgt?«

Chris zuckt erneut mit den Schultern. »Ich bin sicher nicht dazu verpflichtet, nach Verfolgern Ausschau zu halten, wenn ich zu den Grundstücken rausfahre. Vielleicht hat Jones geplaudert? Wer weiß? Du wusstest, dass du erwischt werden kannst. Also tu nicht so, als würde dich das überraschen.« Er stößt sich von der Wand ab und kommt auf mich zu. »Wenn ich du wäre, würde ich jetzt Sophia einfangen. Keine Ahnung, auf welche blöden Ideen sie sonst kommt. Außerdem brauchst du die Unterschrift. Ansonsten kannst du vergessen, dass deine Firma jemals auf legalem Weg Gewinn erwirtschaftet.«

Ich nicke entschlossen, doch mein Innerstes ist längst ins Wanken geraten. »Ich werde sie suchen.« Und dann müssen wir die Dinge klären. Es geht nicht anders. Ja, vielleicht habe ich Fehler gemacht. Zu viele. Vielleicht hätte ich sie nicht derart unter Druck setzen sollen, aber was hätte ich sonst tun sollen? Ich brauche sie. Ihre Firma kann meine sanieren. Und verzweifelte Menschen tun nun mal dumme Dinge. Ich will allerdings nicht verzweifelt sein. Ich bin ein Macher, auch wenn ich manchmal übers Ziel hinausschieße. Doch egal, wie es weitergeht, ich brauche Sophia. Zusammen werden wir eine Lösung finden.

Kapitel 37

Sophia

Ich renne. Keine Ahnung wohin. Hauptsache, weg. Doch überall lauern Hochzeitsgäste und ich will um jeden Preis einen Eklat verhindern. Niemand darf mich so sehen, denn auch ohne Spiegel weiß ich, dass mein Make-up ruiniert ist. Also renne ich und hoffe, dass mich niemand sieht. Ein Moment für mich, das wird nicht zu viel verlangt sein.

Kurz darauf finde ich mich im Durchgang zu einem abgelegenen Flügel des Anwesens wieder. Eine Kette versperrt mir den Weg, doch Fußspuren zeigen, dass hier vor Kurzem jemand langgegangen ist. Staub wirbelt durch die von draußen hereinblitzenden Sonnenstrahlen, die wie Scheinwerfer die Luft durchbrechen.

»Ist man denn hier nirgends allein?« Ich seufze und will bereits umkehren, als ein Geräusch meine Aufmerksamkeit auf sich zieht.

Das tiefe, dunkle Stöhnen drückt so viel mehr Schmerz aus, als ich jemals ertragen könnte. Ich halte inne, lausche. Ein erneutes Wimmern. Wer auch immer sich hierher verirrt hat, ist eindeutig in Not. Ob derjenige gestürzt ist? Aber warum geht die Person in einen abgesperrten Bereich? Okay, ich hatte es auch vor, doch ist das wohl etwas anderes. Ich wäre vorsichtig gewesen, allein schon wegen meines sauteuren Kleides.

Ich drehe mich um, hoffe nun, dass irgendwer in der Nähe ist. Aber ich bin allein. Wahrscheinlich sollte ich besser Hilfe holen, doch ein erneutes Stöhnen hält mich zurück. Nein. Das hier duldet keinen Aufschub. Wenn sich jemand verletzt hat, brauche ich einen Überblick über die Lage. Entschlossen löse ich die Kette und ignoriere das *Betreten-verboten*-Schild. Langsam schleiche ich mich voran, was sich im Brautkleid und mit klackernden Absätzen als nahezu unmöglich entpuppt. Links liegen drei gestapelte Säcke – vielleicht Zement? –, daneben einige Steine, die noch darauf warten, das Loch zu meiner Rechten zu verschließen. Die übrigen Wände sind nackt, noch ohne Putz, und jeder meiner Schritte wirbelt ein Staubwölkchen auf. Ein Rohbau, wie er im Buche steht und in dem natürlich heute niemand arbeitet. Eine Hochzeitsgesellschaft mit Baulärm als musikalische Untermalung wäre ein Desaster geworden. Dann höre ich eine Stimme und halte inne.

»Das ist dafür, dass du unerlaubt mein Grundstück betreten hast.« Ein erneutes Stöhnen. »Du hättest fragen können, ich hätte dir Antworten gegeben. Ja, vielleicht nicht die, die du dir wünschst, aber dann könnten wir uns das hier sparen. Also, was weißt du noch?«

Ich kenne die Stimme nicht und doch jagt sie mir mit jedem Wort eine Gänsehaut über den Rücken. Unangenehm und kalt. Unbarmherzig und emotionslos. Wieder ein dumpfer Schlag, ein Stöhnen, als wenn jemand eine Faust in den Magen bekommt. Ich sollte gehen und Hilfe holen.

»Nun mach schon den Mund auf. Was hast du noch zu ihr gesagt?«

Ihr? Wer ist mit *ihr* gemeint? Ein erneutes dumpfes Geräusch und beinahe meine ich, Knochen knacken zu hören. Das reicht. Entschlossen drehe ich mich um, will Hilfe holen, doch ich bin keine zwei Schritte weit gekommen, als ich ein Klicken hinter mir höre.

»Stehen bleiben. Hände hoch und langsam zu mir umdrehen.«

Ich erstarre, denn die Stimme ist noch eine Nuance kälter geworden. Wie in Zeitlupe hebe ich meine Hände und folge der Aufforderung. Mein Herz wummert dumpf in meiner Brust und potenziert sich in meinem Hals zu einem pulsierenden Knoten.

Keine Ahnung, was ich erwartet habe, aber sicher nicht, dass ein Mann in schickem Anzug auf meiner eigenen Hochzeit mit einer Waffe auf mich zielt. Sein Gesicht ist verkniffen, doch dann meine ich, so etwas wie eine Erkenntnis in seinem Blick aufblitzen zu sehen. Hat er mich erst jetzt erkannt? Bin ich etwa nicht gut genug als Braut zu erkennen?

»Sophia Gold. Nein, Sophia Maxwell.« Er spuckt meinen Namen aus. So viel Wut und Abscheu spiegelt sich darin, dass ich nicht umhinkomme, ihn anzustarren. »Nun, das eröffnet neue Optionen. Hier rein. Und wage es nicht, nach Hilfe zu rufen.« Er winkt kurz mit der Pistole in den Raum, aus dem er gekommen sein muss.

Doch meine Füße bewegen sich nicht. Alles in mir ist wie zu Beton erstarrt, unfähig, auch nur eine Regung zu zeigen. Geschweige denn, seiner Aufforderung Folge zu leisten. Ich schüttle den Kopf und suche verzweifelt nach Worten. Wer ist dieser Mann? Irgendwo habe ich ihn bereits gesehen, doch wo?

Dann fällt es mir wieder ein: vor der Zeremonie, als ich mit Ethan gesprochen habe. Der Mann stand an der Hausecke und hat uns beobachtet. Hat uns belauscht und wahrscheinlich jedes Wort mitbekommen, das Ethan gesagt hat. Verdammt. Aber das erklärt noch lange nicht, warum er auf meiner Hochzeit eine Waffe bei sich führt.

»Ich sage Dinge nicht zweimal. Sofort hier rein oder deine Haut bleibt nicht mehr unversehrt!«

»Was wollen Sie?«, frage ich endlich, doch er winkt nur erneut mit der Waffe in den Raum hinein.

Mit steifen Beinen stakse ich zwei Schritte vorwärts, obwohl ich lieber meine Röcke gerafft und auf dem Absatz kehrtgemacht hätte. Alles in mir schreit nach Flucht.

»Meine Ruhe. Jetzt rein hier.« Er wirkt angespannt, tritt von einem Bein auf das andere. Ob er wirklich schießen würde? Jedoch habe ich kein Bedürfnis, es darauf ankommen zu lassen. Daher schlucke ich und nicke.

»Schon gut. Ich gehe ja.« Die Arme noch immer nach oben gereckt, schiebe ich mich mit meinem ausladenden Kleid an ihm vorbei und erstarre erneut.

Vor mir in dem kleinen Raum liegt ein Mann im dunkelblauen Anzug, zusammengekrümmt und das Gesicht von mir abgewandt. Doch alles an ihm kommt mir seltsam vertraut vor, obwohl die Wange blutüberströmt ist. »Was ...?« Ich verstumme jedoch, als ich die Mündung der Waffe an meinem Nacken spüre.

»Sophia.« Der Mann, der mit blutüberströmtem Gesicht halb auf dem Boden sitzt, beinahe schon liegt, stöhnt. Diese Stimme! In mir zieht sich alles zusammen. Meine Hände zittern und ich kralle mich in mein Brautkleid, um mich an irgendetwas festzuhalten.

»Ethan!« Ich flüstere nur, will zu ihm stürmen, doch der fremde Mann hinter mir hält mich an der Schulter zurück.

»Keinen Mucks, sonst ist er tot.«

Erneut läuft es mir eiskalt den Rücken hinunter. Was auch immer hier vor sich geht, dieser Mann macht Ernst. Wenn ich zuvor noch gezweifelt habe, so bin ich mir nun sicher, dass er nicht blufft. Er würde abdrücken. Aber worum geht es hier wirklich?

»Wer sind Sie?«, frage ich, die Waffe in seiner Hand bestmöglich ignorierend. Vielleicht bringt die Antwort mich ja ein Stückchen weiter.

»Das tut nichts zur Sache.« Damit stößt er mich von sich, ich stolpere vorwärts, trete auf mein Kleid und kann mich nicht mehr halten. Ich rudere mit den Armen, dann schlage ich unsanft auf dem Boden auf. Schmerz durchzieht meinen Ellenbogen. Gleichzeitig wage ich nicht, mich zu bewegen. Nur mein Blick wandert zu Ethan, dessen rechtes Auge bereits vollkommen zugeschwollen ist. Es muss um die Dinge gehen, die Ethan herausgefunden hat. Und dann dämmert es mir, mit wem ich es zu tun haben könnte.

»Ich …« Doch als der Mann einen zischenden Laut ausstößt, verstumme ich sofort.

»Kein Wort.«

Trotzdem rapple ich mich langsam auf. Dreck klebt an meinem Kleid und auch einzelne Blutstropfen haben sich darauf verirrt. Rot prangen sie auf dem weißen Stoff wie Fremdkörper. Doch lässt mich das seltsam unberührt. Es ist mir egal, Hauptsache, Ethan und ich kommen heil aus dieser Situation heraus. Hastig sehe ich mich um. Gibt es nichts, was mir weiterhelfen würde? Aber vielleicht ist auch keine Zeit, die Heldin zu spielen. Vielleicht ist Gideon längst auf der Suche nach mir. Immerhin will er seinen Vertrag unterschrieben wissen.

Im Augenwinkel sehe ich, wie der Mann sein Handy greift, einen Knopf drückt und darauf wartet, dass jemand seinen Anruf entgegennimmt.

»Planänderung. Fahr an die Baustelle ran.« Damit legt er auf und wühlt in seinem Jackett, scheint jedoch nicht das Gewünschte zu finden. »Hilf ihm auf«, sagt er dann an mich gewandt und deutet auf Ethan. Als wenn ich ihn tragen könnte! Dennoch rapple ich mich weiter auf und ziehe und zerre an meinem Ex-Verlobten, bis er irgendwie auf den Füßen steht. Er wankt und krallt sich haltsuchend an mir fest.

Ich werfe einen raschen Blick zu dem Mann und durch die Öffnung hinter ihm, in der die Tür fehlt. Wieso ist Gideon nicht da? »Du wirst genau das tun, was ich dir jetzt sage, ansonsten knalle ich deinen Freund ab.«

Ich nicke stumm, denn vorerst scheint es mir die beste Option zu sein, einfach das zu tun, was er will. Dennoch rotieren meine Gedanken. Jede einzelne Überlegung zerschellt jedoch daran, dass Ethan nicht in der Lage ist, zu fliehen.

Im Gegenteil. Es kostet ihn sichtlich Kraft, sich an mir festzukrallen und nicht wieder zu Boden zu sinken.

»Da lang!« Der Mann deutet auf eine weitere Öffnung, die in einen angrenzenden Raum führt, der ebenso leer ist und nach Staub und Baustelle riecht wie der ganze Bereich. Allerdings besitzt auch dieser eine zweite Tür, die nach draußen führt. Durch die Fensteröffnung sehe ich Blumen, akkurat geschnittene Sträucher und einen kleinen Teich, auf dem Enten schwimmen. Also befinden wir uns auf der am weitesten abgelegenen Seite der Partylocation.

Mist. Also wird wahrscheinlich niemand so schnell auf uns aufmerksam.

In diesem Moment bleibe ich mit dem Fuß an etwas hängen. Ich strauchle, knicke um und Ethans Gewicht drückt mich gnadenlos dem Boden entgegen. Schwer schlage ich auf, während es in meiner Frisur ziept und mein Kopf unsanft nach hinten ruckt. Schmerz fährt von meinem Hals bis in meinen Rücken, nur überlagert von meinem Fuß. Dunkle Punkte tanzen vor meinen Augen, nehmen mir eine klare Sicht. Ich blinzle, versuche, mich zu orientieren. Jedoch strahlt im nächsten Moment Sonnenlicht direkt in meine Augen.

Auch Ethan neben mir ächzt.

»Du kommst gerade passend. Schaff sie auf die Ladefläche.« Das ist wieder der Mann. Offensichtlich wurde die Tür von außen geöffnet.

Hände greifen ruppig um meine Oberarme, ziehen mich hoch und drängen mich vorwärts. Doch als ich meinen Fuß belasten will, stöhne ich auf. Der Schmerz sticht spitz durch ihn hindurch. Ich hüpfe auf dem anderen Bein, blinzle erneut, doch ein Lappen wird auf meinen Mund gedrückt, bevor ich noch etwas sagen kann.

Aus Reflex atme ich und weiß, dass jegliche Chance verloren ist. Der süßliche Geruch füllt meine Lungen und vernebelt meine Sinne. Das Letzte, was ich mitbekomme, ist, dass ich auf einem harten Boden aufschlage. Dann versinkt alles um mich herum in Schwärze.

Kapitel 38

Gideon

»Verflucht! Sie kann nicht vom Erdboden verschluckt sein!« Ich funkle Chris an. Auch sein Blick huscht suchend umher, streift immer wieder über die Hochzeitsgesellschaft, die sich am Büfett bedient. Von der Balustrade hat er den perfekten Überblick über den sonnendurchfluteten Raum. Natürlich sind längst nicht alle Gäste im Anwesen, doch wo sollte Sophia hinlaufen, wenn nicht zu ihrer Schwester? Isabelle steht jedoch mit Charlotte, ihrer jüngeren Schwester, zusammen.

Rasch trete ich ein paar Meter zurück. Meine Schritte hallen von den Wänden des Ganges wider, viel zu laut, und ich kann mich nur schwer zügeln, nicht loszubrüllen. Es ist unmöglich, dass meine Braut mitten während der Hochzeitsfeier verschwindet. Aber das Anwesen ist groß.

»Lass uns logisch denken. Sie ist weggelaufen, weil du sie vor vollendete Tatsachen gestellt hast. Würde sie eher Gesellschaft oder Einsamkeit suchen?« Er sieht mich fragend an.

»Was weiß ich? Ich hätte gedacht, dass sie sofort zu Isabella rennt.« Ich hebe ratlos die Hände. Trotz der räumlichen Distanz sind die beiden Zwillingsschwestern sonst auch ein Herz und eine Seele. Das ist seit Jahren bekannt.

»Also vielleicht braucht sie eher Ruhe?« Zum Glück reitet er nicht darauf herum, dass ich meine Frau offensichtlich schlecht kenne. Viel zu schlecht. Mein ganzer Plan war eine Farce. Und wenn ich ehrlich zu mir bin, habe ich in den letzten Jahren mehr Mist gebaut, als ich an zwei Händen abzählen kann. Wie konnte es nur so weit kommen? Und wieso hat Sophia trotzdem Ja gesagt, wenn sie längst Verdacht geschöpft hatte?

»Kann sein.«

»Dann hätte ich noch eine Idee. Ich gehe einmal entspannt draußen herum, checke den Garten und anschließend die Toiletten ab. Du solltest den Trakt des Anwesens checken, in dem gebaut wird. Wenn sie an diesen Orten nicht ist, weiß ich auch nicht weiter. Aber verhalte dich unter allen Umständen ruhig, okay? Die Presse wartet noch immer auf irgendeine Schlagzeile.«

Ich verdrehe die Augen. Als wenn mir dieser Punkt nicht bewusst wäre. Sophia kann sich auf etwas gefasst machen, wenn ich sie finde. So geht niemand mit mir um. Egal, ob ich Mist gebaut habe oder nicht. Ohne etwas zu sagen, drehe ich auf dem Absatz um und durchstreife die weiteren Gänge des Anwesens und gehe die Treppe ins Erdgeschoss hinab. Sie muss hier irgendwo sein.

»Gideon!« Isabellas Stimme hält mich auf. So entspannt, wie ich kann, drehe ich mich um und lächle sie an. »Wo ist Sophia? Ich dachte, ihr wolltet zur Hochzeitsgesellschaft kommen? Alle warten auf euch.«

»Wir brauchen noch ein bisschen. Aber sei unbesorgt. Es ist alles in bester Ordnung.« So recht mag ich meinen eigenen Worten nicht trauen. Dennoch hoffe ich, dass sie das leichte Zittern in meiner Stimme nicht bemerkt.

»Okay. Die ersten Gäste sind allerdings inzwischen gegangen.« Sie mustert mich, als versuchte sie, etwas in meinen Augen oder in meiner Mimik zu lesen.

Ich zucke mit den Schultern. »Die meisten waren nur zur Trauung da. Ich habe nichts anderes erwartet, als dass sie sich satt essen und satt trinken und dann abhauen. Ich hoffe auch sehr, dass bald die meisten Pressefuzzis weg sind.«

Isabella streicht sich die Haare auf eine Art zurück, die ich von Sophia zu gut kenne. Zumindest äußerlich könnte ich sie miteinander verwechseln, doch während Sophia tief in sich ein zartes Mädchen versteckt hat, das sich nach meinem Schwanz verzehrt, ist Isabella die Anwältin an der Nasenspitze anzusehen. Kein Wunder, dass sie vor Gericht so mancher Gegenseite das Fürchten lehrt. Urplötzlich hoffe ich, dass sie niemals mit mir in einem Gerichtssaal stehen wird. Egal auf welcher Seite.

»Wenn ihr nicht bald auftaucht, könnt ihr wahrscheinlich allein feiern. Es ist wirklich alles in Ordnung?«

Ich nicke. »Ist es. Geh doch schon mal eine Runde tanzen, wenn du magst. Bitte entschuldige mich jetzt.«

Damit lasse ich sie stehen und schlendere den Gang entlang. Noch immer sind wir auf meiner Hochzeit und wenn ich es will, werden wir gar nicht mehr vor den anwesenden Gästen auftauchen. Sollen alle denken, was sie wollen. Sophia ist Mein und mehr zählt nicht.

Nun muss ich die ausgebüxte Katze nur wieder einfangen. Alles andere klären wir dann.

Ich blicke nicht zurück. Erst als ich um die Ecke gegangen bin, beschleunige ich meine Schritte. Wo auch immer Sophia steckt, es reicht. Sie kann nicht denken, dass sie meine Frau wird und ich ihr daraufhin die Welt zu Füßen lege. Egal, was ich in den letzten Tagen von mir gegeben habe und sosehr mein Herz auch flattert, wenn ich sie sehe, ich muss die Firma sanieren. Wir brauchen Wachstum und sie wird sich mit den Änderungen auch anfreunden können. Immerhin wird es ihr bei mir an nichts fehlen. Sie wird einen guten Job machen, an meiner Seite. Niemand darf je infrage stellen, ob wir glücklich sind. Denn das werden wir sein. Die Hochzeit war erst der Anfang. Die Pflicht, auf die jetzt die Kür folgt.

Als ich die Baustelle erreiche, fallen mir sofort die Fußspuren im Dreck auf. Die Staubschicht ist merkwürdig verwischt und ich ahne, dass Sophias Kleid dafür verantwortlich sein könnte. Die Kette, die einst den Zugang verschlossen hat – so erinnere ich mich noch von der Begehung vor ein paar Tagen – liegt achtlos am Rand. Hier war kürzlich eindeutig jemand.

Ich gehe einige Schritte in die Baustelle hinein, linse in die Räume, folge den Spuren. Am Ende des Ganges ist ein kleinerer Raum. Hier sind die Spuren verwischter, gepaart mit den Abdrücken von Anzugschuhen. Ansonsten ist niemand zu sehen und zu hören. Nur mein eigener Atem durchdringt die Stille. Stetig und doch zu schnell. Ich schleiche vorwärts, während ein mulmiges Gefühl in meinem Bauch kribbelt. Ich schlucke. Irgendwas ist hier faul. Dann fällt mein Blick auf rote Tropfen auf dem Boden.

Verflucht. Das ist keine Farbe. Rasch knie ich mich hin, tippe mit dem Finger hinein und rieche an der Flüssigkeit. Metallisch. Eindeutig Blut. In mir zieht sich alles zusammen, dreht meine Eingeweide zu einem Knoten, während ich einen Fluch unterdrücke.

Sofort zücke ich mein Handy. »Sie war hier.«

»Was heißt das? Wo ist sie hin?« Ich höre, wie Chris von draußen ins Innere des Gebäudes geht.

Kurz schließe ich die Augen, atme tief durch. Sophia. Ja, es riecht nach Sophia. Ein weiteres Indiz für ihre Anwesenheit. Der zarte Duft hängt noch immer in der Luft, gepaart mit etwas anderem. Süßlich. Meine Eingeweide drehen sich eine weitere Runde und als ich durch die letzte Öffnung in den Raum mit der offen stehenden Außentür trete, geben meine Beine nach.

»Gid! Rede!«, tönt es aus dem Lautsprecher, doch die Stimme von Chris ist weit entfernt und ich lasse das Handy zu Boden sinken. Ich starre auf den Schleier, der zweifelsfrei zu meiner Frau gehört. Weißer Tüll, zart wie ein Schmetterling. Getränkt mit Spritzern, rot wie Blut. Ich greife danach, hoffe, dass ich mir alles nur einbilde. Ein Büschel Haare hängt traurig hinab, als ich ihn mit spitzen Fingern aufhebe. Damit habe ich Gewissheit. Erneut starre ich auf die offene Tür, stopfe mir meine Faust in den Mund und brülle meine Wut hinaus.

Warum habe ich sie aus den Augen gelassen? Warum habe ich zugelassen, dass sie wegläuft?

Ich bin schuld, denn ich habe für sie das Tor zur Hölle geöffnet. Habe sie mit hineingezogen auf meine dunkle Seite. Doch dass ich so schnell die Quittung bekomme, hätte ich nicht erwartet.

»Wo ist sie?« Chris hockt sich neben mich, während die Welt vor meinen Augen verschwimmt. Wortlos halte ich ihm den Schleier hin. Was auch immer er damit macht, es ist mir egal. Meine Frau ist fort und das sicher nicht, weil sie es so wollte.

Und wer auch immer das getan hat, wird dafür büßen. Wobei der Kreis der Verdächtigen klein ist. Sicher, ich habe mir in den vergangenen Monaten etliche Feinde gemacht, doch kaum jemand würde so weit gehen. In mir formt sich eine Idee. Ein Plan, den ich mit allen Mitteln umsetzen werde. So geht niemand mit mir und meiner Frau um. Es gibt Grenzen und diese wurde eindeutig überschritten.

Kapitel 39

Sophia

Das Brummen ist stetig. Monoton und unaufgeregt. Nah und doch fern. Ein Generator? Eine Maschine? Irgendetwas daran kommt mir bekannt vor, dann wieder nicht. Noch immer schwimmen meine Gedanken auf Wattewolken, lassen sich nicht so recht greifen.

Ich bin längst nicht mehr auf der Hochzeit. Alles um mich herum ist schwarz und ich brauche einen Moment, um zu realisieren, dass meine Augen verbunden sind. Warum? Die Dunkelheit liegt trügerisch sanft auf mir, sodass es ein Leichtes wäre, einfach zu schlafen. Mein Körper schreit förmlich nach Ruhe, ist schlapp und als ich versuche, mich zu bewegen, habe ich das Gefühl, in sehr festem Honig zu stecken. Langsam und kontrolliert atme ich ein und aus. Da war dieser Mann, dann ein anderer. Und Ethan! Konzentriert lausche ich. Ist dort außer dem Brummen das Atmen einer zweiten Person? Keine Ahnung. Mein Kopf vermischt alle Wahrnehmungen zu einem Einheitsbrei aus Watte.

Trotzdem fokussiere ich mich, soweit es geht. Ich sitze. Unter mir ist eine harte Sitzfläche. Meine Arme sind schräg hinter meinem Rücken an die Stuhllehne gebunden. Mit meinen Beinen wurde identisch verfahren. Vorsichtig bewege ich mich, doch als ich meinen Fuß stärker in den Boden drücken will, um zu prüfen, ob der Stuhl fest steht, schießt ein heller Schmerz durch ihn hindurch. Und damit rauschen die Erinnerungen vollends durch mich hindurch.

Die Männer haben mich entführt. Alles in mir wird leer. Leer und emotionslos, obwohl ich etwas fühlen sollte. Ich muss mich wehren und hier raus. Gleichzeitig weiß ich, dass es nicht so einfach wird. Die Männer wollen etwas. Aber was? Und warum? Und was genau ist mit meinem Fuß?

Wie viel Zeit mag vergangen sein? Minuten? Stunden? Vielleicht sogar Tage? Ob Gideon nach mir sucht?

Gideon. Das Wummern in meiner Brust verstärkt sich. Wie gern würde ich jetzt in seinen Armen liegen. Aber was ist, wenn es ihm egal ist? Wenn ich ihm egal bin. Oder steckt er hinter all dem? Will er seine Drohungen, mit denen alles begann, nun endgültig durchsetzen? Ein kalter Schauder läuft mir über den Rücken und eine schüttelnde Welle durchdringt meinen Körper. Der Gedanke ist so verwegen, dass ich nicht weiß, ob er wahr sein könnte. Doch inzwischen würde ich ihm alles zutrauen. Mein Mann ist längst nicht nur ein kleiner Umweltverschmutzer, er steckt viel tiefer im Kreis der Verbrecher drin, als ich bisher geahnt habe. Ich hätte auf Ethan vertrauen sollen.

Doch mein Herz schreit nach Gideon. Will, dass er mich hier rausholt und mich in seinen Arm nimmt. Mich festhält und sagt, dass alles gut wird. Aber wahrscheinlich mache ich mir etwas vor. Er wird nicht kommen.

Vorsichtig verlagere ich mein Gewicht. Der Stuhl unter mir knarzt und ich verharre. Lausche, doch noch immer ist da nichts, außer dem monotonen Brummen.

Im nächsten Moment quietscht eine Tür, dann poltert selbige gegen eine Wand.

»Lass mich ...« Die Stimme ist verwaschen, gehört jedoch eindeutig zu Ethan.

»Ethan!« Ich kann mich nicht zurückhalten, rucke an meinen Fesseln. Die Seile schneiden mir in die Handgelenke, dennoch höre ich nicht auf. Ich muss diese vermaledeite Augenbinde loswerden.

»Maul halten.« Das ist der Mann. Derselbe, der zuvor mit der Waffe auf mich gezielt hat. Auf meiner eigenen Hochzeit.

»Was willst du?«, zische ich.

Etwas scharrt über den Boden, dann ein Stöhnen und ratschendes Klebeband. Zumindest denke ich, dass es Klebeband ist. Ohne etwas zu sehen, bin ich lost.

»Gleich, Püppchen. Gleich bin ich für dich da.«

Püppchen? Ernsthaft?

»Wage es nicht, mich noch einmal Püppchen zu nennen.« Ich speie die Worte in den Raum vor mir. Was denkt der Vogel sich? Wobei ich wahrscheinlich nicht in der Position bin, Forderungen zu stellen. Dennoch kann ich nicht anders.

Er erwidert nichts. Weiter höre ich nur scharrende Geräusche, dann wird es still. Nicht richtig still, denn das Brummen ist noch immer da. Außerdem ist da Ethans röchelnder Atem, der sich wie das Rasseln einer Kette anhört. Er hustet, doch ich wage nicht, ihn anzusprechen. Überhaupt lausche ich nur angestrengt in den Raum hinein. Ist der Mann noch da, ist er weg? Irgendwo raschelt Stoff. Sind das Schritte? Warum ist dieses Brummen inzwischen so laut? Verschluckt alles andere.

»Püppchen!«

Ich zucke zusammen. Der Mann ist viel näher, als ich angenommen habe. In dem einen Wort schwingen so viele Botschaften mit: Abscheu, Dominanz, Demütigung.

Mein Herz legt einen Spurt hin, wummert unangenehm gegen meine Brust, während der Mann lacht.

»Püppchen, du hast keine Ahnung.«

»Dann klär mich auf.« Trotz meiner Lage will und darf ich mich nicht einschüchtern lassen. Wenn er mich hätte umbringen wollen, hätte er es längst getan. »Geht es um Gideon?«

Der Gedanke kommt so plötzlich, dass er mich beinahe umhaut. Natürlich. Gideon soll erpresst werden und ich bin das Pfand.

»Gideon, Gideon. Nein, Püppchen, diesmal geht es um dich. Aber vielleicht sollten wir uns erst mal einander vorstellen.« Etwas zupft an meiner Augenbinde und ich blinzle in das schummrige Licht hinein.

Vor mir ist eine nackte Betonwand. Grau und unspektakulär. Ethan sitzt auf einem Stuhl links von mir, gefesselt und geknebelt und weiterhin blutverschmiert. Er bräuchte so dringend einen Arzt.

Als mein Blick nach rechts schwankt, stutze ich. Die Wand ist mit Monitoren gespickt, auf denen Schwarz-Weiß-Videos laufen. Überwachungskameras. Mehr erkenne ich jedoch nicht. Das Brummen stammt offensichtlich von dem großen Serverschrank daneben.

In diesem Moment tritt der Mann vor mich und lenkt meine Aufmerksamkeit auf sich.

»Also, ich bin Stan Jones. Warum ich dir das verrate?« Er erwartet auf diese rhetorische Frage offensichtlich keine Antwort, da er sofort weiterspricht. »Weil wir in Zukunft eng zusammenarbeiten werden.«

Ich spucke vor ihm auf den Boden. »Sicher nicht.« Darüber brauche ich nicht einmal nachzudenken. Es ist eine Sache, dass mein Mann in illegale Aktivitäten verstrickt ist. Eine andere jedoch, entführt zu werden und keine Wahl zu haben. Wobei, wenn man es genau nimmt, hat Gideon nichts anderes getan. Nur ist dieser Jones absolut nicht mein Typ und ich würde niemals freiwillig zu ihm ins Auto steigen.

»Nun, selbstverständlich kannst du es dir überlegen. Es gibt immer eine Wahl. Allerdings solltest du deine Entscheidung mit Bedacht wählen.«

Ich funkle ihn an, versuche, mir einen Reim darauf zu machen, doch noch erschließt sich mir der Sinn seiner Worte nicht.

»Zunächst möchte ich dir erzählen, dass ich einen erfolgreichen kleinen Entsorgungsbetrieb besitze. Bereits seit Jahren arbeite ich mit Wyatt Maxwell zusammen. Aber die Dinge ändern sich im Laufe der Jahre und so waren Anpassungen unseres Deals notwendig. Will heißen: Der Nichtsnutz dort hinten hatte recht, als er dir kurz vor der Hochzeit sagte, dass Gideon nicht so sauber ist, wie du vielleicht denkst.«

Mein Blick huscht zu Ethan, der mit vornübergebeugtem Kopf mehr auf dem Stuhl hängt, als dass er wirklich sitzt. Blut tropft stetig gen Boden. Wahrscheinlich merkt er es nicht einmal mehr.

»Sie haben also gelauscht.« Das ist eine Tatsache, auch wenn er weit genug von uns entfernt gestanden hat.

»Die Frage ist immer, wer zuerst gelauscht hat. Nun, halten wir fest, dass dein Mann einen gewissen Deal mit mir hat, der dafür sorgt, dass sein Betrieb noch nicht pleite ist. Gern möchte ich dir ebenso einen Deal vorschlagen. Wechsle vom Entsorger deines Vertrauens zu mir, dann gewähre ich dir Sonderkonditionen. Wirklich verdammt gute Sonderkonditionen. Vom Prinzip her also nichts anderes, als wenn du deinen Stromanbieter wechselst.«

»Und wenn nicht?«

Ein Handy klingelt und Jones wendet sich von mir ab. Er murmelt ein paar Worte, dann kommt er auf mich zu.

»Die Details müssen bis später warten. Denk gern schon einmal über mein Angebot nach.« Er grinst und verschwindet durch die Tür. Ein Schlüssel quietscht im Schloss, dann sind Ethan und ich wieder mit dem Brummen des Servers allein.

Kapitel 40

Gideon

Mir kommt nur eine Person in den Sinn, die ein Interesse daran hätte, meine Frau zu entführen. Doch derjenige hatte es nicht leicht. Sie hat sich gewehrt. Hoffentlich hat sie Jones damit verletzt. Zu wünschen wäre es ihm, denn wenn ich mit ihm fertig bin, wird er es schwer haben, sich wieder zusammenflicken zu lassen.

Den Fuß schwer auf dem Gaspedal lenke ich meinen Porsche über die Interstate, als mein Handy klingelt. Es ist nicht Chris, wie ich am Klingelton erkenne. Nein, Chris verklickert der Hochzeitsgesellschaft gerade, dass die frischgetrauten Eheleute in die Flitterwochen aufgebrochen sind. Der Blick auf das Handy bestätigt meine Vermutung. Er macht sich nicht einmal mehr die Mühe, seine Rufnummer zu unterdrücken.

»Wo ist meine Frau, du Wichser?«, brülle ich zu laut in die Freisprechanlage, nachdem ich das Gespräch angenommen habe.

»Nahezu unversehrt an einem sicheren Ort.« Jones' Stimme schnarrt durch die Leitung.

»Wenn du sie anrührst ...«

Der Wichser besitzt die Dreistigkeit, meine Worte mit schallendem Lachen zu übertönen. »Maxwell, du hast noch so viel zu lernen. Glaube mir, ich wollte deine Frau nicht entführen. Doch sie hat zu viel mitbekommen. Ich konnte nicht anders. Aber so ergeben sich ungeahnte Möglichkeiten. Eigentlich müsste ich ihr dankbar sein, dass sie mir in die Arme gelaufen ist. Und keine Sorge. Wo du deinen Schwanz drin hattest, stecke ich meinen sicher nicht rein. Ich rede mit ihr, wir machen einen Deal und alles ist okay.«

»Was willst du?« Ich weiß, dass Jones nicht ohne Grund anruft. Er will nicht nur seine Muskeln spielen lassen. Gleichzeitig sitzen wir im selben Boot. Leider. Er weiß zu viel über mich, während ich ihn ebenso an den Eiern habe. Doch gerade hat er sich einen Vorteil verschafft.

»Expandieren. Eine Teilhaberschaft bei Maxwell-Energy wäre interessant.« Er säuselt die Worte, als wäre dies schon immer sein größter Traum gewesen.

Natürlich will er mehr. Er will immer mehr. Aber wie zur Hölle kommt er auf die Idee, dass ich ihm Geschäftsanteile abgebe? Ich hätte mich definitiv niemals auf ihn einlassen dürfen. Er ist ein Aasgeier, der nie genug bekommt. Bleibt nur die Frage, ob ich jemals von ihm wieder loskommen kann.

»Und lass mich raten. Du lässt Sophia nur frei, wenn ich dem zustimme?«

Die Antwort kommt nicht sofort. Ob er sich bewusst Zeit lässt oder abgelenkt ist, vermag ich nicht zu sagen. Nur weiß ich, dass ich gleich seinen Hof erreicht habe, und dann kann er sein blaues Wunder erleben. Ob er das auch weiß? Oder ahnt?

»Vielleicht. Ihr werde ich auch einen lukrativen Deal unterbreiten. Glaube mir, den kann sie nicht ablehnen.«

Ich unterdrücke ein Seufzen. Niemals darf Sophia in diese Scheiße mit hineingezogen werden. Wenn es mich betrifft, okay. Ich kann damit umgehen, dass ich langsam aber sicher immer tiefer im Dreck versinke, obwohl ich die Firma besser auf legalem Weg hätte sanieren sollen. Sophia hingegen ist Gold, auch wenn sie nicht mehr so heißt. Sie soll und muss strahlen. Aber sosehr ich es mir wünsche, wahrscheinlich steckt sie längst zu tief mit drin und das ist allein meine Schuld.

»Du Wichser. Darüber sprechen wir noch.«

»Natürlich, Maxwell. Natürlich werden wir darüber sprechen. Unsere Zusammenarbeit beginnt doch gerade erst.«

Dann ist die Verbindung unterbrochen.

Der Kerl leugnet nicht einmal, dass er Sophia entführt hat. Er nimmt es einfach als selbstverständlich hin, dass ich nach seiner Pfeife tanze. Doch es reicht. Es ist eine Sache, ein bisschen Müll für ihn zu entsorgen oder ihm ein Grundstück zur Verfügung zu stellen. Menschen zu entführen, ist hingegen keine Kleinigkeit. Ich habe zu lange weggesehen und mich vor dem versteckt, was im Leben wirklich zählt. Sophia hat recht. Ich bin zu weit gegangen und ich hätte ehrlich sein müssen. Vor allem mit mir selbst. Doch damit ist jetzt Schluss. Ich muss etwas ändern und wenn das hier ausgestanden ist, werden wir uns einen Plan überlegen. Gemeinsam. Und Sophia wird ein Mitspracherecht haben. Vielleicht ist es noch nicht zu spät, denn jetzt zählt

nur eins: Ich muss Sophia wieder in meine Arme schließen. Ihr darf nichts geschehen. Denn wenn doch,
könnte ich mir das nie verzeihen.

Akribisch sortiere ich die Fakten im Kopf. Jones weiß,
dass ich illegal die giftigen Chemikalien entsorge. Er
weiß, dass ich Schwarzgeld erhalte. Wahrscheinlich
ahnt er auch, dass ich den Betrieb für die Geldwäsche
nutze. Auch weiß er von dem Grundstück. Immerhin
hat er mich in diesem Punkt tatsächlich ausgenutzt.
Was aber dagegen steht, ist die Tatsache, dass er derjenige ist, der mich mit der Entsorgung des Mülls beauf-
tragt. Er steckt genauso in dem Sumpf wie ich. Daher
kann er mich gar nicht an die Bullen ausliefern, wenn
ich mich querstelle, oder? Aber er hat Sophia und
könnte alles mit ihr tun. Nur weil er sie bisher nicht an-
gerührt hat, muss das nicht bedeuten, dass er es nicht
tun würde. Er ist ein Arsch, der vor nichts zurück-
schreckt. Wenn ich ihn jedoch in der Hand hätte und
die ständigen Forderungen unterbinden könnte ... Aber
woher diese Informationen nehmen?

Inzwischen bin ich an Jones' Hof angekommen. Der
Betrieb liegt menschenverlassen vor mir. Nur das
Brummen der Maschinen deutet an, dass hier Menschen arbeiten. Letztendlich wäre es auch fatal, wenn
an einem Samstag die Arbeit brachliegen würde. Sonn-
tags okay. Aber nicht samstags.

»Wo hältst du sie fest?«, murmle ich und bin versucht,
Isabella anzurufen, um den Laden hochzunehmen.
Oder hochnehmen zu lassen. Aber ich weiß nicht, wie
Jones reagiert, wenn ich ihm die Pistole auf die Brust
setze. Schlimmstenfalls wird Sophia verletzt und das
ist das Letzte, was ich will. Nein, ich muss sie finden,

muss sehen, dass es ihr gut geht und eine Lösung für unser Problem erarbeiten. Am besten eine, bei der ich aus dem Schneider bin und diesen ganzen illegalen Mist hinter mir lassen kann.

347

Kapitel 41

Sophia

Mein Fuß pocht und mit jeder kleinen Bewegung zieht ein Schmerz hindurch. Spitz und hell, nur damit es wieder zu dem Pochen zurückkehrt, wenn ich stillhalte. Wenn ich doch nur meine Schuhe ausziehen könnte. Doch meine Knöchel sind zu fest an den Stuhl gebunden, sodass mir nicht genug Bewegungsfreiheit bleibt.

»Ethan!«, flüstere ich. Keine Reaktion.

»Ethan!« Ich werde etwas lauter, scharre mit meinem fitten Fuß, soweit es mir möglich ist.

»Ethan!« Nun schreie ich beinahe. Wahrscheinlich hört man mich draußen, doch das ist mir egal. Ich weiß, dass Hilferufe mich sicher nicht sonderlich weit bringen. Egal, wo Jones uns hingebracht hat, wir sind entweder auf dem Entsorgungshof oder irgendwo im Nirgendwo. In beiden Fällen würde ich mein Hochzeitskleid darauf verwetten, dass uns niemand hört.

»Hmm ...«, brummt er und zuckt mit dem Kopf minimal nach oben.

»Ethan, schau mich an.«

Als mein Ex-Verlobter den Kopf unter Stöhnen noch etwas weiter hebt, schlucke ich. Inzwischen ist seine

eine Gesichtshälfte so stark zugeschwollen, dass er das Auge keinen Millimeter öffnen kann. Seine Lippe ist aufgeplatzt und das Blut klebt verkrustet auf seiner Haut.

»Es wird alles gut. Aber wir brauchen einen Plan.«

»Hmm ...«, brummt er erneut und ich bin mir nicht sicher, ob er mich verstanden hat.

»Ethan. Du bist verletzt. Aber hör mir einfach zu. Du hattest recht. Mit allem. Ja, Gideon hat Dreck am Stecken. Ja, ich bin dir fremdgegangen. Auch das stimmt. Leider, denn ich hatte es absolut nicht geplant. Ich bin in eine Situation gerutscht, die Gideon ausgenutzt hat. Gleichzeitig ist in der kurzen Zeit etwas mit mir geschehen. Ich habe mich in ihn verliebt. Ich will und werde an seiner Seite bleiben, weil ich nicht ohne ihn kann. Gleichzeitig bist du mir wichtig. Wir werden es hier rausschaffen, doch musst du mir etwas versprechen. Du musst über alles, was du herausgefunden hast, schweigen. Ich werde zusehen, dass das aufhört. Doch dafür musst du schweigen.«

»Warum?«

Zumindest meine ich, dieses Wort aus seinem Mund zu hören, so sehr nuschelt er.

»Weil Jones, Gideon und ich entweder gleichermaßen untergehen oder nicht. Ich bin von mächtigen Menschen mit viel Einfluss umgeben aufgewachsen und weiß, wie solche Machtspiele funktionieren. Ja, ich habe Fehler gemacht und würde im Nachhinein manches ändern. Doch dafür ist es zu spät. Vertraust du mir, dass am Ende alles gut wird, wenn du schweigst?« Gebannt starre ich ihn an. Habe ich zu viel gesagt? Zu wenig? Denn diese Machtspiele sind in der Tat keine

Seltenheit. Wer genug Geld und Einfluss hat, kann sich vieles erkaufen. Dass dabei das Gesetz gedehnt oder überschritten wird, ist zweitrangig.

»Ja. Weil … dich liebe.« Dann sackt sein Kopf wieder ohnmächtig nach unten. Natürlich liebt er mich noch immer. Ich ihn auch, aber eben nicht genug, denn Gideon hat sich mein Herz gestohlen, ob ich das nun will oder nicht.

Mein letzter Blick zu Ethan lässt meine Sorge erneut wachsen. Er ist blass und braucht dringend ein Krankenhaus. Das erkenne ich, ohne Arzt zu sein.

In diesem Moment wird das Brummen des Servers erneut von Schritten unterbrochen. Jones drückt die Tür schwungvoll auf und steuert auf mich zu. Sein Hemd ist fleckig, als hätte er selbst im Müll gewühlt.

»Na, Püppchen. Hast du über uns nachgedacht?« Er kommt näher, sodass ich seinen Schweiß rieche. Unangenehm, als hätte er seit mindestens drei Tagen nicht geduscht. Oder hängt der Gestank nur in den Klamotten, die er trägt?

»Selbstverständlich. Und die Antwort lautet: Nein!« Ich speie ihm die Worte entgegen. Wenn er gedacht hat, dass ich ihm einfach zustimme, so lässt er sich jedoch nichts anmerken.

»Püppchen, ich verspreche dir, dass es sich für dich lohnen wird. Immerhin kann dein Mann dir verraten, dass die Zusammenarbeit vollkommen unkompliziert ist.«

»Aha. Und an was dachtest du konkret?« Ich muss ihn hinhalten. Vielleicht wird bereits nach mir gesucht, vielleicht aber auch nicht. In jedem Fall brauche ich Informationen, um einen Trumpf in der Hand zu haben.

Diese Farce muss aufhören. Und wenn Gideon es nicht beendet, werde ich es tun.

»Nun, zunächst reicht es mir, wenn du deine Entsorgungen mir überlässt. Wir machen einen fairen Deal und das war's.«

Ich ziehe die Augenbrauen nach oben. »Und wo ist der Haken?«

»Wenn ich dir jetzt sage, dass es keinen gibt, würdest du mir nicht glauben. Daher bleiben wir bei der Wahrheit. Aber Maxwell will eure Firmen fusionieren, so viel sollte jedem klar sein. Da brauche ich nur eins und eins zusammenzählen. Natürlich wirst du dem zustimmen. Welch ein Schwachsinn, als Eheleute zwei Konkurrenzbetriebe zu führen. Aber da ich gerade mit deinem Mann in Verhandlung über Firmenanteile bin, werden wir schon bald ebenfalls Partner sein. Verstehst du?«

Ich schließe für einen Moment die Augen und atme tief durch. Er erpresst Gideon erneut. Wahrscheinlich mit mir. Mehr muss ich nicht wissen. Wir sitzen tief genug in der Scheiße, dass jeder von uns jeden nur dann verraten könnte, wenn er sich selbst mit ans Messer liefert. »Und wenn ich weiterhin nicht interessiert bin?«

Als hätte Jones nur auf diese Frage gewartet, geht er drei Schritte und ist an Ethans Seite. Unsanft greift er nach seinem Ohr und setzt eine Klinge an, die so scharf ist, dass sie die Haut einritzt und ein kleiner Blutstropfen an Ethans Hals hinunterläuft. Ethan hingegen ist ohnmächtig, vielleicht sogar bewusstlos. Zumindest zuckt er nicht einmal, als das Messer ihn verletzt. Ich unterdrücke ein Quietschen, auch wenn ich hätte ahnen müssen, dass er Ethan nicht einfach nur aus Spaß mitgenommen hat.

»Sicher ist dir dein Ex-Verlobter nicht komplett egal. Es wäre doch schade, wenn er Stück für Stück diesen Raum verlassen würde, oder? Verstehst du?«

Mein Herz wummert, als hätte ich soeben einen Sprint hingelegt, während ich erneut die Augen schließe. Das alles ist nur ein Albtraum, oder? Allerdings läuft Ethan die Zeit davon. Sein Gesicht ist so zerschunden, dass ich davon ausgehe, dass er bleibende Schäden zurückbehalten wird, sollte er nicht schnellstmöglich in ein Krankenhaus kommen.

»Natürlich verstehe ich. Lass ihn los. Wäre es möglich, diesen Deal schriftlich zu bekommen? Ich benötige einen Vertrag für die Unterlagen.« Da es sich bei unserem Deal tatsächlich zunächst um einen offiziellen Geschäftsauftrag handelt, kann er mir dies nicht verwehren. Hoffe ich zumindest.

»Sicher.« Er geht zum Schreibtisch, zieht einen Block aus einer Schublade und kritzelt mit Kugelschreiber Buchstaben und Zahlen darauf.

Erneut mustere ich die Monitore. Sie zeigen Maschinen und Ausschnitte von Förderbändern. Offensichtlich eine Schaltzentrale für die gesamte Anlage. Ob der Serverschrank überhaupt einen Server enthält? Oder nur die Steuerung aller Maschinen?

Doch noch etwas anderes fällt mir auf. Auf dem Schreibtisch steht ein Telefon. Warum auch immer mir das vorhin entgangen ist. Wenn ich das erreichen könnte, könnte ich Hilfe rufen. Die Cops. Denn zumindest eine Entführung ist eine Sache für sich. Ich müsste nichts vom Rest erzählen. Hauptsache, ich komme hier raus.

»Reicht das?«, fragt Jones in diesem Moment und kommt auf mich zu. Dabei wedelt er mir mit dem Zettel vor der Nase herum.

»Ich würde mir gern alles in Ruhe durchlesen. Wäre es bitte möglich, dass ich einen Arm frei bekomme? Geschäfte mit guten Geschäftspartnern besiegelt man doch am besten auch mit Handschlag.« Ich lächle ihn zögerlich an. Zu leicht werde ich es ihm sicher nicht machen. Außerdem will er sicher eine Unterschrift.

»Natürlich.« Auch er lächelt siegesgewiss. Immerhin hat er noch immer das Messer in seiner Hosentasche.

Tatsächlich nimmt Jones eine Schere vom Schreibtisch und löst das Seil an meiner rechten Hand. Ich schließe meine kribbelnden Finger zur Faust und öffne sie. Wiederhole es ein paar Mal und lasse mein Handgelenk kreisen, sodass das Blut wieder ungehindert fließen kann. Dann nehme ich Jones mit einem bittersüßen Lächeln das Papier ab.

Er hat tatsächlich einen Vordruck für seine Geschäfte. Das ist schlau. So muss er nur noch die Firmendaten seiner Kunden und den Preis für die Leistung eintragen, und der Vertrag steht. Dennoch brauche ich einen Moment, um zu realisieren, wie niedrig der Preis tatsächlich ist. Natürlich hat die Sache einen Haken. Niemals könnte er mit diesem Geld seine Kosten decken. Es ist ein Lockangebot, das mich gefügig machen soll.

»Du wirst nirgendwo ein besseres Angebot bekommen.«

Ich nicke, wiege dann den Kopf hin und her. »In der Tat ist das Angebot verlockend. Nichtsdestotrotz brauche ich Bedenkzeit.«

»So viel du willst. Allerdings ist das hier kein Hotel mit Service.« Damit greift er nach dem Klebeband auf dem Schreibtisch, dreht meinen Arm zurück an den Stuhl, klebt mich fest und geht zur Tür.

»Und vergiss nicht. Deinem Handwerker läuft die Zeit ab und er verlässt das Büro in Einzelteilen. Du hast es in der Hand.« Bedeutungsschwer klickt die Tür hinter ihm ins Schloss. Er hat nicht abgeschlossen. Warum auch? Ethan ist im Land der Träume und wird wahrscheinlich nicht so schnell aufwachen, und ich bin gefesselt. Außerdem laufe ich mit meinem lädierten Fuß wahrscheinlich eh nirgendwohin.

Auf den Monitoren regt sich nichts mehr. Die Maschinen sind verlassen. Offensichtlich ist Ruhe eingekehrt, denn auch das Brummen des Servers erscheint mir leiser als zuvor. Nur Jones ist kurz auf einem Bild zu sehen, wohin auch immer er will.

Zeit, meinen unausgereiften Plan in die Tat umzusetzen. Ich muss zum Schreibtisch. Ich schubse den Vertrag von meinem Schoß, wo Jones ihn liegen gelassen hat. Als würde er wirklich glauben, dass ich auch nur eine Sekunde darüber nachdenke, darauf einzugehen. Dann schwenke ich langsam meinen Oberkörper vor und zurück. Zaghaft, doch das bringt mich nicht weiter. Der Stuhl bewegt sich keinen Zentimeter. Also kicke ich meine Hüfte seitwärts, soweit es mir möglich ist. Auch das klappt nicht. Immerhin rutsche ich vielleicht zwei Millimeter weiter. Zu wenig. Beim nächsten Versuch stemme ich meine Füße mit auf den Boden. Erneut zieht ein stechender Schmerz durch meinen Knöchel. Ich stöhne auf, während mein Fuß erneut pocht. Verflucht. Ich brauche ihn. Ohne mich abzudrücken, werde ich es nicht schaffen. Ich beiße die Zähne zusammen, doch nach drei weiteren Bewegungen ist mein Fuß ein einziger flammender Schmerz. Heißt es nicht immer, dass man unter Stresssituationen über sich hinauswächst? Nun, mein Fuß nicht. Dennoch rutsche und pendle ich weiter. Kämpfe mich Millimeter für Millimeter näher an den Schreibtisch heran.

Dann beuge ich mich hinüber. So weit wie möglich, doch ich bin zu klein. Zu kurz oder wie auch immer man es nennen will, sodass die Schere, die nur fünf Zentimeter vor mir liegt, unerreichbar ist. Ich seufze und in mir braut sich etwas zusammen. Das alles ist meine Schuld. Wäre ich nur nie zu Gideon ins Auto gestiegen. Wut, Angst, Enttäuschung, Sorge, Pflichtgefühl und vieles mehr dreht sich umeinander, vermischt sich und wächst zu einem Sturm. Ich muss an diese Schere. Ich muss hier raus und ich muss dafür sorgen, dass diese ganze Farce aufhört. Ja, vielleicht hat Gideon sich mit Absicht in diesen Schlamassel begeben. Gleichzeitig kann ich mir auch vorstellen, dass Jones seine Not schamlos ausgenutzt hat. Sicher hat er nicht die vollständige Wahrheit erzählt. Und auch wenn Gideon sich einredet, dass er nicht anders kann, so weiß ich, dass es immer eine andere Lösung gibt. Es muss sie geben, denn irgendwann ist das Maß voll. Und wenn er nicht zur Vernunft kommt, muss ich für ihn denken.

Und so nehme ich all meine Kraft zusammen, mache mich auf den Schmerz gefasst und stemme mich mit aller Macht auf den Schreibtisch hoch. Zerre an den Fesseln, die in meine Haut einschneiden, während mein Fuß in tausend Teile zerspringt. Ob er ähnlich aussieht wie Ethans Gesicht? Besser, ich schaue nicht hin. Doch meine Anstrengung wird belohnt und ich bekomme mit meinen Lippen gerade so die Schere zu fassen.

Seufzend sinke ich zurück auf den Stuhl und atme. Atme gegen den Schmerz in meinem Fuß. Atme, um mir den nächsten Schritt zu überlegen. Immerhin hat Jones nichts gehört, sonst stünde er wahrscheinlich längst wieder auf der Matte.

Zuallererst muss ich meine Fesseln lösen. Kontrolliert lasse ich die Schere auf meinen Schoß fallen und drehe meinen Po anschließend so weit zur Seite, dass ich fast seitlich auf dem Stuhl sitze und die Schere neben mir auf die Sitzfläche rutscht. Ohne Kleid wäre es definitiv einfacher. Dann setze ich mich auf die Schere. So weit, so gut. Nun lupfe ich mein Gesäß erneut und schiebe die Schere mit kleinen, wippenden Bewegungen meiner Hüfte Stück für Stück weiter nach hinten durch. Nicht zu weit, denn wenn sie hinter mir auf den Boden fällt, komme ich nicht mehr dran. Besonders die Drehung bereitet mir Schwierigkeiten, immerhin habe ich noch nie mit meinem Gesäß eine Schere so in Position gerückt, dass sie anschließend mit ihrer Spitze das Klebeband an meiner Hand einritzen kann.

Schweiß läuft mir inzwischen die Schläfen hinab. Wahrscheinlich gebe ich einen erbärmlichen Anblick ab. Ethan muss hier raus. Das ist deutlich wichtiger. Ich ebenfalls. Nichts anderes zählt.

Endlich löst sich meine Hand. Rasch ziehe ich die Schere unter meinem Gesäß hervor und löse auch meine andere Hand. Die Fußfesseln fallen direkt danach. Ich bin frei und doch nicht, denn der kurze Blick auf meinen Fuß dreht meinen Magen um. Die bläuliche Verfärbung ist durch die Strumpfhose gut sichtbar.

Auch ist er dick wie ein Handball. Langsam und vorsichtig streife ich die Schuhe ab. Ohne sie bin ich besser dran, beweglicher. Unsicher wankend stehe ich auf. Nur das gesunde Bein belastend, überprüfe ich den Rest meines Körpers, der jedoch unversehrt erscheint. Ich kann, bis auf den Fuß, alles bewegen und Schmerzen kommen höchstens von blauen Flecken.

Auf einem Bein hüpfend, mich an Stuhl und Tisch abstützend, bewege ich mich auf das Telefon zu. Rasch greife ich nach dem Hörer, wie nach einem rettenden Anker. Gleich kann ich Hilfe rufen und dann werden die Cops den ganzen Laden hochgehen lassen. Den Hörer zwischen Ohr und Schulter eingeklemmt, drehe ich an der Wählscheibe des uralten Telefons, das aus einem anderen Jahrtausend zu stammen scheint. Dann halte ich inne. Kein Freizeichen. Das Telefon ist tot. Mist. Also lege ich den Hörer wieder auf und tippe auf die Tastatur des Computers. Passwortgeschützt.

Innerlich fluche ich. Was auch immer ich gedacht habe, Jones ist nicht so dumm, wie ich gehofft habe.

Also setze ich mich auf den Bürostuhl und wühle mich durch die wenigen Unterlagen auf dem Tisch, schiebe jeden Zettel beiseite und verschaffe mir einen Überblick. Natürlich lässt er nichts offen rumliegen, was mir irgendeinen Vorteil verschafft. Immerhin hat er sogar das Telefon gekappt. Dann fällt mein Blick auf die Tastatur. Irgendetwas ist komisch an ihr, gleichzeitig kann ich es nicht in Worte fassen. Nicht sofort, doch dann wird mir einiges klarer. Es sind die ungewöhnlichen Buchstaben, die abgenutzt wirken.

E R Y P H Z

Wieso werden genau diese Buchstaben überproportional häufig genutzt? Okay, das E wird ständig benutzt. Aber der Rest? Das ergibt keinen Sinn. Andere Buchstaben kommen viel häufiger vor. Im Kopf schiebe ich die Schriftzeichen hin und her, bis ich bei einem Wort hängen bleibe. Zephyr. Irgendetwas sagt mir dieses Wort. Ein Name? Ein Ort? Ein Produkt? Dann fällt es mir wie Schuppen von den Augen.

Vom Zephyr-Kartell hat Ethan vor einiger Zeit etwas in der Zeitung gelesen. Wir hatten noch darüber gesprochen. Normalerweise ist es mir egal, doch in dem Fall ging es um irgendwelche Razzien. Drogen, Waffen, einige Verhaftungen. Die Hintermänner hatten sie jedoch nicht gefunden und der Rest schwieg wie ein Grab. Dennoch war es einer der größten Drogenfunde der letzten Jahrzehnte.

Aus einem Bauchgefühl heraus tippe ich Zephyr als Passwort ein und lasse meinen Finger über der Eingabetaste schweben. Kann das sein Passwort sein?

Doch wer nicht wagt, der nicht gewinnt. Kaum, dass mein Finger die Taste berührt, verändert sich der Bildschirm.

»Bingo.« Ich flüstere, traue meinen Augen kaum, doch ich habe Zugriff auf die Dateien. Die Ernüchterung folgt jedoch sehr schnell. Ordentliche Rechnungen, Geschäftsbriefe, E-Mail-Korrespondenzen, Versicherungen, … Alles scheint seine Richtigkeit zu haben und das ungewöhnliche Passwort muss gar nichts bedeuten. Vor allem aber werden über den Rechner die Maschinen gesteuert.

Frustriert sperre ich den Computer erneut und drücke meinen Rücken durch. Wenn ich nichts finde, was

Gideon irgendwie entlasten könnte, haben wir nichts gegen Jones in der Hand. Unser Wort stünde gegen seins. In mir zerbricht etwas und während ich noch überlege, wie ich Ethan und mich befreien kann, schwingt die Tür hinter mir erneut auf. Ich fahre mit dem Stuhl herum, darauf gefasst, Jones eine zu scheuern. Gleichzeitig kommt mir eine Idee.

Kapitel 42

Gideon

Wenige Minuten zuvor

Der Sack besitzt die Dreistigkeit, pfeifend über seinen Hof zu laufen, als hätte er nicht vor wenigen Stunden meine Frau von unserer Hochzeit entführt. Im Hintergrund die großen Hallen aus Wellblech und Berge an diversem Müll. Sogar Autowracks stehen sortiert nebeneinander, wohingegen ein großer Papierberg auf die Feuerhölle wartet. Fässer mit giftigen Chemikalien sind nicht zu sehen. Allerdings habe ich die noch bei keinem meiner Besuche entdeckt. Sicher bewahrt er sie in einer der Hallen auf, damit niemand auf die Idee kommt, sie zu stehlen. Und wie auch immer eine fachgerechte Entsorgung dieser Stoffe aussieht, er wird seine Methoden haben.

Jones' Angestellte sind längst gegangen, denn ich weiß aus Erfahrung, dass niemand so schnell auf die Idee kommen würde, dass dies kein ganz normaler Entsorgungsbetrieb ist. Wahrscheinlich haben die meisten, die vorhin an mir vorbeigefahren sind, absolut keine Ahnung, was ihr Chef in Wahrheit für ein

Mensch ist. Wen er erpresst und mit wem er kooperiert. Sicher weiß ich nur eines: Er ist nicht der Kopf der Schlange. Auch er bekommt seine Befehle. Die Frage ist nur, von wem. Ob von dort auch die Fässer kommen, die ich immer wieder illegal entsorgen muss?

Erneut schaue ich aufs Handy. Chris müsste längst hier sein. Wo bleibt der Idiot? Immerhin kann es nicht so lange dauern, einer Hochzeitsgesellschaft zu verklickern, dass das Brautpaar in die Flitterwochen entschwunden ist.

Aber egal, ob er da ist oder nicht: Die Gelegenheit ist günstig. Niemand ist auf dem Hof zu sehen, Jones in einem der Gebäude verschwunden. Noch immer ist es heiß, denn der Boden hat die Wärme des Tages gespeichert. Auch habe ich definitiv zu wenig getrunken. Aber das kann warten. Ich muss Sophia retten, koste es, was es wolle. Sie gehört zu mir und das darf Jones nicht vergessen. Also erhebe ich mich aus meiner Deckung und schleiche geduckt im schwachen Schein des aufgehenden Mondes in Richtung der Gebäude, die Jones soeben verlassen hat. Zumindest kam er aus der Richtung. Sein Büro liegt links, ich halte mich jedoch nach rechts. Schleiche zwischen zwei Hallen hindurch und stehe gleich darauf an einer Weggabelung. Das Gelände ist großflächiger als gedacht. Die Halle zu meiner Rechten ist sicher über hundert Yards lang. Aber hier draußen in der Pampa ist ein Stück Land größer als in der Stadt.

Wo soll ich nur suchen? Wenn ich Pech habe, hat Jones mich sowieso längst entdeckt, verfolgt mein Tun auf Überwachungsmonitoren und lacht sich ins Fäustchen, weil ich am vollkommen verkehrten Ende nachforsche. Doch wenn ich nicht reingehe, habe ich keine Chance. Also greife ich kurz entschlossen die nächstbeste Türklinke. Verschlossen.

Natürlich ist sie verschlossen. Warum sollte sie auch offen stehen? Wo kann Sophia nur sein? Ich sehe mich um, doch die Hallen sind dunkel und verlassen.

Dann entdecke ich einen schwachen Lichtschein aus einem Fenster. Wobei Lichtschein bereits zu viel ist, eher eine schwache, indirekte Beleuchtung. Zwischen den ganzen finsteren Hallen fällt es hingegen auf.

Geduckt schleiche ich weiter, der nächsten Halle entgegen. Noch hält mich niemand auf. Wohl ist mir allerdings längst nicht mehr bei dem Gedanken, dass ich mich unbefugt auf diesem Gelände aufhalte. Jones ist ein Aasgeier und wenn er mich erwischt, wird er Konsequenzen ziehen. Dessen bin ich mir sicher. Und doch ist Sophia wichtiger. Sie ist jedes Risiko wert. Nicht nur, weil sie meine Frau ist, sondern weil sie mir bereits jetzt fehlt. Allein der Gedanke an sie löst ein Kribbeln in mir aus. Ich will sie im Arm halten, sie an mich drücken und tief ihren zarten Duft einatmen. Ich will Zeit mit ihr verbringen und über unsere Zukunft nachdenken. Denn ja, vielleicht bin ich zu weit gegangen. Jetzt hingegen denke ich anders.

Früher war es einzig mein Ziel, die Firma zu übernehmen. Sophia hat schon immer zu diesem Ziel dazugehört. Natürlich kann man Liebe nicht erzwingen, doch bin ich mir sicher, dass ich sie gar nicht hätte erpressen müssen. Ich war unsensibel, habe nicht auf ihre Bedürfnisse geachtet und meine eigenen Ziele über ihre gestellt. Das weiß ich nun und vielleicht bekomme ich noch eine Chance, die Dinge geradezubiegen. Dafür muss ich sie jedoch erst mal wieder in meine Arme schließen dürfen.

Natürlich ist auch die nächste Tür zu. Doch wenn ich eines von Chris gelernt habe, dann, wie man Türen öffnet. Ein Scharren dringt aus der Halle heraus. Leise und doch bin ich mir sicher, dass jemand dort drinnen ist. Ich muss also kein Detektiv sein, um zu wissen, dass diese Person offensichtlich nicht herausgelangen soll. Die Frage ist nur, ob sonst noch jemand dort drinnen ist.

Zu gern hätte ich ihren Namen gerufen, doch ich reiße mich zusammen. Je mehr Zeit ich habe, bevor Jones hier auftaucht, umso eher werde ich Sophia mit nach Hause nehmen können.

Hektisch stochere ich mit meinem Pickset – das ich zum Glück immer in meinem Wagen habe – im Schloss herum. Bei Chris sieht das so einfach aus, ich hingegen hätte vielleicht ein paar Mal öfter bei mir zu Hause üben sollen. Die Sekunden ticken und der Schweiß sammelt sich an meinen Schläfen. Nicht, weil es zu heiß ist, im Gegenteil. Die Luft kühlt mit jeder Sekunde ab, doch mit jeder Minute steigt auch die Gefahr, dass Jones zurückkommt.

Endlich klickt es in der Tür und ich drücke die Klinke hinab. Rasch stecke ich meine Utensilien wieder weg und husche in die Halle. Große Maschinen ragen dunkel vor mir auf und verdecken mir die Sicht, sofern man bei dieser Dunkelheit überhaupt etwas erkennen kann. Der Gestank nach Öl, Schmiermittel und Abfällen kratzt in meiner Nase.

Wo ist Sophia? Der Lichtschein war von weiter hinten gekommen. Also halte ich mich links, bis ich auf eine weitere Tür stoße. Langsam drücke ich die Klinke runter. Offen.

Alles oder nichts! Mit Schwung stoße ich die Tür auf und hoffe, dass ich mich nicht getäuscht habe.

Doch die Ernüchterung trifft mich wie ein Schlag. Vor mir sitzt nicht meine Frau im Brautkleid. Der Mann ist blutüberströmt und offenbar kaum mehr am Leben. Aus Reflex will ich die Tür bereits wieder zuschlagen, als ich erkenne, wen ich vor mir habe. Den Handwerker. Vornübergebeugt und zusammengesackt. Hat er überhaupt gezuckt, als ich hineingekommen bin?

»Sophia?«, frage ich und gehe noch einen Schritt weiter in den Raum hinein. Ein weiterer Stuhl steht nah an einem Schreibtisch, Klebeband und Seile liegen daneben oder kleben noch an der Lehne. Die weißen Pumps hingegen gehören eindeutig meiner Frau. Dann entdecke ich sie am Schreibtisch auf einem Bürostuhl sitzend. »Was zur Hölle machst du da? Komm! Lass uns verschwinden.« Ihr Kleid ist teilweise zerrissen und längst nicht mehr weiß, doch all das interessiert mich nicht. Sie scheint ansonsten weitgehend unversehrt zu sein, im Gegensatz zum Handwerker.

»Gideon!« Sie schaut mich überrascht an, als hätte sie nicht mit mir gerechnet. Vertraut sie mir so wenig? Rasch stürme ich zu ihr, hocke mich vor sie und ziehe sie in meinen Arm. »Alles wird gut. Ich bringe dich in Sicherheit.« Mehr ist nicht relevant. Ich lasse zu, dass sie ihre Hände auf meinen Rücken legt, spüre ihrer Berührung nach, auch wenn in mir alles nach schnellstmöglicher Flucht schreit. Tief sauge ich ihren Duft in mich ein, meine Nase an ihrer Halsbeuge vergraben. Wo sie ist, gehöre ich ebenfalls hin. Ich schiebe meine Hand in ihre Haare, die wirr abstehen und nur noch entfernt an die Frisur erinnern, mit der sie mich auf der Zeremonie begeistert hat. Natürlich nicht nur damit. Sie ist immer bezaubernd.

Erst jetzt nehme ich das Brummen und die Monitore wahr, die Aufnahmen aus verschiedenen Hallen zeigen, jedoch offensichtlich nicht das ganze Gelände abdecken. Könnte es also sein, dass Jones mich nicht gesehen hat? Sophia hat mich jedoch auch nicht gesehen. Wahrscheinlich werden von hier aus eher die Maschinen überwacht als das Gelände an sich.

Ich will sie in den Stand ziehen, doch ihr Widerstand wird größer, als sie sich versteift. »Was ist? Wir sollten gehen.«

»Ich kann nicht. Mein Fuß.« Sie rafft ihr Kleid etwas und offenbart mir einen angeschwollenen Knöchel, der nicht so aussieht, als könnte er ihr zartes Gewicht tragen. Das bedeutet, wir müssen zum Arzt. Wer weiß, was für bleibende Schäden sie ansonsten bekommt.

»Dann trage ich dich. Wir haben keine Zeit zu verlieren.«

Doch wieder schüttelt sie den Kopf. »Gideon, hör mir zu. Ich hatte in den letzten Stunden genug Zeit zum Nachdenken. Ich weiß, bis heute Vormittag hast du gedacht, nach der Hochzeit würde alles ein Spaziergang für dich und ich würde dir meine Firma überschreiben. Du hast mich erpresst, obwohl es absolut nicht nötig gewesen wäre.« Warum ist sie nur so stur?

»Sophia ...« Ich stocke, als sie einen Finger hebt und mich zum Schweigen bringt. Warum zur Hölle muss sie

jetzt diskutieren? Hier. Wo jeden Moment Jones herein-
kommen könnte.

»Nein, Gideon. Es ist Zeit für ein paar Wahrheiten.«
Ihr Blick ist entschlossen, ihre Stimme fest und ihre
Hände halten mich auf Abstand. An jedem anderen Tag
hätte ich ihr den süßen Hintern versohlt, doch selbst
wenn ich wollte, ich kann nicht. Ich bin gefangen von
ihrer Art, wie sie mit mir spricht, und lausche ihrer
Stimme.

»Gideon, trotz deiner dominanten Art und deines
grenzwertigen Verhaltens insgesamt habe ich mich in
dich verliebt. Ich brauche deine Nähe, liebe deinen Hu-
mor, wenn du ihn denn zulässt. Schon immer habe ich
mich von dir ferngehalten, weil ich tief in mir geahnt
habe, dass du mein Untergang sein könntest. Mir ist
vollkommen egal, wie reich oder arm du bist, und mir
ist auch vollkommen egal, dass Ethan diese Worte jetzt
vielleicht mitbekommt. Ich will dich und nur deshalb
bin ich deine Frau geworden. Hättest du mich nicht erpresst, hätten wir vielleicht später geheiratet. Aber
wenn du denkst, dass du meine Firma bekommst und
mich dann abstoßen kannst wie ein faules Ei, dann
hast du dich getäuscht. Gideon, ich will hier und jetzt
von dir wissen, ob du uns als gleichberechtigte Partner
in einer Partnerschaft sehen kannst.« Sie stockt, mustert mich und schaut mir so eindringlich in die Augen,
dass mir heiß und kalt zugleich wird. Die Härchen auf
meinen Unterarmen stellen sich auf, reizen meine
Haut.

Ihre Worte dringen tief in mein Herz, schmeicheln
ihm und lassen es unruhig hüpfen. »Sophia ...« Ich räuspere mich. »Du ... Ich ... Meinst du nicht, dass wir das

besser später besprechen? Wir sollten keine Zeit vergeuden und ...« Hauptsache, ich bekomme einen Aufschub. Ich muss nachdenken. Denn um gleichberechtigte Partner zu sein, werden wir vieles ändern müssen. Nein. Ich muss mich ändern. Ich bin es, der sich anpassen muss. Ja, ich wollte ihr entgegenkommen und mich ändern. Aber wenn sie das so sagt, hört es sich zu endgültig an. Verflucht! Versteht sie denn nicht, dass da ein zu langer Rattenschwanz dranhängt?

Sophia hingegen schüttelt den Kopf. »Jones wird mir nichts tun. Hätte er das gewollt, wäre ich längst nicht mehr am Leben. Gideon, ich brauche eine Antwort. Wenn du Ja sagst, kann ich dir helfen. Aber wir machen es auf meine Art, denn wenn du ehrlich bist, hast du dich in den letzten Jahren selbst nur immer tiefer in die Scheiße hineingeritten. Der illegale Müll muss enden. Falls du also Ja sagst, habe ich einen Plan. Allerdings muss ich vorher wissen, wie es mit uns weitergehen soll. Sonst funktioniert es nicht.« Ihre Stimme ist drängend, beinahe flehend.

Ich schließe kurz die Augen. »Sophia, meine Gefühle für dich gehen tiefer, als ich mir selbst eingestehen will. Selbst wenn ich wollte, ich kann das jetzt nicht entscheiden, denn sosehr ich aufhören möchte, Jones hat mich in der Hand.«

Meine Frau mustert mich, beißt sich auf die Unterlippe. »Das denkst du. Ja, dein Wort steht gegen seines. Aber was wäre, wenn wir dir einen Vorteil verschaffen können?«

Irgendwo rumpelt etwas. Ich drehe mich ruckartig um, stelle mich schützend vor Sophia, doch wir sind – abgesehen von dem Handwerker – allein.

»Sophia, wir müssen hier weg. Was auch immer du vorhast, es muss bis später warten«, sage ich drängend und will sie vom Stuhl heben. Wenn sie nicht will, werde ich sie zur Not mit Gewalt rausschaffen.

»Lass mich los!« Sie hämmert mit ihren Fäusten gegen jeden Zentimeter meines Körpers, den sie irgendwie erreicht, doch ich lasse sie nicht los.

»Nein. Wir gehen jetzt.« Irgendwann ist gut. Wenn ich eines hasse, dann permanente Widerworte.

»Ich gehe nicht ohne Ethan! Gideon, er ist tot, wenn wir gehen. Jones hat ihn nur am Leben gelassen, weil er mich so erpressen konnte. Oder zumindest dachte er es. Gideon! Bitte! Ich verspreche dir, dass Jones mir nichts tun wird. Aber Ethan. Ethan hat keine Chance. Er weiß zu viel.« Ihr weinerlicher und flehender Blick könnte wirken, wenn ich nicht absolut gewillt wäre, uns beide hier rauszuschaffen.

Ich verdrehe die Augen, atme tief durch und knurre: »Nein. Ende der Diskussion.«

Falls ich gehofft habe, dass sie damit Ruhe gibt, liege ich falsch. Sie krümmt sich zusammen, nur damit sie sich im nächsten Moment lang wie ein Brett machen kann. Hastig greife ich in ihr Kleid, versuche sie nicht loszulassen, doch sie windet sich wie ein panisches Tier in meinem Arm. Ich strauchle, fasse nach, stolpere und Sophia rutscht mir unaufhaltsam von meinen Armen. Bevor wir beide unkontrolliert auf dem Boden aufschlagen, lasse ich sie los.

Ein Knall – diesmal deutlich näher – und die Tür, durch die ich zuvor den Raum betreten habe, fliegt auf. Sofort gehe ich in Abwehrposition, auch wenn ich bis auf ein paar Boxkenntnisse nahezu wehrlos bin. Was für eine Schnapsidee, hier allein aufzukreuzen. Ich brauche einen Moment, um zu realisieren, dass es nicht Jones ist, der mit gezogener Waffe vor mir steht.

»Gid! Sorry für die Verspätung. Wo ist der Wichser?«

Ich atme erleichtert aus, während Chris seine Waffe sinken lässt, als er sieht, dass keine Gefahr droht. Zum Glück hat er die Nachricht mit meinem Standort bekommen. »Gut, dass du da bist. Schnapp dir den Nichtsnutz dort und dann nichts wie weg hier.«

Ohne ein weiteres Wort nehme ich Sophia wieder auf den Arm, was sie sogar kommentarlos zulässt, und gehe zur Tür, als ein Schuss durch die Luft peitscht.

Kapitel 43

Sophia

Gideon lässt Ethan nicht allein zurück. Ich schicke ein Stoßgebet gen Himmel. Jetzt wird vielleicht doch alles wieder gut, auch wenn er mir noch immer eine Antwort schuldet.

Der Knall ist ohrenbetäubend. Ich zucke zusammen, genauso wie Gideon, während das Echo von den Wänden hallt. Zum Glück lässt er mich nicht los. Hält mich, als wäre ich das Letzte, was er zu geben bereit ist. Was zur Hölle war das? Ich drehe meinen Kopf, scanne mein gesamtes Blickfeld. Parallel dazu gehe ich im Bruchteil einer tausendstel Sekunde meinen Körper durch, doch ich bin unverletzt. Auch Gideons Finger krallen sich stärker in mich, anstatt sich zu lösen. Ich atme aus. Niemand von uns beiden scheint verletzt. Doch ein Körper fällt zu Boden.

»Ethan!« Ich brülle meinen ersten Gedanken hinaus, will mich weiter drehen. Als ich nicht weit genug komme, schaue ich Gideon an, der ausdruckslos in den Raum hineinschaut, als würde er nichts und niemanden mehr um sich herum wahrnehmen. Nackte Angst greift kalt nach meinem Herzen, verhindert, dass ich fühlen kann. Was auch immer geschehen ist, Gideons Reaktion ist Antwort genug. Als ich mich aus seinem Griff befreie, hält er mich nicht auf. »Ethan!«, rufe ich erneut und zucke nur kurz zusammen, als ich meinen kaputten Fuß belaste. Ich strauchle, taumle und rudere mit den Armen.

Hände greifen fest nach mir und erneut ist es Gideon, der mich hält, während sein Blick noch immer einer kalten Maske gleicht. Dann schaue ich dorthin, wo ich nicht hinsehen möchte. Keine Ahnung, was ich erwarte, doch Ethan hängt noch immer auf seinem Stuhl. Er müht sich, seinen Kopf aufrechtzuhalten und wirkt, als hätte er gerade Dornröschen Konkurrenz gemacht und müsste erst mal verstehen, wer er ist, wo er ist und was um ihn herum geschieht.

Doch Chris steht nicht mehr. Der Hüne von Mann, der Gideon offensichtlich seit Jahren zur Seite steht und die Drecksarbeit erledigt, liegt am Boden. Reglos und mit dem Gesicht nach unten.

Obwohl ich wegsehen will, kann ich es nicht. Ich starre auf den bewegungslosen Körper, in dessen Rücken ein Loch den Anzug seltsam aussehen lässt, als hätte jemand einen falschen Pinselstrich in einem Gemälde hinzugefügt. Falls ich schreien wollte, so bleibt mir jedes Geräusch im Hals stecken.

»Jones! Du Wichser!« Gideon lässt mich los, bleibt jedoch stehen, als der Angesprochene den Raum betritt. Seine Stimme ist kalt, ausdruckslos und lässt nicht einmal ansatzweise erahnen, was in ihm vorgeht. Wie gut waren die Männer wirklich befreundet?

Ich linse an Gideon vorbei, während Jones sich so verhält, wie ich es von einem Mittelsmann des Kartells erwarte. Er ist sich sicher. Zu sicher. Lässt die Waffe locker gen Boden hängen.

»Gideon. Ich wusste, dass du deine Kleine holst. Dir ist klar, dass ich euch nicht so einfach gehen lassen kann?« Er lächelt und streichelt liebevoll über die Waffe in seiner Hand.

Falls Gideon dadurch beunruhigt ist, so lässt er sich nichts anmerken. Im Gegenteil. Er scheint noch ein wenig größer zu werden, baut sich regelrecht vor mir auf.

»Jones, du hast deinen Spaß gehabt. Geh und lass mich nach Chris sehen.«

Doch als er sich bewegt, erhebt Stan Jones erneut die Waffe. »Du bleibst, wo du bist.« Dann geht er um Ethan herum, uns immer im Blick habend, und beugt sich zu Chris hinunter. Zielsicher tastet er nach dessen Puls, wartet etwas und schüttelt den Kopf. »Ihr hättet nicht herkommen sollen. Ich habe mich mit deiner Frau lediglich unterhalten. Aber um alles abzukürzen: Püppchen, konntest du dich in der Zwischenzeit entscheiden?«

Ich spucke an Gideon vorbei auf den Boden und habe arge Mühe, mein Gleichgewicht zu halten. Dieser verfluchte Knöchel. »Mit Mördern mache ich keine Geschäfte.«

»Nenn mich, wie du willst. Es macht keinen Unterschied.« Noch immer fixiert Jones mich, geht jedoch zwei Schritte in Richtung Ethan zurück. »Höchstens für ihn.« Damit greift er Ethan in die Haare und hält ihm die Mündung der Waffe an die Schläfe. »Haben wir jetzt einen Deal?«

Ethan stöhnt.

Ich starre Jones an, dann meine Jugendliebe, dessen eines, weit aufgerissenes Auge mich flehend ansieht. Das hat er nicht verdient.

»Sophia! Was auch immer er will ...« Ethan krächzt die Wörter, doch Jones ruckt an seinen Haaren, und so verstummt er.

»Schnauze!«

»Wage es nicht ...« Gideon geht mechanisch wie ein Roboter einen Schritt vorwärts. Was sich wohl hinter seiner ausdruckslosen Miene abspielt? Doch egal, was er tut, er darf nicht die Kontrolle abgeben. Nicht jetzt, denn Ethan darf kein Bauernopfer werden.

»Maxwell. Es ist keine Zeit, jetzt den Helden zu spielen. Du weißt, was ich will. Die Anteile. Ich weiß, was du willst. Freiheit. Beides kann zusammen klappen, wenn ihr einfach Ja sagt. Ihr müsst verflucht noch mal nur Ja sagen. Habt ihr heute doch schon bewiesen, dass ihr das könnt.«

Ist die Hochzeit wirklich erst heute gewesen? So viel ist seitdem passiert.

Gideon will gerade zu einer Antwort ansetzen, als ich ihn an der Schulter zurückhalte. Unter Aufbringung all meiner Kraft nehme ich Haltung an. Recke mich groß gen Decke, um ein wenig präsenter zu sein. »Ich erbitte einen Moment Bedenkzeit. Ich möchte mich mit meinem Mann beratschlagen.« Dabei sehe ich Jones fest in die Augen. Mir ist egal, was Gideon davon hält. Er ist offensichtlich nicht in der Lage, irgendetwas gegen diesen Kerl zu unternehmen. Wenn er nicht die Kontrolle übernimmt, tue ich es. Auch wenn ich keine Ahnung habe, ob mein Plan wirklich funktioniert. Und wäre ich in einer anderen Situation, würde ich mich wahrscheinlich über mich selbst wundern. Doch jetzt ist keine Zeit für Selbstzweifel.

»Nur zu! Ich plaudere derweil ein wenig mit eurem Freund hier.« Jones ruckelt an Ethans Haaren hin und her, der schmerzverzerrt dreinschaut. Dennoch hält er sich wacker und ich bin froh, dass wir drei leben. Jones hätte uns längst ausschalten können, doch dann wäre ihm eben auch der Deal durch die Lappen gegangen. Er braucht uns, wir ihn hingegen nicht.

Ich ziehe Gideon an seinem Jackett zu mir herunter, sodass sein Ohr nah bei meinem Mund ist. »Hör mir zu. Ich habe dir vorhin eine Frage gestellt. Partner auf Augenhöhe oder gar nicht. Entscheide dich jetzt.« Meine Stimme ist sanft, auch wenn die Worte hart sind. Er muss einfach Ja sagen, sonst ist eh alles verloren.

»Ich ... Ich liebe dich.« Gideon haucht mir die Worte ins Gesicht, während seine Hand sich an meine Wange legt. »Du bist stärker, als ich es jemals sein könnte. Also: Ja.« Wenn er noch leiser werden kann, so wird er es, doch das Ja ist unüberhörbar.

»Es wird alles gut. Versprochen.« Damit drehe ich mich zu Jones um und setze nun meinerseits ein siegesgewisses Lächeln auf, während ich gleichzeitig unbeholfen auf meinem gesunden Fuß wanke, um mein Gleichgewicht zu finden. »Stan Jones. Wir machen es wie folgt: Ich werde dir nun eine kleine Geschichte erzählen. Anschließend wirst du uns drei gehen lassen und uns vergessen. Heute ist der letzte Tag, an dem du uns siehst, denn heute ist der Tag, an dem du dich – ebenso wie wir – entscheiden musst.«

Jones verzieht das Gesicht. »Püppchen, ich habe eine Waffe und ziele auf deinen Ex-Verlobten. Bist du dir sicher, dass du in der Position bist, Forderungen zu stellen?«

Ich schürze die Lippen, gehe auf seine Spitzfindigkeit jedoch nicht weiter ein. »Du hast einen Fehler gemacht. Du hast den falschen Leuten vertraut. Ich glaube dir sogar, dass du mich überhaupt nicht entführen wolltest, denn grundsätzlich glaube ich immer an das Gute im Menschen. Wann auch immer du auf die schiefe Bahn gekommen bist, es ist Zeit, dass deine Zusammenarbeit mit Maxwell-Energy endet.«

Jones lacht auf. Schallend und übertrieben. »Hast du das gehört? Sie glaubt das wirklich«, raunt er Ethan amüsiert zu, der jedoch mit keiner Wimper zuckt.

»Jones, schau genau hin.« Damit lehne ich mich in Richtung des Serverschrankes und ziehe einen Datenstick ab. Anschließend halte ich ihn deutlich sichtbar vor mich. »Du hast einen Fehler gemacht. Du hast mich in diesem Raum allein gelassen.«

»Der Rechner hat weder Verbindung zum Internet noch sind dort wichtige Daten gespeichert.« Er winkt ab, während Gideon und Ethan gebannt zwischen uns hin- und herschauen.

»Du nutzt diesen Rechner nicht oft, oder?« Damit erschließt sich mir auch die letzte Lücke im Puzzle.

»Ich leite diesen Betrieb.« Natürlich hat er es nicht nötig, sich selbst die Finger schmutzig zu machen.

»Dann hast du äußerst dämliche Mitarbeiter.« Es ist ein Schlagabtausch zwischen ihm und mir. Gideon hingegen starrt auf Chris, als würde er erst jetzt realisieren, dass sein bester Freund nie wieder Sauerstoff in seine Lunge ziehen wird. Ob ihm bewusst ist, dass er ihn dadurch auch nicht wieder zum Leben erwecken kann? Doch bevor irgendwer etwas sagen oder Dummes tun kann, spreche ich weiter.

»Du hast mit Gideon nur mündliche Absprachen. Eure Aussagen heben sich auf, denn wenn ihr ehrlich seid, könnt ihr eure Spuren wahrscheinlich beide äußerst gut verwischen. Könntet ihr das nicht, wärt ihr längst aufgeflogen. Doch du, Jones, bist nur ein kleiner Fisch, wohingegen wir kaum existent sind. Und du wirst uns jetzt gehen lassen und uns zusichern, dass keinerlei Aufträge mehr zwischen uns oder dir und Gideon bestehen. Du wirst nie wieder um Firmenanteile bitten, denn solltest du das tun, werde ich zur Polizei gehen.«

»Und mit welchem Argument? Dass ich hier Müll entsorge?« Jones lacht, doch wenn ich mich nicht täusche, bröckelt seine Fassade leicht. Er weiß nicht, was ich gegen ihn in der Hand habe, und das fuchst ihn. Gut so, denn da will ich ihn haben.

»Ich bin gespannt, was die Polizei hier zu deinem Spezialmüll sagen wird.« Ich deute auf Chris' Leiche, vermeide jedoch, Gideon anzusehen. Ich muss das tun und es tut mir schon jetzt leid. »Aber das meine ich nicht. Glaube mir, wenn ich dir sage, dass es viel schlimmer ist. Viel dreckiger. Du bist Dreck, denn du hast dich mit den falschen Leuten eingelassen. Sagt dir der Name Juan Blackwood etwas? Besser bekannt als der mutmaßliche Kopf des Zephyr-Kartells?« Mit jedem meiner Worte wird Jones immer blasser,

Ethan hingegen schaut mich unumwunden an und findet meinen Blick. Natürlich erinnert er sich an den Artikel.

»Ich habe genug Beweise, die eine Verbindung zwischen dir und ihm bestätigen.« Erneut humple ich näher zu Gideon heran, der mich schützend an sich zieht. Ein Glück, dass er sich unter Kontrolle hat. Später ist Zeit für Emotionen. »Deshalb jetzt noch einmal in aller Deutlichkeit: Wir werden jetzt gehen und du wirst uns nicht daran hindern. Glaube mir, sollte ich in Zukunft nur ein einziges Mal das Gefühl haben, verfolgt zu werden, sind die Informationen schneller bei der Polizei, als dass du alles vernichten kannst. Versuche es erst gar nicht. Es bleiben immer Spuren. Im Gegenzug vergessen wir, was in der Vergangenheit und heute gewesen ist. Gideon wird keine Fässer mehr entsorgen und die Geschäftsbeziehung wird aufgelöst.«

»Das hättest du gern, Püppchen. Ja, das hättest du wirklich gern.« Jones schüttelt den Kopf. Er hat inzwischen wieder etwas mehr Farbe im Gesicht. »Ich könnte deinen Mann ins Gefängnis bringen.«

»Womit? Damit, dass er dir ein Grundstück überlassen hat, auf dem du Müll abgeladen hast? Nein, damit würdest du dich selbst in den Knast befördern. Damit, dass er dir Fässer mit Giftmüll abgenommen hat? Chris hat diese entsorgt. Der einzige Mann, den du also belasten kannst, liegt tot vor dir. Von dir erschossen.«

Damit wende ich mich zu Gideon um. »Jetzt können wir ge…«

Ein Stuhl scharrt, ein Mann stöhnt und ein Schuss löst sich. Putz spritzt durch den Raum und ein scharfer Schmerz durchzuckt meinen Arm. Stoff raschelt und ratscht, ein Aufklatschen, wieder ein Stöhnen. Dann kehrt Ruhe ein.

»Hilfe ...« Das ist Ethan und erneut sackt mein Herz in die nicht vorhandene Hose. Was hat er getan?

Gideon löst sich von mir, stürzt vorwärts auf den am Boden liegenden Jones zu und schiebt die Waffe beiseite, die Jones' Hand entglitten ist. In Gedanken versuche ich mir zusammenzureimen, was in den letzten Sekunden geschehen sein muss. Ethan muss irgendwie seine Hände befreit haben. Hat er dann einen passenden Moment abgewartet und Jones überrumpelt?

Mit einer Hand dreht Gideon Jones den Arm auf den Rücken, mit der anderen greift er nach einem Seil, mit dem Ethan zuvor an den Stuhl gefesselt war.

»Jones, wir sind fertig miteinander. Du wirst uns nie wieder belästigen, denn meine Frau blufft nicht. Sollte herauskommen, dass du mit dem Zephyr-Kartell unter einer Decke steckst, werden sie deinem Leben sicher ein schnelles Ende bereiten.« Damit steht Gideon auf, schlägt sich den Dreck von der Hose und schaut mich an, während mein Blick zwischen Ethan, Chris und Jones hin- und herschwenkt.

Gideon versteht sofort und tritt zögerlich an seinen besten Freund heran, der noch immer reglos am Boden liegt. Ich sehe, wie viel Überwindung es ihn kostet, als er seine Hand ausstreckt und versucht, den Puls zu fühlen. Auch der Brustkorb hebt und senkt sich eindeutig nicht mehr, während die Blutlache unter ihm inzwischen eine beachtliche Größe angenommen hat.

Mein Mann senkt den Kopf für den Bruchteil einer Sekunde weiter hinab, bevor er sich aufrafft. Sein Adamsapfel hüpft, als er zweimal schluckt.

»Komm. Wir gehen.« Seine Stimme ist belegt und kontrolliert. Keine Ahnung, was gerade in ihm vorgeht, doch der Schmerz in seinen Augen ist echt. Trotzdem hebt er Ethan vom Boden auf und bedeutet mir, ihm zu folgen. Ich hüpfe, mich an seiner Schulter festhaltend, langsam auf einem Bein neben ihm her, während wir Jones und Chris zurücklassen. Zum Glück ist das Gelände menschenleer, denn wir geben sicher ein besonderes Bild ab.

Kapitel 44

Gideon

Behutsam setze ich Sophia auf der Couch in meinem Wohnzimmer ab, während sie ihre Krücken so positioniert, dass sie jederzeit drankommt. Auch ihr verletzter Arm ist verbunden. Zum Glück war es nur ein abgeplatztes Stück Putz, das ihre Haut geritzt hat.

»Du hättest mich wirklich nicht tragen müssen.«

»Doch. Meine frisch angetraute Ehefrau über die Schwelle zu tragen, bringt Glück!« Zumindest will ich mir das einreden, um so nicht mehr an die vergangenen Stunden denken zu müssen. Chris ist tot und diese Erkenntnis wabert noch immer um mich herum, denn ich kann und will sie nicht in mein Herz lassen. Wahrscheinlich würde es zerspringen oder einfach aufhören zu schlagen. Ich weiß es nicht und will es nicht ausprobieren. All die Jahre stand Chris treu an meiner Seite, hat mir kontra gegeben und mit mir zusammen gute und schlechte Entscheidungen ausgesessen. Hat mir gut zugesprochen und Dummheiten lieber selbst erledigt, damit ich mir die Finger nicht schmutzig machen musste. Aber er war auch der Bruder, den ich immer wollte und nie hatte. Und jetzt? Jetzt ist er fort. Einfach weg. Für immer, ohne dass ich mich verabschieden konnte. Wie auch immer ich jemals wieder das Büro betreten und an seinen Schreibtisch herantreten soll. Bereits der Gedanke tut so weh, dass ich ihn rasch verdränge. Chris ist tot. Wahrscheinlich längst von Jones in Säure aufgelöst oder anderweitig beseitigt, sodass kein Haar von ihm übrig geblieben ist. Ausradiert, als hätte es ihn nie gegeben.

Nein. So darf ich nicht denken. Aber er wird dennoch nie wieder zurückkommen. Daher verdränge ich jegliches Gefühl in eine hintere Ecke. Die Zeit heilt alle Wunden, so sagt man doch.

Ich hocke mich Sophia gegenüber auf die Kante des Sessels. Warum auch immer, aber ich habe das Gefühl, dass uns ein wenig Abstand guttut. Es gibt noch zu viel zu klären und gleichzeitig ist fast alles gesagt. Ich habe mich entschieden, habe ihr die Führung überlassen und wahrscheinlich war das die beste Entscheidung, die ich bisher in meinem Leben getroffen habe.

»Du meinst, weil unsere Glücksspeicher eindeutig leer waren?« Ein trauriger Schleier legt sich über ihr Gesicht.

Resigniert schüttle ich den Kopf. »Nein, Sophia. Mit Glück hatte das wenig zu tun. Ich war dumm. Habe die Wahrheit verdrängt. Viel zu lange habe ich mir eingeredet, dass ich alles richtig mache, und irgendwann selbst daran geglaubt. Diesen Deal mit Jones hätte ich nie eingehen dürfen. Und natürlich hätte ich niemals diese Fässer entsorgen sollen. Das ist mir jetzt klar, auch wenn diese Erkenntnis zu spät kommt. Weißt du, ich bin da nach und nach reingerutscht und hätte ich geahnt, dass Jones mit dem Kartell in Verbindung steht ...« Ich fahre mir durch die Haare. »Wie hast du das überhaupt herausgefunden?«

Sophia lacht trocken auf. »Ich habe es geahnt. Beweise hatte ich jedoch nicht. Gideon, ich habe geblufft. Genauso wie Jones mir nichts getan hätte. Er hätte dich erpresst, bis du mich freigekauft hättest. Aber sonst? Ich habe mich nur auf sein Niveau herabgelassen und ihn mit seinen eigenen Waffen geschlagen.«

Ich nicke langsam, auch wenn ich noch immer nicht glaube, dass er ihr nichts getan hätte. Er hat Chris erschossen und allein dafür müsste er büßen. Dann schaue ich meine Frau an, die so viel stärker ist als ich, obwohl ihr Körper mit der Schiene am Fuß zerbrechlich wirkt. »Von dir kann ich noch eine Menge lernen.« Und das meine ich ernst. Sie verändert mich zum Guten und das nur kaum einen Tag nach unserer Hochzeit. Aber es ist richtig und wichtig. Egal, was in der Vergangenheit falsch gelaufen ist, vielleicht habe ich noch eine Chance, alles in die richtigen Bahnen zu lenken.

Doch meine Gedanken wollen sich nicht lösen. Wie viel kann ein Mann in seinem Leben falsch machen? Ich toppe es sicher. Und wie soll es weitergehen? Ohne das zusätzliche Geld kann ich meinen Betrieb nicht halten. Dad wird enttäuscht sein. Er hat mir die Führung überlassen, in der Hoffnung, dass ich dem Betrieb zu neuem Glanz verhelfe, und ich habe versagt.

Sophia hingegen winkt ab. »Ich habe es ernst gemeint. Ich weiß eine Lösung für deine Probleme. Bleibt es bei deinem Ja zu uns als gleichberechtigten Partnern? Lass mich dir helfen, damit du deine Firma nicht aufgeben musst. Wir bekommen das hin, selbst wenn wir umstrukturieren müssen. Vertraust du mir?«

Woher auch immer sie so viel Zuversicht nimmt.

Nun wechsle ich doch auf das Sofa zu ihr hinüber, vorsichtig, um ihren gebrochenen Knöchel nicht zu berühren. »Ich meine es trotzdem ernst, dass ich von dir einiges lernen kann. Also ja, lass es uns zusammen angehen. Aber verzeih mir, falls ich manchmal in alte Muster zurückfalle.« Ich werde mich bemühen. Mehr kann ich nicht versprechen. Es ist allerdings wahrscheinlich auch die einzige Chance, die ich habe. Und wenn ich ehrlich bin, fühlt es sich gut an, nicht mehr alle Entscheidungen allein zu tragen.

»Das passiert den Besten. Aber lass uns nicht lange warten. Isabella müsste noch da sein. Sie kann uns bestimmt mit dem Ehevertrag helfen. Und dann müssen wir uns um eine Firmenfusion kümmern. Allerdings wird Texas-SolarGold-Energy deine Firma übernehmen. Nicht umgekehrt. Das ist meine Bedingung. Ich bleibe CEO.«

Die Worte rauschen wie eine Welle der Zerstörung durch mich hindurch. Reißen meine Entschlossenheit mit sich. Ich will protestieren, Sophia von mir wegstoßen, doch tief in mir weiß ich, dass sie recht hat. »Aber ...« Ich suche nach einem rettenden Strohhalm, während Sophia den Kopf schüttelt.

»Gideon, ich weiß, dass es hart ist, und ich bin sicher die Letzte, die dir deine Firma streitig machen will. Im Gegenteil. Ich will, dass es dir gut geht. Es geht lediglich um Schadensbegrenzung. Sagtest du nicht, dass wir es gemeinsam besser machen können als unsere Eltern? Die sollten wir übrigens auch nicht vor vollendete Tatsachen stellen.«

Langsam nicke ich, auch wenn ich noch immer keine Ahnung habe, wie sie die Firmenfusion bewerkstelligen will.

»Ich meinte es ernst, dass Chris im Notfall als Sündenbock fungieren wird. Er hat die Fässer entsorgt. Ich habe es ja mit bloßen Augen gesehen. Er wurde von Ethan zu dem Grundstück verfolgt. Ja, Chris hat für dich gearbeitet und war dein Freund, aber wenn es hart auf hart kommt, ist er jetzt deine Lebensversicherung. Wir zerstören alle Beweise, mit denen du mir die Sache in die Schuhe schieben wolltest. Dann müsste es gehen. Wir müssen einfach schweigen.«

Bei der Erwähnung von Chris' Namen zucke ich zusammen. Dennoch schüttle ich den Gedanken an ihn ab. Trauern kann ich später. Jetzt zählt die Zukunft. »Du bist süß, wenn du wie eine Verbrecherin denkst«, sage ich daher ausweichend. Auch wenn Chris' Tod absolut überflüssig war, so müssen wir nach vorne schauen. Ich bin mir sicher, dass seine Leiche nie gefunden wird. Dafür sorgt Jones. Aber ich, ich bin frei. Auch wenn wir wahrscheinlich zusätzliches Sicherheitspersonal brauchen, denn ich kann mir vorstellen, dass Jones irgendwann doch versuchen wird, uns erneut zu kontaktieren. Und reden will er dann sicher nicht. Dennoch habe ich das erste Mal seit Jahren das Gefühl, endlich wieder durchzuatmen. Das stramme Korsett um meine Brust ist verschwunden. Sicher, wir haben einen langen Weg vor uns, aber ich bin bereit, ihn mit Sophia an meiner Seite zu gehen. Ich bin bereit, ihr geschäftliche Entscheidungen zu überlassen, denn davon versteht sie offensichtlich mehr als ich. Aber auf einer anderen Ebene kann ich ihr vielleicht noch etwas beibringen.

»Du hast recht. Die Lösung liegt auf der Hand und wir werden den Traum unserer Großväter auf deine Art realisieren. Mit dem Segen unserer Eltern. Vielleicht habe ich auch schon eine Idee, wie wir die Streithähne an einen Tisch bekommen.« Damit ziehe ich sie in einen tiefen Kuss, der keinen Zweifel an meiner Aufrichtigkeit lässt. Wir gehören zusammen und ich werde alles daransetzen, dass wir gemeinsam glücklich werden – und wenn ich dafür meine Firma opfern muss, die ich niemals hergeben wollte.

Kapitel 45

Sophia

»Was sollen wir hier?« Ich höre die Stimmen hinter der leicht geöffneten Tür und zupfe mein Kleid zurecht. Gleich werden sie eintreten und hoffentlich nicht direkt wieder umkehren. Das stilvolle Ambiente des erstklassigen Restaurants trägt hoffentlich dazu bei, die Gemüter zu beruhigen. Immerhin kann sich niemand von uns einen Eklat erlauben. Daher haben wir extra einen der diskreten Räume des Restaurants gebucht, um ungestört zu sein.

In diesem Moment klingelt mein Handy. Hektisch schaue ich zwischen der Tür und dem vibrierenden Gerät hin und her, doch den Namen auf dem Display kann ich nicht ignorieren. Zu bange Stunden warte ich bereits.

»Ethan! Wie geht es dir?«, frage ich. Auch wenn ich ihn vor zwei Tagen vor meiner eigenen Entlassung bereits im Krankenhaus besucht habe, so war er zu dem Zeitpunkt noch nicht wieder ansprechbar nach der Operation. Aber die Ärzte haben Entwarnung gegeben. Umso mehr fällt mir ein Stein vom Herzen, als seine Stimme durch den Hörer dringt.

»Ging schon mal besser. Die Ärzte sagen, dass ich Glück hatte. Der Milzriss hätte mich beinahe das Leben gekostet, aber ansonsten sind nur die Nase und das Jochbein gebrochen. Das wird heilen. Aber was ist mit dir? Hat Jo...«

»Sprich seinen Namen nicht aus!«, sage ich zischend in das Telefon. »Vergiss bitte einfach alles, was du mitbekommen hast. Ich werde es dir erklären, doch nicht am Telefon, okay?«

»Okay.« Er wirkt resigniert und ich kann es ihm nicht verübeln. Immerhin hat er maßgeblich dazu beigetragen, dass wir aus diesem ganzen Schlamassel herausgekommen sind. Zu gern würde ich ihn einfach in die Arme schließen. Ihm sagen, dass alles wieder gut wird. Doch ihn werden die Narben für immer an den Tag erinnern, an dem er eigentlich mich heiraten wollte. Mich, die letztendlich schuld an diesem ganzen Dilemma ist. Zumindest teilweise, denn ich habe mich auch nicht gerade mit Ruhm bekleckert.

»Ethan, ich freue mich in jedem Fall, dass es dir wieder besser geht«, sage ich daher, um mich von meinen Gedanken abzulenken.

»Und dein Fuß?« Das hat er also noch mitbekommen.

»Auch der wird wieder.« Ich schiele auf meine Krücken. Wenn ich die Dinger endlich los bin, wird mein Leben sicher wieder einfacher. Vor der Tür diskutiert Gideon noch immer mit seinen Eltern und die Tür schwankt immer wieder leicht in ihren Angeln. Wahrscheinlich steht Gideon direkt dahinter. »Wir kommen dich demnächst besuchen, okay? Jetzt muss ich leider auflegen.«

»Aber bringt bitte nicht wieder so viel Drama mit, ja?«

Ich schmunzle. »Ich gebe mein Bestes. Bis dann!« Damit lege ich auf und nehme mir fest vor, mich noch ausgiebig mit ihm auszusprechen. So viel Respekt hat er verdient.

Genau in diesem Moment geht die Tür endgültig auf und eine elegant im Business-Kostüm gekleidete Frau sowie ein Mann mit grau melierten Haaren und im Anzug treten ein. Sofort wird es im Raum zwei Grad kühler und ich reibe mir über die Unterarme. Auch wenn ich die Familie Maxwell bereits kenne, so wirkt Wyatt Maxwell in diesem Moment, als hätte man ihn gegen seinen Willen eingefroren. Sicher wäre er überall lieber als in diesem Raum.

»Mom, jetzt noch einmal. Ich habe euch eingeladen, weil du dich beschwert hast, dass wir zu selten zusammen Kaffee trinken. Da es jetzt aber schon Abend und nicht die passende Zeit für Kaffee ist, gehen wir essen. Ist euch das recht?«

Beide brummen ihre Zustimmung und lassen Gideon dennoch nicht aus den Augen. Als hätten sie mich nicht längst registriert! Dennoch strafen sie mich mit Missachtung.

Ein Stich geht durch mich hindurch. Aber ich werde es aushalten.

»Außerdem möchte ich, dass ihr Sophia besser kennenlernt.« Gideon deutet auf mich und ich stehe umständlich auf, um ein Lächeln bemüht. Hoffentlich wird der Abend nicht zu verkrampft. Aber was erwarte ich? Unsere Familien sind sich seit Jahren spinnefeind.

Ob sie etwas ahnen? Wenn nicht, wird der Abend erst recht ein Tanz auf der Rasierklinge. Gleichzeitig ist es unsere Entscheidung und ich hoffe so sehr, dass sie den Weg mitgehen.

Ich ziehe meine Mundwinkel noch ein bisschen mehr in Richtung meiner Ohren. »Mrs. und Mr. Maxwell! Wie schön, dass Sie es einrichten konnten.«

Gideons Mom kommt auf mich zu. »Sophia, es freut uns ebenfalls, Sie zu sehen.« Eine glatte Lüge, denn auch wenn sie es gekonnt überspielt, sie wäre sicher zu gern woanders. Ihr aufgesetztes Lächeln ist eingeübt, genauso wie ihre gesamte Gestik. Bussi links, Bussi rechts. Doch anstatt mich loszulassen, halten wir uns einen Moment länger als nötig an den Armen und mustern uns. Es ist beinahe ein kleines Blickduell, dem ich jedoch mühelos standhalte. Nach den letzten Tagen und Wochen haut mich so schnell nichts mehr um und auch eine direktive Mrs. Maxwell, die nun zudem meine Schwiegermutter ist, kann mir nichts anhaben. Warum auch immer ich zwischenzeitlich an mir und meinen Entscheidungen gezweifelt habe. Gleichzeitig sehe ich, wie sie mit sich ringt.

»Sophia, da Sie nun zur Familie gehören ...« Sie zögert, gibt sich dann jedoch einen Ruck. »Wollen wir zum Du wechseln? Ich bin Natalie.«

»Natalie. Sehr gern.« Ich lächle sie weiterhin an. Ist das ein erster Schritt aufeinander zu?

»Wunderbar. Was ist denn mit deinem Fuß geschehen?«, fragt sie nach.

Ich winke ab. »Nur ein Missgeschick. Da waren wir noch nicht einmal in den Flitterwochen angekommen und ich knicke um. In Turnschuhen. Ich sage dir, Natalie, ohne High Heels bin ich verloren.«

Diese Ausrede entlockt ihr das erste echte Lächeln, das auch ihre Augen erreicht. Die Wahrheit wird hoffentlich nie jemand erfahren. Doch Natalie nickt, als verstünde sie mich zu gut und tritt einen Schritt zurück.

Mein Blick wandert zu Gideon, dessen Augen sich kaum merklich geweitet haben, während er mich mustert. Da ist Überraschung und vielleicht auch ein bisschen Hunger. Hätte er nicht gedacht, dass seine Mom einen Schritt auf mich zukommt? Aber noch muss das alles nichts heißen. Seine Eltern haben Klasse und wissen, wie sie sich benehmen müssen, wenn es darauf ankommt. Wie es tief in ihnen drin aussieht, vermag ich nicht zu sagen. Aber sie müssen mich nicht lieben. Ja, sie müssen mich noch nicht einmal dulden, denn Gideon und ich sind alt genug, eigene Entscheidungen zu treffen. Dennoch wäre ich froh, wenn sie unsere Entscheidungen akzeptieren würden.

»Wyatt.« Auch Gideons Dad tritt auf mich zu und hält mir die Hand hin. Sein Händedruck ist fest, sein Blick angespannt. Er ahnt definitiv, dass dies kein ganz normales Abendessen ist.

»Setzt euch doch.« Ich deute auf die freien Plätze am Tisch, der für sechs Personen eingedeckt ist.

Gideon tritt an meine Seite und zieht mich sanft zu sich heran, während seine Eltern meiner Aufforderung folgen. Kurz wandert seine Nase an meine Halsbeuge, saugt meinen Duft ein, doch ich schiebe ihn schmunzelnd von mir weg. »Später«, murmle ich, während ich mich auf einem Bein ausbalanciere. Was bin ich froh, wenn ich wieder auf meinen zwei Füßen laufen kann!

Natalie räuspert sich und als ich zu ihr schaue, blickt sie erst mich, dann ihren Sohn erwartungsvoll an. »Hmm. Erwarten wir noch jemanden?«, fragt sie, während ich mich umständlich setze, ohne die Gehhilfen umzukegeln.

Ich nicke. Zum Glück klopft es im selben Moment an der Tür des Raumes und ich stehe erneut so hektisch auf, als hätte ich mich auf eine Sprungfeder gesetzt, und wanke kurzzeitig, ehe ich mich wieder fange. »Ah, da sind sie schon.« In Gedanken schicke ich ein letztes Stoßgebet gen Himmel. Es muss einfach gut gehen.

Rasch greife ich die Gehhilfen und hinke zur Tür. Würde Gideon öffnen, wären meine Eltern sicher schneller wieder weg, als wir sie bitten könnten, zu bleiben.

»Schön, dass ihr da seid!« Umständlich umarme ich meine Mom, während die Tür noch die Sicht auf alle anderen Personen im Raum verdeckt.

»Was machst du nur für Sachen?«, fragt sie. Natürlich weiß sie längst Bescheid – zumindest habe ich ihr dieselbe Lüge erzählt wie Natalie –, doch hält sie mich länger fest, als sie müsste.

»Danke für die Einladung«, ertönt die tiefe Stimme meines Dads neben mir und entbindet mich damit von einer Antwort. Dann löse ich mich von Mom und umarme auch ihn kurz. Noch immer wirkt er so zerbrechlich. Aber er ist und bleibt mein Dad.

Wyatt und Natalie müssen uns längst gehört haben und natürlich werden sie die Stimmen erkannt haben.

»Kommt doch rein«, sage ich daher und stoße die Tür auf.

Dad rollt in seinem Rollstuhl los, stoppt jedoch nur drei Meter später wieder, als sein Blick den ganzen Raum scannt. »Was in aller Welt? Sophia!« Mein Dad will bereits umdrehen, doch ich beeile mich, die Tür zu schließen, und stelle mich demonstrativ vor den vermeintlich einzigen Fluchtweg. Es wird Zeit, dass unsere Eltern sich begegnen, und es wird Zeit, dass wir verschiedene Dinge klären. Eigentlich hätten wir uns damit gern noch etwas Zeit gelassen, doch heute ist genauso gut wie an jedem anderen Tag. Die Fehde geht bereits zu lange. Damit ist jetzt Schluss. Gideon und ich haben Entscheidungen getroffen.

»Jetzt hört uns bitte zu.« Gideons Stimme dröhnt durch den Raum. »Es hat einen Grund, dass wir mit euch allen sprechen möchten, und wir bitten euch, uns zuzuhören. Ihr müsst nicht miteinander reden, wenn ihr das nicht wollt, aber respektiert bitte, dass Sophia und mir daran gelegen ist, dass sich unsere Familien nicht mehr ignorieren. Diese Konkurrenz ist toxisch und hat in den vergangenen Jahren zu genug Streitigkeiten geführt. Setzt euch.«

Erleichtert sehe ich zu, wie alle der Aufforderung nachkommen und keine weiteren Widerworte geben. Allerdings sprechen die Gesichter Bände. Wut, Enttäuschung, Hass. Also wie erwartet. Dennoch bleiben sie. Auch ich humple zum Tisch zurück und setze mich erneut umständlich hin. Warum musste ich mir auch den Fuß verknacksen?

»Sag nicht, du bist schwanger.« Mom schaut zwischen uns hin und her, und man könnte meinen, dass zumindest sie sehnsüchtig auf positive Nachrichten hofft. Fast, denn ihr Tonfall trieft vor Sarkasmus, und zeitlich wäre dies ob der wenigen Tage seit der Hochzeit wohl auch kaum möglich. Aber sie kann nicht wissen, seit wann ich mich mit Gideon treffe.

»Da muss ich euch leider enttäuschen«, antwortet Gideon an meiner Stelle und spricht direkt weiter. Gut, dass er nicht herumdruckst. »Wir sind heute hier, weil Sophias und meine Großväter – eure Väter – einen Traum hatten. Die gemeinsame Firma hat unseren beiden Familien in der Vergangenheit sowohl ein großes Vermögen als auch Kummer bereitet. Dad, Joseph, ihr wisst am besten, was geschehen ist, und hattet eure Gründe, die Firmen zu trennen. Doch Sophia und ich möchten den Traum unserer Großväter weiterleben und die Firmen erneut vereinen. Wir sind eine Familie, und vielleicht ist es an der Zeit, dass wir alle über unseren Schatten springen und die Vergangenheit hinter uns lassen.«

»Nein«, sagt Wyatt mit verkniffenem Gesicht, während Natalie ihm beschwichtigend die Hand auf den Unterarm legt. Seine Stimme grollt wie Donner. Gebannt schaue ich zwischen ihnen und Gideon hin und her, sage jedoch nichts.

»Wyatt, nun gib den beiden wenigstens eine Chance, sich zu erklären.«

»Ich wüsste ebenfalls nicht, was unsere Familien gemeinsam zu besprechen hätten.« Mein Dad drückt sich entschieden vom Tisch ab, sodass die Gläser klirren, und dreht mit der gesunden Hand den Rollstuhl von uns weg. Doch meine Mom überrascht mich, indem sie aufsteht und Dad resolut am Wegrollen hindert.

Ihre Stimme ist scharf. »Nun sei nicht so stur. Gideon hat recht. Ihr verhaltet euch wie Kinder. Es ist an der

Zeit, dass ihr euren Zwist beilegt. Verhaltet euch wie erwachsene Männer, gebt euch die Hand und überlasst die Firmenangelegenheiten der nächsten Generation. Das ist längst überfällig. Und Joseph, du hast sowieso keinerlei Mitsprache mehr, da Sophia CEO ist, falls ich dich daran erinnern muss. Also vertragt euch, denn für den Fall, dass wir doch irgendwann Enkelkinder bekommen, möchte ich, dass sie niemals solch sture Vorbilder wie euch haben.«

Hinter der Stirn meines Dads arbeitet es, während er die Lippen zusammenpresst. Was würde ich geben, einmal Mäuschen in seinem Kopf spielen zu dürfen.

Natalie nickt ebenfalls. »So ist es. Wyatt, du hast in den letzten Jahren auch alles Gideon überlassen. Die Firma gehört ihm. Vertraue deinem Sohn, wenn er den nächsten Schritt gehen will. Er ist so weit. Ich kann Monica nur zustimmen. Ihr zwei seid solch sture Esel, dass es kaum zu ertragen ist. Ihr habt doch nichts zu verlieren.«

Wyatt reibt sich übers Kinn, eine Geste, an die ich mich noch aus Kindertagen erinnere. »Ich weiß nicht ...«, sagt er, doch dann geht ein Ruck durch ihn. »Joseph, auf ein Wort.« Damit steht er auf und geht zu seinem ehemals besten Kumpel. Der nickt und rollt ihm hinterher aus der Tür.

Mein Blick geht zu Mom und dann zu Natalie. »Können wir die beiden allein lassen oder werden sie sich die Köpfe einschlagen?« Dieser Sinneswandel von Wyatt kommt mir definitiv zu schnell, doch Natalie zuckt mit den Schultern.

»Das müssen die beiden klären. Danke, dass ihr die Sturköpfe endlich an einen Tisch gebracht habt. Was dabei rauskommt, liegt nicht in eurer Hand. Und wir können es auch nicht ändern, nicht wahr, Monica? Wie lange ist es her?«

»Viel zu lange. Und ich plädiere dafür, dass wir uns ab sofort wieder regelmäßig treffen. So, wie in alten Zeiten.«

Ich verfolge den Wortwechsel zwischen unseren Müttern, während Gideon mir sacht unter dem Tisch über das Bein streicht. Langsam wandert er meinen Oberschenkel an der Innenseite hoch, und ich versuche, mein Pokerface im Griff zu haben. Alles in mir kribbelt und vibriert, denn längst ist das Band zwischen Gideon und mir so stark geworden, dass ich mich frage, wieso wir uns nicht bereits vor Jahren nähergekommen sind. Eine Gänsehaut zieht sich über meinen Oberschenkel, obwohl es im Raum angenehm warm ist.

»Unbedingt«, sagt Monica.

In diesem Moment erklingt ein schallendes Lachen von draußen. Zeitgleich purzelt mir ein Felsbrocken vom Herzen. Sollten die beiden Männer es wirklich geschafft haben, ihre Differenzen so schnell zu beseitigen? Gebannt starre ich auf die Tür, während unsere Mütter bereits in die Organisation eines gemeinsamen Charity-Events vertieft sind. Die zwei lassen zumindest nichts anbrennen und holen die verlorenen Jahre nach. Tatsächlich kommen unsere Väter kurz darauf wieder in den Raum hinein.

»Hattet ihr nicht etwas von Essen gesagt? Mein Magen knurrt.« Wyatt lässt sich auf den Stuhl sinken und schaut erwartungsvoll in die Runde.

»Natürlich«, sagt Gideon und betätigt den kleinen Knopf, den der Kellner ihm gegeben hat, damit wir uns melden können, wenn wir das Essen wünschen.

»Was macht denn deine Reha, Joseph?«, fragt Natalie, als wäre nichts gewesen.

»Sie hat ja gerade erst angefangen. Ich werde mich gedulden müssen und mich wohl oder übel damit abfinden, dass ich dieses Ding hier nicht mehr loswerde.« Er deutet auf seinen Rollstuhl.

»Das tut mir leid.« Natalie wirkt bedrückt, fängt sich jedoch schnell wieder.

»Immerhin hast du in der Malerei ein neues Hobby gefunden.« Mom legt Dad kurz die Hand auf die Schulter und schaut ihn verliebt an.

Joseph verzieht das Gesicht. »Du musst nicht alles ausplaudern, Schatz. Aber ja, zumindest versuche ich mich darin.«

Ich schaue erstaunt auf. »Du malst?«, sage ich nonchalant, und Dad nickt erneut, während er den Blick senkt. Ist ihm dieses Geheimnis etwa peinlich? Obwohl ich ihm gern sagen würde, dass ich es grandios finde, schweige ich. Wer hätte meinem arbeitsamen Dad solch ein Hobby zugetraut?

Der Kellner trägt in der Zwischenzeit das Essen auf, während endlich die Gläser gefüllt werden. Der Duft nach Gebratenem schwebt durch den Raum, und auch mein Magen knurrt vernehmlich.

Als ich bereits zu Messer und Gabel greifen will, räuspert Gideon sich, und ich halte inne.

»Danke noch mal, dass ihr alle hiergeblieben seid. Bevor wir nun endgültig in den entspannten Teil des

Abends übergehen, möchte ich euch noch in die neuesten Gedanken rund um unsere Firmen einweihen.« Gideon schluckt, und sein Adamsapfel hüpft. »Dad, leider muss ich dir sagen, dass Maxwell-Energy schon länger nicht mehr so gut läuft, wie wir es uns erhofft haben. Ich habe Fehler gemacht, die ich gerade korrigiere. Es wird sich also einiges bei Maxwell-Energy verändern müssen.« Gideons Hand liegt wieder auf meinem Oberschenkel, doch streicht er nicht mehr sanft darüber, sondern hält sich fest. Den Halt gebe ich ihm gern.

»Was habt ihr vor?« Wyatt kneift die Augen zusammen und schaut uns nur noch aus kleinen Schlitzen an, während seine Finger sich so fest um das Besteck schließen, dass seine Knöchel weiß hervortreten. Im Raum ist es still geworden. Alle starren uns an, und ich kann mir gut vorstellen, wie Gideon sich fühlt. Daher ergreife ich das Wort.

»Noch sind wir in der Planung, wie die Firmenfusion gestaltet werden kann. Das ist unsere beste Option. Dabei gibt es allerdings Etliches zu beachten, aber meine Schwester Isabella unterstützt uns. Gebt uns also noch ein bisschen Zeit, bis wir alles geklärt haben, okay? In jedem Fall wird es eine bestmögliche Lösung geben, sodass unsere Großväter, eure Väter, stolz auf uns wären.«

Als ich pausiere, zieht Gideon mich in einen sinnlichen und zugleich verlangenden Kuss, aus dem ich mich jedoch rasch löse.

»Wir wollten euch nur im Vorfeld Bescheid geben, damit ihr nicht vollkommen überrumpelt werdet. Das war schon vor unserer Hochzeit nicht optimal. Dafür möchten wir uns noch einmal entschuldigen, und ich hoffe sehr, dass wir uns alle nun wieder häufiger sehen. Denn Familie ist mir wichtig.«

Kurz tritt erneute Stille ein, und Gideon drückt meine Hand. Als ich ihn ansehe, zaubert sein Lächeln mir Wärme in den Bauch. Wie konnte ich diesem Blick nur all die Jahre widerstehen?

»Danke.« Das Wort ist nahezu nicht hörbar, dennoch weiß ich genau, was er meint.

Egal, wie die Reaktionen unserer Eltern ausfallen, wir werden unseren Weg gehen. Alles kribbelt in mir, und ich schaue neugierig in die Runde.

Ausdruckslose Mienen, gesenkte Blicke, mit Besteck spielende Finger. Gerade, als ich erneut das Wort ergreifen will, hebt Wyatt die Hand.

»Wisst ihr was? Ich gebe euch recht. Ihr zwei seid die nächste Generation unserer Firmen, und wenn ihr glaubt, dass ihr zusammen eine gute Lösung findet, dann tut, was ihr tun müsst. Ich werde euch nicht im Weg stehen, denn ich bin mir sicher, dass ihr gute Entscheidungen treffen werdet.«

Seine Worte sind Musik in meinen Ohren, und ich strahle zuerst ihn und dann Gideon an. Ob ihm ebenso wie mir ein Stein vom Herzen fällt? Hat Wyatt das wirklich gerade gesagt? Bevor ich etwas erwidern kann, schaut er Gideon an und spricht weiter.

»Sophia scheint einen positiven Einfluss auf dich zu haben. Ich stehe euch sicher nicht im Weg. Dazu habe ich eh keine Macht. Hauptsache, ihr lernt aus euren Fehlern. Denn die mussten wir alle machen. Joseph, was ist mit dir?«

Mein Dad schüttelt den Kopf. »Ich bin da ganz bei dir. Warum sollte ich dem Vorhaben im Weg stehen?

Texas-SolarGold-Energy steht auf soliden Füßen, und ich vertraue Sophia. Nicht umsonst habe ich ihr meine Anteile überschrieben.«

»Darauf müssen wir anstoßen!«, sagt Natalie und reckt ihr Champagnerglas in die Luft.

»Auf die Wiedervereinigung unserer Firmen!«, sagt Dad.

»Auf Sophia und Gideon.« Monica schaut mit warmem Blick in die Runde.

»Auf neue Chancen und dass ihr aus den vergangenen Fehlern lernt.« Wyatt erhebt als Letzter sein Glas.

Gideon hingegen senkt sein Glas, anstatt zu trinken, und zieht mich in einen erneuten Kuss. Hart, fordernd und mit der Gewissheit, dass ich für immer an seine Seite gehöre. Gemeinsam werden wir jede Hürde schaffen, egal wie hoch sie am Anfang erscheinen mag. Noch ist es ein Weg, doch wir werden ihn meistern, denn letztendlich ist das ganze Leben ein Weg mit Bergen und Tälern. Herausforderungen kommen und gehen, auch wenn einem der nächste Berg immer als der höchste erscheint. Wichtig ist nur, dass wir offen und ehrlich zueinander sind. Zumindest hoffe ich, dass uns dieses Vorhaben gelingt.

»Auf uns!«, sage ich daher zwischen den Küssen, proste unseren Familien zu und versinke in den zärtlichen Berührungen, die Gideon auf meine Haut zaubert.

»Auf dich, denn ohne dich würde ich das alles nicht schaffen.«

Ich lege meine Stirn an seine, und in diesem Moment ist es mir vollkommen egal, ob unsere Eltern uns beobachten. Gideon und ich gehören zusammen. Jetzt und für immer.

Epilog

Sophia

Einige Wochen später

»Willst du das wirklich?«, fragt Gideon nah an meinem Ohr, während er mir die Augen verbindet. Es ist ein Spiel zwischen uns geworden, uns immer wieder an unsere Grenzen zu führen. Gideon bringt mich an den Rand des Wahnsinns mit seinen Ideen rund um den schönsten Zeitvertreib, und ich nötige ihn immer wieder dazu, ab und an die Kontrolle abzugeben.

»Ja«, hauche ich, wohl wissend, dass ich jederzeit abbrechen könnte. Doch ich will es nicht, habe in den letzten Wochen kein einziges Mal Nein gesagt. Meist hat er meine Lust so gekonnt in die Höhe geschraubt, dass ich nicht mal mehr meinen Namen hätte sagen können.

Und heute ist ein besonderer Tag. Immerhin ist nun endgültig klar, dass Stan Jones uns nichts mehr anhaben kann. Er wurde tot aufgefunden. Erhängt in seiner eigenen Firma. Mehr weiß ich nicht und mehr interessiert mich nicht. Wir sind frei und können unsere Pläne umsetzen.

Gideon führt mich ein paar Schritte weiter, bis ich das Bett in meinen Kniekehlen fühle. Da er jedoch nichts sagt, bleibe ich stehen, einzig mit meinen Louboutins bekleidet. Doch ich fühle mich nicht nackt. Im Gegenteil. Mein Herz hämmert in meiner Brust, hüpft vor Freude wie ein neugieriges Kind, denn ich weiß, dass er sich etwas Besonderes hat einfallen lassen. Was auch immer es ist, es gehört zum Spiel, dass ich ihm komplett vertraue. Er wird mich dominieren und inzwischen liebe ich es, seine Befehle auszuführen und mich hart von ihm ficken zu lassen, wenn ihm die Lust danach steht. Immerhin vergisst er mich bei all seiner Obsession nicht.

Letztendlich musste er auch ein paar Tatsachen akzeptieren, die er nicht ändern konnte. Ich bin ihm ebenbürtig und wir führen eine gleichberechtigte Partnerschaft. Und er muss ohne Chris auskommen. Auch wenn ich den Mann nie gemocht habe, so hat Gideon ihm vertraut. Er spricht zwar nicht darüber, doch tief in sich trauert er. Oder besser gesagt, er versucht es. Und ich werde da sein, wenn er mich braucht. Denn irgendwann wird die Last ihn zerdrücken.

»Ich habe übrigens die Verträge fertig«, murmelt Gideon und lenkt meine Gedanken damit in eine andere Richtung. Noch immer ist er nah bei mir und doch so weit entfernt. Warum berührt er mich nicht? Jeder Quadratzentimeter meiner Haut ist elektrisiert, wartet auf Liebkosungen.

»Du musst nur noch unterschreiben. Dann gehen die Anteile an der Solarpaneel-Produktion von Maxwell-Energy auf deine Firma über.« Er ahnt nicht, was mir diese Worte bedeuten. Immerhin ist der Schritt für ihn riesig. Er gibt sein Erbe auf, denn wir haben entschieden, dass wir nicht zusammen eine Firma führen. Aus Maxwell-Energy wird damit die Maxwell-Estate-Company unter Gideons Leitung. Letztere ist eine reine Immobilienfirma – für die Texas-SolarGold-Energy selbstredend weiterhin die Solarpaneele liefern wird. Keine Konkurrenz mehr.

»Ich liebe es, wenn du das so sagst.« Ich schnurre zufrieden und verlagere mein Gewicht sanft hin und her.

»Du wirst mich gleich noch mehr lieben. Leg dich hin, ich bin gleich wieder da. Und denk dran. Nicht schummeln, einfach genießen.«

Ich sehe beinahe, wie er lächelt. Also werde ich mich daran halten. Egal, was kommt. Er will es so, also will ich es auch. Auf dem großen Bett fehlen die Bettdecke und das Kopfkissen. Doch es ist warm genug, dass ich nicht friere, und kalt genug, dass ich nicht schwitze. Trotzdem richten sich meine Nippel bereits jetzt auf. Erwartungsvoll. Sehnsüchtig.

Dann öffnet sich die Tür erneut. Schritte kommen näher, während ich daliege und atme. Vorfreude kribbelt in mir, entfacht das Feuer des Verlangens wie so viele Male zuvor.

Nie hätte ich gedacht, dass unsere Beziehung so harmonisch werden könnte. Ein Miteinander, kein Gegeneinander. Ein Wir und kein egozentrisches Ich.

Sanfte Finger berühren mich an meiner Schulter. Weich und zierlich – und sicher nicht Gideons. Kurz erstarre ich, will mich wehren und die Augenbinde abnehmen.

»Schscht ... Entspann dich und genieße es. Ich in jedem Fall liebe es.« Gideon. Er ist also im Raum. Plus eine weitere Person, offensichtlich weiblich, denn der Hauch eines Parfumrestes erinnert mich an längst vergessene schöne Abende.

Ich schlucke und zwinge mich dennoch, liegen zu bleiben. Kaum, dass ich mich wieder beruhigt habe, gehen die Finger auf Wanderschaft. Streichen meinen sensiblen Körper entlang, foltern mich auf eine süße Weise. Doch der Punkt, der mich am meisten anturnt, ist der, dass Gideon alles beobachtet. Ja, er beobachtet, wie ich zu Wachs in den Händen einer Frau werde. Das Kribbeln breitet sich aus, legt kleine Funken, während die nächste Bewegung die winzigen Flämmchen schürt. Und mit Wucht wallt das Feuer in mir auf, reißt sich alles unter den Nagel, was noch nicht brennt.

Die Finger wandern um meine Nippel, zwirbeln daran, und ich seufze auf. Unerbittlich wandern die Finger weiter, streichen an meiner Seite entlang zu meiner Leiste, die Oberschenkel außen hinab und an der Innenseite wieder hinauf. Doch sie streifen nicht das Zentrum meiner Lust, drehen gekonnt drum herum und stacheln mein Verlangen nur noch mehr an. Ich bin längst nass und bereit, doch ich weiß, dass ich auf meine Erlösung noch warten muss.

»Gideon ...« Ich stöhne. Noch nie hat er mich so lange aus der Ferne beobachtet. Noch nie hatte ich dabei die Augen verbunden und noch nie hat mir eine Frau derart Lust beschert.

Wer sie wohl ist? Sicher keine Prostituierte. Das hätte er niemals zugelassen. Aber wer würde sich dann für so ein Stelldichein melden? Eine von den Kerben in seinem Bettpfosten? Eine der Frauen, die nur darum betteln, endlich zur High Society dazugehören zu dürfen?

Aber egal, sie macht ihren Job gut. Entweder macht sie das nicht zum ersten Mal oder sie wurde genauestens instruiert. Ich tippe auf Letzteres, denn sie findet alle meine Stellen mit Leichtigkeit.

»Ja, Baby?« Gideons Stimme ist plötzlich ganz nah bei mir. Das Bett bewegt sich und dann sind seine Hände auf mir. Massieren hart meine Nippel, während die Finger der Frau endlich meine Klit gefunden haben. Süß seufze ich auf. »Wer ...?« Als ich zum Sprechen ansetze, legt Gideon seinen Finger auf meinen Mund.

»Stelle diese Frage nicht, denn du wirst keine Antwort bekommen.«

Ich stöhne, denn seine Worte sind die schlimmste Folter. »Ich werde nie wieder auf ein öffentliches Event gehen können ...« Man stelle sich vor, ich spreche unwissend mit jemandem, die in einem solch intimen Moment meine Lust bis zu Orgasmus getrieben hat.

»Oh doch. Du wirst ...«

Vier Hände auf mir sind die reinste Folter. Ich weiß nicht, wo ich zuerst hinspüren soll, und so ergebe ich mich in mein Schicksal. Doch just in diesem Moment bin ich wieder allein. Natürlich nicht wirklich, doch alle Hände sind weg.

»Bitte ...«, flüstere ich.

Ich höre, wie jemand den Verschluss einer Tube öffnet und wieder schließt. Dann sind die Hände wieder da, drängen meine Beine auseinander und es wird kalt an meinen Vulvalippen. Mein erster Reflex ist, die Beine zusammenzupressen, doch wieder besinne ich mich darauf, mich zu entspannen. Das ist nicht Gideon und doch dringt ein Gegenstand langsam und sanft in mich ein. Hart und doch etwas elastisch. Angenehm und ungewohnt zugleich.

»Was ...«, frage ich, doch Gideon verschließt meinen Mund erneut mit seinem Finger. Zu gern würde ich hineinbeißen. Keine Fragen stellen zu dürfen, ist unbefriedigend und befriedigend zugleich.

Also lasse ich mich fallen, gebe mich ganz dem Gefühl und dem Rhythmus hin, den die Frau mir vorgibt, während sie mit gekonnten Stößen in mich eindringt.

»Baby, verwöhne mich ...«, schnurrt Gideon und die Frau zieht sich aus mir zurück. Dann spüre ich wieder eine Bewegung des Bettes. Gideon liegt neben mir und greift nach meiner Hand. Rasch dirigiert er mich zu seinem Penis, der starr aufragt und so groß wie selten zuvor wirkt.

»Man könnte meinen, dir gefällt es, wenn ich von jemand anderem verwöhnt werde«, säusele ich.

»Tut es, solange dieser Jemand auf mein Kommando hört.« Damit nimmt er mein Gesicht in seine Hände und drückt mich mit dem Mund gegen seine Spitze. Ich knie über ihm und vergesse alles um mich herum. Sanft umschließe ich ihn mit meinen Lippen, lecke ihn und nehme ihn immer weiter in meinen Mund. Er lässt es zu, bleibt still liegen und atmet.

Als ich spüre, wie er immer weiter auf den Höhepunkt zusteuert, bremst er mich. »Gemeinsam ...«, flüstert er. Zunächst verstehe ich nicht, was er meint, doch dann greifen zwei Hände links und rechts an meine Hüfte und dirigieren mich erneut auf den Strap-on. Den Dildo in meiner Vagina, den Penis im Mund ... Fehlt nur noch mein Arsch. Doch der Gedanke zieht schnell vorbei, als die Frau sich erneut zu bewegen beginnt. Automatisch nehme auch ich meine süße Folter wieder auf und komme dem Höhepunkt mit jeder Sekunde deutlich näher. Alles in mir vibriert, während sich das Feuer ausbreitet, nur um sich dann rasant in mein Becken zu fokussieren und dort zu zerbersten. Ich zerspringe in tausend Teile, während Gideon in meinem Mund kommt.

»Schluck.« Mehr sagt er nicht und ich lecke mir anschließend zufrieden die Lippen ab. Der Dildo wird aus mir zurückgezogen, doch bevor ich reagieren kann, zieht Gideon mich direkt auf seinen noch immer erigierten Penis und füllt die Leere in mir. Kurz darauf klickt die Tür und ich weiß, dass ich nie herausfinden werde, wer die Frau war.

»Sophia Maxwell. Danke«, flüstert Gideon.

»Wofür?«, frage ich, während ich seinem Herzschlag lausche, der noch immer wie ein galoppierendes Pferd klingt.

»Dafür, dass du mich zu einem besseren Menschen machst ...«

Statt einer Antwort verschließe ich seinen Mund mit einem Kuss. Dummerchen. Das hätte er auch selbst geschafft. Irgendwann. Doch manchmal hilft ein gepflegter Arschtritt. Zum Glück hat er im richtigen Moment zugelassen, dass ich die Kontrolle übernehme, dass ich über sein Schicksal entscheide. Einen größeren Vertrauensbeweis hätte er mir nicht machen können.

Sanft nehme ich einen entspannten Rhythmus auf und reite ihn. Langsam und genüsslich in meinem Tempo und mit der Intensität, die ich brauche, bis ich

merke, dass wir langsam, aber sicher auf einen weiteren Orgasmus zusteuern.

ENDE